Lian Hearn

La Clarté de la Lune

Traduit de l'anglais par
Philippe Giraudon

GALLIMARD

Poème en épigraphe traduit en anglais par Royall Tyler

Carte : Xianyi Mo
Vignette : Christian Broutin

Titre original
TALES OF THE OTORI - BOOK 3
BRILLIANCE OF THE MOON

Édition originale publiée par Hodder Headline Australia Pty Limited

Pour B

Dans des villages reculés,
D'autres assurément doivent contempler cette lune
Qui jamais ne demande quel veilleur revendique la nuit...
Au vent invisible de la montagne, très fort
Le cri d'un cerf frémit au fond du cœur,
Et quelque part un rameau laisse tomber
Une unique feuille.

ZEAMI
Le Fouloir (Kinuta)

AVANT-PROPOS

Les événements racontés ici se produisirent durant les mois suivant le mariage d'Otori Takeo et Shirakawa Kaede au temple de Terayama. Grâce à cette union, Kaede fut renforcée dans sa résolution d'hériter du domaine de Maruyama et Takeo put obtenir les ressources nécessaires pour venger son père adoptif, Shigeru, et s'imposer à la tête du clan des Otori.

Leur mariage, cependant, provoqua également le courroux d'Araï Daiichi, le seigneur de la guerre qui contrôlait désormais la quasi-totalité des Trois Pays, et il constituait un affront pour sire Fujiwara, un aristocrate considérant Kaede comme sa fiancée.

L'hiver précédent, Takeo, condamné à mort par la Tribu, s'était réfugié à Terayama. Il y avait reçu les registres où Shigeru avait consigné en détail les activités de la Tribu, et il était rentré en possession de Jato, le sabre légendaire des Otori. Durant son voyage, il avait été sauvé par le paria Jo-An, membre de la secte interdite des Invisibles, qui l'avait mené à un autel dans la montagne afin d'entendre les paroles prophétiques d'une sainte femme.

«Trois sangs se mêlent en toi. Tu es né parmi les Invisibles, mais ta vie se déroule maintenant en plein jour et ne t'appartient plus. La Terre va accomplir ce que le Ciel désire.

Ton domaine s'étendra de la mer à la mer, mais un bain de sang est le prix de la paix. Tu la conquerras en cinq batailles : quatre victoires et une défaite...»

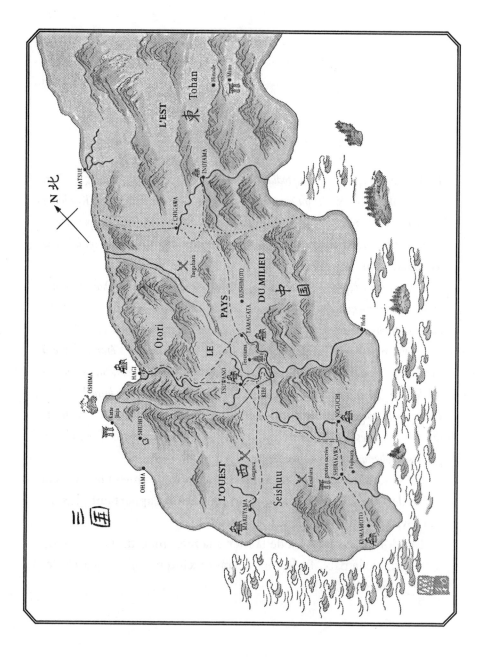

LES TROIS PAYS

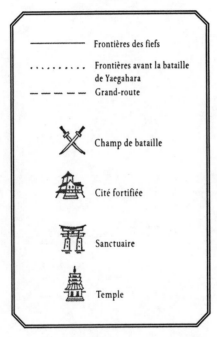

Frontières des fiefs

Frontières avant la bataille de Yaegahara

Grand-route

Champ de bataille

Cité fortifiée

Sanctuaire

Temple

La plume reposait sur la paume de ma main. Je la tenais avec précaution, conscient de son âge et de sa fragilité. Sa blancheur était pourtant toujours limpide, et son extrémité rouge vermillon n'avait rien perdu de son brillant.

— Cette plume vient d'un oiseau sacré, le *houou*, me déclara Matsuda Shingen, l'abbé du temple de Terayama. Il est apparu à Shigeru, votre père adoptif, alors qu'il n'avait que quinze ans, moins que vous aujourd'hui. Il ne vous a jamais parlé de cet épisode, Takeo ?

Je fis non de la tête. Nous nous trouvions dans la chambre de l'abbé, au fond du cloître entourant la cour principale du temple. À l'extérieur, les bruits insistants d'une foule en train de s'activer fébrilement couvraient la rumeur coutumière des cloches et des psalmodies du sanctuaire. J'entendais Kaede, mon épouse, discuter à l'entrée du temple avec Amano Tenzo à propos des problèmes de ravitaillement qui se poseraient à notre armée en marche. Nous nous apprêtions à nous rendre à Maruyama, le grand domaine de l'Ouest dont Kaede était l'héritière légitime, afin de le réclamer en son nom et de combattre au besoin pour l'obtenir. Depuis la fin de l'hiver, des guerriers étaient venus se joindre à moi si bien que je disposais maintenant de près de mille hommes, cantonnés dans le temple et les villages environnants, sans compter les fermiers de la région qui soutenaient également ma cause avec ferveur.

Amano était originaire de Shirakawa, la terre ancestrale de mon épouse. Cavalier émérite, sachant s'occuper de tous les animaux, il était son homme de confiance. Au cours des jours suivant notre mariage, Kaede et sa suivante, Manami, avaient révélé un talent remarquable pour administrer et distribuer la nourriture et l'équipement de nos hommes. Elles discutaient de tout avec Amano, qu'elles chargeaient ensuite de transmettre leurs décisions aux soldats. Ce matin-là, il énumérait les chars à bœufs et les chevaux de bât dont nous disposions. Je m'efforçais de ne plus l'écouter et de me concentrer sur ce que Matsuda me disait, mais j'étais agité, impatient de me mettre en route.

— Soyez patient, me gronda doucement Matsuda. Je n'en ai que pour un instant. Que savez-vous du *houou* ?

Sans enthousiasme, je considérai de nouveau la plume gisant sur ma paume et tentai de me rappeler ce qu'Ichiro, mon ancien professeur, m'avait enseigné durant mon séjour dans la demeure de sire Shigeru à Hagi.

— Il s'agit de l'oiseau sacré dont la légende dit qu'il apparaît aux époques de justice et de paix. Et son nom s'écrit avec le même caractère que celui de mon clan, les Otori.

— C'est exact, approuva Matsuda en souriant. Il n'apparaît pas souvent, car la justice et la paix se font rares de nos jours. Cependant Shigeru l'a vu, et je crois que cette vision a été pour lui une inspiration dans sa quête de ces vertus. Je lui ai dit à l'époque que les plumes étaient teintées de sang. De fait, si nous agissons aujourd'hui, vous et moi, c'est encore à l'appel de son sang, de sa mort.

Je regardai la plume de plus près. Elle reposait sur la cicatrice sillonnant la paume de ma main droite depuis que je l'avais brûlée, il y avait si longtemps, à Mino, mon village natal, le jour où sire Shigeru m'avait sauvé la vie. Ma main était aussi marquée par la ligne droite des Kikuta, la famille de la Tribu à laquelle j'appartenais et que j'avais fuie l'hiver précédent. Mon héritage, mon passé et mon avenir semblaient tous rassemblés là, au creux de ma paume.

— Pourquoi me montrez-vous cette plume maintenant?

— L'heure de votre départ approche. Vous avez passé l'hiver entier avec nous, à étudier et à vous entraîner afin d'être prêt à accomplir les dernières volontés de Shigeru. Je voulais vous faire partager sa vision, pour que vous vous souveniez que le but du seigneur était la justice, et que tel doit être également le vôtre.

— Je vous promets que je ne l'oublierai jamais.

Je m'inclinai avec respect devant la plume en la tenant doucement dans mes deux mains, puis je la présentai à l'abbé qui la reprit, s'inclina à son tour et la rangea dans la petite boîte en laque dont il l'avait tirée. Je gardai le silence, en songeant à tout ce que sire Shigeru avait fait pour moi et à ce qu'il me restait encore à réaliser pour lui.

Je repris enfin la parole :

— Ichiro m'a parlé du *houou* lorsqu'il m'a appris à écrire mon nom. Quand je l'ai vu à Hagi, l'année dernière, il m'a recommandé de l'attendre ici, mais je ne puis m'attarder davantage. Nous devons partir dès cette semaine pour Maruyama.

Depuis que la neige avait fondu, je me faisais du souci pour mon vieux professeur. Je savais en effet que les seigneurs Otori, oncles de sire Shigeru, tentaient de s'emparer de ma maison et de mes terres à Hagi, et se heurtaient à la résistance obstinée d'Ichiro.

J'ignorais qu'en fait Ichiro était déjà mort. Cette nouvelle devait me parvenir le lendemain. Alors que je parlais avec Amano dans la cour, j'entendis dans le lointain des cris de rage, des bruits de pas précipités, de sabots piétinant le sol. La rumeur de chevaux montant la colline au galop était aussi choquante qu'inattendue. D'ordinaire, personne ne se rendait à cheval au sanctuaire de Terayama. Les visiteurs empruntaient à pied le sentier escarpé, ou recouraient aux services de porteurs robustes s'ils étaient trop malades ou âgés pour marcher.

Quelques instants plus tard, Amano entendit à son tour cette rumeur insolite. J'étais déjà en train de courir vers l'entrée du temple, en appelant les gardes.

Ils se hâtèrent de fermer les portes et de les barrer. Matsuda traversa précipitamment la cour. Il ne portait pas d'armure, mais son sabre pendait à sa ceinture. Avant que nous puissions échanger un mot, une voix dans le corps de garde interpella les intrus.

— Qui ose s'avancer à cheval vers les portes du temple ? Mettez pied à terre et approchez avec respect de ce lieu de paix !

C'était la voix de Kubo Makoto, l'un des jeunes moines guerriers du sanctuaire. Au cours des derniers mois, il était devenu mon plus intime ami. Je courus à la palissade en bois et escaladai l'échelle menant au corps de garde. Makoto fit un geste en direction du judas. À travers les fentes du bois, j'aperçus quatre cavaliers. Après avoir gravi la colline au galop, ils retenaient leurs montures qui s'ébrouaient, à bout de souffle. Ils étaient armés de pied en cap, mais on distinguait clairement l'emblème des Otori sur leurs casques. L'espace d'un instant, j'espérai qu'il s'agissait de messagers envoyés par Ichiro. Puis mon regard tomba sur la corbeille attachée à l'arçon d'une selle, et mon cœur s'arrêta de battre. Je ne devinais que trop aisément ce qu'elle pouvait contenir.

Les chevaux se cabraient violemment, sous l'effet non seulement de l'épuisement mais de la peur. Deux d'entre eux étaient déjà en sang, blessés à l'arrière-train. Une troupe d'hommes furieux, armés de bâtons et de faucilles, surgit sur le chemin étroit. J'en reconnus certains : c'étaient des fermiers du village voisin. Le dernier des guerriers les chargea en brandissant son sabre. Ils reculèrent légèrement mais sans se disperser, en formant un demi-cercle menaçant autour des cavaliers.

Le chef des guerriers les regarda avec mépris puis lança à haute voix en direction de la porte :

— Je suis Fuwa Dosan, membre du clan des Otori à Hagi. J'apporte un message de messires Shoichi et Masahiro à l'intention du parvenu qui prétend s'appeler Otori Takeo.

— Si vous êtes des messagers pacifiques, rétorqua Makoto, descendez de cheval et lâchez vos sabres. Nous vous laisserons entrer.

Je connaissais déjà la teneur du message et sentais une fureur aveugle monter en moi.

— Inutile, répliqua Fuwa avec dédain. Notre message est bref. Dites au soi-disant Takeo que les Otori ne reconnaissent pas ses prétentions. Voici comment ils agiront envers lui et tous ceux qui le suivront…

Le cavalier le plus proche de lui laissa tomber les rênes sur l'encolure de son cheval et ouvrit la corbeille, d'où il sortit ce que je redoutais de voir. Tenant la tête d'Ichiro par son chignon, il la fit tournoyer et la lança par-dessus le mur dans l'enceinte du temple.

Avec un bruit léger, elle tomba sur l'herbe fleurie du jardin.

Je tirai Jato, mon sabre, de ma ceinture en criant :

— Ouvrez la porte ! Je vais leur dire deux mots !

Je bondis en bas de l'échelle, suivi de Makoto.

Quand la porte s'ouvrit, les guerriers Otori firent volte-face et lancèrent leurs chevaux contre la muraille humaine qui les encerclait, en brandissant leurs sabres. J'imagine qu'ils croyaient que les fermiers n'oseraient pas les attaquer. Moi-même, je fus stupéfait par ce qui se produisit alors. Au lieu de leur céder le passage, les hommes à pied se ruèrent sur les chevaux. Deux des fermiers périrent sur-le-champ, coupés en deux par les sabres des guerriers, mais ensuite le premier cheval s'abattit sur le sol avec son cavalier, au milieu de la meute qui l'entourait. Les autres connurent le même sort. Leurs talents de fines lames ne leur furent d'aucun secours : les paysans les arrachèrent de leurs montures et les battirent à mort comme des chiens.

Makoto et moi nous efforçâmes de les contenir. Nous réussîmes enfin à les écarter des corps, mais pour rétablir le calme il fallut trancher les têtes des guerriers et les exposer à l'entrée du temple. Après les avoir accablés d'injures un moment, la troupe turbulente redescendit la colline non sans promettre à grands cris que si d'autres étrangers osaient approcher le sanctuaire et offenser sire Otori Takeo, l'Ange de Yamagata, ils subiraient le même traitement.

Makoto tremblait de rage. Il semblait également en proie à une autre émotion dont il voulait me parler, mais il m'était impossible de l'écouter pour l'instant. Je retournai à l'intérieur de l'enceinte. Kaede avait apporté des étoffes blanches et une cuvette de bois remplie d'eau. Agenouillée à l'ombre des cerisiers, elle lava paisiblement la tête. La peau était livide, les yeux mi-clos, le cou non pas tranché net mais déchiqueté. Malgré ce spectacle, Kaede maniait la tête avec une douceur et un soin amoureux, comme s'il s'agissait d'un objet beau et précieux.

Je m'agenouillai près d'elle, avançai ma main et touchai les cheveux. Ils grisonnaient, mais le visage d'Ichiro semblait plus jeune que la dernière fois que je l'avais vu, alors qu'il était bien vivant dans la maison de Hagi, accablé de chagrin et hanté par les morts mais toujours désireux de m'aider de ses conseils et de son affection.

— Qui est-ce ? demanda Kaede à voix basse.

— Ichiro. Il a été mon professeur, à Hagi, après avoir été celui de sire Shigeru.

Mon cœur était trop plein pour que je puisse en dire davantage. Je battis des paupières pour cacher mes larmes. Le souvenir de notre dernière rencontre s'imposa à moi. J'aurais voulu lui avoir parlé plus longuement, lui avoir mieux exprimé ma gratitude et mon respect. Je me demandais comment il était mort, si sa fin avait été assombrie d'angoisse et d'humiliation. J'aspirais à voir les yeux éteints s'ouvrir, les lèvres exsangues se mettre à parler. Les défunts sont tellement sans remède, si absolument hors de notre portée! Même quand leurs esprits reviennent, ils ne parlent pas de leur propre mort.

Je suis né et j'ai été élevé parmi les Invisibles, lesquels croient que seuls ceux qui suivent les commandements du dieu secret se retrouveront dans l'au-delà. Tous les autres sont censés brûler dans les flammes de l'enfer. J'ignorais si sire Shigeru, mon père adoptif, avait été croyant, mais les enseignements des Invisibles lui étaient familiers et il avait récité leurs prières à l'instant de mourir tout en invoquant également le nom de l'Illuminé. Ichiro, son conseiller et l'intendant de sa maison, n'avait jamais laissé rien voir de semblable. Au contraire, il avait soupçonné dès le début que sire Shigeru m'avait sauvé lors de la campagne lancée contre les Invisibles par le seigneur de la guerre Iida Sadamu. Il n'avait cessé de m'observer avec l'œil perçant d'un cormoran, à l'affût du moindre signe qui pût me trahir.

Je ne suivais plus les enseignements de mon enfance, cependant, et je ne pouvais croire qu'un homme aussi intègre et loyal qu'Ichiro se trouvât en enfer. J'étais avant tout indigné par l'injustice de son assassinat, et conscient d'avoir désormais une nouvelle mort à venger.

— Ils ont payé leur crime de leur vie, dit Kaede. À quoi bon tuer un vieillard et se donner tant de peine pour vous apporter sa tête?

Elle lava les dernières traces de sang et enveloppa la tête dans une étoffe blanche et propre.

— J'imagine que les seigneurs Otori veulent me faire sortir de mon repaire, répliquai-je. Ils préféreraient éviter d'attaquer Terayama, car ils devraient alors affronter les soldats d'Araï. Sans doute espèrent-ils m'attirer sur la frontière pour m'y livrer bataille.

Je brûlais de livrer une telle bataille, afin de les châtier une fois pour toutes. La mort des quatre guerriers avait apaisé provisoirement ma fureur, mais je la sentais encore bouillonner en moi. Il me fallait pourtant faire preuve de patience. Mon plan consistait à me retirer d'abord à Maruyama, où je mettrais sur pied mon armée. Je n'avais pas l'intention de renoncer à cette stratégie.

Le front pressé sur l'herbe, je pris congé de mon vieux maître. Manami sortit de l'appartement des hôtes et s'agenouilla à quelques pas derrière nous.

— J'ai apporté une boîte, noble dame, murmura-t-elle.

— Donne-la-moi, commanda Kaede.

C'était un coffret tressé avec des rameaux de saule et des bandes de cuir rouge. Quand elle l'ouvrit, un parfum d'aloès s'en échappa. Elle y plaça le paquet blanc autour duquel elle disposa les feuilles odorantes. Puis elle posa la boîte devant elle, et nous nous inclinâmes tous trois de nouveau dans sa direction.

Une fauvette entonna son chant printanier et un coucou lui répondit du fond de la forêt, le premier que j'eusse entendu dans l'année.

Les jours suivants, nous procédâmes aux rites funéraires. La tête fut enterrée près de la tombe de sire Shigeru, et je fis ériger une nouvelle stèle pour Ichiro. Je brûlais d'apprendre ce qui était arrivé à la vieille Chiyo et aux autres membres de la maisonnée de Hagi. J'étais tourmenté par la pensée que la maison n'existait plus, qu'elle avait sans doute été incendiée. Le pavillon du thé, la salle du haut où nous étions restés si souvent assis à contempler le jardin, le parquet du rossignol… Tous devaient avoir été détruits, et leur chant à jamais réduit au silence. J'avais envie de courir à Hagi pour revendiquer mon héritage avant qu'on ne m'en prive définitivement. Mais je savais qu'en agissant ainsi, je comblerais tous les espoirs des seigneurs Otori.

Cinq fermiers avaient péri sur place et deux autres succombèrent ensuite à leurs blessures. Ils furent ensevelis dans le cimetière du temple. Deux des chevaux étaient en si piètre état qu'Amano leur accorda une mort miséricordieuse, mais les deux restants étaient indemnes. L'un d'eux me plaisait particulièrement : un magnifique étalon noir qui me rappelait Kyu, le cheval de sire Shigeru, et était peut-être son demi-frère. Sur l'insistance de Makoto, nous fîmes également enterrer selon les rites les guerriers Otori, en priant pour que leurs esprits outragés par leur fin honteuse ne s'attardent pas à nous hanter.

Ce soir-là, l'abbé se rendit dans l'appartement des hôtes et notre conversation se prolongea tard dans la nuit. Makoto se joignit à nous, ainsi que Miyoshi Kahei, un de mes amis et alliés de Hagi. Son frère cadet, Gemba, avait été envoyé en éclaireur à Maruyama. Il devait informer de notre départ imminent Sugita Haruki, le doyen des serviteurs du domaine, qui l'hiver précédent avait assuré Kaede de son soutien. Mon épouse n'assista pas à notre entretien – elle et Makoto n'étaient pas à l'aise ensemble, pour diverses raisons, et elle l'évitait autant que possible. Je l'avais cependant invitée à rester assise derrière l'écran de manière à pouvoir entendre nos propos, car je voulais qu'elle me dise ensuite son opinion. Nous n'étions mariés que depuis peu, mais j'avais pris l'habitude de lui parler comme je ne l'avais jamais fait avec personne dans ma vie. Après m'être tu si longtemps, je semblais maintenant pris d'un besoin insatiable de partager mes pensées avec elle. J'avais toute confiance en son jugement et sa sagesse.

– Vous voilà donc en guerre, déclara l'abbé. Votre armée a connu sa première escarmouche.

– Si l'on peut qualifier d'armée un ramassis de fermiers ! intervint Makoto. Comment comptez-vous les punir ?

– Que voulez-vous dire ? répliquai-je.

– Des fermiers ne sont pas censés tuer des guerriers, lança-t-il. N'importe qui dans votre situation les châtierait avec la dernière rigueur. Ils seraient crucifiés, plongés dans de l'huile bouillante, écorchés vifs.

– Ce sera leur sort s'ils tombent aux mains des Otori, grommela Kahei.

— Ils se sont battus pour moi, dis-je.

En mon for intérieur, je trouvais que les guerriers avaient mérité leur fin ignominieuse, même si je regrettais de ne pas les avoir tués moi-même.

— Il n'est pas question que je punisse ces hommes. Je m'inquiète davantage de savoir comment les protéger.

— Vous avez mis un ogre en liberté, s'exclama Makoto. Espérons que vous serez capable d'en rester maître.

L'abbé sourit derrière sa coupe de vin. Sans même parler des observations qu'il m'avait faites sur la justice, il m'avait enseigné la stratégie tout l'hiver. Après avoir entendu mes théories sur la prise de Yamagata et les autres campagnes à mener, il ne pouvait ignorer mes sentiments envers mes fermiers.

— Les Otori cherchent à me faire sortir de mon repaire, lui dis-je comme je l'avais déjà dit à Kaede.

— Oui, il vous faut résister à cette tentation, répliqua-t-il. Bien entendu, votre premier mouvement est de courir à la vengeance. Même si vous vainquiez leur armée, cependant, ils se contenteraient de se retrancher dans Hagi. Un siège de longue durée serait un désastre. La ville est pratiquement imprenable, et tôt ou tard il vous faudrait combattre les forces d'Araï sur vos arrières.

Araï Daiichi, seigneur de Kumamoto, avait profité de la chute des Tohan pour prendre le contrôle des Trois Pays. J'avais excité sa colère en disparaissant au sein de la Tribu l'année précédente. Mon mariage avec Kaede allait sans doute mettre un comble à sa fureur. Son armée était énorme, et je ne voulais pas l'affronter avant d'avoir renforcé mes propres troupes.

— Nous devons donc nous rendre d'abord à Maruyama, comme prévu. Cela dit, si je laisse le temple sans protection, il se pourrait que les Otori vous punissent, vous et les habitants de la région.

— Nous sommes en mesure d'abriter beaucoup de monde derrière nos murailles, assura l'abbé. Je pense que nous disposons d'assez d'armes et de vivres pour tenir tête aux Otori s'ils attaquent. Personnellement, je doute qu'ils s'y hasardent. Araï et ses alliés n'abandonneront pas Yamagata sans un long combat, et de nombreux guerriers Otori répugneraient à détruire cet endroit qui est sacré pour le clan. Du reste, ils seront davantage occupés à vous poursuivre.

Il s'interrompit un instant puis reprit :

— Vous ne pouvez entreprendre une guerre sans être prêt au sacrifice. Des hommes mourront dans les batailles que vous livrerez. Si vous perdez, un grand nombre d'entre eux, y compris vous-même, connaîtront peut-être les affres d'une mise à mort impitoyable. Les Otori ne reconnaissent pas votre adoption et ignorent votre ascendance véritable. À leurs yeux, vous n'êtes qu'un parvenu, et non un membre de leur classe. Vous ne pouvez reculer devant l'action sous prétexte qu'elle entraînera des morts. Même vos fermiers en ont conscience. Sept d'entre eux ont péri aujourd'hui, mais ceux qui ont survécu ne sont pas tristes. Ils célèbrent leur victoire sur ceux qui vous ont insulté.

— Je sais tout cela, affirmai-je en jetant un coup d'œil à Makoto.

Il pinçait les lèvres et je sentais sa désapprobation, même si son visage restait impassible. Une nouvelle fois, je me rendais compte combien j'étais faible pour un chef de guerre. Je redoutais que Makoto et Kahei, élevés tous deux dans la tradition des guerriers, ne finissent par me mépriser.

— Nous avons délibérément choisi votre camp, Takeo, continua l'abbé. En raison de notre loyauté envers Shigeru, et aussi parce que nous croyons que votre cause est juste.

J'inclinai la tête, en acceptant sa réprimande et en me jurant intérieurement qu'à l'avenir il n'aurait plus jamais à me parler ainsi.

— Nous partirons pour Maruyama après-demain, déclarai-je.

— Makoto vous accompagnera, dit l'abbé. Comme vous le savez, il s'est donné à votre cause corps et âme.

Les lèvres de Makoto se détendirent légèrement tandis qu'il hochait la tête en signe d'assentiment.

PLUS TARD DANS LA NUIT, vers la seconde demie de l'heure du rat, je m'apprêtais à m'étendre près de Kaede lorsque j'entendis des voix dehors. Au bout de quelques instants, Manami nous appela doucement et chuchota qu'un moine était venu du corps de garde avec un message.

— Nous avons fait un prisonnier, dit-il quand je le rejoignis. Il a été surpris en train de rôder dans les buissons près de la porte. Les gardes l'ont poursuivi et voulaient le tuer sur-le-champ, mais il a invoqué votre nom en prétendant qu'il était à votre service.

— Je vais lui parler, assurai-je en saisissant Jato.

Je soupçonnais qu'il ne pouvait s'agir que de Jo-An, le paria qui m'avait vu à Yamagata après que j'eus délivré par une mort secourable son frère et d'autres Invisibles suppliciés. C'était lui qui m'avait surnommé l'Ange de Yamagata. Par la suite, il m'avait sauvé la vie lors de mon voyage désespéré vers Terayama en plein hiver. Je lui avais dit que je le ferais venir au printemps et lui avais recommandé d'attendre de mes nouvelles, mais il agissait de façon imprévisible, le plus souvent pour obéir à ce qu'il affirmait être la voix du dieu secret.

La nuit était tiède, l'air imprégné déjà de la moiteur de l'été. Dans les cèdres, un hibou ululait. Jo-An gisait au pied de la porte. On l'avait ligoté brutalement, les jambes repliées sous le corps, les mains attachées dans le dos. Son visage était maculé de boue et de sang, et ses cheveux étaient tout emmêlés. Il remuait imperceptiblement les lèvres, en une prière muette. Deux moines l'observaient en gardant une distance respectueuse, avec une grimace de mépris.

Je l'appelai par son nom. Ses yeux s'ouvrirent et brillèrent de soulagement en m'apercevant. Il tenta péniblement de se mettre à genoux, mais il ne pouvait s'aider de ses mains et retomba en avant. Son visage heurta le sol fangeux.

— Détachez-le, ordonnai-je.

— C'est un paria, hasarda l'un des moines. Nous n'avons pas le droit de le toucher.

— Qui l'a attaché?

— Nous ne nous étions pas rendu compte, dit l'autre moine.

— Vous vous purifierez ensuite. Cet homme m'a sauvé la vie. Détachez-le.

À contrecœur, ils s'approchèrent de Jo-An pour le relever et dénouer ses liens. Il rampa vers moi et se prosterna à mes pieds.

— Assieds-toi, Jo-An, commandai-je. Que viens-tu faire ici? Je t'avais dit d'attendre que je te fasse venir. Tu as de la chance de ne pas avoir été tué en arrivant ainsi à l'improviste, sans ma permission.

La dernière fois que je l'avais vu, j'étais moi-même un fugitif épuisé et affamé, aux vêtements presque aussi miséreux que les siens. J'étais conscient maintenant de la robe que je portais, de mes cheveux coiffés dans le style des guerriers, du sabre glissé dans ma ceinture. Je savais que les moines seraient profondément choqués de me voir parler ainsi avec un paria. Une part de moi-même était tentée de le faire jeter dehors en niant toute relation avec lui, de façon à le chasser du même coup de ma vie. Si j'ordonnais aux gardes de le tuer, ils obéiraient sans l'ombre d'une hésitation. Mais je ne pouvais le faire : il m'avait sauvé la vie. De plus, au nom du lien qui nous unissait, étant nés tous deux chez les Invisibles, je devais le traiter non comme un paria mais comme un homme.

— Personne ne me tuera tant que le Secret ne me rappellera pas, marmonna-t-il. En attendant, ma vie vous appartient.

L'endroit où nous nous trouvions n'était que faiblement éclairé par la lampe que les moines avaient rapportée du corps de garde et placée par terre près de nous, mais je voyais les yeux de Jo-An étinceler. Comme souvent dans le passé, je me demandai s'il était vraiment vivant, s'il n'était pas quelque visiteur d'un autre monde.

— Que veux-tu ? demandai-je.

— J'ai une nouvelle à vous apprendre. Une nouvelle d'importance. Vous serez content que je sois venu.

Les moines avaient reculé pour éviter d'être souillés, mais ils étaient encore assez proches pour nous entendre.

— Je dois parler avec cet homme, lançai-je. Où pouvons-nous aller ?

Ils échangèrent un regard inquiet, puis le plus âgé suggéra :

— Dans le pavillon du jardin, peut-être ?

— Il est inutile que vous m'accompagniez.

— Nous devons veiller sur vous, observa le plus jeune.

— Cet homme n'est pas un danger pour moi. Laissez-nous. Allez plutôt dire à Manami qu'elle nous apporte de l'eau, de la nourriture et du thé.

Ils s'inclinèrent et partirent. Comme ils traversaient la cour, ils se mirent à chuchoter entre eux. J'entendais le moindre mot… Je poussai un soupir.

— Viens avec moi, dis-je à Jo-An.

Il boitilla derrière moi jusqu'au pavillon, qui se trouvait non loin du grand bassin du jardin. La surface de la pièce d'eau scintillait à la lueur des étoiles, et de temps en temps un poisson bondissait puis retombait pesamment, avec un éclaboussement bruyant. Derrière le bassin, les stèles blanchâtres des tombes luisaient dans les ténèbres. Le hibou poussa de nouveau son cri, plus proche cette fois.

— Dieu m'a dit de venir vous trouver, déclara le paria quand nous fûmes assis sur le plancher en bois du pavillon.

— Tu ne devrais pas parler si ouvertement de Dieu, le réprimandai-je. Tu te trouves dans un temple, et les moines n'ont pas plus de sympathie pour les Invisibles que les guerriers.

— Vous êtes ici, murmura-t-il. Vous êtes notre espoir et notre protection.

— Je ne suis qu'une personne isolée. Je ne puis vous protéger contre une opinion qui est celle de tout un pays.

Il se tut un instant, puis déclara :

— Le Secret pense à vous à tout moment, même si vous l'avez oublié.

Ce n'était pas cette sorte de message que j'avais envie d'entendre.

— Qu'as-tu à me dire ? lançai-je d'un ton impatient.

— Vous vous rappelez les charbonniers, ces hommes que vous avez vus l'an passé. Ils ramenaient leur dieu dans la montagne et je les ai rencontrés sur le chemin. Ils m'ont dit que les armées Otori étaient en campagne et surveillaient toutes les routes autour de Terayama et Yamagata. Je suis allé vérifier moi-même : il y a des soldats embusqués partout. Dès que vous partirez, ils vous tomberont dessus. Si vous voulez tenter une sortie, vous devrez les combattre pour vous ouvrir une voie.

Il ne me quittait pas du regard, attentif à ma réaction. Je me maudissais moi-même d'avoir séjourné si longtemps dans le temple. J'avais toujours été conscient que la surprise et la rapidité constituaient mes meilleures armes. Il y avait des jours que j'aurais dû partir. Sous prétexte d'attendre Ichiro, j'avais sans cesse remis ce départ. Avant mon mariage, j'étais sorti chaque nuit pour contrôler l'état des routes, au cas où. Mais depuis que Kaede m'avait rejoint, je ne pouvais m'arracher à sa présence. Je me retrouvais maintenant pris au piège par mon irrésolution et mon manque de vigilance.

— Combien sont-ils, à ton avis ?

— Cinq ou six mille.

Mes propres forces étaient d'à peine mille hommes…

— Vous devrez donc passer par la montagne, conclut le paria. Comme cet hiver. Il existe un sentier qui va vers l'ouest. Personne ne le surveille, car le col est encore sous la neige.

Mon esprit travaillait à toute allure. Je connaissais le sentier en question. Il passait devant l'oratoire où Makoto projetait de rester tout l'hiver, avant que je n'y fisse irruption au milieu d'une tempête de neige, pendant ma fuite vers Terayama. Je l'avais exploré moi-même quelques semaines plus tôt, et avais rebroussé chemin lorsque la neige était devenue trop épaisse. Je songeai que mes forces consistaient en hommes, en chevaux et en bœufs. Ces derniers seraient incapables d'avancer dans ces conditions, mais les hommes et les chevaux pourraient passer. Nous partirions la nuit, de façon que les Otori nous croient toujours dans le temple… Il fallait agir sans tarder, consulter immédiatement l'abbé.

Mes pensées furent interrompues par l'arrivée de Manami. Un domestique l'accompagnait, chargé d'une cuvette d'eau. Elle-même portait un plateau garni d'un bol de riz aux légumes et de deux coupes de thé de brindilles. Elle le posa sur le plancher, en observant Jo-An avec autant de dégoût que s'il avait été une vipère. Le domestique ne semblait pas moins horrifié qu'elle. Je me demandai fugitivement si je ne me ferais pas du tort en m'exhibant ainsi en compagnie de parias. Je leur dis de nous laisser et ils s'empressèrent d'obéir, ce qui ne m'empêcha pas d'entendre Manami grommeler d'un ton désapprobateur tout le long du chemin les ramenant à l'hôtellerie.

Jo-An lava ses mains et son visage, puis joignit les mains pour réciter la première prière des Invisibles. Je fis écho machinalement à ces mots familiers, mais me sentis gagné par l'irritation. Il avait beau avoir de nouveau risqué sa vie afin de m'apporter ces informations capitales, j'aurais aimé qu'il se montre plus discret. Je me sentais découragé en pensant au handicap qu'il pourrait finir par représenter.

— Tu ferais mieux de t'en aller, lui dis-je quand il eut achevé son repas. Tu ne seras pas rentré chez toi de sitôt.

Il resta assis sans réagir, la tête légèrement détournée, dans cette position d'écoute qui m'était devenue familière.

— Non, lança-t-il finalement. Je dois vous accompagner.

— C'est impossible. Je ne veux pas de toi à mes côtés.

— Dieu le veut.

Il était inutile de discuter. Je n'en serais venu à bout qu'en le tuant ou en l'emprisonnant, ce qui n'aurait pas été une façon très digne de le récompenser pour son aide.

— D'accord. Mais tu ne peux pas rester dans le temple.

— Non, concéda-t-il docilement. Il faut que j'aille chercher les autres.

— Quels autres, Jo-An ?

— Le reste de notre troupe. Ceux qui sont venus avec moi. Vous en avez déjà vu certains.

J'avais vu ces hommes à la tannerie installée près du fleuve, où Jo-An travaillait. Les regards ardents qu'ils m'avaient lancés s'étaient gravés dans mon esprit. Je savais qu'ils comptaient sur moi pour leur apporter justice et protection. Et je me souvenais de la plume : sire Shigeru avait aspiré plus que tout à la justice. Par égard pour sa mémoire et pour ces hommes vivants, je me devais de la rechercher à mon tour.

Jo-An joignit de nouveau les mains et rendit grâce pour le repas.

Un poisson bondit dans le silence.

— Combien sont-ils ? demandai-je.

— Une trentaine. Ils sont cachés dans les montagnes. Durant les dernières semaines, ils ont franchi la frontière seuls ou à deux.

— La frontière n'est pas gardée ?

— Il y a eu des escarmouches entre les Otori et les soldats d'Araï. Pour le moment, chacun campe sur ses positions. Toutes les frontières sont ouvertes. Les Otori ont fait comprendre qu'ils n'entendaient pas défier Araï ni reprendre Yamagata. Tout ce qu'ils veulent, c'est vous éliminer.

Apparemment, c'était la mission de tout le monde…

— Ont-ils le soutien du peuple ?

— Bien sûr que non ! s'exclama-t-il d'un air presque impatienté.

Vous savez qui les gens soutiennent : l'Ange de Yamagata. Comme nous tous. Pourquoi croyez-vous que nous sommes ici ?

Je n'étais pas certain de désirer leur soutien, mais je ne pouvais m'empêcher d'être impressionné par leur courage.

— Merci, dis-je simplement.

Il grimaça un sourire, et en voyant sa bouche édentée je me rappelai les tortures qu'il avait déjà endurées à cause de moi.

— Nous vous retrouverons de l'autre côté de la montagne, annonça-t-il. Vous verrez, nous vous serons utiles.

J'ordonnai aux gardes d'ouvrir les portes et je pris congé du paria. Tandis qu'il détalait dans l'obscurité, j'observai sa silhouette frêle et tordue. Du fond de la forêt, une renarde glapit — on aurait dit le cri d'un fantôme tourmenté. Je frissonnai. Jo-An semblait guidé et soutenu par une puissance surnaturelle. Même si je ne croyais plus en elle, je redoutais sa force comme un enfant superstitieux.

En rentrant à l'hôtellerie, j'avais la chair de poule. J'ôtai mes vêtements et, malgré l'heure tardive, demandai à Manami de les emporter pour les laver et les purifier. Puis je me rendis au pavillon de bains, où elle m'étrilla des pieds à la tête. Je restai dix ou vingt minutes immergé dans l'eau brûlante. Après avoir revêtu de nouveaux habits, je chargeai la servante d'aller chercher Kahei et de demander à l'abbé s'il pouvait m'accorder un entretien. La première demie de l'heure du bœuf avait sonné.

Je rencontrai Kahei dans le couloir et le mis au courant en peu de mots, après quoi j'entrai avec lui dans la chambre de l'abbé. Manami était partie pour le temple, afin de prévenir Makoto qui y veillait pour la nuit. Nous finîmes par décider que l'armée se mettrait en marche le plus tôt possible, à l'exception d'une petite troupe de cavaliers qui resterait encore un jour à Terayama afin de combattre comme arrière-garde.

Kahei et Makoto se rendirent immédiatement au village pour réveiller Amano et les autres hommes, et commencer à empaqueter vivres et équipements. L'abbé chargea des domestiques d'informer les moines, car il craignait d'éveiller les soupçons d'espions en faisant sonner la cloche du temple à cette heure de la nuit. Quant à moi, je rejoignis Kaede.

Elle m'attendait et avait déjà revêtu sa robe de repos. Ses cheveux dénoués l'enveloppaient comme une seconde robe, dont le noir intense contrastait avec l'étoffe couleur d'ivoire et sa peau d'une blancheur immaculée. Comme toujours, sa vue me coupa le souffle. Quoi qu'il puisse nous arriver, je n'oublierais jamais le printemps que nous avions vécu ensemble. Ma vie semblait comblée de grâces imméritées, mais celle-ci était la plus grande de toutes.

— Manami a dit qu'un paria était venu et que vous l'aviez laissé entrer pour parler avec lui.

Sa voix était aussi scandalisée que celle de sa servante un moment plus tôt.

— C'est vrai. Il s'appelle Jo-An, je l'ai rencontré à Yamagata.

Je me déshabillai, revêtis ma robe et m'assis en face d'elle, genou contre genou.

Ses yeux scrutèrent mon visage.

— Vous avez l'air épuisé. Venez vous coucher.

— Dans un instant. Il faut que nous essayions de dormir quelques heures, car nous partons demain à l'aube. Les Otori encerclent le temple. Nous passerons par la montagne.

— C'est le paria qui vous en a informé ?

— Oui, au péril de sa vie.

— Pourquoi ? Comment se fait-il que vous le connaissiez ?

— Vous vous rappelez le jour où nous sommes venus ici à cheval avec sire Shigeru ?

— Je ne l'oublierai jamais, assura-t-elle en souriant.

— La nuit précédente, je m'étais introduit dans le château pour mettre fin aux souffrances de prisonniers suspendus aux murailles. C'étaient des Invisibles. Vous avez entendu parler de ces gens ?

— Un peu, par Shizuka. Les Noguchi les torturaient de la même façon.

— L'un des hommes que j'ai tués était le frère de Jo-An. Quand j'ai émergé des douves, Jo-An m'a vu et m'a pris pour un ange.

— L'Ange de Yamagata, dit-elle lentement. À notre retour, cette nuit-là, la ville entière bruissait de ces événements.

— Jo-An et moi nous sommes revus depuis. Il semble que nos destins soient liés, d'une manière ou d'une autre. L'année dernière, il m'a aidé à arriver jusqu'au temple. Sans lui, j'aurais péri dans la neige. Durant ce voyage, il m'a emmené voir une sainte femme qui a fait certaines révélations sur ma vie…

Je n'avais évoqué à personne les paroles de la prophétesse, pas même à Makoto ni à Matsuda, mais maintenant je voulais les partager avec Kaede. Je les lui chuchotai à l'oreille : trois sangs se mêlaient en moi, j'étais né parmi les Invisibles mais ma vie ne m'appartenait plus, j'étais destiné à régner en paix de la mer à la mer, quand la Terre aurait accompli ce que le Ciel désirait. Je n'avais cessé de me répéter ces mots et, comme je l'ai déjà noté, il m'arrivait alternativement d'y croire et de n'y pas croire. Je dis à Kaede que cinq batailles nous donneraient la paix, quatre victoires et une défaite, mais je ne lui répétai pas ce que la sainte femme avait prédit quant à mon fils, à savoir que je mourrais par sa main. Je me persuadai que ce fardeau aurait été trop lourd pour elle. En réalité, je n'avais pas envie de lui révéler un autre secret que je lui avais caché : une de mes cousines de la Tribu, Yuki, la fille de Muto Kenji, attendait un enfant de moi.

— Vous êtes né chez les Invisibles ? s'étonna doucement Kaede. Pourtant, la Tribu vous a réclamé en invoquant le sang de votre père. C'est du moins ce que Shizuka a tenté de m'expliquer.

— La première fois que je l'ai vu chez sire Shigeru, Muto Kenji a révélé que mon père appartenait à une famille de la Tribu, les Kikuta. Il ignorait, à la différence du seigneur, que mon père était également à moitié Otori…

J'avais déjà montré à Kaede les registres attestant ces faits. Le père de sire Shigeru, Otori Shigemori, était mon grand-père.

— Et votre mère ? demanda-t-elle d'une voix paisible. Si vous vous sentez capable de m'en parler...

— Elle faisait partie des Invisibles. J'ai grandi parmi eux. Les hommes d'Iida ont massacré ma famille à Mino, notre village, et ils m'auraient tué sans l'intervention de sire Shigeru.

Après un silence, je racontai ce que j'avais jusqu'alors comme interdit à ma propre pensée :

— J'avais deux petites sœurs. J'imagine qu'elles ont été assassinées, elles aussi. L'une avait neuf ans, l'autre sept.

— Quelle horreur ! s'exclama Kaede. Je ne cesse de trembler pour mes sœurs. J'espère que nous pourrons les faire venir dès que nous serons à Maruyama. Je veux croire qu'elles sont en sécurité pour l'instant.

Je me tus en songeant à Mino, où nous nous étions tous sentis tellement en sécurité.

— Votre vie a été si étrange, continua Kaede. La première fois que je vous ai rencontré, j'ai senti que tout en vous était secret. Je vous ai regardé partir comme si vous vous rendiez en un lieu obscur et mystérieux. Je voulais vous suivre en ce lieu. Je voulais tout savoir de vous.

— Je vous dirai tout. Mais il faut nous reposer, maintenant.

Elle repoussa la couverture et nous nous étendîmes sur le matelas. La prenant dans mes bras, je dénouai nos robes afin de sentir sa peau contre la mienne. Elle appela Manami pour faire ôter les lampes. L'odeur d'huile et de fumée s'attarda dans la chambre après que l'écho des pas de la servante se fut évanoui.

Je connaissais tous les bruits nocturnes du temple, désormais. Les moments de silence parfait, interrompus à intervalles réguliers par les pas feutrés des moines se levant dans les ténèbres pour aller prier, par les chuchotements des psalmodies ou par l'éclat soudain d'une cloche. Cette nuit, cependant, ce rythme immuable et harmonieux était troublé par la rumeur d'hommes s'affairant sans relâche. J'étais moi-même agité, partagé entre mon désir de participer aux préparatifs et ma répugnance à quitter Kaede.

— Être un Invisible, qu'est-ce que cela signifie ? demanda-t-elle à voix basse.

— J'ai été élevé dans certaines croyances. Mais je ne les respecte plus, pour la plupart.

En prononçant ces mots, je sentis sur ma nuque comme un souffle glacé. Était-il vraiment possible que j'aie abandonné les croyances de mon enfance, alors que ma famille était morte plutôt que de les trahir ?

— On a raconté qu'Iida voulait châtier sire Shigeru parce qu'il faisait partie des Invisibles, de même que ma parente, dame Maruyama, murmura Kaede.

— Sire Shigeru ne m'en a jamais parlé. Il connaissait leurs prières et les a récitées avant de mourir, mais son dernier mot a été le nom de l'Illuminé.

Jusqu'à ce jour, j'avais évité de songer à cet instant. Il avait été comme effacé par l'horreur de ce qui avait suivi, et par l'intensité de mon chagrin. Voilà cependant que j'y avais pensé deux fois depuis mon réveil, et pour la première fois je rapprochai soudain les paroles de la prophétesse et celles du seigneur. «Tout ne fait qu'un», avait-elle dit. Telle avait été aussi la conviction de sire Shigeru. J'entendis de nouveau le rire émerveillé de la sainte femme, et crus voir le seigneur me sourire. Je sentais que je venais d'avoir la révélation soudaine d'un profond mystère, qu'il me serait impossible d'exprimer par des mots. Mon cœur sembla un instant cesser de battre, stupéfait. Dans mon esprit réduit au silence, plusieurs images surgirent à la fois : le calme de sire Shigeru se préparant à mourir, la compassion de la prophétesse, mon propre sentiment d'attente et d'émerveillement lors de ma première visite à Terayama, la plume teintée de rouge du *houou* reposant sur ma paume. Je reconnus la vérité se cachant derrière les dogmes et les croyances, je compris combien les efforts de l'homme troublaient la limpidité de la vie. Avec pitié, je nous vis tous en proie au désir et à la mort, le guerrier aussi bien que le paria, le prêtre comme le fermier ou même l'empereur. Quel nom pourrais-je donner à cette clarté limpide ? Le Ciel ? Dieu ? Le Destin ? Ou une myriade de noms, aussi innombrables que les esprits antiques dont les hommes croient que ce pays est peuplé ? Tous étaient des visages du Sans Visage, des expressions de l'inexprimable — chacun une part de la vérité, mais aucun la vérité tout entière.

— Et dame Maruyama ? interrogea Kaede, étonnée de mon long silence.

— Je crois qu'elle avait des convictions solides, mais je n'en ai jamais parlé avec elle. La première fois que je l'ai rencontrée, elle a tracé le signe dans ma main.

— Montrez-moi, chuchota Kaede.

Je pris sa main et dessinai dans sa paume le signe des Invisibles.

— Les Invisibles sont-ils dangereux ? Pourquoi sont-ils détestés de tous ?

— Ils ne sont pas dangereux. Il leur est interdit de tuer, de sorte qu'ils ne se défendent jamais. Ils professent que tous les hommes sont égaux aux yeux de leur dieu et qu'ils seront tous jugés par lui après la mort. Les grands seigneurs comme Iida haïssent cette doctrine, de même que la plupart des guerriers. Si vraiment tout le monde est égal, si Dieu a l'œil sur tout, il doit être mal de traiter avec tant de cruauté son prochain. Notre monde serait bouleversé de fond en comble si chacun pensait comme les Invisibles.

— Et vous partagez leur croyance ?

— Je ne pense pas qu'un tel dieu existe, mais il me semble qu'il faudrait traiter tous les hommes comme des égaux. Les parias, les paysans, les Invisibles devraient tous être protégés contre la férocité et l'avidité de la classe des guerriers. Et je veux accepter les services de quiconque sera prêt à m'aider, qu'il soit fermier ou même paria. Je les accueillerai tous dans mes armées.

Kaede ne répliqua pas. Je me dis que ces idées devaient lui paraître aussi étranges que détestables. Même si je ne croyais plus au dieu des Invisibles, je ne pouvais rien contre l'influence de leurs enseignements sur moi. Je songeai à l'attaque des fermiers contre les guerriers Otori, à l'entrée du temple. J'avais approuvé leur action car je les considérais comme des égaux, alors que Makoto avait été scandalisé et indigné. Avait-il raison? Allais-je libérer un ogre dont je ne serais jamais capable de me rendre maître?

— Les Invisibles croient-ils que les femmes sont les égales des hommes? demanda doucement Kaede.

— Elles le sont aux yeux de Dieu. Les prêtres sont des hommes, habituellement, mais si aucun n'a l'âge requis on choisit de vieilles femmes qui deviennent prêtresses.

— Me laisserez-vous combattre dans votre armée?

— Étant donné vos talents, si vous étiez n'importe quelle autre femme je serais heureux de vous avoir à mon côté dans la bataille, comme à Inuyama. Mais vous êtes l'héritière de Maruyama. Si vous veniez à périr, notre cause serait définitivement perdue. Et de toute façon, je ne pourrais pas le supporter.

Je l'attirai contre moi et enfouis mon visage dans ses cheveux. Il restait encore une question que je devais discuter avec elle. Elle touchait à l'un de ces enseignements des Invisibles qui paraissent incompréhensibles aux guerriers, à savoir qu'on n'a pas le droit de mettre fin à ses jours.

— Nous avons été en sécurité ici, chuchotai-je. Après notre départ, tout changera. J'espère que nous pourrons demeurer ensemble, cependant il y aura des moments où nous serons séparés. Nombreux sont ceux qui veulent ma mort, mais elle n'adviendra qu'après que la prophétie sera accomplie et que notre pays s'étendra paisiblement de la mer à la mer. Je veux que vous me promettiez que quoi qu'il arrive, quoi qu'on vous dise, vous ne croirez pas en ma mort avant de l'avoir constatée de vos propres yeux. Promets-moi que tu ne te tueras pas avant de m'avoir vu mort.

— Je te le promets, dit-elle d'une voix tranquille. Et tu dois en faire autant de ton côté.

Je lui en fis à mon tour le serment. Quand elle fut endormie, je restai allongé dans l'obscurité à songer à ce qui m'avait été révélé. Les grâces qui m'avaient été accordées n'avaient pas pour fin ma propre personne mais l'œuvre que je pourrais réaliser : une terre de paix et de justice, où le *houou* ne se contenterait pas d'apparaître mais construirait son nid et élèverait sa descendance.

CHAPITRE II

Notre sommeil fut bref. À mon réveil, il faisait encore nuit. J'entendais derrière les murs le piétinement régulier d'hommes et de chevaux remontant en file le sentier de montagne. Après avoir appelé Manami, je réveillai Kaede et lui dis de s'habiller — je reviendrais la chercher au moment du départ. Je lui confiai également le coffret contenant les registres établis par sire Shigeru sur la Tribu. Je voulais qu'ils soient l'objet d'une vigilance de tous les instants : ils constituaient une garantie pour mon avenir face à la sentence de mort promulguée par la Tribu à mon encontre. Grâce à eux, je pourrais aussi négocier éventuellement une alliance avec Araï Daiichi, qui était désormais le seigneur de la guerre le plus puissant des Trois Pays.

Dans le temple, l'activité était déjà fébrile. Les moines se préparaient non pas aux prières de l'aube mais à une contre-attaque face aux Otori et à la possibilité d'un siège de longue durée. Les torches projetaient des ombres tremblantes sur les visages des hommes s'apprêtant au combat. Je revêtis mon armure de cuir entrelacé de motifs rouge et or. C'était la première fois que je la portais pour un usage réel. Ainsi cuirassé, je me sentais plus vieux, et j'espérai que j'acquerrais aussi quelque assurance. Je me rendis aux portes afin de surveiller le départ de mes hommes dans le jour levant. Makoto et

Kahei étaient déjà partis en éclaireurs avec l'avant-garde. On entendait dans la vallée les cris des faisans et des pluviers. La rosée s'attardait sur les brins d'herbe de bambou et sur les toiles des araignées de printemps — mais ces dernières furent bientôt écrasées par les soldats en marche.

Quand je revins, Kaede et Manami avaient toutes deux revêtu des tenues de cavaliers. Kaede portait l'armure, destinée originellement à un page, que j'avais choisie pour elle. J'avais fait forger un sabre à son intention, et elle l'avait glissé dans sa ceinture en compagnie d'un poignard. Nous mangeâmes en hâte un repas froid et frugal, puis nous rejoignîmes Amano qui nous attendait avec les chevaux.

L'abbé se trouvait avec lui, casqué et cuirassé de cuir, avec son sabre dans sa ceinture. Je m'agenouillai devant lui pour le remercier de tout ce qu'il avait fait pour moi. Il m'embrassa comme un père.

— Envoyez-moi des messagers de Maruyama, dit-il avec bonne humeur. Vous arriverez là-bas avant la nouvelle lune.

Sa confiance en moi me réconforta et me donna des forces.

Kaede chevauchait Raku, le cheval gris à la queue et à la crinière noires que je lui avais donné. Quant à moi, j'avais pour monture l'étalon noir pris aux guerriers Otori et qu'Amano avait nommé Aoï. Manami et les autres femmes voyageant avec l'armée furent juchées sur des chevaux de bât — la suivante de Kaede s'assura que le coffret des registres était solidement attaché derrière elle. Nous rattrapâmes l'armée qui serpentait à travers la forêt en remontant le sentier escarpé que Makoto et moi avions descendu l'année précédente au milieu des premières chutes de neige. Le ciel rougeoyait, et le soleil commençant à peine à effleurer les pics neigeux les teintait de rose et d'or. L'air était assez froid pour engourdir nos joues et nos doigts.

Je me retournai pour regarder le temple, dont les toits larges et inclinés émergeaient de l'océan de feuillages nouveaux comme un immense navire. Il semblait empreint d'une paix éternelle, dans le soleil matinal, tandis que des colombes immaculées voletaient autour des avant-toits. Je priai pour qu'il soit préservé tel qu'il était en cet instant, pour qu'il échappe lors des prochains combats à l'incendie et à la destruction.

Le ciel du matin, d'un rouge menaçant, tint ses promesses. De lourds nuages gris ne tardèrent pas à apparaître à l'ouest, chargés d'averses qui se transformèrent en une pluie incessante. Quand nous montâmes vers le col, le grésil succéda à la pluie. Les cavaliers s'en sortaient mieux que les porteurs, dont le dos était accablé d'énormes paniers. Mais quand la couche de neige devint plus épaisse, même les chevaux furent mis à rude épreuve. J'avais imaginé le chemin vers la bataille comme une chevauchée héroïque, au son des conques retentissantes, au milieu des étendards flottant au vent. Je ne m'étais pas attendu à cette équipée fastidieuse, sans autres ennemis que le mauvais temps et la montagne, ni aux affres de cette ascension interminable.

Les chevaux finirent par refuser d'avancer, et Amano et moi mîmes pied à terre pour les mener. En arrivant au col, nous étions trempés jusqu'aux os. Le chemin était si étroit qu'il m'était impossible de chevaucher en avant ou en arrière pour contrôler la marche de mon armée. Quand nous commençâmes à redescendre, je la vis serpenter comme une créature aux pattes innombrables, dont la silhouette immense et sombre se détachait sur les derniers restes de neige. Au-delà des rochers et des éboulis, sous la pluie qui faisait maintenant fondre la neige, d'épaisses forêts s'étendaient sous nos yeux. Si jamais des ennemis s'y étaient embusqués, nous serions complètement à leur merci.

Mais elles étaient désertes : les Otori nous attendaient de l'autre côté de la montagne. Une fois à l'abri des arbres, nous rattrapâmes Kahei, lequel avait accordé une halte à l'avant-garde. Nous imitâmes son exemple, et les hommes purent se détendre en petits groupes et se restaurer. L'air humide s'emplit de l'odeur âcre de leur urine. Nous avions marché pendant cinq ou six heures, mais je constatai avec plaisir que les fermiers aussi bien que les guerriers avaient tenu bon.

Pendant notre halte, la pluie s'intensifia. Je m'inquiétais pour Kaede, à peine remise de plusieurs mois de mauvaise santé. Bien qu'elle semblât glacée, elle ne se plaignait pas. On lui servit un léger repas, mais nous n'avions rien de chaud et ne pouvions perdre du temps à allumer des feux. Étrangement silencieuse, Manami ne la quittait pas des yeux et sursautait au moindre bruit. Nous nous remîmes en route dès que possible. Si je ne me trompe pas, il était midi passé, entre l'heure de la chèvre et celle du singe. La pente se fit moins raide, et bientôt le sentier s'élargit suffisamment pour que je puisse chevaucher le long de l'armée. Laissant Kaede avec Amano, je lançai mon cheval dans un petit galop et descendis le chemin pour rejoindre l'avant-garde, où je trouvai Makoto et Kahei.

Makoto connaissait la région mieux qu'aucun d'entre nous. Il me dit que sur l'autre rive du fleuve, non loin de là, nous rejoindrions une petite ville appelée Kibi, où nous pourrions passer la nuit.

— Sera-t-elle défendue ?

— Dans le pire des cas, par une garnison modeste. Il n'y a pas de château, et la ville elle-même est à peine fortifiée.

— À qui appartiennent ces terres ?

— Araï a installé ici l'un de ses lieutenants, dit Kahei. L'ancien seigneur et ses fils se sont rangés au côté des Tohan à Kushimoto, où ils ont tous été tués. Quelques serviteurs se sont ralliés à Araï, les autres sont restés sans maître et vivent de brigandage dans les montagnes.

— Envoyez des messagers annoncer que nous demandons un abri pour la nuit. Qu'ils expliquent que nous ne faisons que passer et ne désirons pas livrer bataille. Nous verrons quelle sera la réponse.

Kahei approuva de la tête et appela trois de ses hommes, qui partirent au galop pendant que nous continuions plus lentement. Une heure ne s'était pas écoulée qu'ils étaient de retour. Couverts de boue jusqu'au grasset, leurs chevaux haletaient en gonflant leurs naseaux rougis.

— Le fleuve est en crue et le pont a été emporté, déclara le chef du groupe. Nous avons tenté de traverser à la nage, mais le courant est trop fort. De toute façon, même si nous y étions parvenus, les fantassins et les chevaux de bât en seraient incapables.

— Et les routes longeant le fleuve ? Où se trouve le pont le plus proche ?

— La route de l'est traverse la vallée jusqu'à Yamagata, intervint Makoto. Elle nous mènerait droit aux Otori. Celle du sud s'écarte du fleuve et conduit à Inuyama à travers la montagne, mais le col sera fermé à cette époque de l'année.

À moins de franchir le fleuve, nous étions pris au piège.

— Venez avec moi, lançai-je à Makoto. Allons voir nous-mêmes ce qu'il en est.

Je dis à Kahei de faire avancer l'armée au pas, à l'exception d'une arrière-garde de cent hommes qui prendraient la direction de l'est, au cas où nos ennemis nous poursuivraient déjà sur cette route.

Makoto et moi avions à peine parcouru un quart de lieue quand j'entendis le grondement régulier et sinistre de l'inondation. Gonflé par la fonte des neiges, aussi inexorable que la saison, le fleuve printanier déversait ses eaux verdâtres sur le paysage. En sortant de la forêt, tandis que nous traversions les bois de bambou précédant les roseaux, je crus que nous arrivions au bord de la mer. L'eau étendait devant nous à perte de vue son immensité reflétant la couleur du ciel et miroitant sous la pluie.

Je devais avoir l'air accablé, car Makoto lança :

— En réalité, ce n'est pas si terrible que cela. Ce sont surtout des champs irrigués.

J'aperçus alors le motif quadrillé des levées et des sentiers. Les rizières seraient boueuses, mais peu profondes. Le fleuve lui-même coulait entre elles, sur une largeur d'environ cent pieds. Comme il avait submergé ses digues, il devait avoir au moins douze pieds de profondeur. Je distinguai les vestiges du pont en bois : deux piliers dont les cimes noires bravaient les ondes tourbillonnantes. Ils donnaient une impression de tristesse indicible, sous la pluie torrentielle, comme tous les rêves et les ambitions des hommes ravagés par la nature et par le temps.

Je contemplais le fleuve en me demandant s'il serait possible de le traverser à la nage, de reconstruire le pont ou d'avoir je ne sais quelle inspiration divine, quand j'entendis soudain, par-dessus le mugissement incessant des eaux, la rumeur d'une activité humaine. En me concentrant, il me sembla reconnaître des voix, les coups d'une hache puis, sans doute possible, le fracas d'un arbre en train de tomber.

Sur ma droite, en amont, le fleuve décrivait une boucle et la forêt se rapprochait des rives. J'aperçus les restes d'une construction, probablement une jetée ou un quai de chargement destiné à transporter jusqu'à la ville le bois de la forêt. Je fis tourner mon cheval et me dirigeai à travers champs vers la boucle.

— Que se passe-t-il ? s'exclama Makoto en me suivant.

— Il y a quelqu'un là-bas.

J'agrippai la crinière d'Aoï qui avait failli perdre l'équilibre en glissant.

— Revenez ! cria Makoto. Ce n'est pas sûr, vous ne pouvez pas y aller seul.

Je l'entendis décrocher son arc et mettre en place une flèche. Les chevaux avançaient en pataugeant dans l'eau peu profonde. Un souvenir s'imposait à mon esprit : un autre fleuve, lui aussi infranchissable pour d'autres raisons... Je savais ce que j'allais trouver — et qui.

Jo-An était là, trempé, à moitié nu, avec ses camarades. Les parias, qui étaient au moins une trentaine, avaient arraché du bois de la jetée, abattu plusieurs autres arbres et coupé assez de roseaux pour édifier un de leurs ponts flottants.

En me voyant, ils interrompirent leur travail et se jetèrent à genoux dans la boue. Il me sembla reconnaître plusieurs ouvriers de la tannerie. Ils étaient aussi maigres et miséreux que jamais, et la même lueur avide brûlait dans leur regard. J'essayai d'imaginer à quel prix ils avaient pu ainsi s'enfuir avec Jo-An de leur territoire, violer toutes les lois contre l'abattage des arbres, et tout cela au nom du vague espoir que j'apporterais la justice et la paix. Je préférais ne pas songer aux supplices qui leur seraient infligés si je décevais leur attente.

— Jo-An! m'écriai-je.

Il s'approcha de mon cheval. L'étalon noir renâcla à sa vue et tenta de se cabrer, mais le paria saisit la bride et le calma.

— Dis-leur de continuer à travailler, lui dis-je. Eh bien, me voilà plus que jamais ton débiteur.

— Vous ne me devez rien, répliqua-t-il. Seul Dieu mérite votre reconnaissance.

Makoto chevauchait à côté de moi et je me surpris à espérer qu'il n'eût pas entendu les propos de Jo-An. Nos chevaux s'effleurèrent du museau et mon étalon se mit à hennir en essayant de mordre l'autre. Le paria lui donna une tape sur l'encolure.

Makoto laissa tomber son regard sur lui.

— Des parias? s'exclama-t-il d'une voix incrédule. Que fabriquent-ils ici?

— Ils sont en train de nous sauver la vie en construisant un pont flottant.

Il fit reculer légèrement son cheval. Je distinguais sous son casque ses lèvres esquissant une moue réprobatrice.

— Aucun soldat n'y mettra les pieds... commença-t-il.

Je l'interrompis.

— Ils monteront dessus, car je l'ordonne. C'est notre seule voie de salut.

— Nous pourrions retourner sur nos pas et prendre d'assaut le pont de Yamagata.

— Et perdre toute notre avance ? Sans compter qu'il faudrait nous battre à cinq contre un, alors que toutes nos retraites sont coupées. Non, nous allons traverser le fleuve grâce à ce pont. Allez chercher des hommes pour qu'ils travaillent avec les parias. Les autres prépareront la traversée.

— Personne ne voudra emprunter un pont construit par des parias, insista-t-il.

Son ton patient, comme s'il s'adressait à un enfant, me mit hors de moi. J'avais déjà ressenti cette impression quelques mois plus tôt, quand les gardes de sire Shigeru avaient laissé Kenji pénétrer dans le jardin de Hagi, sans se rendre compte qu'ils avaient été bernés par un maître assassin de la Tribu. Pour que je puisse protéger mes hommes, il fallait qu'ils m'obéissent. Oubliant que Makoto était plus âgé, plus sage et plus expérimenté que moi, je m'abandonnai à ma fureur.

— Vous allez tout de suite exécuter mes ordres. Si vous n'arrivez pas à persuader les soldats, vous m'en répondrez personnellement. Les guerriers devront monter la garde pendant que les chevaux de bât et les fantassins traverseront. Faites venir des archers pour protéger le pont. Nous franchirons le fleuve avant la nuit.

— Sire Otori.

Il inclina la tête et son cheval s'éloigna en pataugeant dans les rizières. Je le regardai descendre la pente et disparaître au milieu des bambous, puis je tournai mon attention vers le travail des parias.

Ils étaient en train de confectionner des radeaux en liant ensemble le bois de la jetée et les troncs des arbres abattus. Chaque radeau était soutenu par des flotteurs en roseau, attachés à l'aide de cordes en chanvre et en écorce. Une fois terminés, ils étaient mis à flot et fixés à ceux déjà mouillés dans le fleuve. Le courant était si fort, cependant, qu'il les repoussait obstinément vers la rive.

— Il faudrait les attacher sur la rive opposée, dis-je à Jo-An.

— Quelqu'un va s'y rendre à la nage, assura-t-il.

L'un des plus jeunes parias noua un rouleau de cordes à sa taille et plongea dans le fleuve, mais il ne put résister à la puissance du courant. Nous vîmes ses mains s'agiter au-dessus des flots puis il disparut dans l'abîme verdâtre. Ses camarades le tirèrent sur la rive, à moitié noyé.

— Donne-moi la corde, lançai-je.

Jo-An jeta un regard angoissé sur la rive.

— Non, seigneur, attendez, m'implora-t-il. Quand les soldats arriveront, l'un d'eux fera la traversée.

— Il faut que le pont soit prêt avant leur arrivée, rétorquai-je. Donne-moi la corde.

Jo-An s'approcha du jeune homme, qui était maintenant assis et crachait de l'eau. Il prit la corde et me la tendit. Après l'avoir attachée à ma taille, je pressai mon cheval d'avancer. La corde glissa sur son arrière-train, ce qui le fit bondir en avant : il se retrouva dans l'eau avant même d'avoir eu le temps de comprendre.

Je lui criai des encouragements et il inclina une oreille en arrière pour m'écouter. Au début, il toucha le fond, mais l'eau lui arriva rapidement à l'encolure et il se mit à nager. Je tentai de tourner sa tête en direction du point où j'espérais accoster, mais sa force et sa bonne volonté ne pouvaient rien contre le courant. Celui-ci nous entraîna en aval, vers les vestiges de l'ancien pont.

Ce que j'aperçus de ce côté ne me plut pas. Le courant poussait violemment contre les piliers des branches et d'autres débris. Si mon cheval se retrouvait pris parmi eux, il paniquerait et nous noierait tous les deux. Comme moi, il sentait la puissance redoutable du fleuve. Les oreilles aplaties contre son crâne, il roulait des yeux terrifiés. Par chance, la peur décupla son énergie. Dans un effort désespéré, il agita vigoureusement ses quatre jambes et nous évitâmes de justesse les piliers, qui n'étaient qu'à quelques brassées de nous. Nous avions traversé plus de la moitié du fleuve et, d'un seul coup, le courant se calma. Quelques instants plus tard, l'étalon foula le fond et se mit à brasser l'eau avec des mouvements frénétiques afin d'en sortir. Il finit par se hisser sur la terre ferme et resta immobile, la tête baissée et les flancs frissonnants, semblant avoir épuisé toute son énergie. Je me laissai glisser à terre et lui flattai l'encolure en lui disant que son père devait avoir été un esprit des eaux, pour donner naissance à un nageur aussi extraordinaire. Nous étions tous deux trempés, et devions ressembler davantage à des poissons ou des grenouilles qu'à des créatures terrestres.

La corde nouée à ma taille me tirait en arrière et je craignais de retomber à l'eau. Je rampai péniblement jusqu'à un petit bouquet d'arbres au bord du fleuve. Ils entouraient un autel minuscule dédié au dieu renard, à en juger par ses effigies blanches, et leurs branches inférieures étaient submergées par la crue. Les eaux léchaient les pieds des statues, si bien que les renards avaient l'air de flotter. Je passai la corde autour du tronc de l'arbre le plus proche, un jeune érable sur le point d'épanouir son feuillage, et je me mis à tirer dessus. Elle était attachée à une autre corde, beaucoup plus solide, dont je sentais le poids chargé d'humidité tandis qu'elle se tendait non sans résistance au-dessus du fleuve. Une fois que j'en eus halé une longueur suffisante sur la rive, je la fixai à un autre arbre, plus vigoureux que l'érable. Je songeai soudain que j'étais certainement en train de souiller l'autel, mais pour l'instant peu m'importait le dieu, l'esprit ou le démon que je pouvais offenser, du moment que mes hommes traversent le fleuve en toute sécurité.

Mes oreilles étaient sans cesse aux aguets. Malgré la pluie, je ne pouvais croire que cet endroit fût aussi désert qu'il le paraissait, car le pont donnait sur une route semblant fort fréquentée. À travers le crépitement de l'ondée et le rugissement du fleuve, j'entendais des milans crier, des centaines de grenouilles saluer avec enthousiasme le déluge et des corbeaux croasser d'une voix rauque dans la forêt. Mais où donc étaient passés les humains ?

Une fois la corde solidement fixée, une dizaine de parias traversèrent les eaux en s'y accrochant. Nettement plus habiles que moi, ils refirent tous mes nœuds et établirent un système de poulie en se servant des branches souples de l'érable. Lentement et laborieusement, ils halèrent les radeaux. Leurs poitrines se soulevaient et leurs muscles saillaient dans l'effort. Comme indigné de les voir envahir son domaine, le fleuve tiraillait les embarcations, mais l'obstination des hommes fut la plus forte et les radeaux, stabilisés par leurs flotteurs en roseau, se rapprochèrent peu à peu de nous comme des bœufs dociles.

Le courant coinça d'un côté le pont flottant contre les piliers subsistants. Sans ce hasard, je crois que le fleuve nous aurait vaincus. Si notre pont était presque terminé, cependant, je ne voyais toujours pas Makoto revenir avec les guerriers. J'avais perdu toute notion du temps, et les nuages étaient trop bas et sombres pour qu'on puisse reconnaître la position du soleil, mais il me semblait qu'il devait être parti depuis au moins une heure. Avait-il échoué à convaincre les soldats ? À moins qu'ils ne soient repartis vers Yamagata, comme il l'avait proposé ? Meilleur ami ou pas, je le tuerais de mes propres mains si cela devait se produire. J'avais beau tendre l'oreille, je n'entendais rien en dehors du fleuve, de la pluie et des grenouilles.

Derrière l'autel, la route émergeait des eaux. Je voyais les montagnes s'élever au-delà, avec leurs pentes où des bancs de brouillard blanc s'étiraient comme des banderoles. Mon cheval tremblait de froid. Je décidai de lui faire faire un tour pour le réchauffer, puisque je ne voyais pas comment j'aurais pu le sécher. Je bondis en selle et longeai un moment la route. Comme elle remontait, j'espérais également distinguer plus nettement la rive opposée.

Non loin de là, je découvris une sorte de masure en bois et en torchis, couverte d'un toit primitif en roseau. À côté de ce logis modeste, une barrière avait été placée en travers de la route. Je me demandai de quoi il s'agissait, car ces lieux n'évoquaient guère un poste frontière officiel et je n'apercevais aucun garde.

En approchant, je découvris que plusieurs têtes d'hommes étaient fixées à la barrière, les unes fraîchement tranchées, les autres réduites à l'état de crânes. Je me sentis envahi par l'horreur, mais à cet instant j'entendis enfin, dans mon dos, la rumeur que j'attendais : le piétinement d'hommes et de chevaux sur l'autre rive du fleuve. Je me retournai et aperçus à travers la pluie l'avant-garde de mon armée surgissant de la forêt et pataugeant en direction du pont. À son casque, je reconnus Kahei. Il chevauchait en tête, au côté de Makoto.

Je poussai un soupir de soulagement. En apercevant au loin les silhouettes de ses compagnons, Aoï poussa un hennissement de joie. Un hurlement épouvantable lui fit écho à l'intérieur de la masure. La terre trembla quand la porte s'ouvrit, et je vis sortir l'homme le plus immense que j'eusse jamais vu, plus colossal encore que le géant des charbonniers.

Ma première pensée fut qu'il s'agissait d'un ogre ou d'un démon. Il devait mesurer deux brassées de haut et était aussi large qu'un bœuf. Malgré sa stature, cependant, sa tête semblait beaucoup trop grosse, comme si la croissance de son crâne ne s'était jamais arrêtée. Ses cheveux étaient longs, emmêlés. Il portait une barbe et une moustache épaisses et hirsutes, et ses yeux n'étaient pas humains mais ronds comme ceux des animaux. Il n'avait qu'une oreille, énorme et pendante. À l'emplacement de l'autre oreille, une cicatrice bleuâtre luisait à travers sa tignasse. Mais ses propos, quand il m'apostropha, étaient bien ceux d'un homme.

— Dis donc ! hurla-t-il de sa voix énorme. Qu'est-ce que tu fabriques sur ma route ?

— Je suis Otori Takeo, répliquai-je. Je dois faire passer mon armée ici. Écarte cette barrière !

Il éclata d'un rire évoquant des rochers dévalant avec fracas le versant d'une montagne.

— Personne ne passe sans la permission de Jin-emon. Va donc le dire à ton armée !

La pluie tombait plus dru et le jour déclinait rapidement. J'avais froid, j'étais trempé, épuisé et affamé.

— Dégage cette route ! criai-je d'un ton impatient. Nous allons passer.

Sans répondre, il s'avança lourdement vers moi. Il portait une arme mais la cachait dans son dos, de sorte que je ne pouvais la distinguer clairement. Avant même de voir son bras bouger, j'entendis comme un choc métallique. D'une main, je fis faire volte-face à mon cheval, de l'autre, je saisis Jato. Aoï entendit le bruit de l'arme, lui aussi, et vit le bras du géant se précipiter en avant. Il fit un écart et le bâton muni d'une chaîne siffla à mes oreilles — on aurait cru le hurlement d'un loup.

La chaîne était lestée à son extrémité, et le bâton auquel elle était fixée était renforcé d'une faucille encastrée dans le bois. Je n'avais encore jamais rencontré une telle arme, et je ne savais comment combattre l'ogre. La chaîne tournoya de nouveau et s'enroula autour de la jambe postérieure droite de ma monture. Aoï poussa un cri de douleur et de terreur, et se mit à ruer. Je vidai les étriers, me laissai glisser de l'autre côté du colosse et me retournai pour lui faire face. Manifestement, j'étais tombé sur un forcené qui me massacrerait si je ne le tuais pas le premier.

Il me considéra avec un sourire railleur. À ses yeux, je devais être aussi insignifiant que le Garçon à la Pêche ou quelque autre héros minuscule d'un conte populaire. En voyant ses muscles se bander, je me dédoublai et me jetai sur la gauche. La chaîne passa à travers mon second moi sans me toucher. Jato fendit l'air entre nous et sa lame s'enfonça dans l'avant-bras du monstre, juste au-dessus du poignet. Normalement, il aurait dû avoir la main coupée, mais le colosse avait des os en fer. Le choc se réverbéra jusque dans mon épaule, et je craignis un instant que mon sabre ne reste coincé dans son bras comme une hache dans un arbre.

Jin-emon émit une sorte de grondement rappelant le bruit de la montagne quand elle gèle, et il fit passer le bâton dans son autre main. Du sang s'écoulait maintenant de sa blessure, mais ces quelques gouttes noirâtres n'avaient rien à voir avec le flot qui aurait dû jaillir. La chaîne siffla de nouveau. Je me rendis un instant invisible et songeai fugitivement à battre en retraite sur la rive. Où diable se trouvaient mes hommes en cet instant où j'aurais eu tant besoin d'eux ? Apercevant soudain un morceau de peau nue, j'abattis Jato dans cet espace sans défense. Une plaie énorme s'ouvrit dans la chair du géant, mais cette fois encore elle ne saigna presque pas. Un sentiment d'horreur m'envahit. Mon adversaire était une créature surnaturelle, sans rien d'humain. Quelle chance pouvais-je avoir face à lui ?

Au coup suivant, la chaîne s'enroula autour de mon sabre. Avec un cri de triomphe, Jin-emon l'arracha de mes mains. Jato s'envola et atterrit à une bonne distance de moi. L'ogre s'approcha en agitant les bras, ayant compris mes ruses.

Je m'immobilisai. Mon poignard était glissé dans ma ceinture, mais je préférai ne pas l'en tirer de peur que le géant ne me tue sur-le-champ d'un coup de chaîne. Je voulais que ce monstre me regarde. Il me rejoignit, me saisit par les épaules et me souleva. J'ignore quelle était son intention – peut-être voulait-il trancher ma gorge avec ses dents gigantesques et boire mon sang. Je pensai : «Ce n'est pas mon fils, il ne peut pas me tuer», et je fixai ses yeux. Ils n'avaient pas plus d'expression que ceux d'une bête, mais en rencontrant les miens ils s'arrondirent avec stupéfaction. Je percevais derrière ce regard la méchanceté obtuse de l'ogre, sa nature brutale et impitoyable. Conscient du pouvoir reposant au fond de mon être, je le laissai déferler hors de moi. Les yeux du monstre se troublèrent. Il grogna doucement et relâcha son étreinte avant de vaciller et de s'effondrer avec fracas, comme un arbre énorme abattu par la hache du bûcheron. Je me jetai sur le côté, n'ayant aucune envie de finir écrasé sous sa masse, et roulai en direction de Jato. Aoï, qui tournait nerveusement autour de nous, recommença alors à ruer et piaffer. Le sabre à la main, je courus vers Jin-emon en train de ronfler bruyamment, plongé dans le profond sommeil des Kikuta. J'essayai de soulever sa tête monstrueuse afin de la trancher, mais elle était trop lourde et je ne voulais pas risquer d'abîmer la lame de mon sabre. Je préférai enfoncer Jato dans sa gorge, et sectionner l'artère et la trachée. Même là, le sang ne s'écoula que lentement. Le géant esquissa des coups de pied, son dos se cambra, mais il ne se réveilla pas. Au bout d'un moment, il cessa enfin de respirer.

Je croyais être seul, mais j'entendis soudain du bruit dans la masure. Me retournant, je vis un homme nettement plus petit qui ouvrait la porte et détalait. Il cria des propos incohérents, bondit par-dessus la levée derrière la cabane et disparut dans la forêt.

Je déplaçai moi-même la barrière, en observant les crânes et en me demandant à qui ils appartenaient. Deux des plus anciens tombèrent pendant que je m'activais, et des insectes surgirent de leurs orbites vides. Après les avoir déposés sur l'herbe, je retournai à mon cheval. J'étais glacé, au bord de la nausée. La jambe d'Aoï était contusionnée et saignait à l'endroit où la chaîne l'avait atteinte, même si elle ne semblait pas cassée. L'étalon pouvait marcher, mais boitait sérieusement. Je le ramenai au fleuve.

Le combat me paraissait comme un mauvais rêve. Plus j'y réfléchissais, cependant, mieux je me sentais. Alors que Jin-emon aurait dû me tuer et joindre ma tête tranchée à celles ornant déjà la barrière, mes pouvoirs de la Tribu m'en avaient débarrassé. Cet épisode semblait une confirmation éclatante de la prophétie. Si un tel ogre ne parvenait pas à me tuer, qui en serait capable ? En arrivant près du fleuve, je débordais d'une énergie nouvelle. Mais devant le spectacle s'offrant à mes yeux, elle se transforma en fureur.

Le pont était achevé, mais seuls les parias l'avaient traversé. Le reste de mon armée se trouvait toujours sur l'autre rive. Les parias étaient accroupis dans leur coin, avec cette résignation morose où je commençais à reconnaître leur réaction face au mépris irrationnel dont le monde les accablait.

Assis sur ses talons, Jo-An contemplait d'un air sombre les eaux tourbillonnantes. En m'apercevant, il se leva.

— Ils ne veulent pas traverser, seigneur. Il faut que vous leur en donniez l'ordre.

— J'y vais, lançai-je avec une irritation croissante. Prends mon cheval, lave sa blessure et promène-le un peu pour qu'il n'attrape pas froid.

— Que s'est-il passé? demanda Jo-An en saisissant les rênes.

— J'ai affronté un démon, répondis-je brièvement avant de m'engager sur le pont.

Les hommes attendant sur la rive opposée poussèrent un cri en me voyant, mais aucun ne s'aventura sur les radeaux. Il n'était pas évident de marcher dessus. Leur masse était instable, l'eau les submergeait par moments et le fleuve les secouait en tous sens. J'avançai au pas de course, en songeant au parquet du rossignol à Hagi, sur lequel je courais si légèrement. Je suppliai l'esprit de sire Shigeru de m'assister.

À l'autre bout du pont, Makoto descendit de cheval et empoigna mon bras.

— Où étiez-vous? Nous redoutions que vous ne soyez mort.

— Ça n'aurait rien eu d'impossible, répliquai-je avec rage. Peut-on savoir où vous étiez vous-mêmes?

Avant qu'il pût répondre, Kahei chevaucha vers nous.

— Que signifie ce retard? m'exclamai-je. Dites aux soldats d'avancer.

— Ils craignent d'être souillés par les parias, dit Kahei d'un ton hésitant.

— Descendez de cheval, commandai-je.

Pendant qu'il s'exécutait, je fis sentir aux deux hommes toute l'étendue de ma colère.

— À cause de votre sottise, j'ai failli mourir. Quand je donne un ordre, vous devez m'obéir sur-le-champ, quoi que vous en pensiez. Si cela ne vous convient pas, fichez le camp dès maintenant. Retournez à Hagi ou au temple, n'importe où du moment que je ne vous voie plus.

Je parlais à voix basse, car je ne voulais pas que toute l'armée m'entende, mais je vis combien mes paroles les remplissaient de honte.

— À présent, envoyez en éclaireurs ceux dont les chevaux veulent nager. Faites avancer les chevaux de bât sur le pont en laissant des gardes pour protéger leurs arrières. Ensuite, faites marcher les fantassins, pas plus de trente à la fois.

— Sire Otori, dit Kahei.

Il bondit en selle et galopa vers les soldats.

— Pardonnez-moi, Takeo, murmura Makoto.

— La prochaine fois, je vous tuerai. Donnez-moi votre cheval.

Je chevauchai parmi les soldats qui attendaient, en leur répétant la consigne.

— Ne craignez pas d'être souillés, déclarais-je. J'ai moi-même déjà franchi le pont. S'il y a la moindre souillure, qu'elle retombe sur moi.

Je me trouvais dans un état proche de l'exaltation. Il me semblait qu'aucune puissance du ciel ou de la terre ne pouvait rien contre moi.

En poussant un cri puissant, le premier cavalier se jeta à l'eau, suivi d'une foule de guerriers. Les premiers chevaux de bât furent conduits sur le pont, et je constatai avec soulagement qu'il tenait le coup. Une fois la traversée en bonne voie, je chevauchai en direction de l'arrière-garde, en donnant des ordres et en rassurant les fantassins au passage. J'arrivai bientôt à l'endroit où Kaede prenait patience en compagnie de Manami et des autres femmes. Manami avait apporté des parapluies, et elles s'abritaient dessous en se serrant les unes contre les autres. À côté d'elles, Amano surveillait les chevaux. Le visage de Kaede s'illumina à ma vue. Ses cheveux étaient brillants de pluie et des gouttes s'attardaient à l'extrémité de ses cils.

Je mis pied à terre et confiai les rênes à Amano.

— Qu'est-il arrivé à Aoï? demanda-t-il en reconnaissant le cheval de Makoto.

— Il est blessé. J'ignore la gravité de son état. Nous avons traversé le fleuve à la nage et il est resté sur l'autre rive.

Je voulais dire à Amano combien l'étalon noir s'était montré vaillant, mais le temps manquait.

— Nous allons franchir le fleuve, annonçai-je aux femmes. Les parias ont construit un pont.

Kaede me regarda sans rien dire, mais Manami se répandit aussitôt en plaintes.

Je levai ma main pour la faire taire.

— Vous n'avez pas le choix. Il faut m'obéir sans discuter.

Je répétai ce que j'avais dit aux soldats, à savoir que toute la souillure retomberait sur moi seul.

— Sire Otori, grommela la servante en s'inclinant à contrecœur et en me jetant un regard oblique.

Je résistai à l'envie de la frapper, même s'il me semblait qu'elle l'aurait amplement mérité.

— Irai-je à cheval? demanda Kaede.

— Non, le pont est trop instable, il vaut mieux que vous marchiez. Je ferai traverser votre cheval à la nage.

Amano ne voulut pas en entendre parler.

— Un palefrenier s'en chargera à votre place, insista-t-il en regardant mon armure trempée et boueuse.

— Demandez à l'un d'entre eux de m'accompagner dès maintenant. Qu'il s'occupe de Raku et m'amène un nouveau cheval. Il faut que je retourne sur l'autre rive.

Je n'avais pas oublié l'homme que j'avais vu décamper. S'il était allé avertir d'autres adversaires de notre arrivée, je voulais être sur place pour les affronter.

— Amenez Shun à sire Otori, cria Amano à un garçon d'écurie.

Celui-ci revint sur le dos d'un petit cheval bai et saisit les rênes de Raku. Je pris rapidement congé de Kaede, en lui demandant de s'assurer que le cheval de bât transportant le coffret des registres traverse le fleuve sans incident. Puis j'enfourchai de nouveau la monture de Makoto. Nous longeâmes au petit galop la colonne des soldats, qui gagnaient maintenant le pont d'un bon pas. Deux cents hommes étaient déjà sur l'autre rive, et Kahei les organisait en petits groupes pourvus chacun d'un chef.

Makoto m'attendait au bord de l'eau. Je lui rendis sa monture et gardai Raku pendant qu'il s'élançait dans le fleuve avec le palefrenier. J'observai Shun, le cheval bai, et notai qu'il avançait sans peur, en nageant avec autant de calme et de vigueur que s'il s'agissait pour lui d'un exercice quotidien. Le palefrenier revint en empruntant le pont et je lui confiai Raku.

Pendant qu'ils traversaient à la nage, je rejoignis les soldats sur le pont flottant.

Ils se bousculaient comme les rats du port de Hagi, afin de rester le moins longtemps possible sur ces radeaux détrempés. Je me dis que la plupart ne devaient pas savoir nager. Certains me saluèrent, et un ou deux me touchèrent l'épaule comme si je pouvais écarter le mauvais sort et leur porter chance. Je les encourageai de mon mieux, en plaisantant sur les bains brûlants et les festins délicieux qui nous attendaient à Maruyama. Ils semblaient d'humeur joyeuse, quoique Maruyama fût encore loin.

De l'autre côté du fleuve, je dis au palefrenier de garder Raku en attendant Kaede. Après quoi je montai sur Shun. Il ne brillait ni par sa taille ni par sa beauté, mais quelque chose en lui me plaisait. J'invitai les guerriers à me suivre, et je m'avançai au côté de Makoto. Je tenais particulièrement à ce que nous soyons couverts. Deux groupes de trente archers étant prêts, je leur commandai de se cacher derrière la levée et d'attendre mon signal.

Le cadavre de Jin-emon gisait encore près de la barrière. L'endroit semblait désert, le silence régnait.

— Avez-vous quelque chose à voir avec ce spectacle ? demanda Makoto en considérant d'un air dégoûté le corps gigantesque et la collection de têtes.

— Je vous raconterai plus tard. L'homme avait un compagnon qui s'est enfui. Je soupçonne qu'il va revenir avec des renforts. Kahei a dit que cette région était infestée de bandits. Notre ami mort devait faire payer les gens pour qu'ils puissent emprunter le pont. S'ils refusaient, il leur tranchait la tête.

Makoto mit pied à terre pour jeter un coup d'œil de plus près.

— Certaines de ses victimes étaient des guerriers, s'exclama-t-il, et aussi des jeunes gens. Nous devrions lui couper la tête pour la peine.

— Ne faites pas ça, m'exclamai-je. Ses os sont durs comme du granit. Vous ne ferez qu'endommager votre sabre.

Makoto me regarda, incrédule. Il ne dit mot, mais abattit vivement la lame sur le cou. Son sabre se rompit avec un bruit presque humain. Les hommes autour de nous poussèrent un cri de surprise et d'effroi. Makoto contempla la lame brisée d'un air consterné, puis leva vers moi son visage rouge de confusion.

— Pardonnez-moi, murmura-t-il une nouvelle fois. J'aurais dû vous écouter.

Fou de rage, je saisis mon propre sabre. Ma vue s'obscurcit, comme toujours quand ma colère explosait. Comment pourrais-je protéger mes hommes s'ils ne m'obéissaient pas ? Makoto avait fait fi de mon avis en présence de mes soldats : sa conduite méritait la mort. Je faillis perdre la tête et l'abattre sur place, mais à cet instant j'entendis au loin une rumeur de sabots qui me rappela que d'autres ennemis m'attendaient, bien réels ceux-là.

— C'était un démon, une créature moins qu'humaine, dis-je à Makoto. Vous ne pouviez pas le savoir. Vous en serez réduit à vous battre avec votre arc.

Je fis signe aux soldats de faire silence. Ils se figèrent, comme pétrifiés, et les chevaux eux-mêmes cessèrent de bouger. La pluie affaiblie
n'était plus guère qu'une bruine. Dans la lumière déclinante de cette
journée brumeuse, nous avions l'air d'une armée de fantômes.

J'écoutai les bandits approcher en pataugeant dans la terre
détrempée. Puis ils surgirent du brouillard : plus de trente cavaliers
et autant de fantassins. C'était une troupe aussi hétéroclite que
déguenillée. Certains étaient manifestement des guerriers sans
maître, nantis de bons chevaux et d'armures qui avaient connu des
temps meilleurs. Le reste appartenait au rebut de dix années de
guerre — esclaves des domaines ou des mines d'argent ayant fui leurs
maîtres brutaux, voleurs, déments et autres meurtriers. Je reconnus l'homme qui s'était échappé de la masure. Il courait agrippé à
l'étrier du cavalier de tête. Lorsque la troupe s'arrêta, dans un éclaboussement d'eau et de boue, il me désigna du doigt en criant de
nouveau des mots incompréhensibles.

Le cavalier s'exclama :

— Où se trouve l'assassin de notre ami et compagnon Jin-emon ?

— Je suis Otori Takeo, répliquai-je. Je conduis mes hommes à
Maruyama. Jin-emon m'a attaqué sans motif et a reçu un juste châtiment. Laissez-nous passer, ou vous subirez le même sort que lui.

— Retournez d'où vous venez, gronda-t-il. Nous haïssons les
Otori, par ici.

Ses camarades se mirent à nous huer. Il cracha par terre et fit tournoyer son sabre au-dessus de sa tête. Je levai ma main pour faire signe
aux archers.

Aussitôt, l'air s'emplit de la rumeur des projectiles. Les flèches
s'envolaient en sifflant et pénétraient dans la chair vivante avec un
choc sourd, les blessés hurlaient… La scène était terrifiante. Je n'eus
pas le temps d'y songer, cependant, car le chef des bandits lança vers
moi sa monture au galop en brandissant son sabre.

Son destrier était plus grand que Shun et son bras pouvait frapper plus loin que le mien. Mon cheval tendit les oreilles en avant, l'air impassible. Juste avant qu'il ne frappe, Shun bondit sur le côté et fit volte-face en s'envolant littéralement, si bien que je pus atteindre mon adversaire par-derrière, en tailladant sa nuque et son épaule tandis que son sabre s'abattait vainement à l'endroit où je me trouvais l'instant d'avant.

Le bandit n'était qu'un homme, sans rien d'un ogre ou d'un démon. Son sang humain jaillit en un flot rouge. Il resta un moment en selle, vacillant sur son cheval qui continuait de galoper, puis il s'affala d'un coup et tomba par terre.

Shun, toujours aussi calme, s'était retourné pour affronter un nouvel assaillant. Ce dernier ne portait pas de casque, et Jato fendit en deux sa tête en faisant gicler le sang, la cervelle et les os. Nous baignions maintenant dans l'odeur du sang qui se mêlait de pluie et de boue. Nos guerriers étant de plus en plus nombreux à entrer en lice, les bandits furent complètement submergés. Les survivants tentèrent de fuir, mais nous les poursuivîmes pour les mettre en pièces. La colère n'avait cessé de grandir en moi tout le long du jour, et la désobéissance de Makoto l'avait déchaînée. Cette escarmouche brève et sanglante me permit de l'évacuer. J'étais furieux du retard causé par ces hommes sans loi et sans intelligence et me réjouissais de tout mon cœur qu'ils aient tous reçu leur salaire. Même si ce n'était pas une grande bataille, nous l'emportâmes sans contestation et elle nous laissa comme un goût de sang et de victoire.

Nos pertes se limitèrent à trois tués et deux blessés. Plus tard, je fus informé que quatre autres hommes s'étaient noyés. Un des compagnons de Kahei, Shibata, appartenant au clan des Otori, s'y connaissait un peu en herbes et en remèdes. Il se chargea de nettoyer et soigner les blessures. Kahei se rendit en éclaireur dans la ville, afin de voir quel abri elle pourrait offrir au moins pour les femmes. Pendant ce temps, je m'occupai avec Makoto de faire avancer le reste de l'armée à un rythme plus lent. Après avoir confié le commandement à mon ami, je retournai au bord du fleuve où les derniers soldats franchissaient le pont flottant.

Jo-An et ses camarades étaient toujours accroupis près de l'eau. En me voyant, le paria se leva et se dirigea vers moi. Je fus un instant tenté de mettre pied à terre et de le serrer dans mes bras, mais je résistai à cette impulsion et le moment passa.

— Sois remercié, m'écriai-je, et merci aussi à tous tes hommes. Vous nous avez sauvés du désastre.

— Pas un ne nous a remerciés, observa-t-il en désignant les soldats défilant devant nous. Il est heureux que nous travaillions pour Dieu, et non pour eux.

— Vous allez venir avec nous, n'est-ce pas, Jo-An ?

Je ne voulais pas qu'ils repassent sur l'autre rive, où les attendaient certainement des châtiments cruels pour avoir franchi la frontière, abattu des arbres et aidé un proscrit.

Il acquiesça de la tête. En voyant combien il semblait exténué, je fus envahi de remords. Je n'avais pas envie d'emmener les parias, car je craignais la réaction de mes guerriers et savais quel mécontentement et quelles frictions leur présence provoquerait. En même temps, je ne pouvais les abandonner ici.

— Il faut détruire le pont, dis-je, au cas où les Otori nous poursuivraient.

Il hocha de nouveau la tête et appela les autres. Ils se levèrent péniblement et commencèrent à défaire les cordes tenant les radeaux en place. Certains fantassins étaient des fermiers munis de faucilles et de serpettes. Je leur ordonnai de s'arrêter pour prêter main-forte aux parias. Une fois les cordes tranchées, les radeaux dérivèrent sur le courant qui les entraîna au milieu du fleuve où les eaux achevèrent de les disloquer.

Je contemplai un instant les flots boueux, remerciai de nouveau les parias et leur dis d'accompagner les soldats. Après quoi je rejoignis Kaede.

À l'abri des arbres entourant l'autel du dieu renard, elle était déjà montée sur Raku. Je vérifiai rapidement que Manami était juchée sur le cheval de bât portant le coffret des registres bien attaché derrière elle, puis je n'eus d'yeux que pour Kaede. Son visage était pâle, mais elle se tenait parfaitement droite sur le petit destrier gris et regardait défiler l'armée en souriant légèrement. Alors que je l'avais surtout vue contrainte et déprimée dans des cadres luxueux, elle semblait heureuse dans cet environnement brutal.

Dès que je l'aperçus, je fus envahi par un besoin violent de la serrer contre moi. Il me semblait que je mourrais si je ne passais pas bientôt la nuit avec elle. Cette nostalgie me prit au dépourvu et m'emplit de honte. N'aurais-je pas dû songer plutôt à la sûreté de mon épouse ? Sans compter que j'étais le chef d'une armée et devais m'occuper du sort d'un millier d'hommes. Le désir douloureux que j'éprouvais pour Kaede m'embarrassait et me rendait presque timide avec elle.

En me voyant, elle se dirigea vers moi. Nos deux chevaux se saluèrent en hennissant. Nos genoux se touchèrent. Lorsque nos têtes se penchèrent l'une vers l'autre, je respirai son parfum de jasmin.

— La route est libre, maintenant, annonçai-je. Nous pouvons avancer.

— Qui étaient ces hommes ?

— Des bandits, je suppose.

Je ne m'étendis pas, n'ayant pas envie d'évoquer le sang et la mort en ces lieux illuminés par sa présence.

— Kahei est parti en éclaireur vous trouver un abri pour la nuit.

— Si je puis être avec vous, je dormirai à l'air libre, dit-elle à voix basse. Je n'avais jamais connu la liberté, jusqu'alors. Mais aujourd'hui, durant ce voyage difficile, sous cette pluie battante, je me suis sentie libre.

Nos mains s'effleurèrent fugitivement puis je m'éloignai avec Amano, auquel je parlai de Shun. Mes yeux étaient brûlants et je voulais dissimuler mon émotion.

— Je n'avais encore jamais monté un cheval pareil. On croirait qu'il lit dans mes pensées !

Le regard d'Amano se mit à pétiller.

— Je me demandais si vous l'aimeriez. On me l'a amené il y a quelques semaines. À mon avis, il a été soit volé soit récupéré après la mort de son propriétaire. Il me semble impossible que quelqu'un ait pu s'en débarrasser volontairement. C'est le cheval le plus futé que j'aie jamais connu. L'étalon noir est plus spectaculaire, il fait de l'effet — mais je sais bien lequel des deux je préférerais monter dans une bataille.

Il conclut en m'adressant un large sourire :

— Sire Otori a de la chance avec les chevaux. Ce n'est pas donné à tout le monde. C'est comme un don : vous attirez les bons sujets.

— Espérons que cela augure bien de l'avenir, répliquai-je.

Nous passâmes devant la masure. Les cadavres étaient alignés le long de la levée. Je me disais que je devrais charger quelques soldats de brûler ou d'enterrer ces corps, quand un homme de Kahei arriva au galop de l'avant-garde en braillant pour qu'on le laisse passer et en criant mon nom.

— Sire Otori ! s'écria-t-il en ramenant au pas sa monture juste devant nous. On a besoin de vous à l'avant. Des fermiers sont venus et veulent vous parler.

Depuis l'instant où nous avions traversé le fleuve, je me demandais où étaient passés les habitants du cru. Bien que les champs fussent inondés, le riz ne semblait pas avoir été repiqué et les canaux d'irrigation étaient encombrés de mauvaises herbes. Je distinguais au loin les toits raides de fermes, mais aucune fumée ne s'en élevait et rien ne trahissait l'activité humaine. Le pays paraissait désert, victime d'une malédiction. Je supposais que Jin-emon et sa bande avaient intimidé, chassé ou tué tous les fermiers et villageois. Apparemment, la nouvelle de sa mort s'était répandue rapidement et en avait fait sortir certains de leurs cachettes.

Je remontai la colonne au petit galop. Les soldats m'acclamaient et semblaient de bonne humeur. J'en entendis même plusieurs chanter. L'approche de la nuit les laissait manifestement indifférents, tant ils avaient une confiance aveugle en ma capacité à leur procurer le vivre et le couvert.

À l'avant de l'armée, Makoto avait ordonné une halte. Un groupe de fermiers étaient accroupis dans la boue. En me voyant arriver et descendre de cheval, ils se prosternèrent.

— Ils sont venus nous remercier, déclara Makoto. Les bandits terrorisent la région depuis près d'un an. Dans leur frayeur, les paysans n'ont rien pu planter ce printemps. L'ogre a massacré en grand nombre leurs fils et leurs frères, et beaucoup de leurs femmes ont été enlevées.

— Asseyez-vous, lançai-je. Je suis Otori Takeo.

Ils s'assirent, mais dès qu'ils entendirent mon nom ils se prosternèrent de plus belle.

— Asseyez-vous, répétai-je. Jin-emon est mort.

À ces mots, ils se jetèrent de nouveau à terre.

— Vous pouvez faire ce que vous voulez de son corps. Allez chercher les restes de vos parents et donnez-leur une sépulture honorable.

Je m'interrompis. J'avais envie de leur demander des vivres, mais je craignais que leur dénuement fût tel qu'ils seraient alors condamnés à mourir de faim après notre départ.

Le plus vieux d'entre eux, qui était manifestement leur chef, prit la parole d'une voix hésitante.

— Seigneur, que pouvons-nous faire pour vous? Nous aimerions nourrir vos troupes, mais elles sont si nombreuses…

— Contentez-vous d'ensevelir vos morts, répliquai-je. Vous ne nous devez rien. Il faut pourtant que nous trouvions un abri pour la nuit. Que pouvez-vous nous dire de la ville voisine?

— Vous y serez les bienvenus, assura-t-il. Kibi se trouve à une heure de marche environ. Nous avons un nouveau seigneur, un homme de sire Araï. Il a envoyé bien des guerriers combattre les bandits cette année, mais ils ont toujours été vaincus. La dernière fois, ses deux fils ont été tués par Jin-emon, de même que mon fils aîné. Voici son frère, Jiro. Emmenez-le avec vous, sire Otori.

Jiro avait deux ou trois ans de moins que moi. Il était maigre à faire peur, mais son visage brillait d'intelligence sous la couche de boue qui le recouvrait.

– Approche, Jiro, commandai-je.

Il se leva et s'immobilisa près de Shun, lequel le flaira attentivement, comme s'il l'inspectait.

– Tu aimes les chevaux?

Il hocha la tête, trop impressionné pour parler.

– Si ton père peut se passer de toi, je veux bien que tu m'accompagnes à Maruyama.

Je pensais qu'il pourrait se joindre aux palefreniers d'Amano.

– Nous devrions maintenant continuer notre route, intervint Makoto.

– Nous avons apporté ce que nous pouvions, dit alors le vieux fermier en faisant signe à ses compagnons.

Ils déposèrent les sacs et les paniers dont leurs épaules étaient chargées et en sortirent leurs dons misérables : des gâteaux de millet, de pousses de fougère et d'autres plantes de la montagne, quelques minuscules pruneaux salés et une poignée de châtaignes desséchées. Je ne voulais pas les prendre, mais je sentais qu'un refus aurait outragé les fermiers. Je chargeai donc deux soldats de mettre ces provisions dans des sacs et de les emporter avec eux.

– Prends congé de ton père, dis-je à Jiro.

Je vis que le vieillard avait soudain du mal à retenir ses larmes. Je regrettai de m'être offert à emmener le garçon, car non seulement j'étais ainsi responsable d'une vie de plus mais je privais son père d'une aide précieuse pour remettre en état ses champs abandonnés.

— Je vous le renverrai une fois arrivé en ville.

— Non! s'écrièrent d'une seule voix le père et le fils.

Le jeune garçon avait violemment rougi.

— Laissez-le venir avec vous, implora son père. Notre famille appartenait jadis à la classe des guerriers. Mes grands-parents en furent réduits à se faire fermiers pour ne pas mourir de faim. Si Jiro entre à votre service, peut-être pourra-t-il redevenir un guerrier et sauver le nom de notre maison.

— Il ferait mieux de rester ici pour sauver les récoltes, répliquai-je. Mais si telle est vraiment votre volonté, il peut nous accompagner.

J'envoyai le garçon auprès d'Amano, afin qu'il aide celui-ci à s'occuper des chevaux pris aux bandits. Je lui dis de revenir quand il aurait une monture. Je me demandais ce qu'était devenu Aoï, que je n'avais pas revu après l'avoir confié à Jo-An — il me semblait que des jours entiers s'étaient écoulés depuis. Makoto et moi chevauchions genou contre genou, en tête de notre armée fatiguée mais joyeuse.

— Quelle bonne journée, lança-t-il. C'est un excellent début. Vous vous en êtes remarquablement tiré, malgré ma sottise.

Je me rappelai combien j'avais été furieux contre lui. Ma colère semblait s'être complètement dissipée, maintenant.

— N'y pensons plus. Dites-moi plutôt si vous considérez cette escarmouche comme une vraie bataille.

— Pour des hommes peu expérimentés, c'était une bataille, répliqua-t-il. Une victoire, qui plus est. Puisque vous l'avez gagnée, vous pouvez la considérer comme bon vous semble.

«Encore trois victoires et une défaite», pensai-je. Je m'interrogeai : Était-ce ainsi qu'une prophétie fonctionnait? Pouvais-je choisir de l'appliquer à mon gré? Je commençais à comprendre le pouvoir et le danger qu'elle recelait. Que j'y croie ou non, elle influerait profondément sur ma vie. Les mots avaient été prononcés, je les avais entendus et désormais je ne pourrais plus les effacer de ma mémoire. Pourtant, je ne pouvais me résoudre à leur accorder une foi aveugle.

Jiro revint au trot sur le dos de Ki, l'alezan d'Amano.

— Sire Amano s'est dit que vous pourriez changer de cheval et vous envoie celui-ci. Il ne croit pas pouvoir sauver l'étalon noir. Sa jambe a besoin de repos, de sorte qu'il ne pourra tenir l'allure de l'armée. Et personne ici ne peut se permettre de garder une créature incapable de remplir son office.

Je me sentis attristé à la pensée de ce cheval si beau et courageux.

— Je suis satisfait de celui-ci, déclarai-je en flattant l'encolure de Shun.

Jiro descendit de l'alezan et prit les rênes de Shun.

— Ki a meilleure apparence, observa-t-il.

— Il est important que vous fassiez bonne impression, me dit Makoto d'un ton sec.

Nous échangeâmes nos montures. L'alezan s'ébrouait et semblait aussi frais que s'il sortait de la prairie. Jiro monta d'un bond sur Shun, mais dès qu'il toucha la selle le cheval bai baissa la tête et le désarçonna en se cabrant. Le garçon s'envola littéralement et atterrit dans la boue aux pieds de Shun, qui le regarda d'un air surpris, comme s'il pensait : « Que fabrique-t-il par terre ? »

Makoto et moi trouvâmes la scène encore plus drôle qu'elle n'était, et nous éclatâmes d'un rire tonitruant.

— Voilà qui t'apprendra à mal parler de lui ! s'esclaffa Makoto.

Il faut reconnaître que Jiro prit l'incident avec bonne humeur. Il se releva et présenta gravement ses excuses à Shun, lequel se laissa alors monter sans protestation.

Après cette scène, le garçon s'enhardit et commença à nous signaler les curiosités de la route : un sommet habité par des lutins, un sanctuaire dont les eaux guérissaient les blessures les plus profondes, une source jamais tarie depuis mille ans. J'imaginais que, comme moi, il avait passé le meilleur de son enfance à vagabonder dans la montagne.

— Sais-tu lire et écrire, Jiro ? lui demandai-je.

— Un peu.

— Tu devras étudier ferme pour devenir un guerrier, déclara Makoto avec un sourire.

— Ne suffit-il pas que je sache combattre ? Je me suis entraîné à l'arc et au bâton.

— Il faut aussi que tu t'instruises, sans quoi tu finiras comme les bandits.

— Êtes-vous un grand guerrier, seigneur ? s'enquit le garçon, mis en confiance par les taquineries de Makoto.

— Pas du tout ! Je suis moine.

Le visage de Jiro trahit un étonnement sans bornes.

— Pardonnez-moi, mais vous n'en avez vraiment pas l'air !

Makoto lâcha les rênes sur l'encolure de son cheval et enleva son casque, révélant ainsi sa tête rasée. Il frotta son crâne nu et accrocha le casque à l'arçon de sa selle.

— Je compte sur sire Otori pour éviter tout nouveau combat aujourd'hui !

Au bout d'une heure environ, nous arrivâmes à la ville. Les fermes des alentours semblaient habitées et les champs mieux entretenus, à en juger par les levées remises en état et les plants de riz repiqués. Dans une ou deux maisons plus importantes, des lampes allumées illuminaient de leur halo orangé des écrans déchirés. D'autres avaient des feux brûlant dans leur cuisine au sol en terre battue, d'où s'échappaient des odeurs qui mettaient nos estomacs aux abois.

La ville avait été naguère fortifiée, mais les murailles percées par endroits, les portes et les tours de guet incendiées témoignaient de combats récents. Le léger brouillard adoucissait les contours brutaux de la destruction. Le fleuve que nous avions traversé longeait un côté de la cité. Il n'y avait aucune trace d'un pont mais le commerce fluvial devait avoir été florissant, même si la plupart des bateaux semblaient maintenant hors d'état. Le pont où Jin-emon avait installé sa barrière avait été vital pour cette ville, et l'ogre l'avait pour ainsi dire étranglée.

Kahei nous attendait près des ruines de la porte principale. Je lui dis de rester avec les soldats pendant que j'entrerais dans la cité avec Makoto, Jiro et quelques gardes.

— Il vaudrait mieux que je vous accompagne, de peur d'un guet-apens, suggéra-t-il d'un air inquiet.

Mais je ne voyais pas quel danger pourrait présenter cette ville à moitié ravagée, et jugeais plus sage de me rendre chez le lieutenant d'Araï comme si je m'attendais à son amitié et à sa coopération. Il ne me refuserait pas son aide en face, alors qu'il en serait capable au moindre signe d'appréhension de ma part.

Comme Kahei l'avait dit, la cité ne possédait pas de château mais une grande résidence en bois s'élevait au centre, sur une légère éminence. Les murs et les portes avaient été récemment réparés, et la demeure elle-même, malgré son délabrement, semblait à peu près intacte. À notre approche, les portes s'ouvrirent et un homme d'un certain âge sortit de la maison, suivi d'une petite troupe d'hommes armés.

Je le reconnus aussitôt. Il était au côté d'Araï le jour où l'armée de l'Ouest était entrée dans Inuyama, et il avait accompagné le seigneur de la guerre à Terayama. Il se trouvait même dans la pièce où j'avais vu Araï pour la dernière fois. Je me rappelais son nom : Niwa. Étaient-ce ses fils qui avaient été tués par Jin-emon ? Son visage avait vieilli et portait les marques d'un chagrin récent.

J'immobilisai mon alezan et lançai à haute voix :

— Je suis Otori Takeo, fils de Shigeru, petit-fils de Shigemori. Je ne veux aucun mal à votre personne ni à vos gens. Mon épouse, Shira-kawa Kaede, se rend à son domaine de Maruyama, et je l'y mène avec notre armée. Je vous demande votre aide afin que nous trouvions le vivre et le couvert pour cette nuit.

— Je me souviens parfaitement de vous, dit-il. Bien du temps a passé depuis notre dernière rencontre. Je suis Niwa Junkei et j'administre ces terres au nom de sire Araï. Cherchez-vous maintenant à conclure une alliance avec lui ?

— Rien ne me ferait davantage plaisir. Dès que j'aurai pacifié le domaine de mon épouse, je me rendrai à Inuyama pour présenter mes respects à Sa Seigneurie.

— Votre vie semble avoir connu de grands changements, répliqua-t-il. Je crois que je suis votre débiteur. Le bruit court que vous avez tué Jin-emon et ses complices.

— Il est vrai que ces bandits ont tous péri. Nous avons rapporté les têtes de guerriers afin qu'elles soient ensevelies dans les règles. J'aurais aimé arriver plus tôt afin de vous épargner un deuil cruel.

Il hocha la tête en serrant les lèvres si fort qu'elles ne furent plus qu'un trait noir, mais il ne parla pas de ses fils.

— Soyez mes hôtes, reprit-il en essayant d'infuser un peu d'énergie dans sa voix lasse. Vous êtes les bienvenus. Vos hommes peuvent s'installer dans la salle du clan. Elle a été endommagée, mais son toit tient toujours. Le reste de votre armée peut camper à l'extérieur de la ville. Nous vous apporterons tout le ravitaillement que nous pourrons. Quant à votre épouse, je vous prie de l'amener dans ma demeure. Les femmes de la maisonnée prendront soin d'elle. Il va sans dire que vos gardes et vous partagerez également mes appartements.

Après un silence, il ajouta d'un ton amer, en renonçant aux formules de politesse :

— J'ai conscience de ne vous offrir que ce que vous prendriez de toute façon. Les ordres de sire Araï ont toujours été clairs : je devrais vous arrêter. Mais j'ai été incapable de protéger la région contre une bande de brigands. À plus forte raison, quelle chance aurais-je face à une armée aussi nombreuse que la vôtre ?

— Croyez en ma reconnaissance, assurai-je.

Je décidai d'ignorer son ton et de l'attribuer au chagrin. Cependant, la pénurie de soldats et de vivres, la faiblesse manifeste de la ville et l'insolence des bandits m'étonnaient. Araï ne contrôlait sans doute que superficiellement cette région. Sa lutte contre les dernières forces des Tohan devait absorber toutes ses ressources.

Niwa nous fournit des sacs de riz et de millet, du poisson séché et de la pâte de soja, qui furent distribués aux hommes en même temps que les provisions des fermiers. Dans leur gratitude, les habitants de la ville accueillirent les soldats en les nourrissant et les abritant de leur mieux. On dressa des tentes, des feux furent allumés, les chevaux furent nourris et abreuvés. J'inspectai les campements avec Makoto, Amano et Jiro. Je me sentais à la fois effrayé par mon propre manque d'expérience et de savoir, et stupéfié de voir que malgré tout mes hommes étaient en sûreté pour la première nuit de notre marche. Je parlai avec les gardes établis par Kahei, puis avec Jo-An et les parias qui s'étaient installés non loin d'eux — une alliance semblait s'être instaurée entre eux malgré leur gêne.

Sachant que j'entendrais l'approche d'une armée bien avant les gardes, j'avais envie de passer moi aussi la nuit à veiller. Makoto me persuada cependant de me reposer au moins pour quelques heures. Jiro ramena Shun et l'alezan aux écuries de Niwa, et nous nous rendîmes aux appartements du seigneur.

Kaede avait déjà été escortée dans sa demeure, où elle devait partager une chambre avec l'épouse de Niwa et les autres femmes de la maison. J'aspirais à être seul avec elle, mais je me rendais compte que ce n'était guère possible. Elle serait censée dormir avec les femmes, tandis que je reposerais avec Makoto, Kahei et plusieurs gardes, sans oublier Niwa et sa suite qui resteraient sans doute à proximité.

Une vieille femme, qui nous dit avoir été la nourrice de l'épouse de Niwa, nous conduisit dans la salle de réception. Elle était vaste et bien proportionnée, mais les nattes étaient usées et tachées et les murs couverts de moisissures. Par les écrans encore ouverts, la brise du soir apportait un parfum d'arbres en fleurs et de terre humide, mais le jardin était à l'abandon.

— Votre bain est prêt, seigneur, me dit l'ancienne nourrice.

Elle me conduisit au pavillon de bains en bois se dressant à l'autre bout de la véranda. Je demandai à Makoto de monter la garde et priai la vieille de me laisser seul. Bien qu'elle parût absolument inoffensive, je ne voulais prendre aucun risque. J'avais déserté les rangs de la Tribu et elle m'avait condamné à mort : je ne savais que trop avec quel art ses assassins étaient capables de déguiser leur apparence.

La vieille me prévint en s'excusant que l'eau ne serait que modérément chaude, et grommela quelques plaintes sur le manque de bois et de nourriture. De fait, le bain était à peine tiède. La nuit n'était pas froide, cependant, et j'étais déjà enchanté de pouvoir laver mon corps de la boue et du sang dont il était maculé. Après m'être glissé dans la cuve, j'examinai les dégâts de la journée. Même si je n'étais pas blessé, j'avais des contusions que je n'avais pas remarquées sur le moment. Je me souvenais fort bien que les mains d'acier de Jin-emon avaient laissé leur empreinte sur mes bras, mais je découvris sur ma cuisse un énorme bleu, déjà presque noir, dont j'ignorais l'origine. J'avais de nouveau mal au poignet qu'Akio avait tordu à Inuyama, il y avait si longtemps, et que je croyais guéri — sans doute un souvenir des os durs comme la pierre de Jin-emon. Je me promis de l'envelopper dans une bande de cuir le lendemain. Après quoi, je me laissai aller quelques instants. J'allais m'endormir quand j'entendis un pas de femme s'approcher à l'extérieur. La porte s'ouvrit et Kaede entra.

J'aurais reconnu entre mille sa façon de marcher, son parfum.

— J'apporte des lampes, déclara-t-elle. La vieille femme a dit que vous l'aviez sans doute chassée parce que vous la trouviez trop laide. Elle m'a persuadée de venir à sa place.

La lumière dans le pavillon de bains changea dès qu'elle eut posé les lampes sur le sol. Puis je sentis ses mains masser le bas de ma nuque, dont la raideur se dissipa.

—Je l'ai priée d'excuser votre impolitesse, mais elle a déclaré que dans la région où elle a grandi les femmes s'occupaient toujours de leurs maris quand ils prenaient leur bain. Elle a ajouté que je devrais en faire autant pour vous.

—Quelle coutume magnifique, affirmai-je en essayant de retenir mes gémissements de plaisir.

Ses mains descendirent sur mes épaules. Le désir irrésistible que j'éprouvais pour elle m'envahit de nouveau. Elle me lâcha un instant et j'entendis le bruissement soyeux de sa ceinture qu'elle dénouait et laissait tomber par terre. Se penchant sur moi, elle caressa mes tempes du bout des doigts et je sentis ses seins effleurer ma nuque.

Je bondis hors du bain pour la prendre dans mes bras. Son ardeur égalait la mienne. Comme je ne voulais pas l'étendre à même le sol, je la soulevai et elle m'enserra dans ses jambes. En bougeant en elle je la sentais onduler rythmiquement, en une extase grandissante. Comme nos cœurs, nos corps se fondirent en un être unique. Malgré le plancher humide et rugueux, nous nous étendîmes ensuite et restâmes longtemps serrés l'un contre l'autre.

Je ne repris la parole que pour m'excuser, tant j'avais honte de nouveau de la force de mon désir. Elle qui était mon épouse, je l'avais traitée comme une prostituée.

—Pardonnez-moi, dis-je. Je suis désolé.

—J'en avais tellement envie, murmura Kaede. Je redoutais que nous ne soyons séparés cette nuit. C'est moi qui devrais vous demander pardon. Il semble que j'aie oublié toute pudeur.

L'attirant contre moi, j'enfouis mon visage dans sa chevelure. Ce que je ressentais pour elle ressemblait à un sortilège. La puissance de cette attraction m'effrayait, mais je ne pouvais lui résister et rien d'autre dans ma vie ne m'apportait un tel ravissement.

—On croirait un charme, dit Kaede comme si elle lisait dans ma pensée. C'est si puissant que je ne puis le combattre. L'amour est-il toujours ainsi ?

— Je l'ignore. Je n'ai jamais aimé que toi.

— Moi aussi, je n'aime que toi.

Quand elle se releva, sa robe était trempée. Elle se lava avec l'eau du bain.

— Il faudra que Manami me déniche une robe sèche.

Elle poussa un soupir et ajouta :

— Maintenant, j'imagine que je dois retourner dans l'appartement des femmes. J'essaierai de consoler dame Niwa. Elle est rongée de chagrin, la pauvre. De quoi parlerez-vous avec son époux ?

— Je vais tenter d'en apprendre aussi long que possible sur les mouvements d'Araï et sur l'importance de son armée et des domaines qu'il contrôle.

— Cet endroit est dans un état pitoyable, observa Kaede. N'importe qui pourrait s'en emparer.

— Vous pensez que nous devrions le faire ?

Cette pensée m'avait déjà effleuré en entendant les propos de Niwa à la porte de sa demeure. Après m'être lavé à mon tour avec l'eau de la cuve, je m'habillai.

— Pouvons-nous nous permettre de laisser une garnison ici ?

— Pas vraiment. Je crois qu'une partie des problèmes d'Araï vient de ce qu'il a conquis trop vite trop de domaines. Il a dispersé ses forces à l'excès.

— Je le pense aussi, déclara Kaede en rajustant sa robe et en nouant sa ceinture. Nous devons consolider notre position à Maruyama et assurer nos ressources. Si la terre est aussi mal entretenue là-bas qu'elle l'est ici et l'était chez moi, nous aurons du mal à nourrir nos hommes à notre arrivée. Avant de pouvoir être des guerriers, il faut que nous soyons des fermiers.

Je la contemplai. Ses cheveux étaient humides, son visage adouci par l'amour. Je n'avais jamais vu un être aussi beau qu'elle, mais cette splendeur de son apparence cachait un esprit aussi acéré qu'un sabre. Cette combinaison, jointe au fait qu'elle était mon épouse, exerçait sur moi un attrait érotique irrésistible.

Elle fit glisser la porte et enfila ses sandales. Puis elle s'agenouilla pour me dire d'une voix douce et timide, qui ne lui ressemblait guère :

— Bonne nuit, sire Takeo.

Se relevant avec souplesse, elle s'éloigna. Ses hanches ondulaient sous l'étoffe légère de sa robe trempée.

Assis à l'extérieur, Makoto la regarda avec une expression étrange — de désapprobation, peut-être, ou de jalousie.

— Prenez un bain, lui dis-je. Encore que l'eau soit presque froide. Ensuite, nous devrons rejoindre Niwa.

Kahei revint pour partager notre repas. La vieille femme aida Niwa à servir les plats. Il me sembla qu'elle souriait d'un air entendu en plaçant le plateau devant moi, mais je gardai les yeux baissés. J'avais tellement faim, à présent, que je devais me contenir pour ne pas me ruer sur la nourriture et la dévorer goulûment. La chère était plutôt maigre, du reste. Plus tard, les femmes revinrent nous apporter du thé et du vin avant de se retirer. Je les enviais, car elles allaient dormir auprès de Kaede.

Le vin délia la langue de Niwa. Son humeur ne s'améliora pas, en revanche, et il devint encore plus mélancolique et larmoyant. En acceptant la ville que lui confiait Araï, il espérait donner un foyer à ses fils et à ses petits-fils. Maintenant, il avait perdu les premiers et ne verrait jamais les seconds. À ses yeux, ses fils n'avaient même pas eu une mort honorable sur un champ de bataille mais avaient été massacrés ignominieusement par une créature à peine humaine.

— Je ne comprends pas comment vous avez pu en venir à bout, déclara-t-il en me jaugeant avec un regard peu flatteur. Sans vous offenser, mes fils avaient tous deux le double de votre taille et étaient à la fois plus âgés et plus expérimentés que vous.

Il but à longs traits puis ajouta :

— De toute façon, je n'ai pas compris non plus comment vous avez pu tuer Iida. Après votre disparition, des bruits ont couru sur le sang étrange qui coulerait dans vos veines et vous conférerait des pouvoirs singuliers. S'agit-il d'une sorte de sorcellerie?

J'avais conscience que Kahei à côté de moi se raidissait. Comme tous les guerriers, il prenait la mouche dès qu'on parlait de sorcellerie. Je n'avais pas l'impression que Niwa se montrât délibérément insultant. Il me semblait trop hébété de chagrin pour savoir ce qu'il disait. Je m'abstins donc de répliquer. Il continua de me scruter, mais j'évitai son regard. Je commençais à mourir de sommeil — mes paupières tressaillaient et mes dents me faisaient mal.

— On a beaucoup jasé, poursuivit Niwa. En disparaissant, vous avez profondément choqué Araï. Il l'a pris comme une offense personnelle. Il s'est senti victime d'une sorte de conspiration. Pendant longtemps, il avait eu pour maîtresse une certaine Muto Shizuka. Vous la connaissez?

— C'était une servante de ma femme, répondis-je sans mentionner qu'elle était également ma cousine. Elle lui avait été envoyée par sire Araï lui-même.

— Il est apparu qu'elle était membre de la Tribu. Il s'en était toujours douté, bien sûr, mais il n'avait pas réalisé ce que cela signifiait. Ensuite vous êtes parti pour rejoindre la Tribu, ou du moins c'était ce que tout le monde racontait. Tout cela donnait à réfléchir…

Il s'interrompit et son regard se fit méfiant.

— De toute façon, j'imagine que vous êtes déjà au courant.

— J'ai entendu dire que sire Araï se proposait de combattre la Tribu, répliquai-je prudemment. Mais j'ignore quels résultats il a obtenus.

— Ses efforts n'ont guère été couronnés de succès. Certains membres de son entourage, dont je ne faisais pas partie, lui conseillaient de suivre l'exemple d'Iida et de travailler avec la Tribu. D'après eux, le meilleur moyen de contrôler ces gens était de les payer. Cette politique n'était pas du goût d'Araï. Il n'en avait pas les moyens, pour commencer. Et puis, ce n'était pas dans sa nature : il aime les situations nettes et déteste qu'on se moque de lui. Il avait l'impression d'avoir été plus ou moins berné par Muto Shizuka, par la Tribu et même par vous.

— Je n'en ai jamais eu l'intention, affirmai-je. Mais je comprends que mon comportement ait pu le surprendre. Je lui dois des excuses. Dès que nous serons installés à Maruyama, j'irai le trouver. Se trouve-t-il actuellement à Inuyama ?

— Il y a passé l'hiver. Son intention était de retourner à Kumamoto, d'y liquider les dernières poches de résistance et de se diriger vers l'est afin de restaurer les anciennes terres des Noguchi. Il entendait reprendre ensuite sa campagne contre la Tribu, en commençant à Inuyama.

Il nous versa encore du vin et vida sa coupe d'un trait.

— Mais autant essayer de déraciner une patate douce. Les racines sont beaucoup plus profondes qu'on ne croit, et on a beau faire bien attention à les arracher il en reste toujours des morceaux qui donnent de nouvelles pousses. Moi-même, j'ai fait un peu le ménage ici. Un membre de la Tribu dirigeait la brasserie, un autre faisait du commerce et du prêt à petite échelle. Je les ai fait arrêter, mais ce n'étaient que des vieillards, des hommes de paille, rien de plus. Ils ont avalé du poison avant que j'aie pu rien tirer d'eux, et le reste de la bande s'est volatilisé.

Il leva sa coupe et la contempla d'un air morose.

— Cette entreprise sera fatale à Araï, dit-il enfin. Il peut venir à bout des Tohan. Ce sont des adversaires normaux, sans détour, dont la plupart ont été découragés par la mort d'Iida. Mais en essayant d'éliminer en même temps un ennemi invisible comme la Tribu, il s'est fixé lui-même une tâche impossible, qui épuise ses ressources en hommes et en argent.

Niwa sembla se rendre compte soudain de ce qu'il disait et se hâta de poursuivre :

— Ce qui ne m'empêche pas de lui rester loyal. Je lui ai prêté serment d'allégeance, et je ne m'en dédirai jamais. Cela dit, j'y ai perdu mes fils…

Nous inclinâmes tous la tête en murmurant des formules de sympathie.

— Il se fait tard, lança Kahei. Nous devrions dormir un peu si nous voulons repartir à l'aube.

— Bien sûr, approuva Niwa en se relevant péniblement.

Il tapa dans ses mains et la vieille femme apparut quelques instants plus tard, une lampe à la main. Elle nous ramena dans notre chambre, où les lits étaient déjà préparés. Je me rendis aux cabinets puis me promenai un moment dans le jardin pour m'éclaircir les idées après tout ce vin. La ville était silencieuse. Il me semblait entendre le souffle régulier de mes hommes endormis. Le cri d'un hibou retentit dans les arbres entourant le temple, un chien aboya au loin. Le dernier quartier de la quatrième lune était bas à l'horizon et voilé par instants de traînées de nuages. Seules les étoiles les plus brillantes étaient visibles dans le ciel embrumé. Je repensai à tout ce que Niwa m'avait raconté. Il avait raison : il était presque impossible d'identifier le réseau que la Tribu avait constitué d'un bout à l'autre des Trois Pays. Sire Shigeru y était parvenu, cependant, et ses registres étaient en ma possession.

Je retournai dans la chambre. Makoto dormait déjà. Kahei parlait à deux de ses soldats venus monter la garde. Il me dit qu'il avait posté également deux sentinelles devant la chambre où Kaede reposait. Je me couchai, plein de nostalgie pour sa présence. Je songeai fugitivement à la faire venir, puis je sombrai dans le fleuve profond du sommeil.

CHAPITRE III

Les jours suivants, notre marche vers Maruyama se poursuivit sans événement notable. La nouvelle de la mort de Jin-emon et de la déroute des bandits nous avait précédés, ce qui nous valait un accueil chaleureux. Nous avancions rapidement, de brèves nuits en longues journées, en profitant du temps propice avant que la saison des pluies ne se déchaîne.

Pendant le voyage, Kaede essaya de m'expliquer la situation politique du domaine dont elle devait devenir la maîtresse. Sire Shigeru m'avait déjà évoqué une partie de son histoire, mais j'ignorais presque tout de l'entrelacs complexe des mariages, des adoptions, des morts suspectes, des jalousies et des intrigues. En écoutant Kaede, je fus de nouveau émerveillé par la force de Maruyama Naomi, la femme que le seigneur avait aimée et qui avait été capable de survivre en imposant sa propre loi. Je n'en regrettai que plus amèrement leur mort à tous deux, et me sentis plus que jamais résolu à poursuivre leur œuvre de justice et de paix.

— Lors d'un voyage semblable à celui-ci, nous avons un peu parlé, dame Maruyama et moi, raconta Kaede. Mais nous allions dans la direction opposée, vers Tsuwano, où nous vous avons rejoint. Elle m'a dit que les femmes devaient dissimuler leur pouvoir et se déplacer en palanquin, de peur d'être écrasées par les seigneurs et les guerriers. Cependant me voici qui chemine à votre côté, montée sur Raku, en liberté. Je ne mettrai plus jamais les pieds dans un palanquin.

C'était un jour de soleil et d'averses, comme dans le conte du mariage du renard. Un arc-en-ciel illumina soudain une nuée d'un gris sombre. Pendant quelques instants, le soleil brilla vaillamment, la pluie se teinta d'argent. Puis les nuages recouvrirent le ciel, le soleil et l'arc-en-ciel disparurent et un déluge s'abattit, froid et mordant.

Le mariage de dame Maruyama était censé améliorer les relations entre les Seishuu et les Tohan. Son mari appartenait à ce dernier clan et était apparenté aux Iida aussi bien qu'aux Noguchi. Beaucoup plus âgé qu'elle, il avait déjà des enfants issus d'un premier lit. À l'époque, on avait mis en doute la sagesse d'une telle alliance, conclue grâce à un mariage aussi hypothéqué par le passé. Bien qu'elle n'eût que seize ans, Naomi avait été la première à émettre des critiques, car son éducation typique des Maruyama lui avait appris à penser et s'exprimer librement. Le clan désirait cette union, cependant, si bien qu'elle fut menée à bien. Du vivant de dame Maruyama, sa belle-famille avait été la source de bien des difficultés. Après la mort de son mari, les enfants avaient disputé le domaine à leur belle-mère — sans succès. L'unique fille de son mari avait épousé Iida Nariaki, un cousin d'Iida Sadamu. Nous apprîmes en chemin qu'il avait échappé au carnage à Inuyama et s'était enfui vers l'ouest, d'où il semblait projeter à présent de revendiquer une nouvelle fois le domaine. Les seigneurs du clan Seishuu étaient divisés. Maruyama s'était toujours transmis de mère en fille, mais il était le dernier domaine restant attaché à une tradition qui offensait la classe des guerriers. Nariaki avait été adopté par son beau-père avant le mariage de dame Maruyama, et beaucoup le considéraient comme l'héritier légal des biens de sa femme.

Naomi avait éprouvé une grande affection pour son époux, et son chagrin avait été sincère quand il était mort après dix ans de mariage, la laissant seule avec une petite fille et un fils nouveau-né. Elle était déterminée à léguer son domaine à sa fille. Son fils mourut dans des circonstances mystérieuses — certains prétendirent qu'il avait été empoisonné. Au cours des années suivant la bataille de Yaegahara, la jeune veuve attira l'attention d'Iida Sadamu en personne.

— Mais à cette époque, elle connaissait déjà sire Shigeru, observai-je.

J'aurais beaucoup donné pour savoir où et comment ils s'étaient rencontrés.

— Et maintenant, vous êtes son héritière.

La mère de Kaede était cousine de dame Maruyama et Kaede était la plus proche représentante de la lignée féminine dirigeant le clan, car la fille de dame Maruyama, Mariko, avait péri noyée avec sa mère dans le fleuve à Inuyama.

— S'il m'est permis de recueillir mon héritage, répliqua Kaede. Lorsque Sugita Haruki, le doyen de ses serviteurs, est venu me voir vers la fin de l'année dernière, il m'a promis le soutien du clan des Maruyama, mais il est possible que Nariaki soit déjà installé là-bas.

— Dans ce cas, nous le délogerons.

◆

LE MATIN DU SIXIÈME JOUR, nous atteignîmes la frontière du domaine. Kahei fit arrêter ses hommes à quelques pas de distance, et je le rejoignis à l'avant de la colonne.

— J'espérais que nous aurions déjà rencontré mon frère, dit-il d'une voix tranquille.

J'avais partagé cet espoir. Miyoshi Gemba avait été envoyé à Maruyama avant mon mariage avec Kaede afin d'y annoncer notre arrivée imminente. Depuis lors, nous étions restés sans nouvelles de lui. Outre mes inquiétudes pour sa sûreté, j'aurais aimé avoir une idée de la situation du domaine avant d'y pénétrer, savoir où se trouvait Iida Nariaki et quels étaient les sentiments des habitants de la ville à notre égard.

La barrière se trouvait à un carrefour. Le poste de garde était silencieux, on n'apercevait personne sur les routes. Amano emmena Jiro et ils s'élancèrent vers le sud. Quand ils réapparurent, Amano se mit à hurler :

— Une grande armée est passée par là, à en juger par les traces de sabots et les monceaux de crottin qu'elle a laissés.

— Se dirigeait-elle vers le domaine ? demandai-je.

— Oui !

Kahei s'approcha du poste de garde et cria :

— Y a-t-il quelqu'un ? Sire Otori Takeo conduit chez elle son épouse, dame Shirakawa Kaede, héritière de dame Maruyama Naomi.

Aucune réponse ne sortit de l'édifice en bois. Un panache de fumée s'élevait d'un âtre invisible. Je ne percevais aucun son en dehors de l'armée derrière moi, du piétinement nerveux de ses chevaux et de la respiration de son millier d'hommes. Je frissonnai, m'attendant à tout instant à entendre claquer des arcs et siffler des flèches.

Je fis avancer Shun et m'arrêtai près de Kahei.

— Allons jeter un coup d'œil.

Il me regarda obliquement, mais il avait renoncé à me convaincre de rester en arrière. Nous descendîmes de cheval, confiâmes les rênes à Jiro et avançâmes en brandissant nos sabres.

La barrière avait été renversée et écrasée par la foule d'hommes et de chevaux qui s'étaient rués sur elle. Un étrange silence planait sur cet endroit. Du fond de la forêt, le chant d'une fauvette retentit si fort qu'il en était effrayant. De vastes nuages gris recouvraient en partie le ciel, mais la pluie avait de nouveau cessé et la brise du sud était tiède.

Je sentis une odeur de sang et de fumée. En approchant du poste de garde, nous découvrîmes le premier cadavre juste derrière le seuil. L'homme était tombé en travers de l'âtre et ses vêtements se consumaient lentement. Ils auraient brûlé s'ils n'avaient pas été trempés de sang par la blessure de son ventre béant. Sa main était encore crispée sur son sabre, mais la lame était propre. Les deux autres gisaient derrière lui, sur le dos. Leurs habits étaient souillés par leurs ultimes évacuations mais ils ne portaient aucune tache de sang.

— Ils ont été étranglés, dis-je à Kahei.

Cette découverte me glaça, car seuls les membres de la Tribu se servent de cordelettes pour tuer.

Il hocha la tête et retourna un des corps pour voir l'emblème sur son dos.

— Maruyama.

— Depuis quand sont-ils morts? demandai-je en jetant un regard circulaire sur la pièce.

Deux des hommes avaient été pris complètement au dépourvu, le troisième avait reçu un coup de poignard avant de pouvoir utiliser son sabre. Je sentis monter en moi la même fureur qui m'avait envahi devant les gardes de Hagi laissant Kenji s'introduire dans le jardin ou ne s'apercevant pas que je passais sous leur nez. J'étais furieux contre ces hommes normaux dont l'abrutissement faisait des proies faciles pour la Tribu. Ils avaient été surpris pendant leur repas, et les assassins les avaient supprimés avant que l'un d'entre eux puisse s'échapper et prévenir les siens de l'irruption de l'armée ennemie.

Kahei ramassa la bouilloire qui avait roulé par terre.

— Elle est à peine chaude.

— Nous devons les rattraper avant qu'ils n'atteignent la ville.

— En route! s'écria Kahei, les yeux brillants d'excitation.

À l'instant de sortir, cependant, j'entendis un bruit nouveau en provenance d'un petit entrepôt attenant au poste de garde. Je fis signe à Kahei de rester silencieux et m'avançai vers la porte.

Quelqu'un était tapi derrière et s'efforçait vainement de retenir son souffle. L'inconnu frissonnait, sa respiration ressemblait presque à un sanglot.

J'ouvris la porte et entrai brusquement. L'entrepôt était encombré de balles de riz, de planches en bois, d'armes et d'outils agricoles.

— Qui est là ? Sortez !

Des pas précipités retentirent et une silhouette chétive jaillit de derrière les balles en tentant de se faufiler entre mes jambes. Je l'empoignai et découvris qu'il s'agissait d'un garçon de dix ou onze ans. M'apercevant qu'il était armé d'un poignard, je tordis ses doigts jusqu'à ce qu'il le lâche en poussant un cri.

Il se débattit en essayant de ne pas pleurer.

— Calme-toi ! Je ne veux pas te faire de mal.

— Père ! Père ! cria-t-il.

Je le poussai dans la salle de garde.

— L'un de ces hommes est-il ton père ?

Il blêmit, son souffle devint saccadé et des larmes perlèrent à ses yeux, mais il continua de lutter pour se maîtriser. Sans aucun doute, c'était là un fils de guerrier. Il regarda l'homme étendu que Kahei avait tiré du feu. Après avoir observé l'horrible blessure et les yeux éteints, il hocha la tête.

Soudain, son visage verdit. Je le poussai vers la porte afin qu'il puisse vomir dehors.

Il restait un peu de thé dans la bouilloire. Kahei le versa dans une coupe intacte qu'il tendit au garçon.

— Que s'est-il passé ? demandai-je.

Ses dents claquaient mais il tenta de parler normalement, d'une voix qui était simplement plus forte qu'il n'aurait voulu.

— Deux hommes sont entrés par le toit. Ils ont étranglé Kitano et Tsuruta. Pendant ce temps, un complice tranchait les longes des chevaux et semait la panique parmi eux. Mon père leur a couru après, et à son retour les hommes l'ont éventré avec leurs poignards.

Il réprima un sanglot.

— Je croyais qu'ils étaient partis. Je ne pouvais pas les voir ! Ils ont surgi du néant et ils l'ont éventré.

— Où étais-tu ?

— Dans l'entrepôt, caché. J'ai tellement honte. J'aurais dû les tuer !

Kahei sourit au petit visage féroce.

— Tu as fait ce qu'il fallait. Quand tu seras grand, tu pourras les tuer !

— Décris-moi ces hommes, ordonnai-je.

— Ils portaient des vêtements sombres et ne faisaient absolument aucun bruit. Et ils avaient ce truc pour se rendre invisible.

Il cracha avant d'ajouter :

— De la sorcellerie !

— Et l'armée qui a passé la frontière ?

— C'était Iida Nariaki, du clan des Tohan, accompagné d'un groupe de Seishuu. J'ai reconnu leurs emblèmes.

— Combien étaient-ils ?

— Des centaines, leur défilé a duré une éternité. Cela dit, l'arrière-garde n'est pas passée depuis si longtemps. J'attendais qu'ils soient tous partis pour sortir. J'allais me risquer dehors mais je vous ai entendus arriver, de sorte que je suis resté caché.

— Comment t'appelles-tu ?

— Sugita Hiroshi, fils de Hikaru.

— Tu vis à Maruyama ?

— Oui, mon oncle, Sugita Haruki, est le chef des serviteurs du domaine.

— Tu ferais mieux de venir avec nous. Sais-tu qui nous sommes ?

— Vous êtes des Otori.

Pour la première fois, il esquissa un petit sourire triste.

— Je reconnais vos emblèmes. J'imagine que vous êtes ceux que nous attendions.

— Je suis Otori Takeo, et voici Miyoshi Kahei. Mon épouse est Shirakawa Kaede, l'héritière de ce domaine.

Il tomba à genoux.

— Sire Otori. Le frère de sire Miyoshi est venu voir mon oncle. Ils préparent des troupes car mon oncle est certain qu'Iida Nariaki ne laissera pas dame Shirakawa entrer en possession de son héritage sans la combattre. Mon oncle a raison, n'est-ce pas?

Kahei lui tapa doucement l'épaule.

— Va prendre congé de ton père. Et prends son sabre : il te revient, désormais. Quand nous aurons gagné la bataille, nous ramènerons son corps à Maruyama afin qu'il reçoive une sépulture honorable.

«Voilà l'éducation que j'aurais dû avoir», songeai-je en regardant Hiroshi revenir avec le sabre, qui était presque aussi grand que lui. Ma mère m'avait dit de ne pas arracher les pinces des crabes, de ne jamais faire de mal à un être vivant. Au contraire, on avait enseigné depuis sa naissance à cet enfant de ne craindre ni la mort ni la cruauté. Je savais que Kahei approuvait son courage, car il avait lui-même été élevé selon ce code. Quant à moi, si je n'avais pas appris à être impitoyable après mon entraînement au sein de la Tribu, je ne le serais jamais. Il me faudrait faire semblant.

— Ils ont fait fuir tous nos chevaux! s'écria Hiroshi lorsque nous longeâmes les écuries désertes.

Il tremblait de nouveau, mais il me sembla que c'était de rage et non de peur.

— Nous les ramènerons, il y en aura même plus qu'avant, promit Kahei. Pars avec Jiro, maintenant, et mets-toi à l'abri.

— Amène-le aux femmes et dis à Manami de veiller sur lui, commandai-je à Jiro en remontant sur Shun.

— Je ne veux pas qu'on veille sur moi, proclama le garçon quand Kahei le souleva pour l'installer sur le cheval de Jiro. Je veux aller me battre avec vous.

— Essaie de ne tuer personne par mégarde avec ce sabre, s'exclama Kahei en riant. Nous sommes tes amis, n'oublie pas!

J'exposai brièvement à Makoto ce que nous avions appris.

— L'attaque a dû les prendre complètement au dépourvu, commentai-je. Le poste frontière était à peine gardé.

— À moins que les Maruyama ne s'y soient attendus, au contraire, et aient rassemblé tous leurs hommes disponibles pour tendre un guet-apens aux ennemis ou les attaquer sur un terrain plus favorable. Connaissez-vous le pays d'ici à la ville ?

— Je n'y ai jamais mis les pieds.

— Et votre épouse ?

Je fis non de la tête.

— Dans ce cas, déclara-t-il, vous feriez mieux de faire revenir ce gamin. Nous n'avons pas d'autre guide à notre disposition.

Kahei rappela Jiro, qui était encore dans les parages. Hiroshi fut ravi de nous retrouver, et sa connaissance du site et des fortifications de la ville se révéla surprenante. Le château de Maruyama était bâti sur une colline. Une agglomération assez considérable s'étendait sur les versants et au pied de l'éminence arrondie sur laquelle il se dressait. Un fleuve étroit et rapide alimentait la cité en eau et donnait naissance à un réseau de canaux poissonneux. Le château possédait ses propres sources. Les murailles de la ville étaient jadis bien entretenues et pouvaient être défendues indéfiniment, mais depuis la mort de dame Maruyama et la confusion consécutive à la chute d'Iida leur entretien avait été négligé et les gardes étaient peu nombreux. En fait, les habitants étaient divisés en deux partis : ceux qui soutenaient Sugita dans ses efforts pour défendre la cause de Kaede, et ceux jugeant plus pragmatique de suivre le vent du destin et d'accepter l'autorité d'Iida Nariaki et de son épouse, dont les prétentions d'après eux étaient également légitimes.

— Où se trouve ton oncle ? demandai-je à Hiroshi.

— Il est resté à attendre non loin de la ville avec tous ses hommes. Il ne voulait pas trop s'en éloigner, de peur qu'on ne s'en empare derrière son dos. C'est du moins ce que m'a dit mon père.

— Compte-t-il se retirer éventuellement dans la ville ?

Le garçon plissa les yeux avec une expression d'adulte.

— Seulement en cas d'urgence. De toute façon, il devrait se replier sur le château, car il n'est plus possible de défendre la ville. Nous manquons de vivres. Les tempêtes de l'année dernière ont détruit une grande partie de la récolte, et l'hiver a été d'une rigueur exceptionnelle. Nous ne pourrions pas soutenir un siège prolongé.

— Où ton oncle livrerait-il bataille, s'il avait le choix?

— À proximité des portes de la ville, cette route traverse le fleuve Asagawa. Il y a un gué. Il est presque toujours franchissable, mais des crues subites se produisent parfois. Pour arriver au gué, la route descend au fond d'un ravin escarpé et remonte ensuite. Elle atteint alors une petite plaine, avec une pente favorable. Mon père m'a enseigné qu'il serait possible d'arrêter une armée d'envahisseurs à cet endroit. Si l'on disposait d'assez de troupes, on pourrait même contourner l'ennemi et le prendre en étau dans le ravin.

— Bien parlé, capitaine! s'exclama Kahei. Rappelle-moi de t'emmener dans toutes mes campagnes!

— Je ne connais que cette région, observa Hiroshi avec une timidité soudaine. Mais mon père m'a appris que l'essentiel, lors d'une guerre, c'est de connaître le terrain.

— Il serait fier de toi, assurai-je.

La meilleure tactique pour nous était sans doute d'avancer assez vite pour espérer prendre au piège dans le ravin les troupes ennemies. Même si Sugita s'était replié dans la ville, nous pourrions prendre les envahisseurs par surprise, en attaquant leurs arrières.

J'avais encore une question à poser au garçon :

— Tu as dit qu'il serait possible de contourner une armée dans le ravin. Il existe donc une autre route d'ici à la plaine?

Il acquiesça de la tête.

— Un peu plus au nord, la route traverse le fleuve à un autre endroit. Il y a quelques jours, nous y sommes passés pour venir ici car une journée de pluie torrentielle avait provoqué une crue rendant le gué impraticable. C'est un peu plus long, mais pas pour un cheval au galop.

— Peux-tu montrer le chemin à sire Miyoshi?

— Bien sûr, dit-il en regardant Kahei d'un air zélé.

— Kahei, emmenez vos cavaliers et faites cette route aussi vite que possible. Hiroshi vous indiquera où trouver Sugita. Dites-lui que nous arrivons et qu'il faut qu'il refoule l'ennemi dans le ravin. Les fantassins et les fermiers marcheront avec moi.

— C'est parfait, approuva Hiroshi. Le gué est encombré de rochers et pas vraiment facile à traverser pour des chevaux de bataille. De plus, les Tohan vont sous-estimer vos forces car ils ne s'attendront pas à voir des fermiers combattre.

«Je devrais lui demander de me donner des leçons de stratégie», pensai-je.

— Dois-je accompagner sire Miyoshi, moi aussi? demanda Jiro.

— Oui, prends Hiroshi sur ton cheval et veille sur lui.

Les cavaliers s'élancèrent et la large vallée retentit de l'écho de leurs sabots.

— Quelle heure est-il? demandai-je à Makoto.

— Autour de la seconde demie de l'heure du serpent.

— Les hommes ont mangé?

— J'ai donné des ordres pour qu'ils prennent un repas rapide pendant notre halte.

— Dans ce cas, nous pouvons partir tout de suite. Donnez-leur le signal du départ. Je vais aller à l'arrière-garde avertir les capitaines et mon épouse. Je vous rejoindrai quand je leur aurai parlé.

Il fit faire demi-tour à son cheval, mais avant de s'éloigner il regarda brièvement le ciel, la forêt et la vallée.

— Quelle belle journée, dit-il d'une voix paisible.

Je savais ce qu'il voulait dire : une belle journée pour mourir. Mais ni lui ni moi n'étions destinés à mourir ce jour-là, quoique tant d'autres hommes dussent y trouver leur fin.

Je longeai au petit galop la colonne de soldats au repos, en donnant l'ordre de repartir et en expliquant notre plan à leurs chefs. Ils se levèrent avec empressement, surtout après que je leur eus dit qui était notre principal ennemi. Ils poussèrent de grands cris à l'idée de se venger des Tohan pour la défaite de Yaegahara, la perte de Yamagata et les longues années d'oppression.

Kaede et les autres femmes attendaient dans un bosquet. Comme toujours, Amano était avec elle.

— Nous allons livrer bataille, annonçai-je à Kaede. L'armée d'Iida Nariaki a franchi la frontière juste avant nous. Kahei est en train de la contourner avec ses cavaliers et nous espérons qu'il va rejoindre son frère et sire Sugita. Amano va vous emmener dans la forêt, où vous devrez rester jusqu'à ce que je vienne vous chercher.

Amano inclina la tête. Kaede parut sur le point de parler, mais elle finit par baisser la tête à son tour.

— Que la Miséricordieuse soit avec vous, chuchota-t-elle.

Elle contempla mon visage, se pencha légèrement et ajouta d'un ton décidé :

— Un jour, je livrerai bataille à votre côté !

— Il faut que je vous sache en sûreté pour pouvoir donner toute mon attention au combat. De plus, vous devez protéger les registres.

Manami intervint, le visage tiré par l'angoisse :

— Un champ de bataille n'est pas un endroit pour une femme !

— C'est vrai, admit Kaede. Je ne ferais que vous gêner. Mais comme j'aurais voulu être un homme !

Sa véhémence me fit rire.

— Cette nuit, nous dormirons à Maruyama, lui assurai-je.

Toute la journée, je gardai en mémoire son visage brillant d'ardeur et de courage. Avant de quitter le temple, Kaede et Manami avaient confectionné des bannières représentant le héron des Otori, le fleuve Blanc des Shirakawa et la colline des Maruyama. Nous les déployâmes en traversant la vallée. Malgré l'imminence du combat, je continuais d'examiner l'état de la campagne. Les rizières semblaient fertiles et auraient dû être déjà inondées et repiquées, mais les levées étaient détruites et les canaux envahis par la boue et les mauvaises herbes.

Outre ces marques d'abandon, l'armée qui nous précédait avait dépouillé de fond en comble les champs et les fermes. Des enfants pleuraient au bord de la route, des maisons brûlaient. On voyait çà et là les cadavres d'hommes tués au hasard, sans raison, et gisant à l'endroit même où ils étaient tombés.

De temps en temps, comme nous passions devant une ferme ou un hameau, les hommes et les garçons survivants venaient nous interroger. En apprenant que nous étions aux trousses des Tohan et que nous consentions à les laisser combattre, ils s'empressaient de se joindre à nous. Une centaine de recrues vinrent ainsi grossir nos rangs.

Vers l'heure de la chèvre, bien après midi, alors que nous marchions depuis deux heures environ, j'entendis devant nous la rumeur lointaine que j'attendais : le choc de l'acier, les hennissements des chevaux, les cris des combattants et les plaintes des blessés. Je fis un signe à Makoto et il donna l'ordre de faire halte.

Shun s'immobilisa, les oreilles dressées, aussi attentif que moi. Il ne répondit pas aux hennissements qu'il entendait, comme s'il comprenait la nécessité du silence.

— Sugita a dû les attaquer là-bas, comme le garçon l'avait dit, murmura Makoto. Mais se peut-il que Kahei l'ait déjà rejoint ?

— Où qu'il soit, il s'agit d'une grande bataille, répliquai-je.

Devant nous, la route descendait la colline pour s'enfoncer dans le ravin. Les arbres balançaient les cimes verdoyantes de leurs nouveaux feuillages dans la lumière du soleil printanier. Malgré le fracas du combat, j'entendais les oiseaux chanter.

— Les porte-étendards chevaucheront en tête avec moi, commandai-je.

— Vous ne devriez pas vous avancer en tête. Restez donc au centre, où vous serez plus à l'abri. Autrement, les archers se feront un jeu de vous atteindre.

— C'est ma guerre qui se livre ici. Il n'est que justice que je sois le premier à m'y engager.

Mes paroles paraissaient sans doute imprégnées de calme et de mesure. En réalité, j'étais tendu. Je me sentais aussi impatient de commencer le combat que de le finir.

— C'est votre guerre, effectivement, et nous sommes tous ici pour vous servir. Raison de plus pour que nous nous efforcions de vous préserver !

Je fis tourner mon cheval afin de faire face aux soldats. Mon cœur se serra à la pensée de ceux qui allaient périr, mais je leur avais du moins donné une chance de mourir en hommes, de combattre pour leur terre et leur famille. J'appelai les porte-étendards et ils s'élancèrent en tête, leurs bannières flottant au vent. Levant les yeux sur le héron blanc, je priai l'esprit de sire Shigeru. Je le sentis prendre possession de moi, se glisser sous ma peau, se confondre avec mes muscles et mes os. En me voyant brandir Jato, dont la lame resplendit au soleil, les hommes poussèrent force cris et acclamations.

Je fis partir Shun au petit galop. Il avança avec une ardeur paisible, comme si nous traversions une prairie. Le cheval sur ma gauche était surexcité, au contraire, et tirait sur son mors en essayant de se cabrer. Je sentais tous les muscles du cavalier se tendre pour maîtriser sa monture d'une main tout en maintenant de l'autre la bannière dressée.

En s'enfonçant parmi les arbres, la route devenait plus sombre. Comme l'avait prédit Hiroshi, le terrain se dégrada, la surface boueuse et molle du sable cédant la place à des rochers de plus en plus gros, auxquels s'ajoutaient les trous creusés par les crues récentes. À la première pluie, la route elle-même se serait transformée en fleuve.

Contraints de ralentir, nous passâmes au trot. J'entendais la rumeur du fleuve véritable, plus forte que celle du combat. Devant nous, une trouée brillante dans les feuillages permettait de voir la route émergeant de dessous les arbres pour longer la rive sur une trentaine de mètres avant le gué. Semblables aux ombres sur les écrans de papier qui amusent les enfants, des silhouettes obscures se détachaient sur le fond lumineux et se contorsionnaient violemment dans le déchaînement du carnage.

J'avais pensé que les archers pourraient entrer en action les premiers, mais dès que j'aperçus la mêlée je compris qu'ils tueraient autant d'alliés que d'ennemis. Les troupes de Sugita avaient chassé de la plaine les ennemis et les repoussaient avec acharnement le long du fleuve. Comme nous approchions, des fuyards tentant de sortir des rangs nous aperçurent et détalèrent dans la direction opposée en hurlant pour alerter leurs chefs.

Makoto éleva la conque et souffla dedans. Sa rumeur obsédante et mystérieuse retentit du fond du ravin à l'autre rive du fleuve. Puis un écho répondit à son écho, car une autre conque, invisible, résonna à son tour loin devant nous. Le silence tomba, comme à l'instant où la vague va se briser, puis nous nous retrouvâmes dans la mêlée : la bataille avait commencé.

Seuls les chroniqueurs écrivant après coup peuvent raconter le déroulement d'un combat, et la plupart du temps ils ne rapportent que le récit du vainqueur. Quand on est en plein combat, il est impossible de savoir comment tourne l'affrontement. Même si l'on pouvait le contempler d'en haut, avec les yeux d'un aigle, on n'apercevrait qu'une tapisserie vibrante de couleurs, où les emblèmes et les bannières, le sang et l'acier s'entremêleraient en une splendeur de cauchemar. Sur un champ de bataille, tous les hommes deviennent fous. Autrement, comment pourrions-nous faire ce que nous faisons et supporter de voir ce que nous voyons ?

Je compris tout de suite que notre escarmouche avec les bandits n'avait été qu'une plaisanterie. Cette fois, nous affrontions les troupes aguerries et bien armées des Tohan et des Seishuu, pleines de ruse et de férocité. En apercevant l'emblème du héron, ils surent aussitôt qui attaquait leurs arrières. La moitié de leur armée n'aspira plus d'un seul coup qu'à venger Iida en me tuant. Makoto avait fait preuve de bon sens en suggérant que je reste au centre, en sûreté. Avant qu'il puisse me rejoindre, j'avais dû repousser les assauts de trois guerriers et n'avais échappé au dernier que grâce à la présence d'esprit de Shun. Se servant de son bâton comme d'une lance, mon ami atteignit un quatrième assaillant au menton et le désarçonna. Un de nos fermiers bondit sur le guerrier à terre et lui coupa la tête avec sa faucille.

Je pressai Shun en avant. Il sembla se frayer d'instinct un chemin à travers la mêlée, en tournant toujours au moment opportun pour me donner l'avantage. Et Jato bondit dans ma main, comme sire Shigeru l'avait prédit, tant et tant qu'il ruissela de sang de sa pointe à sa garde.

Tandis que Makoto et moi combattions côte à côte, un groupe compact d'hommes nous entourait. Je remarquai un rassemblement identique, au-dessus duquel flottait la bannière des Tohan. Les deux amas humains se rapprochèrent en une vague furieuse, au rythme des guerriers se dressant et tombant autour d'eux, jusqu'au moment où j'aperçus le chef ennemi au centre du groupe d'en face.

En un éclair, je le reconnus. Cet homme portait une armure noire et un casque couronné de bois de cerf, semblables à ceux qu'Iida Sadamu arborait alors que je le contemplais d'en bas sur son destrier, à Mino. Les grains d'un chapelet en or brillaient en travers de sa poitrine. Nos yeux se rencontrèrent au-dessus de l'océan déchaîné des combattants et Nariaki poussa un cri de rage. Faisant brutalement tourner son cheval, il brisa le cercle protecteur qui l'entourait et s'élança vers moi.

— Otori Takeo est à moi! hurla-t-il. Que personne d'autre que moi ne s'avise de le toucher!

En entendant ces propos, mes assaillants reculèrent légèrement et nous nous retrouvâmes face à face, à quelques pas l'un de l'autre.

On croirait à m'entendre que nous avions le temps d'analyser la situation, mais en réalité tout allait trop vite pour cela. Ces scènes me reviennent par éclairs. Il était devant moi. Il recommença à crier des insultes, mais j'entendis à peine ce qu'il disait. Il laissa tomber les rênes sur l'encolure de son cheval et brandit son sabre des deux mains. Son destrier était plus gros que Shun et lui, comme Iida, me dominait de toute sa stature. Je regardais le sabre en guettant l'instant où il commencerait à bouger, et Shun ne le quittait pas non plus des yeux.

La lame s'abattit. Shun fit un écart, et le sabre ne frappa que de l'air. La violence du coup déséquilibra un instant le cavalier. Comme il retombait lourdement sur l'encolure de son cheval, celui-ci se cabra en le faisant glisser encore davantage. Le guerrier avait désormais le choix entre tomber ou lâcher son sabre. Il libéra ses pieds des étriers, s'agrippa d'une main à la crinière de sa monture et se laissa choir sur le sol avec une agilité surprenante. Il atterrit sur les genoux mais garda son sabre. Bondissant sur ses pieds, il se précipita sur moi en me décochant un coup qui m'aurait tranché net la jambe si Shun ne l'avait pas évité à temps.

Mes hommes s'avancèrent et il leur aurait été aisé de venir à bout du guerrier.

— Reculez! hurlai-je.

J'étais maintenant décidé à le tuer moi-même. La fureur qui me possédait ne ressemblait à rien de ce que j'avais connu. Elle était aussi différente des meurtres glacés de la Tribu que le jour l'est de la nuit. Je lâchai les rênes et descendis de cheval d'un bond. Shun s'ébroua dans mon dos et je compris qu'il resterait aussi immobile qu'un rocher jusqu'à l'instant où j'aurais de nouveau besoin de lui.

Je me retrouvai face au cousin de cet Iida auquel j'aurais tant aimé me confronter de la même façon. Je savais que Nariaki me méprisait, et non sans raison car je n'avais ni son entraînement ni son habileté.

Mais je compris que son dédain était justement sa faiblesse. Il se rua sur moi en faisant tournoyer son sabre : il se proposait de m'abattre aisément grâce à son bras plus long que le mien. Je me revis soudain dans la salle d'entraînement de Terayama, en train de m'exercer avec Matsuda. Comme alors, l'image de Kaede s'imposa à moi : elle était ma vie et ma force. Je lui répétai intérieurement ma promesse : «Cette nuit, nous dormirons à Maruyama.» Et les mêmes mouvements me revinrent.

«Le sang noir!» pensai-je — peut-être même le criai-je à pleine voix à Nariaki. «Il coule dans mes veines comme dans les vôtres. Nous appartenons à la même classe.» Je sentis la main de sire Shigeru ne faire qu'une avec la mienne. Puis le sabre-serpent mordit, et le sang rouge d'Iida Nariaki éclaboussa mon visage.

Quand l'homme s'effondra à genoux, Jato s'abattit de nouveau. La tête du guerrier roula à mes pieds, les yeux encore brillants de fureur, les lèvres écumantes.

Cette scène s'est gravée dans ma mémoire, mais j'ai oublié presque tout le reste. Je n'avais pas le temps d'avoir peur, et encore moins de penser. Les mouvements que sire Shigeru et Matsuda m'avaient enseignés étaient transmis à mon sabre par mon bras sans le secours de ma volonté consciente. Une fois Nariaki mort, je me tournai vers Shun. Tout en battant des paupières pour chasser la sueur de mes yeux, je vis Jo-An s'emparer de la tête puis du destrier de mon ennemi.

— Emporte-les! lui criai-je.

Hiroshi nous avait décrit parfaitement le terrain. Tandis que les troupes des Tohan et des Seishuu reculaient devant nos assauts, la mêlée devint encore plus acharnée. Des chevaux terrifiés se cassaient les jambes en trébuchant dans des trous ou se retrouvaient coincés contre des rochers et paniquaient, toute retraite coupée derrière ou devant eux.

Jo-An grimpa comme un singe sur le dos de Shun et se fraya un chemin dans la multitude. Je l'apercevais par instants, s'agitant au milieu des combats et emmenant dans la forêt des chevaux sans cavalier et fous de terreur. Comme il l'avait annoncé, la tuerie n'est qu'une des multiples tâches nécessaires à une bataille.

Bientôt, je vis les bannières des Otori et des Maruyama flotter devant nous, au côté de l'emblème des Miyoshi. L'armée des ennemis était prise en étau. Ils continuèrent à se battre férocement, mais ils n'avaient aucun espoir de s'en sortir.

Je ne pense pas qu'aucun d'eux ait survécu. Leur sang rougit les flots écumeux du fleuve. Quand le silence retomba enfin sur le champ de bataille, les parias se chargèrent de ramasser et d'aligner les cadavres. Après avoir rejoint Sugita, nous longeâmes ces rangées de morts et il en identifia un grand nombre. Jo-An et ses hommes s'étaient déjà occupés de douzaines de chevaux. Ils dépouillaient maintenant les défunts de leurs armures et de leurs armes, avant de brûler leurs corps.

La journée avait passé sans que j'eusse conscience du temps. Nous devions être à l'heure du chien : la bataille avait duré six ou sept heures. Les effectifs des deux armées étaient à peu près égaux — un peu moins de deux mille hommes de chaque côté. Mais les Tohan avaient tous péri, alors que nous avions moins de cent morts et deux cents blessés.

Jo-An me ramena Shun et je partis avec Sugita pour la forêt où Kaede attendait. Avec son efficacité habituelle, Manami s'était arrangée pour organiser le campement. Elle avait allumé un feu et fait bouillir de l'eau. Kaede était agenouillée sur un tapis à l'ombre des arbres. À travers les troncs argentés des hêtres, nous apercevions sa silhouette très droite, enveloppée dans le manteau de ses longs cheveux. En approchant, je vis qu'elle avait les yeux fermés.

Manami vint à notre rencontre, les yeux rougis et brillants.

— Elle prie, chuchota-t-elle. Elle est assise ainsi depuis des heures.

Je descendis de cheval et l'appelai par son nom. Kaede ouvrit les yeux et son visage s'illumina de joie et de soulagement. Elle inclina sa tête jusqu'au sol, ses lèvres remuant en silence tandis qu'elle remerciait la divinité. Je m'agenouillai devant elle, imité par Sugita.

— Nous avons remporté une grande victoire, dit-il. Iida Nariaki est mort et plus rien ne vous empêche désormais de prendre possession de votre domaine de Maruyama.

— Je vous suis immensément reconnaissante pour votre courage et votre loyauté, lui répondit-elle.

Puis elle se tourna vers moi.

— Êtes-vous blessé ?

— Je ne crois pas.

La frénésie du combat se dissipait et tout mon corps me faisait mal. Mes oreilles bourdonnaient, l'odeur de sang et de mort dont j'étais imprégné me donnait la nausée. Kaede semblait d'une propreté et d'une pureté inaccessibles.

— J'ai prié pour votre sauvegarde, dit-elle à voix basse.

La présence de Sugita nous rendait maladroits l'un avec l'autre.

— Prenez un peu de thé, nous pressa Manami.

Je réalisai que ma bouche était complètement sèche et qu'une croûte de sang recouvrait mes lèvres.

— Nous sommes tellement sales… commençai-je.

Elle me glissa d'autorité la tasse dans la main et je bus avec gratitude.

Le soleil s'était couché et le soir baignait dans une lumière claire, teintée de bleu. Le vent était retombé et les oiseaux chantaient leurs dernières mélodies de la journée. Un bruissement dans l'herbe me fit lever les yeux, et j'aperçus un lièvre qui traversait au loin la clairière. Je bus mon thé en contemplant le lièvre. Il me rendit mon regard un bon moment, ses grands yeux sauvages posés sur moi, avant de détaler en bondissant. Le thé avait un goût fumé, plein d'amertume.

Nous avions deux batailles derrière nous et trois nous attendaient, s'il fallait en croire la prophétie : encore deux victoires et une défaite.

CHAPITRE IV

Un mois plus tôt, après le départ de Shirakawa Kaede et des frères Miyoshi pour l'hôtellerie du temple de Terayama, Muto Shizuka s'était mise en route vers le village secret de sa famille. Comme bien d'autres refuges de la Tribu, il était caché dans les montagnes, au-delà de Yamagata. Lors de leurs adieux, Kaede avait pleuré. Elle avait forcé sa suivante à accepter de l'argent et insisté pour qu'elle prenne un cheval de bât, en lui disant de le renvoyer quand elle pourrait, mais Shizuka savait qu'elle serait vite oubliée une fois que Kaede serait avec Takeo.

Shizuka était extrêmement inquiète à l'idée de quitter Kaede après qu'elle eut résolu avec impétuosité d'épouser Takeo. Elle chevauchait en silence, en roulant de sombres pensées sur la folie de l'amour et sur le désastre que ce mariage leur attirerait. Elle était certaine qu'ils allaient se marier : maintenant que le destin les avait de nouveau réunis, rien ne les retiendrait. Mais elle tremblait pour eux en pensant à la réaction d'Araï quand il apprendrait la nouvelle. Et quand elle songeait à sire Fujiwara, elle se sentait glacée malgré le soleil printanier. Elle savait qu'il ne manquerait pas d'être outragé et indigné par cette union, et elle redoutait sa vengeance.

Kondo voyageait en sa compagnie. Il ne semblait pas de meilleure humeur qu'elle. Leur renvoi brutal l'avait à la fois affligé et irrité.

— Elle aurait pu se fier à moi! répéta-t-il plusieurs fois. Après tout ce que j'ai fait pour elle! Je lui ai juré fidélité, après tout. Jamais je n'aurais songé à lui nuire.

« Kaede l'a ensorcelé, lui aussi, se dit Shizuka. Il était flatté de sa confiance. Elle s'est si souvent appuyée sur lui. Désormais, ce sera Takeo son appui. »

— C'est Takeo qui a exigé notre départ, lui dit-elle. On ne saurait lui donner tort. Il ne peut se fier à aucun de nous.

— Quel gâchis, observa tristement Kondo. Je me demande où je vais aller, maintenant. J'étais bien chez dame Shirakawa, cette place me convenait.

Il rejeta la tête en arrière et renifla.

— Il se peut que la famille Muto ait de nouvelles instructions pour nous deux, répliqua sèchement Shizuka.

— Je vieillis, grommela-t-il. Je ne serais pas fâché de me ranger. Je suis prêt à laisser la voie libre aux générations montantes. Si seulement elles étaient plus nombreuses!

Il se tourna et lui adressa son sourire ironique. Quelque chose dans son regard la désarçonna, comme si son ironie dissimulait un sentiment plus chaleureux. À sa manière réservée, il lui faisait bel et bien une avance. Depuis le jour où il lui avait sauvé la vie sur la route de Shirakawa, un an plus tôt, une tension existait entre eux. Elle lui était reconnaissante et avait même songé à coucher avec lui, mais ensuite elle avait commencé une liaison avec le docteur Ishida et n'avait plus voulu d'autre amant que le médecin de sire Fujiwara.

Elle se dit tristement que cette histoire n'avait guère été raisonnable, puisque le mariage de Kaede et de Takeo la séparerait à jamais d'Ishida. Elle ne savait comment s'y prendre pour le revoir. Il s'était montré ardent au moment des adieux. Il l'avait pressée de revenir dès que possible et avait même été jusqu'à lui avouer qu'elle lui manquerait. Mais comment pourrait-elle le rencontrer, maintenant qu'elle n'était plus au service de Kaede et n'appartenait plus à sa maisonnée? Leur liaison était restée secrète, jusqu'à présent, mais elle craignait pour la sécurité du médecin si jamais sire Fujiwara avait vent de quelque chose.

L'idée de ne jamais revoir un homme aussi gentil et intelligent la déprimait profondément. «Je ne vaux pas mieux que Kaede, songeat-elle. Décidément, on n'arrive jamais à l'âge d'être enfin soustrait aux brûlures de l'amour.»

Ils traversèrent Yamagata et franchirent encore cinq lieues avant de rejoindre un village où ils passèrent la nuit. Kondo connaissait l'aubergiste. Peut-être étaient-ils même parents, mais la question n'intéressait pas assez Shizuka pour essayer de l'élucider. Comme elle le craignait, il lui fit comprendre qu'il avait envie de coucher avec elle. Il sembla désappointé quand elle invoqua sa fatigue pour refuser, mais il n'insista pas et ne la força pas, comme il en aurait eu le droit. Sa retenue emplit la jeune femme d'une gratitude qu'elle se reprocha sur-le-champ.

Le lendemain matin, cependant, alors qu'ils commençaient à pied l'ascension des pentes escarpées de la montagne, après avoir laissé les chevaux à l'auberge, Kondo déclara :

— Pourquoi ne nous marions-nous pas? Nous ferions une équipe magnifique. Vous avez deux fils, n'est-ce pas? Je pourrais les adopter. Du reste, nous sommes encore assez jeunes pour avoir d'autres enfants ensemble. Votre famille serait enchantée.

Elle se sentit accablée par cette proposition, d'autant qu'elle savait que sa famille serait probablement d'accord.

— Vous n'êtes pas marié?

Vu son âge, cela semblait surprenant.

— À dix-sept ans, j'ai épousé une femme de la famille Kuroda. Elle est morte depuis des années. Nous n'avions pas d'enfants.

Elle lui jeta un coup d'œil en se demandant s'il regrettait la disparue.

— C'était une femme très malheureuse, raconta-t-il. Elle n'avait pas toute sa raison. Pendant de longues périodes, elle était en proie à des peurs et des hantises terrifiantes. Elle voyait des spectres, des démons. Quand j'étais avec elle, elle se sentait mieux. Mais j'étais souvent obligé de voyager car je travaillais comme espion pour la famille de ma mère, les Kondo, qui m'avaient adopté. Lors d'un déplacement lointain, j'ai été retardé par le mauvais temps. Comme je ne revenais pas au moment convenu, elle s'est pendue.

Pour la première fois, sa voix avait perdu son ironie. Shizuka sentit la profondeur de son chagrin et éprouva soudain pour son compagnon une émotion inattendue.

— Peut-être avait-elle reçu une éducation trop dure, dit-il. Je me suis souvent étonné de ce que nous infligeons à nos enfants. À bien des égards, j'ai été soulagé de ne pas en avoir.

— Quand on est enfant, c'est comme un jeu. Je me rappelle que j'étais fière de mes dons et méprisais les autres gens parce qu'ils ne les possédaient pas. On ne se pose pas de questions sur la façon dont on est élevé. On n'imagine pas que cela puisse se passer autrement.

— Vous êtes un sujet doué, la nièce et la petite-fille des maîtres Muto. Quand on est un médiocre Kuroda, c'est moins simple. Et pour ceux qui n'ont pas de talents naturels, l'entraînement est très difficile.

Après un silence, il reprit d'une voix tranquille :

— Elle devait être trop sensible. Aucune éducation ne peut effacer le caractère profond d'une personne.

— Qui sait ? En tout cas, je compatis à votre deuil.

— C'était il y a si longtemps… Mais cette épreuve m'a certainement amené à remettre en question beaucoup d'enseignements que j'avais reçus. Je n'en parle guère, pourtant. Quand on appartient à la Tribu, on n'a pas d'autre choix que d'obéir.

— Si Takeo avait été élevé dans la Tribu, il aurait peut-être appris l'obéissance aussi bien que nous, murmura Shizuka comme si elle pensait à voix haute. Il détestait recevoir des ordres et rester enfermé. Qu'ont fait les Kikuta? Ils n'ont rien trouvé de mieux que de le confier à Akio pour qu'il l'entraîne comme un enfant de deux ans. Ils n'ont qu'à s'en prendre à eux-mêmes pour sa défection. Shigeru, lui, a su tout de suite comment le prendre et s'est acquis sa loyauté. Takeo aurait fait n'importe quoi pour lui.

«Comme nous tous, du reste», se surprit-elle à songer. Elle s'efforça d'écarter ces pensées. Elle partageait plus d'un secret avec sire Shigeru, qui les avait emportés dans la tombe, et elle redoutait que Kondo puisse les deviner.

— Takeo a accompli des exploits extraordinaires, observa Kondo. Du moins si l'on en croit ce que les gens racontent.

— Vous êtes impressionné, Kondo? Moi qui croyais que rien ne vous étonnait!

— Tout le monde admire le courage, répliqua-t-il. Et je suis de sang mêlé, comme Takeo. Je descends à la fois de la Tribu et des clans. Jusqu'à l'âge de douze ans, j'ai été élevé par la Tribu, après quoi j'ai travaillé comme espion tout en ayant l'apparence d'un guerrier. Cela me permet peut-être de comprendre en partie le conflit par lequel il est sans doute passé.

Ils marchèrent un moment en silence, puis il lança :

— De toute façon, je pense que vous savez que je suis très impressionné par vous.

Il était moins réservé, ce jour-là, plus ouvert dans ses sentiments pour elle. Elle sentait son désir avec acuité, et la pitié qu'elle éprouvait désormais pour lui la rendait moins capable d'y résister. En tant que maîtresse d'Araï ou suivante de Kaede, elle avait joui d'une position la protégeant des autres, mais maintenant il ne lui restait plus que ses propres talents et cet homme qui lui avait sauvé la vie et ne ferait pas un mauvais mari. Elle n'avait aucune raison de ne pas coucher avec lui. Quand ils firent halte pour déjeuner, vers midi, elle l'entraîna à l'ombre des arbres. Un parfum de cèdre et d'aiguilles de pin flottait dans l'air, le soleil était chaud, la brise légère. On entendait au loin le ruissellement assourdi d'une cascade. Tout évoquait le printemps, le renouveau de la vie. Il lui fit l'amour moins mal qu'elle ne l'avait craint, même s'il se montrait brutal et rapide en comparaison d'Ishida.

«Si tel doit être mon destin, je dois en tirer le meilleur parti possible», songea Shizuka.

Puis elle s'étonna : «Qu'est-ce qui m'arrive? Serais-je subitement devenue vieille? Il y a un an, j'aurais envoyé promener un homme comme Kondo. Mais à l'époque, je croyais encore appartenir à Araï. Et tant de choses se sont passées depuis, tant d'intrigues, tant de morts. Il a fallu perdre Shigeru et Naomi, et faire semblant sans cesse de ne pas m'en soucier. À peine si j'ai versé quelques larmes, même quand le père de mes enfants a tenté de me faire assassiner, même quand j'ai cru que Kaede allait mourir...»

Ce n'était pas la première fois qu'elle se sentait écœurée par cet étalage perpétuel d'hypocrisie, de cruauté, de brutalité. En songeant à Shigeru assoiffé de paix et de justice, à Ishida s'efforçant de guérir et non de tuer, elle sentit son cœur déchiré par plus de souffrance qu'elle n'aurait cru possible. «Je suis vieille, se dit-elle. L'année prochaine, j'aurai trente ans.»

Ses yeux devinrent brûlants et elle comprit qu'elle allait pleurer. Les larmes ruisselèrent sur son visage et Kondo, se méprenant sur leur origine, la serra plus fort contre lui. Les larmes de Shizuka coulèrent le long de la poitrine de l'homme, sur laquelle elle pressait la joue, et humectèrent les motifs rouges et noirs tatoués sur sa peau.

Au bout d'un moment, elle se leva et se dirigea vers la cascade. Elle lava son visage avec un linge qu'elle trempa dans l'eau glacée, puis elle but dans la coupe de ses mains. Autour d'elle, le silence de la forêt n'était troublé que par les coassements des grenouilles du printemps et par les premières cigales au chant encore hésitant. L'air fraîchissait déjà. Il leur faudrait se hâter s'ils voulaient atteindre le village avant la tombée de la nuit.

Kondo avait déjà ramassé leurs baluchons. Il les fixa à son bâton qu'il cala ensuite sur son épaule. Puis il suivit Shizuka, qui marchait en tête car elle connaissait le chemin.

— Vous savez, dit-il en élevant la voix pour qu'elle puisse l'entendre, je ne crois pas que vous feriez du mal à Takeo. Je pense qu'il vous serait impossible de le tuer.

— Pourquoi donc ? s'exclama-t-elle en tournant la tête. Ce ne serait pas le premier homme que je tuerais !

— Je connais votre réputation, Shizuka. Mais quand vous parlez de Takeo, votre visage s'adoucit comme si vous aviez pitié de lui. Et je ne crois pas que vous seriez capable de faire du chagrin à dame Shirakawa, tant votre affection pour elle est profonde.

— Rien ne vous échappe ! Vous savez tout de moi ! Êtes-vous certain de ne pas être l'esprit d'un renard ?

Elle se demanda s'il avait deviné sa liaison avec Ishida et pria pour qu'il n'en parle pas.

— J'ai aussi du sang de la Tribu dans mes veines, rétorqua-t-il.

— En restant loin de Takeo, j'éviterai tout déchirement intérieur, dit-elle. Cela vaut aussi pour vous.

Elle marcha un moment en silence avant de lancer abruptement :

— Je suppose que j'éprouve effectivement de la pitié pour lui.

— On vous dit pourtant impitoyable !

Il avait retrouvé son ton moqueur.

— Je suis encore sensible à la souffrance. Je ne parle pas des malheurs que les gens s'attirent eux-mêmes par leur sottise, mais de ceux que le destin inflige.

La pente s'escarpa et mit son souffle à rude épreuve. Elle cessa de parler jusqu'à ce que le chemin redevienne moins raide, mais elle continua de songer aux liens unissant sa vie à Takeo et Kaede ainsi qu'au destin des Otori.

Le chemin s'élargissant, Kondo la rejoignit pour marcher à son côté.

— L'éducation de Takeo chez les Invisibles, son adoption par Shigeru au sein de la classe des guerriers et les exigences de la Tribu à son égard semblent autant d'éléments irréconciliables dans sa vie, dit enfin Shizuka. Il sera tiraillé entre eux. Et maintenant ce mariage éveillera encore davantage d'hostilité à son encontre.

— Je ne crois pas qu'il vivra longtemps. Tôt ou tard, quelqu'un le coincera.

— On ne sait jamais, répliqua-t-elle en affectant plus d'insouciance qu'elle n'en ressentait. Peut-être serait-il impossible de le tuer, pour moi comme pour un autre, tout simplement parce que nous ne pourrions pas l'approcher.

— Il a été attaqué à deux reprises en se rendant à Terayama. Les deux tentatives ont échoué et trois hommes y ont trouvé la mort.

— Vous ne m'en aviez pas parlé!

— J'imagine que je ne voulais pas que dame Shirakawa s'affole et retombe malade. Mais chaque mort rend plus acharnée la haine de ses ennemis. Je n'aimerais pas vivre dans ces conditions.

« Certes non, pensa Shizuka. Aucun de nous n'en aurait envie. Nous souhaiterions vivre loin des intrigues et des soupçons. Nous voudrions dormir profondément la nuit, sans épier le moindre bruit insolite, sans redouter le poignard perçant le plancher, le poison dissimulé dans le repas, l'archer invisible dans la forêt. Au moins, pendant les quelques semaines à venir, je vais pouvoir me sentir en sécurité dans le village secret. »

Le soleil commençait à décliner et ses rayons étincelaient entre les cèdres dont les troncs paraissaient soudain noirs. La lumière se déversait avec exubérance sur le sol de la forêt. Depuis quelques instants, Shizuka avait remarqué que quelqu'un les suivait.

« Ce sont sans doute les enfants », se dit-elle en revoyant en un éclair sa propre enfance. Elle avait elle aussi exercé ses talents dans cette région. Elle en connaissait tous les aspects et chaque arbre, chaque rocher lui était familier.

— Zenko! Taku! appela-t-elle. C'est vous?

Elle n'obtint d'autre réponse qu'un rire étouffé. Il lui sembla entendre des bruits de pas. Des rochers s'éboulèrent un peu plus loin. Les enfants prenaient le raccourci passant par la crête de la montagne, tandis que Kondo et elle suivaient le chemin la contournant. Elle sourit et s'efforça de chasser ses idées noires. Ses fils étaient là. Elle agirait toujours au mieux de leur intérêt. Et elle se conformerait à l'avis de ses grands-parents. Elle ferait ce qu'ils lui diraient de faire : obéir avait quelque chose de réconfortant. Sans compter que la docilité était primordiale aux yeux de la Tribu, comme l'avait noté Kondo. Une nouvelle fois, Shizuka essaya de ne pas penser à la grave désobéissance dont elle s'était rendue coupable dans le passé, et elle espéra que cet épisode resterait enseveli avec les morts.

Quittant le chemin principal, ils escaladèrent un tas de rochers et empruntèrent un sentier plus étroit qui serpentait à travers un ravin rocailleux. Après un ultime virage, il commençait à descendre dans la vallée. Shizuka s'arrêta un instant. La vue ne manquait jamais de l'émerveiller, tant l'apparition de cette vallée cachée au cœur de la montagne escarpée était surprenante. Le village s'étendait à leurs pieds, voilé par la brume légère s'élevant du torrent à laquelle se mêlait la fumée des âtres. Quand ils eurent suivi le sentier au milieu des champs, pourtant, ils découvrirent les maisons en surplomb, protégées par une solide muraille en bois.

La porte était grande ouverte, et les gardes saluèrent joyeusement Shizuka.

— Bienvenue! Vous voilà de retour chez vous!

— Est-ce ainsi que vous accueillez les visiteurs, maintenant? Quelle désinvolture! Et si j'avais été une espionne?

— Vos fils nous ont déjà avertis de votre venue, répliqua un des gardes. Ils vous ont vue dans la montagne.

Un soulagement délicieux l'envahit. Elle n'avait pas réalisé jusqu'à cet instant à quel point elle n'avait cessé de s'inquiéter pour eux. Mais ils étaient vivants et en bonne santé.

— Voici Kondo… elle s'interrompit en s'apercevant qu'elle ignorait son prénom.

— Kondo Kiichi, dit-il. Mon père était Kuroda Tetsuo.

Les gardes plissèrent les yeux en enregistrant son nom. Ils situèrent mentalement l'inconnu dans la hiérarchie de la Tribu et le jugèrent aussi bien d'après son apparence que d'après son histoire. Ils étaient tous cousins ou neveux de Shizuka. Elle avait grandi avec eux, car dans son enfance on l'envoyait passer des mois entiers chez ses grands-parents afin de s'entraîner. Alors qu'ils n'étaient que des petits garçons, elle avait été leur compagne d'études et leur rivale dont ils ne pouvaient égaler les talents. Puis la vie l'avait ramenée à Kumamoto, auprès d'Araï.

— Méfiez-vous de Shizuka! cria l'un d'eux à Kondo. J'aimerais mieux coucher avec une vipère qu'avec elle.

— Tu aurais plus de chances de réussir, riposta-t-elle.

Kondo garda le silence mais la regarda en haussant les sourcils quand ils s'éloignèrent.

Vues de l'extérieur, les maisons du village ressemblaient à des fermes ordinaires aux toits de chaume en pente raide et aux poutres de cèdre pâlies par les ans. Outils agricoles, bois de chauffage, sacs de riz et tiges de roseau étaient rangés proprement dans les remises attenantes. Les fenêtres étaient barrées avec des planches en bois et les marches étaient faites de pierres de la montagne grossièrement équarries. À l'intérieur, cependant, ces demeures cachaient plus d'un secret : des couloirs et des entrées dérobés, des tunnels et des caves, de faux placards et des planchers creux pouvant abriter toute la communauté en cas de besoin. Rares étaient ceux qui connaissaient l'existence de ce village secret, et plus rares encore ceux qui trouvaient son chemin, ce qui n'empêchait pas la famille Muto d'être toujours prête à une attaque. C'était en ces lieux qu'elle entraînait ses enfants conformément aux antiques traditions de la Tribu.

À ce souvenir, Shizuka ne put s'empêcher de tressaillir et son cœur s'accéléra. Rien de ce qu'elle avait connu depuis, pas même le combat au château d'Inuyama, ne pouvait se comparer à l'excitation intense des jeux de son enfance.

La maison principale se dressait au centre du village. Sa famille l'attendait déjà à l'entrée pour l'accueillir. Elle reconnut ses deux fils avec son grand-père, et eut la surprise et la joie de voir à côté du vieil homme Muto Kenji, son oncle.

— Grand-père, mon oncle, les salua-t-elle d'un air modeste.

Elle allait leur présenter Kondo quand le plus jeune des garçons courut vers elle avec fougue et jeta ses bras à la taille de sa mère.

— Taku! le réprimanda son aîné.

Il s'adressa ensuite à Shizuka :

— Soyez la bienvenue, mère. Il y a si longtemps que nous ne vous avons vue.

— Approchez donc, laissez-moi vous regarder, dit-elle.

Elle était ravie par leur aspect. Ils avaient tous deux grandi et n'avaient plus rien d'enfants potelés. Zenko avait eu douze ans au début de l'année, et Taku dix ans. Même le cadet arborait des muscles durs et puissants, et leur regard était direct, intrépide.

— Il devient aussi grand que son père, lança Kenji en tapant sur l'épaule de Zenko.

Shizuka se dit que c'était vrai en regardant son fils aîné. Il était tout le portrait d'Araï. Taku ressemblait davantage à un Muto et, à la différence de son frère, il présentait sur ses paumes la ligne droite caractéristique de ses parents Kikuta. Son ouïe surdéveloppée et ses autres dons devaient déjà se manifester, mais sa mère remit à plus tard l'examen de ce genre de questions.

Entre-temps, Kondo s'était agenouillé devant les deux maîtres Muto en les informant de son nom et de ses origines.

— C'est lui qui m'a sauvé la vie, déclara Shizuka. Vous savez sans doute qu'on a essayé de m'assassiner.

— Tu n'es pas seule dans ce cas, répliqua Kenji.

Il lui jeta un coup d'œil, comme pour l'inviter à se taire. De toute façon, elle n'avait pas envie d'en dire trop long devant ses fils.

— Nous en parlerons plus tard. Je suis heureux de te revoir.

Une servante apporta de l'eau pour laver la poussière recouvrant les pieds des voyageurs.

Le grand-père de Shizuka s'adressa à Kondo :

— Vous êtes le bienvenu et nous vous sommes infiniment reconnaissants. Nous nous sommes déjà vus, il y a bien longtemps. Vous n'étiez qu'un enfant, de sorte que vous ne pouvez guère vous en souvenir. Venez vous restaurer, je vous en prie.

Pendant que Kondo suivait le vieil homme à l'intérieur, Kenji murmura à sa nièce :

— Que s'est-il donc passé ? Pourquoi es-tu ici ? J'espère que dame Shirakawa va bien ?

— Je vois que vous avez toujours un faible pour elle, répliqua Shizuka. Elle a rejoint Takeo à Terayama et je pense qu'ils seront bientôt mariés. Je dois dire qu'ils ont agi contre tous mes conseils. Ils courent tous deux au désastre.

Kenji soupira doucement et elle crut discerner comme une ombre de sourire sur son visage.

— Ils courent sans doute au désastre, déclara-t-il, mais c'est le destin qui en a décidé ainsi.

Ils entrèrent dans la maison. Tandis que Taku avait couru dire à sa grand-mère d'apporter du vin et des coupes, Zenko marchait d'un pas posé à côté de Kondo.

— Je vous remercie d'avoir sauvé la vie de ma mère, messire, lui dit-il cérémonieusement. Je suis votre débiteur.

— Je compte bien que nous allons faire connaissance et devenir amis, répliqua Kondo. Aimez-vous la chasse ? Peut-être pourrez-vous m'emmener dans la montagne. Voilà des mois que je n'ai pas mangé de viande.

Le garçon hocha la tête en souriant.

— Nous utilisons parfois des pièges, et plus tard dans l'année nous employons des faucons. J'espère que vous serez encore ici à cette époque.

«C'est déjà un homme, songea Shizuka. Si seulement je pouvais le protéger. Si seulement ils pouvaient rester tous deux à jamais des enfants.»

Sa grand-mère entra avec le vin. Shizuka se chargea de servir les hommes puis suivit la vieille femme dans la cuisine, en respirant avec délectation les parfums familiers. Les servantes étaient toutes des cousines et la saluèrent avec allégresse. Elle voulut aider à préparer le repas, comme elle l'avait toujours fait, mais ses compagnes refusèrent énergiquement.

— Demain, demain, s'exclama sa grand-mère. Ce soir, tu as le droit de jouer les invitées d'honneur.

Shizuka s'assit au bord de la marche en bois menant de la cuisine aux pièces principales de la maison. Elle entendait les hommes converser en murmurant, les voix plus aiguës des garçons — celle de Zenko muait déjà.

— Buvons une coupe ensemble, lança sa grand-mère avec un petit rire. Ton arrivée est inattendue, mais d'autant plus bienvenue.

Elle se tourna vers les servantes.

— N'est-ce pas qu'elle est merveilleuse?

Les petites approuvèrent avec enthousiasme.

— Shizuka est plus jolie que jamais, déclara Kana. Elle a plutôt l'air de la sœur que de la mère des garçons.

— Et comme d'habitude elle s'est trouvé un bel homme à la ville, ajouta Miyabi en riant. Vous a-t-il vraiment sauvé la vie? On croirait un conte.

Shizuka sourit et vida d'un trait sa coupe. Elle savourait le plaisir d'être de retour chez elle, d'écouter le dialecte légèrement sifflant de ses parentes avides de nouvelles et de commérages.

— On raconte que dame Shirakawa est la plus belle femme des Trois Pays, dit Kana. Est-ce vrai?

Shizuka vida une autre coupe et sentit dans son corps la chaleur du vin se répandre comme un message joyeux.

— Vous ne pouvez imaginer à quel point elle est belle, répondit-elle. Vous dites que je suis jolie. Eh bien, les hommes ont envie de coucher avec moi quand ils me voient, mais à la vue de dame Shirakawa ils sont envahis par le désespoir. Ils ne peuvent supporter qu'une telle splendeur existe et qu'elle leur soit à jamais inaccessible. Je vous assure que j'étais plus fière de sa beauté que de la mienne.

— Il paraît qu'elle ensorcelle les gens, lança Miyabi. Et qu'elle apporte la mort à tout homme qui la désire.

— Votre oncle lui-même a succombé à son charme, gloussa la vieille femme. Vous devriez entendre comme il parle de la noble dame.

— Pourquoi l'avez-vous quittée? demanda Kana tout en laissant tomber avec adresse dans la marmite à vapeur des légumes coupés aussi fins que du papier.

— Elle a été à son tour ensorcelée par l'amour et est partie retrouver Otori Takeo, ce garçon Kikuta qui a causé tant de désordre. Ils sont déterminés à s'épouser. Il nous a renvoyés, Kondo et moi, car les Kikuta l'ont condamné à mort.

Kana poussa un cri en se brûlant les doigts par mégarde.

— Quel dommage, soupira Miyabi. Ils sont donc perdus l'un comme l'autre.

— Que croyez-vous? rétorqua Shizuka. Vous savez quel châtiment attend ceux qui désobéissent.

Mais elle sentit ses propres yeux devenir brûlants, comme si elle allait pleurer.

— Voyons, voyons, s'écria sa grand-mère.

Elle semblait plus douce que dans le souvenir de Shizuka.

— Tu as un long voyage derrière toi. Tu es fatiguée. Mange pour reprendre des forces. Kenji voudra certainement te parler ce soir.

Kana remplit un bol de riz et empila dessus des légumes. C'étaient les légumes de printemps offerts par la montagne : bardane, pousses de fougère et champignons sauvages. Shizuka resta assise sur la marche pour manger, comme elle l'avait fait si souvent dans son enfance.

Miyabi demanda avec délicatesse :

— Il faut que je prépare les lits mais… où dormira notre hôte ?

— Qu'il aille avec les hommes, répondit Shizuka en engloutissant une bouchée de riz. Je resterai avec mon oncle jusque tard dans la nuit.

Coucher avec Kondo dans la maison familiale reviendrait à annoncer leur mariage. Sa décision n'était pas encore prise. Elle ne voulait rien faire avant d'avoir demandé conseil à Kenji.

Les yeux brillants de bonheur, sa grand-mère lui tapota la main et versa deux nouvelles coupes de vin pour elles deux. Quand le reste du repas fut prêt et que les filles eurent emporté les plateaux destinés aux hommes, la vieille femme se leva.

— Viens te promener avec moi. Je veux me rendre à l'autel afin de faire une offrande en signe de gratitude pour ton retour saine et sauve.

Elle prit des boulettes de riz enveloppées dans un linge et un petit flacon de vin. À côté de Shizuka, elle semblait tassée et marchait plus lentement que naguère, heureuse de pouvoir s'appuyer sur le bras de sa petite-fille.

La nuit était tombée. La plupart des villageois étaient chez eux, en train de souper ou de se préparer à dormir. Devant la porte d'une maison, un chien s'élança vers elles en bondissant, mais une femme le rappela et leur cria un salut.

Des hiboux ululaient dans le bosquet épais entourant l'autel. Les oreilles aiguisées de Shizuka perçurent les petits cris aigus des chauves-souris.

— Tu es encore capable de les entendre ? demanda sa grand-mère en scrutant leurs silhouettes fugitives. Quand je pense que j'ai déjà du mal à les voir ! C'est ton côté Kikuta.

— Mon ouïe n'a rien de remarquable, répliqua Shizuka. Je le regrette moi-même.

Un ruisseau coulait dans le bosquet et des lucioles luisaient au bord. Les portes surgirent devant elles, d'un rouge qui semblait éclatant dans la lumière affaiblie. Elles passèrent dessous et allèrent à la fontaine laver leurs mains et rincer leur bouche. Le bassin était taillé dans une pierre bleu foncé et un dragon en fer forgé veillait sur elle. L'eau de la montagne printanière était pure et glacée.

Des lampes brûlaient devant l'autel, mais il paraissait désert. La vieille femme déposa ses offrandes sur l'estrade en bois aux pieds de la statue de Hachiman, le dieu de la guerre. Elle s'inclina deux fois et tapa trois fois dans ses mains, en répétant ce rituel à trois reprises. Shizuka l'imita et se surprit à implorer de son côté la protection du dieu, non pas pour elle-même ou sa famille mais pour Kaede et Takeo pris dans la tourmente des guerres où ils trouveraient sans doute leur perte. Elle se sentait presque honteuse de ses propres pensées et se réjouissait que personne, sinon le dieu, ne pût lire dans son esprit.

Le regard de sa grand-mère restait fixé vers le ciel. Son visage semblait aussi antique que la statue de bois et aussi rayonnant d'un pouvoir sacré. Shizuka prit conscience de sa force et de son endurance, et se sentit pleine d'amour et de vénération pour elle. Elle était heureuse d'être rentrée. Les anciens portaient en eux la sagesse des générations — un peu de cette sagesse pourrait peut-être se transmettre à elle.

Elles demeurèrent un moment immobiles, puis elles entendirent un remue-ménage, une porte s'ouvrit, des pas retentirent sur la véranda. Le prêtre de l'autel s'avança vers elles. Il portait déjà ses vêtements du soir.

— Je ne m'attendais pas à une visite aussi tardive, s'exclama-t-il. Venez boire une coupe de thé avec nous.

— Ma petite-fille est de retour.

— Shizuka ! Il y a si longtemps. Soyez la bienvenue parmi les vôtres.

Elles s'assirent quelques instants avec le prêtre et son épouse, en échangeant des propos anodins et des commérages sur la vie du village.

— Kenji doit être prêt à te recevoir, maintenant, lança enfin sa grand-mère. Nous ne devons pas le faire attendre.

Elles rentrèrent au milieu des maisons obscurcies, dont la plupart étaient silencieuses. À cette époque de l'année, les villageois se couchaient et se levaient de bonne heure. Les travaux du printemps battaient leur plein : il fallait mettre en état les champs et repiquer le riz. Shizuka se rappela son adolescence, les journées passées dans les rizières, dans l'eau jusqu'aux chevilles tandis qu'elle plantait les semis. Elle partageait avec les plantes sa jeunesse et sa fertilité, tandis que sur les levées les femmes plus âgées psalmodiaient les chants transmis par la tradition. Était-elle trop vieille, désormais, pour prendre part au repiquage du printemps ?

Si elle épousait Kondo, serait-elle également trop vieille pour avoir un autre enfant ?

Quand elles rentrèrent, les filles nettoyaient la cuisine et récuraient les plats. Taku était assis sur la marche, comme Shizuka une heure plus tôt. Les yeux fermés, il dodelinait de la tête.

— Il a un message pour vous, dit Miyabi en riant. Il tenait à vous le communiquer personnellement !

Shizuka s'assit près de lui et lui chatouilla la joue.

— Un messager n'a pas le droit de s'endormir, le taquina-t-elle.

— Oncle Kenji est disposé à vous parler, annonça Taku d'un air important.

Il gâcha son effet par un bâillement irrépressible.

— Il se trouve dans la salle de séjour avec grand-père. Tous les autres sont allés au lit.

— Tu aurais dû en faire autant, observa Shizuka en l'attirant dans ses bras.

Elle le serra contre elle et il se détendit comme un petit garçon, la tête blottie sur sa poitrine. Au bout de quelques instants, il se mit à se tortiller en murmurant d'une voix endormie :

— Ne faites pas attendre oncle Kenji, mère.

Elle rit et relâcha son étreinte.

— Va te coucher.

— Vous serez encore là demain matin ? demanda-t-il en bâillant.

— Bien sûr !

Il lui sourit gentiment.

— Je vous montrerai tout ce que j'ai appris depuis la dernière fois que je vous ai vue.

— Ta mère sera stupéfaite, assura Miyabi.

Shizuka accompagna son fils cadet dans la chambre des femmes, où il dormait encore. Cette nuit, il serait près d'elle. Elle entendrait son souffle d'enfant dans l'obscurité et à son réveil, le matin, elle verrait son corps détendu et ses cheveux ébouriffés. Ces moments lui avaient tellement manqué.

Zenko dormait dans la chambre des hommes, maintenant. Elle l'entendait interroger Kondo sur la bataille de Kushimoto, où le guerrier avait combattu avec Araï. Elle remarqua la fierté vibrant dans la voix du garçon quand il prononçait le nom de son père. Que savait-il de la campagne d'Araï contre la Tribu, de sa décision de faire assassiner Shizuka ?

« Que vont-ils devenir ? se demanda-t-elle. Subiront-ils comme Takeo l'effet destructeur de leur sang mêlé ? »

Elle souhaita bonne nuit à Taku, traversa la chambre et fit glisser la porte donnant sur la pièce attenante, où son oncle et son grand-père l'attendaient. Elle s'agenouilla devant eux, le front contre la natte. Kenji hocha la tête en souriant sans rien dire. Il regarda son père et haussa les sourcils.

— Eh bien, s'exclama le vieil homme. Je crois qu'il faut que je vous laisse ensemble.

Shizuka l'aida à se lever et fut frappée de voir comme il avait vieilli, lui aussi. Elle l'accompagna jusqu'à la porte, où Kana l'attendait pour l'aider à se préparer pour la nuit.

— Bonne nuit, mon enfant, dit-il. Quel soulagement de te voir en sécurité ici, en ces jours si sombres. Mais combien de temps encore serons-nous à l'abri, où que ce soit ?

Elle revint s'asseoir près de son oncle.

— Son pessimisme est certainement excessif, déclara-t-elle. La colère d'Araï finira par se calmer. Il se rendra compte qu'il lui est impossible d'éliminer la Tribu, et qu'il a besoin d'espions comme n'importe quel autre seigneur de la guerre. Il parviendra à un accord avec nous.

— Je partage cet avis. Personne ne croit qu'Araï puisse nous ennuyer longtemps. Comme tu le dis toi-même, il serait aisé de se contenter de faire le mort en attendant qu'il soit calmé. Mais nous devons affronter un autre problème, qui pourrait se révéler beaucoup plus sérieux. Il semble que Shigeru nous ait laissé un héritage inattendu. Les Kikuta pensent qu'il a tenu des registres sur nos membres et nos réseaux, et que Takeo les a maintenant en sa possession.

Le cœur de Shizuka s'arrêta de battre. Elle avait l'impression qu'il lui avait suffi de penser au passé pour qu'il se réveille.

— Est-ce possible ? s'écria-t-elle en s'efforçant de réagir normalement.

— Kotaro, le maître Kikuta, en est convaincu. À la fin de l'année dernière, il a envoyé Takeo à Hagi, en compagnie d'Akio, afin de trouver les registres et de les rapporter. Il semble que Takeo se soit rendu dans la maison de Shigeru, où il a rencontré Ichiro. Après quoi, il s'est arrangé pour échapper à Akio et est parti pour Terayama. En chemin, il a vaincu et tué deux assassins et un guerrier Otori.

— Un guerrier Otori ? répéta Shizuka, abasourdie.

— Oui, les Kikuta sont en train de resserrer leurs liens avec les Otori. Ils cherchent ainsi à la fois une alliance contre Araï et un moyen d'éliminer Takeo.

— Et les Muto ?

— Je n'ai encore rien décidé, grommela Kenji.

Shizuka haussa les sourcils et attendit qu'il continue.

— Kotaro suppose que les registres sont conservés au temple, ce qui me paraît évident en y repensant. Ce vieux brigand de Matsuda n'a jamais cessé de comploter, même après être devenu prêtre, et il était très proche de Shigeru. Je crois même que je me souviens du coffret dans lequel le seigneur les a transportés. Je ne comprends pas comment j'ai pu ne rien voir sur le moment. Ma seule excuse, c'est que j'avais d'autres soucis à l'époque. Les Kikuta sont furieux contre moi et je fais figure d'imbécile à leurs yeux.

Il grimaça un sourire.

— Moi qu'on surnommait le Renard tant j'étais rusé, j'ai été berné par Shigeru !

— C'est donc pour cela qu'ils ont condamné à mort Takeo. Je croyais qu'il devait expier sa désobéissance. Le châtiment me paraissait cruel, mais je m'y attendais. Quand j'ai su qu'il travaillait avec Akio, j'ai compris que les ennuis n'allaient pas tarder.

— C'était aussi l'opinion de ma fille. Elle m'a fait parvenir un message pendant le séjour de Takeo dans notre maison de Yamagata. Un incident s'était produit : Takeo avait trompé la vigilance de ma femme et s'était échappé pour une nuit. Rien de grave, d'autant qu'il était revenu le matin, mais Yuki m'écrivit alors qu'Akio et lui finiraient par s'entre-tuer. Akio a failli mourir, d'ailleurs. Les hommes de Muto Yuzuru l'ont tiré à moitié gelé du fleuve où il allait se noyer.

—Takeo aurait dû l'achever, ne put s'empêcher d'observer Shizuka.
Kenji sourit tristement.

—Je dois avouer que c'est aussi ce que j'ai pensé. Akio a prétendu
qu'il avait tenté d'empêcher Takeo de lui fausser compagnie, mais
j'ai su ensuite par Yuki qu'il avait pour instruction de le tuer dès qu'il
aurait découvert où se trouvaient les registres.

—Mais pourquoi ? En quoi sa mort leur serait-elle utile ?

—C'est une situation compliquée. L'apparition de Takeo a dérangé
beaucoup de gens, notamment parmi les Kikuta. Son indocilité et sa
témérité n'arrangent rien.

—Les Kikuta paraissent d'une telle intransigeance, alors que vous
avez toujours semblé accorder une grande liberté d'action à Takeo.

—C'était le seul moyen de le prendre. J'en ai été conscient dès
mon arrivée à Hagi. Il possède une bonne nature et est capable de
faire n'importe quoi pour ceux qui se sont acquis sa loyauté, mais il
est réfractaire à toute contrainte. Il préférerait mourir plutôt que de
se soumettre.

—Ce doit être un trait distinctif des Kikuta, murmura Shizuka.

—Peut-être.

Kenji poussa un profond soupir et resta un moment silencieux,
les yeux fixés sur les ténèbres.

—Pour les Kikuta, tout est blanc ou noir, reprit-il enfin. Il faut
obéir ou mourir, une fin brutale est le seul remède à la sottise. Ils
sont élevés dans ce genre de convictions.

«Si jamais les Kikuta découvrent le rôle que j'ai joué dans cette
affaire, songea Shizuka, ils me tueront. Je n'ose même pas en parler
à Kenji.»

—En somme, non seulement Takeo est maintenant perdu pour la
Tribu, mais il détient des informations lui permettant de nous
détruire ?

—Exactement. Et grâce à ces informations, il pourra nouer tôt ou
tard une alliance avec Araï.

— Jamais ils ne le laisseront en vie, dit Shizuka que le chagrin envahit de nouveau.

— Jusqu'à présent, il a survécu. Il semble qu'il soit plus difficile de
se débarrasser de lui que les Kikuta ne l'avaient prévu.

Shizuka crut déceler comme un orgueil attristé dans la voix de
son oncle.

— Sans compter qu'il a le don de s'entourer de partisans dévoués,
ajouta-t-il. La moitié des jeunes guerriers Otori ont déjà franchi la
frontière pour le rejoindre à Terayama.

— S'il épouse Kaede, comme je suis certaine qu'il le fera, la colère
d'Araï sera terrible. Les registres de Shigeru ne suffiront pas à l'apaiser.

— Si tu le dis… Tu connais Araï mieux que quiconque. Du reste,
qu'en sera-t-il de toi et de tes fils ? Je ne leur ai pas encore appris que
leur père avait ordonné ta mort, mais ils le découvriront un jour ou
l'autre. Ce ne sera pas un problème pour Taku, qui est tout entier
du côté de la Tribu. Zenko, en revanche, idolâtre son père. Il n'a
pas hérité des mêmes talents que son frère et il vaudrait mieux pour
lui, à bien des égards, qu'il soit élevé par Araï. Crois-tu que ce soit
possible ?

— Je ne sais pas. J'imagine que plus ses conquêtes s'étendront, plus
il aura besoin de fils.

— Nous devrions envoyer quelqu'un pour voir comment il réagit
face au mariage de Takeo et à la situation des Otori. Nous essaierons
de sonder également ses sentiments pour ses fils. Je pourrais en charger Kondo, qu'en penses-tu ?

— Pourquoi pas ? lança Shizuka avec un certain soulagement.

— Il paraît beaucoup t'apprécier. Comptes-tu l'épouser ?

— Il en aurait envie, mais je lui ai dit qu'il fallait que je vous
demande votre avis. À vrai dire, je voudrais pouvoir encore y réfléchir.

— Rien ne presse, approuva Kenji. Tu pourras lui donner ta
réponse à son retour.

Ses yeux brillaient d'une émotion qu'elle ne savait comment interpréter.

— Et moi-même, je pourrai décider quelles mesures il convient de prendre.

Shizuka resta silencieuse mais étudia son visage à la lueur des lampes, en s'efforçant d'ordonner les différentes informations qu'il venait de lui fournir et de déchiffrer aussi bien ce qu'il avait tu que ce qu'il avait dit. Elle sentait qu'il était heureux de pouvoir partager avec elle ces soucis, dont il n'avait certainement parlé à personne d'autre, pas même à ses parents. Elle avait conscience de la grande affection qui l'avait lié à Shigeru et qu'il continuait d'éprouver pour Takeo. L'idée de contribuer à la mort du jeune homme serait sans doute pour lui un déchirement. Jamais, dans le passé, elle n'avait entendu son oncle ou aucun membre de la Tribu évoquer aussi ouvertement des conflits entre les maîtres.

Si les Muto et les Kikuta se brouillaient, la Tribu pourrait-elle survivre ? Elle trouvait cette menace encore plus dangereuse que n'importe quelle entreprise d'Araï ou de Takeo.

— Où se trouve votre fille actuellement ? demanda-t-elle.

— Pour autant que je le sache, dans un des villages secrets des Kikuta, au nord de Matsue.

Kenji s'interrompit avant de reprendre d'une voix basse, presque douloureuse :

— Yuki et Akio se sont mariés au début de l'année.

— Elle l'a épousé ? ne put-elle s'empêcher de s'écrier.

— La pauvre petite… Les Kikuta ont insisté et il m'a été impossible de me dérober. Il est question de ce mariage depuis leur enfance. Du reste, je n'avais objectivement aucune raison de refuser mon consentement, en dehors des sentiments irrationnels d'un père pour sa fille unique. Ma femme n'avait pas les mêmes scrupules. Elle tenait fermement à ce mariage, d'autant que Yuki était déjà enceinte.

Shizuka était stupéfaite.

— Elle attend un enfant d'Akio ?

Il secoua la tête. Elle n'avait encore jamais vu son oncle incapable de parler, comme en cet instant.

— Vous ne voulez pas dire que Takeo…

Il acquiesça de la tête. Les flammes des lampes tremblaient, tout se taisait dans la maison.

Shizuka ne savait comment réagir à cette nouvelle. Une unique pensée s'imposait à elle : l'enfant que Kaede avait perdu. Elle croyait entendre de nouveau la jeune femme lui demander dans le jardin de Shirakawa : «M'auraient-ils pris l'enfant de même qu'ils ont enlevé Takeo ?» L'idée que la Tribu puisse détenir un enfant de Takeo lui semblait une réalité surnaturelle, l'œuvre cruelle d'un destin auquel les humains, malgré tous leurs efforts, ne peuvent espérer échapper.

Kenji respira profondément et reprit :

— Après cet incident à Yamagata, elle s'est entichée de Takeo et a pris franchement son parti contre le maître Kikuta et moi. Comme tu peux l'imaginer, j'avais moi-même beaucoup souffert de la décision d'enlever Takeo à Inuyama avant qu'il puisse tenter d'assassiner Iida. J'ai trahi Shigeru. Je ne crois pas que je pourrais jamais me pardonner le rôle que j'ai joué dans sa mort. Pendant des années, je l'ai considéré comme mon ami le plus proche. Au nom de l'unité de la Tribu, cependant, j'ai fait ce que désiraient les Kikuta et leur ai livré Takeo. Mais entre nous, j'aurais été heureux de mourir à Inuyama si cela avait pu effacer la honte qui me tourmentait. Je n'en ai jamais parlé à personne, en dehors de toi.

«Bien entendu, les Kikuta sont ravis d'avoir cet enfant. Il doit naître au septième mois. Ils espèrent qu'il héritera des dons de ses parents. Comme ils attribuent à l'éducation de Takeo tous ses travers, ils entendent élever eux-mêmes l'enfant dès sa naissance…

Il s'interrompit. Le silence dans la pièce s'alourdit.

— Parle donc, ma nièce. Ne serait-ce que pour me dire que je n'ai que ce que je mérite !

— Ce n'est pas à moi de juger vos actes, murmura-t-elle. Je compatis aux souffrances que vous devez avoir endurées. Je suis stupéfaite de voir à quel point le destin joue avec nous comme avec des pions sur un échiquier.

— T'arrive-t-il de voir des fantômes ?

— Je vois sire Shirakawa en rêve, admit-elle.

Elle se tut longuement avant d'ajouter :

— Vous savez que Kondo et moi avons mis fin à ses jours afin de protéger Kaede et son enfant.

Elle entendit sa respiration sifflante, mais il ne dit rien et elle reprit au bout d'un moment :

— Son père avait perdu la tête. Il s'apprêtait à la violer avant de la tuer. J'ai voulu sauver sa vie et celle de son enfant. Elle l'a perdu, cependant, et elle a failli le suivre dans la mort. J'ignore si elle se souvient de ce que nous avons fait et je n'hésiterais pas à le refaire. J'en suis pourtant hantée, je ne sais pourquoi. Peut-être parce que je n'en ai jamais parlé à personne, pas même à Kondo.

— Si c'était pour sauver sa vie, je suis certain que cet acte était justifié, déclara-t-il.

— C'était un de ces instants où l'on n'a pas le temps de penser. Nous avons agi d'instinct, Kondo et moi. Je n'avais encore jamais tué un homme d'un rang aussi élevé. Il me semble avoir commis un crime.

— Ma trahison envers Shigeru ressemble aussi à un crime. Il me rend visite dans mes rêves. Je le vois tel qu'il était quand nous l'avons sorti du fleuve. Je l'ai débarrassé de sa cagoule et lui ai demandé de me pardonner, mais il n'a eu que la force de parler à Takeo. Nuit après nuit, il vient me voir.

De nouveau, ils restèrent longtemps silencieux.

— À quoi pensez-vous ? chuchota-t-elle. Vous ne voudriez pas faire éclater la Tribu ?

— Je dois faire ce qui semble le meilleur pour la famille Muto, répliqua-t-il. D'autre part, ma fille vit parmi les Kikuta et ce sera bientôt également le cas de son enfant. Ce sont là manifestement mes obligations prioritaires. La première fois que j'ai rencontré Takeo, cependant, je lui ai juré qu'il serait en sécurité tant que je vivrais. Je ne chercherai pas à le faire mourir. Nous attendrons de voir ce qu'il devient. Les Kikuta veulent que les Otori le provoquent pour l'amener à livrer bataille. Toute leur attention se concentre sur Hagi et Terayama.

Il siffla entre ses dents avant d'ajouter :

— J'imagine que le pauvre vieil Ichiro sera leur première cible. Mais que vont faire Kaede et Takeo après leur mariage, à ton avis ?

— Kaede est résolue à entrer en possession de Maruyama. Je suppose qu'ils vont faire marche vers le sud le plus tôt possible.

— Peu de familles de la Tribu sont installées à Maruyama, observa Kenji. Aucun endroit ne pourrait être plus sûr pour Takeo.

Il se tut, plongé dans ses pensées, puis esquissa un sourire.

— Évidemment, nous n'avons qu'à nous en prendre à nous-mêmes pour ce mariage. C'est nous qui les avons réunis. On peut même dire que nous les avons encouragés. Quelle mouche nous a piqués ?

Shizuka revit soudain la salle d'entraînement à Tsuwano. Les bâtons s'entrechoquaient, la pluie tombait à torrents dehors, les visages des deux adversaires brillaient de jeunesse et d'ardeur, au seuil de la passion…

— Peut-être les plaignions-nous, dit-elle. Ils n'étaient que deux pions qu'on utilisait pour un complot qui les dépassait, deux victimes destinées sans doute à mourir avant même d'avoir commencé à vivre.

— Ou peut-être as-tu raison, mais nous étions nous-mêmes les pions que le destin déplaçait à sa guise. Kondo partira demain. Tu passeras l'été ici. Je serai heureux de parler de ces choses avec toi. Il va falloir que je prenne de graves décisions, dont l'influence se fera sentir sur bien des générations à venir.

CHAPITRE V

Comme l'avait prédit Kaede, nous passâmes nos premières semaines à Maruyama à remettre les terres en état. Nous avions reçu un accueil chaleureux, et qui semblait sincère, mais Maruyama était un domaine étendu comprenant beaucoup de serviteurs héréditaires et une importante assemblée d'anciens, lesquels faisaient preuve de l'opiniâtreté et du conservatisme propres à la plupart des vieilles gens. Ma réputation de vengeur de sire Shigeru m'était fort utile, mais je fus rattrapé par les rumeurs habituelles sur les moyens auxquels j'avais recouru. Outre mes origines douteuses, j'étais soupçonné de sorcellerie. La loyauté de mes guerriers Otori était inébranlable, et j'avais confiance en Sugita, sa famille et les hommes qui avaient combattu à son côté. En revanche, je me défiais de beaucoup d'autres habitants du domaine et ils me le rendaient bien.

Sugita fut ravi de notre mariage et me confia ce qu'il avait déjà dit à Kaede, à savoir qu'il pensait que je pourrais réunir les Trois Pays et leur apporter la paix. En général, cependant, notre union surprit les anciens. Nul ne se permit de m'en parler en face, mais je déduisis bientôt de diverses allusions et conversations chuchotées qu'on s'était attendu à une alliance avec sire Fujiwara. Je ne m'en souciai guère, car à l'époque je n'avais aucune idée du pouvoir et de l'influence dont disposait l'aristocrate, mais ces circonstances ajoutèrent encore au sentiment d'urgence qui m'habitait depuis le début de l'été. Il me fallait marcher sur Hagi et m'imposer à la tête du clan des Otori. Une fois que j'aurais recouvré mon héritage légal et établi ma base à Hagi, personne n'oserait me contester ou me défier.

En attendant, je me fis fermier avec mon épouse. Chaque jour, nous partions à cheval avec Sugita pour inspecter champs, bois, villages et fleuves. Nous ordonnions des réparations et nous occupions d'enlever les arbres morts, d'émonder et de planter. Les terres étaient bien surveillées et les impôts perçus selon un système solide et sans injustice. Même mal entretenu, le domaine était riche. Ses habitants se montraient aussi travailleurs qu'entreprenants, et ils n'eurent guère besoin d'être aiguillonnés pour retrouver le niveau d'activité et de prospérité dont ils avaient joui du temps de dame Naomi.

Le château et la résidence avaient eux aussi été quelque peu négligés, mais les efforts de Kaede pour les restaurer eurent vite fait de leur restituer la beauté créée par l'ancienne maîtresse des lieux. Les nattes furent remplacées, les écrans repeints, les parquets cirés. Dans le jardin se dressait le pavillon du thé bâti par la grand-mère de dame Naomi. Elle m'en avait parlé lors de notre première rencontre, à Chigawa, et m'avait promis qu'un jour nous y prendrions le thé ensemble. Quand le bâtiment fut remis à neuf dans sa simplicité rustique et que Kaede y prépara le thé, je sentis que la promesse avait été tenue, même si dame Naomi elle-même n'était plus de ce monde.

J'étais conscient que son esprit ne cessait de nous accompagner, de même que celui de sire Shigeru. Comme l'abbé l'avait dit à Terayama, ils semblaient avoir la possibilité de revivre en Kaede et en moi. Nous allions accomplir tous leurs rêves que le destin avait brisés. Devant un petit autel au cœur de la résidence, nous déposâmes des tablettes votives et des offrandes. Chaque jour, nous allions y prier pour obtenir aide et conseil. Je me sentais profondément soulagé à l'idée d'accomplir enfin les dernières volontés de sire Shigeru, et Kaede paraissait plus heureuse qu'elle ne l'avait jamais été.

Ces semaines se seraient passées dans la liesse, à célébrer notre victoire et à voir s'épanouir de nouveau le domaine et ses habitants, si je ne m'étais senti obligé d'accomplir une tâche plus sombre et profondément déplaisante. Sugita prétendait qu'il n'y avait pas de membres de la Tribu dans la cité, tant ils étaient bien cachés et experts à garder secrètes leurs opérations. J'étais moins naïf que lui, grâce aux registres où sire Shigeru les avait tous inscrits. Je n'avais pas oublié les hommes décrits par Hiroshi, tout de noir vêtus et surgissant du néant pour tuer son père. Nous n'avions pas trouvé de cadavres correspondant à cette description sur le champ de bataille d'Asagawa. Ils avaient survécu et devaient maintenant me traquer.

La plupart des membres indiqués par les registres appartenaient aux familles Kuroda et Imaï, en dehors de quelques riches marchands Muto. Les Kikuta étaient très rares dans ces confins de l'Ouest, mais leur unique famille présente dans le domaine exerçait comme partout ailleurs son autorité sur les autres. Je me raccrochais à la prophétie qui m'assurait que seul mon propre fils pourrait me tuer, mais même si je parvenais à y croire dans la journée, je restais attentif au moindre bruit, ne dormais que d'une oreille la nuit et ne mangeais que des plats préparés ou contrôlés par Manami.

Je n'avais aucune nouvelle de Yuki. J'ignorais si son enfant était né et si c'était un garçon. Tout au long de l'été, Kaede continua de saigner régulièrement. Je savais qu'elle était déçue de ne pas attendre d'enfant, mais je ne pouvais m'empêcher d'en éprouver un certain soulagement. Avoir des enfants avec elle était un de mes rêves, mais je craignais les complications qu'ils entraîneraient. Et que ferais-je si Kaede mettait au monde un fils ?

Mon esprit était sans cesse tenu en alerte par le problème de la Tribu. La première semaine de mon arrivée en ville, j'envoyai des messages aux familles Kikuta et Muto pour les inviter à venir me présenter leurs respects le lendemain car je souhaitais m'entretenir avec elles. La nuit même, quelqu'un tenta de s'introduire dans la résidence pour voler les registres. Je fus réveillé par le bruit d'un intrus dans la chambre. Apercevant sa silhouette presque invisible, je l'assaillis et le poursuivis jusqu'aux portes extérieures, dans l'espoir de le prendre vivant. Comme il sautait par-dessus le mur, il redevint visible et les gardes de l'autre côté le tuèrent avant que j'aie pu les en empêcher. Il était vêtu de noir et tatoué comme Shintaro, l'assassin qui avait essayé de tuer sire Shigeru à Hagi. Je l'identifiai comme un membre de la famille Kuroda.

Le lendemain matin, j'envoyai des hommes arrêter tous les occupants de la maison Kikuta. Après quoi j'attendis de voir qui viendrait à mon rendez-vous. Deux vieux Muto arrivèrent à la résidence, l'air rusé et insaisissable. Je leur donnai le choix entre quitter la province ou renoncer à leur loyauté envers la Tribu. Ils répondirent qu'ils devaient consulter leurs enfants. Pendant deux jours, rien ne se passa. Puis un archer embusqué tenta de me tuer alors que je chevauchais avec Amano et Sugita dans une campagne reculée. Shun entendit la flèche en même temps que moi, et nous réussîmes à l'esquiver. Nous pourchassâmes l'agresseur dans l'espoir d'en tirer des informations, mais il prit du poison. Je me demandai s'il ne s'agissait pas du second des hommes décrits par Hiroshi, cependant je ne pouvais en être certain.

Désormais, ma patience était à bout. Il me sembla que les membres de la Tribu me narguaient, dans l'idée que je ne serais jamais assez impitoyable pour leur régler leur compte. Je fis pendre tous les Kikuta adultes que j'avais fait arrêter. La nuit même, j'envoyai des patrouilles dans une cinquantaine de maisons avec l'ordre de tuer tous leurs occupants sauf les enfants. J'espérais épargner la vie des plus jeunes, mais les membres de la Tribu les empoisonnèrent plutôt que de me les donner. Les deux vieillards revinrent me voir, mais mon offre n'était plus valable. Le seul choix qui leur restait était entre le poison ou le sabre. Ils prirent du poison sur-le-champ.

Quelques survivants fuirent la province. Je n'avais pas les moyens de les pourchasser si loin. La plupart trouvèrent refuge dans des chambres dérobées, comme moi-même jadis, ou dans les villages secrets des montagnes. Personne n'aurait pu les débusquer sauf moi, qui connaissais tout d'eux et avais été entraîné par leurs soins. J'étais intérieurement révolté par ma propre dureté et horrifié de faire subir à des familles le même sort qu'à ma famille massacrée, mais je ne voyais pas d'alternative et je ne crois pas m'être montré cruel. Je leur accordais des morts rapides. Je ne les faisais pas crucifier, brûler vifs ou pendre par les pieds. Mon but était d'extirper une calamité, non de semer la terreur.

Cette mesure n'était guère appréciée par les guerriers, qui avaient profité des services de ces marchands, s'étaient procuré auprès d'eux soja et vin, leur avaient emprunté de l'argent et avaient recouru à l'occasion au commerce plus secret du meurtre. Leur défiance envers moi en fut encore augmentée. Je m'efforçai de les occuper grâce aux nécessités de l'entraînement et de la garde des frontières, tandis que je me consacrais à restaurer l'économie. En éliminant la Tribu, j'avais porté un coup terrible à la classe des marchands. D'un autre côté, j'avais confisqué tous leurs avoirs au profit du domaine, de sorte que d'énormes richesses immobilisées jusqu'alors se remirent à circuler. Pendant deux semaines, nous semblâmes menacés par une disette de produits de base avant l'hiver. Puis nous découvrîmes un groupe de paysans entreprenants qui, excédés par les extorsions de la Tribu, s'étaient livrés en secret à la distillation et la fermentation en petites quantités. Ils avaient acquis suffisamment d'expérience pour reprendre en main la production. Nous leur fournîmes l'argent nécessaire à leur installation dans les anciens établissements de la Tribu, en leur demandant en retour soixante pour cent de leurs gains pour le trésor du domaine. Cette pratique promit d'être si lucrative que nous pouvions espérer être en mesure de prélever moins d'un tiers de la moisson du riz, ce qui contribua à notre popularité auprès des fermiers et des villageois.

Je distribuai le reste des biens et des terres de la Tribu aux hommes qui m'avaient accompagné depuis Terayama. Un hameau situé sur les rives d'un fleuve fut attribué aux parias, qui se mirent aussitôt à tanner les peaux des chevaux morts qu'ils avaient rassemblées. J'étais soulagé de voir installés paisiblement ces gens dont l'aide m'avait été si précieuse, mais la protection que je leur accordais déconcerta les anciens et aggrava leur suspicion.

Il ne se passait pas de semaine sans que de nouveaux guerriers Otori viennent se joindre à moi. La grande armée Otori ayant tenté de m'encercler à Terayama m'avait poursuivi jusqu'au fleuve que le pont des parias nous avait permis de traverser. Après avoir établi son camp à cet endroit, elle contrôlait les routes entre Yamagata, Inuyama et l'Ouest, et donnait apparemment aussi quelques soucis à Araï.

Chaque après-midi ou presque, je rejoignais Kaede dans le pavillon du thé, où nous parlions stratégie avec Makoto et les frères Miyoshi. Je craignais surtout, en prolongeant mon séjour trop longtemps, de me retrouver cerné par les Otori au nord et par Araï au sud-est. Je savais que le seigneur de la guerre allait sûrement regagner son bastion de Kumamoto durant l'été. Il m'était impossible de combattre sur deux fronts. Nous décidâmes que le moment était favorable pour envoyer Kahei et Gemba auprès d'Araï afin d'essayer de faire la paix avec lui, même pour peu de temps. J'avais conscience d'avoir bien peu d'atouts dans la négociation : notre brève alliance contre Iida, l'héritage de sire Shigeru et les registres de la Tribu. En revanche, je l'avais rendu furieux par ma disparition et offensé par mon mariage, alors qu'il était probable que sa colère contre la Tribu était déjà tempérée par l'opportunisme.

Je ne me faisais aucune illusion sur une paix éventuelle avec les

Otori. Je ne pouvais pas négocier avec les oncles de sire Shigeru et ils n'abdiqueraient jamais en ma faveur. Les divisions au sein du clan étaient telles qu'il se trouvait déjà virtuellement en état de guerre civile. Je pourrais attaquer leur armée, mais même si nous l'emportions ils se contenteraient de se replier à Hagi, où il leur serait aisé de nous contenir en attendant que l'hiver nous mette en déroute. Malgré l'apport du domaine de Maruyama, nos ressources ne nous permettaient pas d'envisager un long siège à une telle distance de notre base.

J'avais échappé à l'armée Otori en recourant aux parias, que personne d'autre que moi n'aurait songé à approcher. Je commençais maintenant à me demander comment je pourrais de nouveau prendre mes ennemis par surprise. En pensant à Hagi, je revoyais la ville enchâssée dans sa baie, si imprenable du côté de la terre, si largement ouverte à la mer. Si je ne pouvais m'en emparer par voie de terre, pourquoi ne pas emprunter le chemin des flots?

Des troupes susceptibles d'être transportées rapidement sur la mer — aucun seigneur, à ma connaissance, ne disposait d'une telle force. L'histoire nous apprend pourtant qu'il y a des siècles, une immense armée venue du continent fit voile vers ce pays et aurait été victorieuse si un typhon envoyé par le Ciel n'avait sauvé les Huit Îles. Je repensais souvent à mon ami de Hagi, Terada Fumio, qui s'était réfugié avec sa famille sur l'île d'Oshima. Fumio m'avait initié à la navigation et à la natation. Il haïssait autant que moi les oncles de sire Shigeru. Ne pourrais-je pas en faire maintenant mon allié?

Je ne parlais pas ouvertement de ces idées, mais Kaede m'observait constamment et connaissait toutes mes humeurs. Une nuit, après que les autres se furent retirés, elle me demanda:

— Vous songez à une nouvelle tactique pour attaquer Hagi?

— Quand je vivais là-bas, je m'étais lié avec un garçon appartenant à une famille de pêcheurs, les Terada. Les seigneurs ayant augmenté de façon exorbitante les taxes sur les prises, toute la famille est partie en bateau s'installer à Oshima, une île au large de la côte du nord-ouest.

— Ils se sont faits pirates?

— Leurs marchés leur étaient fermés, si bien qu'ils ne pouvaient plus vivre de leur seule pêche. Je projette de leur rendre visite. Si les Terada ont des ressources suffisantes et se montrent prêts à m'aider, il serait possible de prendre Hagi par la mer. Mais l'opération doit avoir lieu dès cette année, avant la saison des typhons.

— Pourquoi vous y rendre en personne? Envoyez plutôt un émissaire.

— J'aurai la confiance de Fumio, mais je doute que sa famille accepte un autre interlocuteur que moi. Maintenant que les pluies ont cessé, Kahei et Gemba doivent partir immédiatement pour Inuyama. Quant à moi, je n'emmènerai que quelques hommes. Makoto, peut-être Jiro…

— Laissez-moi venir avec vous.

Je songeai aux complications que sa présence entraînerait. Elle aurait besoin d'au moins une femme pour l'accompagner, sans compter la difficulté de trouver des logements convenables.

— Non, restez ici avec Sugita. Je ne veux pas que nous soyons tous deux absents du domaine en même temps. Amano restera aussi.

— J'aimerais être Makoto, s'exclama Kaede. Je suis jalouse de lui.

— C'est lui qui vous jalouse, dis-je d'un ton léger. Il estime que je passe beaucoup trop de temps à parler avec vous. Une femme est censée donner des héritiers à son mari, rien de plus. Pour le reste, un homme doit tout trouver dans ses compagnons.

Je plaisantais, mais elle prit mes propos au sérieux.

— Je devrais vous donner un enfant.

Ses lèvres étaient serrées et je vis ses yeux s'emplir de larmes.

— Parfois, j'ai peur de ne plus jamais être enceinte. Je voudrais que notre enfant ne soit pas mort.

— Nous en aurons d'autres, assurai-je. Rien que des filles, toutes aussi belles que leur mère.

Je la pris dans mes bras. La nuit était calme et chaude, mais Kaede avait la peau froide et elle frissonnait.

— Ne pars pas, implora-t-elle.

— Je ne serai absent qu'une semaine au plus.

Le lendemain, les frères Miyoshi partirent pour Inuyama afin de plaider ma cause auprès d'Araï, et le surlendemain Makoto et moi prîmes le chemin de la côte. Kaede était toujours contrariée et nous nous séparâmes avec une certaine froideur. C'était notre premier différend. Elle tenait à m'accompagner. J'aurais pu la laisser venir, mais je fis un autre choix. J'ignorais combien le temps serait long et cruelles les souffrances que nous devrions endurer avant que je la revoie.

Malgré tout, je partis de joyeuse humeur avec Makoto, Jiro et trois hommes. Nous portions des vêtements de voyage sans marques distinctives, de façon à avancer rapidement et sans formalités. J'étais heureux de m'éloigner un peu de la cité et de pouvoir ainsi mettre de côté la tâche impitoyable que je m'étais fixée pour éradiquer la Tribu. Les pluies avaient cessé, l'air était clair et le ciel d'un bleu intense. Le long de la route, nous vîmes partout les signes du retour progressif à la prospérité. Les rizières verdoyantes resplendissaient. On s'apprêtait à rentrer la moisson : cet hiver, du moins, personne ne mourrait de faim.

Makoto était réservé et silencieux en présence de Kaede, mais quand nous étions seuls nous parlions comme seuls peuvent le faire deux amis intimes. Il m'avait vu au comble de ma faiblesse et de ma vulnérabilité, et j'avais plus confiance en lui qu'en quiconque. Je lui ouvrais mon cœur et lui seul, en dehors de Kaede, savait combien je vivais dans la hantise d'une attaque de la Tribu et avec quelle répugnance pourtant je menais à bien son élimination. Il ne me reprochait que la profondeur de mon amour pour Kaede. Peut-être était-il jaloux, malgré ses efforts pour s'en cacher. Mais il estimait aussi que notre attachement n'était pas naturel, qu'il n'était pas convenable pour un homme de ressentir une telle passion pour son épouse. Bien qu'il n'en parlât pas, je lisais sa désapprobation sur son visage.

Avec la prévenance discrète qui le caractérisait, il avait pris Jiro sous son aile. Il trouvait le temps non seulement de lui apprendre à écrire mais aussi de l'entraîner au maniement du bâton et de la lance. Jiro apprenait vite. Il semblait avoir grandi à vue d'œil au cours de l'été et commençait également à se remplumer, maintenant qu'il mangeait correctement. De temps en temps, je lui proposais de retourner à Kibi pour aider sa famille à moissonner, mais il me suppliait de l'autoriser à rester et jurait qu'il voulait passer le reste de sa vie à mon service ou à celui de Makoto. Comme la plupart des fils de fermiers venus combattre pour moi, il était intelligent, fort et courageux. Nous leur donnions pour armes de longues lances et les équipions d'armures en cuir. Ils étaient regroupés en unités de vingt hommes, chacune avec son propre chef. S'ils se révélaient doués pour le tir à l'arc, nous les entraînions en conséquence. À mes yeux, ils comptaient parmi mes meilleurs atouts.

L'après-midi du troisième jour, nous arrivâmes à la côte. Loin d'offrir un aspect désolé, comme aux environs de Matsue, elle semblait splendide en ce jour de l'été finissant. Plusieurs îles escarpées surgissaient abruptement d'une mer paisible aux flots d'un bleu foncé, presque indigo. La brise soulevait à la surface des vagues triangulaires, évoquant des lames de poignard. Les îles paraissaient inhabitées et rien ne venait rompre la ligne verte des pins et des cèdres s'accrochant à leurs pentes.

Nous distinguions à peine au loin, perdue dans la brume, la silhouette trapue d'Oshima. Le cône de son volcan était caché par les nuages. Au-delà, invisible, se dressait la ville de Hagi.

— Voilà donc le repaire du dragon, s'exclama Makoto. Comment comptez-vous l'approcher ?

Nous avions arrêté nos chevaux au sommet d'une falaise, mais la route descendait jusqu'à une petite baie où se blottissait un village de pêcheurs — quelques masures, des bateaux remontés sur les galets, les portes d'un sanctuaire consacré au dieu de la mer.

— Nous pourrions prendre un bateau ici, dis-je d'un ton indécis car l'endroit semblait désert.

Les feux que les pêcheurs allument pour obtenir du sel de l'eau de mer n'étaient plus que des amas de bûches carbonisées. Rien ne bougeait.

— Je ne suis jamais monté sur un bateau, s'écria Jiro, sauf pour traverser le fleuve!

— Moi non plus, grommela Makoto tandis que nous chevauchions vers le village.

Les villageois nous avaient déjà vus et s'étaient cachés. Quand nous approchâmes des masures, ils tentèrent de s'enfuir. La splendeur du site était trompeuse : j'avais beau avoir vu bien des miséreux d'un bout à l'autre des Trois Pays, ceux-là les surpassaient tous par leur horrible pauvreté. Mes hommes se lancèrent aux trousses d'un malheureux trébuchant sur les galets, avec un enfant d'environ deux ans dans les bras. Ils le rattrapèrent aisément, embarrassé qu'il était par son fils, et le traînèrent jusqu'à nous. L'enfant hurlait mais le regard du père était au-delà du chagrin ou de la peur.

— Nous n'avons pas l'intention de te dépouiller ni de te faire quelque mal, lui assurai-je. Je cherche seulement quelqu'un pour m'accompagner à Oshima.

Il me jeta un coup d'œil incrédule. Un des hommes qui le maintenaient le gifla violemment en criant :

— Réponds quand Sa Seigneurie te parle!

— Sa Seigneurie? Il a beau être un seigneur, Terada ne l'épargnera pas. Vous savez comment nous appelons Oshima? La porte de l'enfer.

— Enfer ou non, il faut que je m'y rende, répliquai-je. Et je suis prêt à payer pour cela.

— Quel intérêt pour nous autres ? lança-t-il avec amertume. Si quelqu'un apprend que j'ai de l'argent, il me tuera pour me le prendre. Si je suis encore en vie, c'est justement parce qu'on ne peut plus rien me voler. Les bandits m'ont déjà pris ma femme et mes filles. Mon fils n'était pas encore sevré quand ils ont enlevé sa mère. Je l'ai nourri avec des chiffons trempés dans de l'eau et de la saumure. Je mâchais du poisson pour lui faire la becquée comme un oiseau de mer. Il m'est impossible de le quitter pour aller chercher avec vous une mort certaine à Oshima.

— Alors trouve-nous quelqu'un qui veuille bien m'emmener. Quand nous serons de retour à Maruyama, nous enverrons des soldats pour éliminer les bandits. Le domaine appartient maintenant à mon épouse, Shirakawa Kaede. Nous allons assurer votre sécurité.

— Qu'importe qui possède cette terre. Sa Seigneurie ne reviendra jamais d'Oshima.

— Prenez l'enfant, ordonna Makoto aux soldats d'une voix irritée.

Il lança au pêcheur :

— Si tu n'obéis pas, il mourra !

— Prenez-le ! hurla le malheureux. Tuez-le ! J'aurais dû le faire moi-même. Tuez-moi ensuite, que j'en finisse avec la souffrance.

Makoto descendit d'un bond de sa monture pour s'emparer lui-même de l'enfant. Celui-ci s'agrippa au cou de son père comme un singe, en sanglotant bruyamment.

— Laissez-le, lançai-je en descendant à mon tour de cheval et en confiant les rênes à Jiro. Nous ne pouvons pas les forcer.

J'observai l'homme en prenant soin de ne pas rencontrer son regard. Après son premier coup d'œil rapide, il ne leva plus les yeux sur moi.

— Quelles provisions avons-nous ?

Jiro ouvrit les sacoches des selles. Il en sortit du riz enveloppé dans du varech et parfumé aux prunes marinées, ainsi que du poisson séché.

— Je veux te parler en particulier, dis-je au misérable. Veux-tu t'asseoir avec ton enfant pour manger avec moi ?

Il déglutit péniblement, les yeux fixés sur la nourriture. En sentant l'odeur du poisson, l'enfant tourna la tête et tendit une main vers Jiro.

Son père fit oui de la tête.

— Lâchez-le, ordonnai-je aux hommes.

Je pris à Jiro les vivres et aperçus un bateau retourné à côté d'une des masures.

— Asseyons-nous là.

Je me dirigeai vers le bateau, suivi du malheureux. Je m'assis et il s'agenouilla à mes pieds, la tête baissée. Déposant l'enfant sur le sable, il lui fit également incliner la tête. Le petit garçon ne sanglotait plus mais reniflait avec bruit de temps à autre.

Je présentai les mets en chuchotant la première prière des Invisibles, sans quitter un instant du regard le visage de l'homme.

Ses lèvres remuèrent sans bruit, mais il ne prit pas la nourriture. L'enfant tendit les bras en se remettant à pleurer.

— Si c'est un piège, que le Secret vous pardonne, dit le père.

Il récita la seconde prière et saisit la boulette de riz. Après l'avoir émiettée, il la donna à manger à son fils.

— Au moins, mon enfant ne mourra pas sans avoir connu le goût du riz.

— Ce n'est pas un piège, assurai-je en lui tendant une autre boulette qu'il fourra dans sa bouche. Je suis Otori Takeo, héritier du clan des Otori, mais j'ai grandi parmi les Invisibles et dans mon enfance on m'appelait Tomasu.

— Qu'il vous bénisse et prenne soin de vous, dit-il en prenant le poisson que je lui offrais. Comment m'avez-vous deviné ?

— Quand vous avez déclaré que vous auriez dû vous tuer avec votre fils, vous avez fugitivement levé les yeux au ciel comme si vous priiez.

— J'ai imploré si souvent le Secret de me laisser le rejoindre. Mais vous savez qu'il m'est interdit de me tuer aussi bien que de tuer mon fils.

— Êtes-vous tous des Invisibles dans ce village ?

— Oui, de père en fils, depuis l'époque où les premiers maîtres sont venus du continent. Nous n'avons jamais été persécutés pour nos croyances. La dame du domaine, qui est morte l'an passé, nous accordait sa protection. Mais les bandits et les pirates sont de plus en plus nombreux et hardis, et ils savent que nous ne pouvons pas nous défendre.

Il détacha un morceau de poisson qu'il donna à son fils. Tout en le serrant dans son poing, le petit garçon m'observa. Ses yeux étaient rougis et gonflés, son visage crasseux et sillonné de larmes. Soudain, il m'adressa un sourire timide.

— Comme je vous l'ai dit, dame Maruyama a légué ce domaine à mon épouse. Je vous fais le serment que nous le purgerons des bandits et vous rendrons la sécurité. J'étais ami avec le fils de Terada, à Hagi, et j'ai besoin de lui parler.

— Je ne vois qu'un homme qui puisse vous aider. Il n'a pas d'enfants et j'ai entendu dire qu'il s'est déjà rendu à Oshima. Je vais essayer de le trouver. En attendant, installez-vous dans le sanctuaire. Les prêtres se sont enfuis, de sorte qu'il est désert, mais vous pouvez y laisser vos chevaux et vos hommes. Si le passeur est d'accord pour vous emmener, il viendra vous voir cette nuit. Il faut une demi-journée pour se rendre à Oshima, et vous devrez partir à marée haute. À lui de voir s'il préfère le soir ou le matin.

— Tu ne regretteras pas de nous avoir aidés.

Pour la première fois, il esquissa un sourire.

— C'est peut-être Sa Seigneurie qui le regrettera à son arrivée à Oshima.

Je me levai et m'éloignai, mais j'avais à peine fait dix pas qu'il m'appela :

— Seigneur ! Sire Otori !

Je me retournai et il courut vers moi. Son fils le suivit en chancelant, toujours occupé à sucer le poisson.

— Vous allez donc tuer ? demanda-t-il gauchement.

— Oui, répondis-je. J'ai déjà tué et je recommencerai, même si je suis damné pour cela.

— Puisse-t-il avoir pitié de vous, chuchota-t-il.

Le soleil se couchait en rougeoyant et les ombres s'allongeaient sur les galets noirs. Les oiseaux de mer poussaient des cris rauques et lugubres, évoquant des âmes perdues. Les vagues venaient lécher les galets en poussant des soupirs accablés.

Le sanctuaire tombait en ruine. Les poutres couvertes de lichen pourrissaient à l'ombre des arbres moussus que les vents du nord, au long des hivers, avaient tordus en des formes grotesques. Cette nuit-là, cependant, aucun vent ne soufflait. Un calme oppressant régnait, le chant strident des grillons et le vrombissement plaintif des moustiques faisaient écho aux soupirs des flots. Nous laissâmes nos chevaux paître dans le jardin à l'abandon et s'abreuver dans les mares. Aucun poisson n'y nageait — ils avaient tous été mangés depuis longtemps. Une grenouille solitaire coassait mélancoliquement et des hiboux ululaient par intermittence.

Jiro alluma un feu, en brûlant du bois vert pour chasser les insectes. Nous fîmes un souper frugal. Il fallait rationner nos provisions, car manifestement nous ne trouverions rien à manger dans les parages. Je dis aux hommes d'escorte de dormir les premiers : nous les réveillerions à minuit. Je les entendis chuchoter un moment entre eux, puis leur souffle se fit régulier.

— Que ferons-nous si le passeur ne se présente pas cette nuit ? demanda Makoto.

— Je pense qu'il viendra, répliquai-je.

Assis en silence près du feu, Jiro dodelinait de la tête en luttant contre le sommeil.

— Allonge-toi, lui dit Makoto.

Quand Jiro eut sombré dans le brusque sommeil des garçons de son âge, Makoto me demanda d'une voix tranquille :

— Qu'avez-vous dit pour apprivoiser le pêcheur ?

— J'ai nourri son enfant, répondis-je. Il n'en faut parfois pas davantage.

— Il y avait autre chose. Il vous écoutait comme si vous parliez le même langage.

Je haussai les épaules.

— Nous allons voir si l'autre compère daigne se montrer.

— C'est comme avec le paria, insista Makoto. Il ose vous approcher comme s'il avait un droit sur vous et il vous parle presque d'égal à égal. Je voulais le tuer pour son insolence, au bord du fleuve, mais vous l'avez écouté et lui aussi vous écoutait.

— Jo-An a sauvé ma vie sur la route de Terayama.

— Vous connaissez même son nom. De toute ma vie, je n'ai jamais connu un paria par son nom.

La fumée du feu piquait mes yeux. Je ne répliquai pas. Je n'avais jamais dit à Makoto que j'étais né parmi les Invisibles et avais été élevé par eux. En dehors de Kaede, je ne l'avais révélé à personne. On m'avait appris à ne jamais en parler, et c'était là peut-être le seul précepte que j'observais encore.

— Vous m'avez parlé de votre père, reprit Makoto. Je sais que le sang de la Tribu se mêlait en lui à celui des Otori. Mais vous ne faites jamais mention de votre mère. Quelle sorte de femme était-ce ?

— C'était une paysanne. À Mino, un village minuscule perdu dans les montagnes, de l'autre côté d'Inuyama, presque à la frontière des Trois Pays. Personne n'en a jamais entendu parler. C'est peut-être l'origine du lien qui m'unit aux parias et aux pêcheurs.

Je m'efforçais de parler d'un ton léger. Je n'avais pas envie de songer à ma mère. Ma vie avec elle et les croyances dans lesquelles j'avais été élevé étaient si loin de moi, désormais, que penser à elle me mettait mal à l'aise. Non seulement j'avais survécu à tous les miens, mais j'avais perdu la foi pour laquelle ils étaient morts. J'avais maintenant d'autres buts, des soucis différents et nettement plus urgents.

— Vous en parlez au passé. Elle n'est plus de ce monde ?

Dans ce jardin abandonné et silencieux, hanté par la fumée du feu et les soupirs de la mer, je sentais une tension grandissante entre nous. Il voulait connaître mes secrets les plus intimes et j'avais envie de lui ouvrir mon cœur. Maintenant que tous les autres dormaient et que nous étions seuls éveillés en cet endroit fantomatique, peut-être le désir s'en mêlait-il aussi. J'étais sans cesse conscient de son amour pour moi. J'en étais venu à compter dessus comme sur la loyauté des frères Miyoshi ou même mon propre amour pour Kaede. Makoto était un point fixe dans mon univers. J'avais besoin de lui. Même si notre relation avait changé depuis la nuit où il m'avait consolé à Terayama, je me souvenais en cet instant qu'après la mort de sire Shigeru, alors que j'étais si solitaire et vulnérable, j'avais senti que je pourrais tout dire à Makoto.

À la lueur du feu mourant, je distinguais à peine son visage, mais j'avais conscience de son regard fixé sur moi. Je me demandais ce qu'il imaginait. La vérité me semblait si évidente que je croyais à tout moment qu'il allait la découvrir lui-même.

— Ma mère était une Invisible, lançai-je. J'ai été élevé dans leurs croyances. Pour autant que je le sache, elle a été massacrée avec toute ma famille par les Tohan. J'ai été sauvé par sire Shigeru. Jo-An et le pêcheur sont eux aussi des Invisibles. Nous... nous nous reconnaissons.

Comme il se taisait, je continuai :

— Je me fie à vous pour n'en parler à personne.

— Notre abbé est-il au courant ?

— Il ne m'en a jamais parlé, mais il est possible qu'il l'ait appris par sire Shigeru. De toute façon, je ne suis plus croyant. J'ai enfreint tous les commandements, notamment celui interdisant de tuer.

— Je garderai bien entendu le silence. Une telle révélation vous causerait un tort irréparable auprès des guerriers. La plupart d'entre eux pensaient qu'Iida avait raison de persécuter ces gens, et plus d'un a suivi son exemple. Mais je comprends maintenant bien des traits en vous qui étaient pour moi une énigme.

— Vous qui êtes non seulement un guerrier mais un moine, un disciple de l'Illuminé, vous devez haïr les Invisibles.

— Plus que de la haine, j'éprouve un étonnement sans bornes face à leurs croyances mystérieuses. Mes connaissances à leur sujet sont si limitées, et sans doute déformées. Peut-être pourrons-nous un jour en discuter, quand nous serons en paix.

Je percevais dans son ton un effort pour se montrer rationnel et ne pas me blesser.

— Ma mère m'a enseigné avant tout la compassion, déclarai-je. Ainsi qu'une aversion pour la cruauté. Depuis lors, cependant, tout l'enseignement que j'ai reçu ne vise qu'à extirper la compassion et renforcer la cruauté.

— Telles sont les exigences du gouvernement et de la guerre, répliqua-t-il. C'est sur ce chemin que le destin nous a engagés. On nous enseigne également à ne pas tuer, au temple, mais seuls des saints arrivés au terme de leur vie active peuvent y aspirer. Combattre pour se défendre, pour venger son seigneur ou pour apporter la justice et la paix n'est pas un péché.

— C'est aussi ce que m'a enseigné sire Shigeru.

Il y eut un instant de silence, et je crus qu'il allait se rapprocher de moi. Pour être franc, je ne me serais pas dérobé. J'éprouvais soudain une envie nostalgique de m'étendre et d'être serré dans les bras de quelqu'un. Peut-être même ai-je esquissé un geste dans sa direction. Mais ce fut lui qui recula.

— Dormez donc un peu, lança-t-il en se relevant. Je vais monter la garde un moment, puis je réveillerai les hommes.

Je m'allongeai près du feu afin de tenir les moustiques à distance, mais ils vrombirent de plus belle autour de ma tête. La mer continuait sans fin de déferler et refluer sur les galets. J'étais inquiet à l'idée de mes révélations, de mon propre manque de foi et de l'opinion que Makoto aurait de moi à l'avenir. Non sans puérilité, j'aurais aimé qu'il me rassure et me dise que rien n'avait changé. Kaede me manquait. Je redoutais de périr dans le repaire du dragon d'Oshima et de ne jamais la revoir.

Le sommeil s'empara enfin de moi. Pour la première fois depuis la mort de ma mère, je rêvai d'elle avec intensité. Elle se tenait devant moi, à l'extérieur de notre maison de Mino. Je sentais une odeur de cuisine et j'entendais tinter la hache de mon beau-père tandis qu'il coupait du bois. Dans mon rêve, j'étais envahi par la joie et le soulagement en voyant qu'en fait ils étaient toujours vivants. Cependant quelque chose grouillait à mes pieds, grimpait sur moi. Ma mère baissait les yeux d'un air à la fois surpris et inexpressif. Je suivais son regard pour voir ce qu'elle regardait. Le sol était recouvert par une masse noire et mouvante de crabes dont les carapaces avaient été arrachées. Puis les hurlements s'étaient élevés, semblables à ceux que j'avais entendus dans un autre sanctuaire, une autre vie, alors qu'un homme était mis en pièces par les Tohan.

Je savais que les crabes allaient me mettre en pièces car j'avais arraché leurs carapaces.

Horrifié, je me réveillai, baigné de sueur. Makoto était agenouillé près de moi.

— Un homme est arrivé, dit-il. Il ne veut parler qu'à vous.

Mon épouvante ne s'était pas dissipée. Je n'avais aucune envie d'aller à Oshima avec cet inconnu. Je voulais retourner sur-le-champ à Maruyama, retrouver Kaede. Si seulement j'avais pu envoyer quelqu'un d'autre dans cette expédition qui avait toutes les chances de tourner court ! Mais tout autre que moi risquait fort d'être tué par les pirates avant même d'avoir pu transmettre un message. Au point où j'en étais, après avoir fait venir ce passeur qui me mènerait à l'antre des Terada, je ne pouvais plus rebrousser chemin.

L'homme était à genoux derrière Makoto. Il faisait trop sombre pour distinguer ses traits. Il s'excusa de ne pas être venu plus tôt, mais il fallait attendre la seconde demie de l'heure du bœuf pour que la marée soit propice. Comme la lune était presque pleine, il avait pensé que je préférerais partir la nuit plutôt que d'attendre la marée de l'après-midi. Il me parut plus jeune que le pêcheur qui me l'avait envoyé. Son élocution plus raffinée témoignait d'une meilleure éducation, ce qui rendait difficile de le situer.

Makoto aurait voulu qu'au moins un de nos hommes m'accompagne, mais mon guide refusa sous prétexte que son bateau était trop petit pour embarquer un passager de plus. Comme je lui offrais de le payer avant notre départ, il éclata de rire et déclara qu'il était inutile de faciliter ainsi la tâche des pirates. S'il revenait, il prendrait l'argent, et sinon quelqu'un d'autre viendrait le prendre à sa place.

— Si jamais sire Otori ne revient pas, il y aura des coups de sabre en guise de paiement, lança Makoto d'un air sombre.

— Mais si je meurs, ceux qui dépendent de moi méritent une compensation, rétorqua le jeune homme. Je ne partirai qu'à cette condition.

Passant outre aux craintes de Makoto, j'acceptai le marché. J'avais hâte de bouger, pour chasser l'effroi où m'avait plongé mon rêve. Shun, mon cheval, hennit dans ma direction quand je partis avec le passeur. J'avais chargé Makoto de veiller sur lui. J'emportais Jato avec moi et, comme toujours, cachées sous mes vêtements, les armes de la Tribu.

Le bateau était échoué juste au-dessus du niveau de la marée. Nous nous dirigeâmes vers lui en silence. J'aidai mon compagnon à le mettre à flot, puis sautai dedans. Il le poussa un peu plus loin avant de bondir à l'arrière de l'embarcation qu'il fit avancer grâce à l'unique rame. Plus tard, je pris le relais pour ramer tandis qu'il hissait une petite voile carrée en paille. Elle brillait d'un éclat jaune au clair de lune, et les amulettes fixées au mât cliquetaient sous le vent de terre qui s'unirait à la marée pour nous amener jusqu'à l'île.

La nuit était claire et la lune presque pleine traçait un sillage argenté sur la mer lisse. Le bateau entonna son chant de vent et de vague, le même que je me souvenais avoir entendu avec Fumio dans le port de Hagi. Je retrouvai un peu de la liberté et de l'excitation illicites de ces nuits lointaines, et l'épouvante dont le rêve m'avait accablé se dissipa.

À présent, je distinguais assez nettement le jeune homme debout à l'autre extrémité du bateau. Ses traits me paraissaient vaguement familiers, et pourtant je ne pensais pas l'avoir jamais rencontré.

— Comment t'appelles-tu?

— Ryoma, seigneur.

— Tu n'as pas d'autre nom?

Il secoua la tête et je crus qu'il n'en dirait pas plus. Après tout, il était censé me mener à Oshima et non me faire la conversation par-dessus le marché. Je bâillai et m'enveloppai plus étroitement dans ma robe en songeant que je ferais aussi bien de faire un somme.

— Si j'avais un autre nom, lança Ryoma, ce serait le même que le vôtre.

J'ouvris aussitôt les yeux et ma main chercha Jato, car ma première pensée fut qu'il pensait au nom de Kikuta — qu'il était un de leurs assassins. Il ne bougea pas, cependant, et poursuivit d'une voix calme mais teintée d'amertume :

— En toute justice, j'aurais le droit de m'appeler Otori, mais je n'ai jamais été reconnu par mon père.

Son histoire était banale. Il y avait une vingtaine d'années, sa mère était servante au château de Hagi. Elle avait attiré l'attention du plus jeune des seigneurs Otori, Masahiro. Quand on découvrit qu'elle était enceinte, il prétendit qu'elle n'était qu'une prostituée et que n'importe qui pouvait être le père de l'enfant. Les parents de la malheureuse n'avaient pas le choix : ils durent la vendre à un bordel. Elle devint ainsi telle que le seigneur l'avait décrite et perdit toute chance de voir son fils reconnu. Masahiro avait une foule de fils légitimes, de sorte que les autres ne l'intéressaient pas.

— Pourtant, les gens disent que je lui ressemble, s'exclama-t-il.

Les étoiles s'étaient maintenant évanouies dans le ciel pâlissant. Le jour se levait dans un embrasement aussi rougeoyant que le coucher de soleil de la veille. À présent que je le voyais clairement, je comprenais pourquoi son aspect m'avait paru familier. Son visage présentait comme le mien les traits distinctifs des Otori, déparés cependant par un menton fuyant et des yeux veules hérités de son père.

— Il y a effectivement une ressemblance. Nous sommes donc cousins.

Je n'en parlai pas à Ryoma, mais je me rappelai avec une netteté cruelle la voix de Masahiro déclarant, sans savoir que je l'entendais : « S'il fallait que nous adoptions chacun de nos bâtards… » Son fils m'intriguait. Il était ce que j'aurais été si nos chemins n'avaient pas divergé imperceptiblement. Alors que les deux branches de ma famille m'avaient revendiqué, lui avait été renié par tous.

— Et pourtant, quel abîme entre nous, dit-il. Vous êtes sire Otori Takeo, fils adoptif de Shigeru et héritier légitime du domaine, alors que je ne vaux guère mieux qu'un paria.

— Tu as donc entendu parler de mon histoire ?

— Ma mère n'ignore rien des Otori, répliqua-t-il en riant. Du reste, vous savez bien que vous êtes célèbre.

Ses manières étaient étranges, à la fois familières et serviles. J'imaginais que sa mère devait l'avoir gâté, en l'élevant dans des espoirs irréalistes et une vision fallacieuse de sa situation. À force de lui parler de sa parenté avec les seigneurs Otori, elle en avait fait un homme orgueilleux et insatisfait, mal préparé pour affronter la réalité de sa vie.

— Est-ce pour cette raison que tu as accepté de m'aider ?

— En partie. Je voulais vous rencontrer. J'ai travaillé pour les

Terada. Je me suis souvent rendu à Oshima. Les gens l'appellent la porte de l'enfer, mais j'y suis allé et j'ai survécu.

Il prononça ces mots avec une certaine forfanterie, mais sa voix se fit ensuite presque implorante :

— J'espérais que vous pourriez m'aider en retour.

Il me jeta un coup d'œil.

— Comptez-vous attaquer Hagi ?

Je ne voulais pas lui en dire trop, au cas où ce serait un espion.

— Je crois que nul n'ignore que votre père et son frère aîné ont livré traîtreusement sire Shigeru à Iida. Je les tiens pour responsables de sa mort.

— C'est ce que j'espérais, s'exclama-t-il avec un large sourire. Moi aussi, j'ai un compte à régler avec eux.

— Avec ton propre père ?

— La haine que j'éprouve pour lui dépasse tout ce que j'aurais pu imaginer. Et les Terada haïssent également les Otori. Si vous entendez les attaquer, il se pourrait que vous trouviez des alliés à Oshima.

Ce cousin imprévu était loin d'être sot. Il avait parfaitement deviné l'objet de mon voyage.

— Je te suis redevable pour avoir accepté de me conduire. En cherchant à venger pleinement sire Shigeru, j'ai contracté bien des dettes. Je les paierai toutes dès que je serai le maître de Hagi.

— Donnez-moi mon nom. C'est tout ce que je demande.

Comme nous approchions de l'île, il me raconta qu'il s'y rendait de temps à autre en apportant des messages et des bribes d'informations sur des expéditions pour le continent ou des chargements d'argent, de soie et d'autres denrées précieuses entre les villes côtières.

— Les Terada ne peuvent faire davantage qu'irriter les Otori, déclara-t-il. Mais en unissant vos forces, vous pourrez les détruire.

Je préférai ne pas me prononcer sur ses prédictions et tentai de changer de sujet, en l'interrogeant sur le pêcheur et en lui demandant comment il l'avait connu.

— Au cas où vous voudriez savoir si je crois aux mêmes absurdités que lui, la réponse est non !

Il surprit mon regard et éclata de rire.

— Mais ma mère est comme lui. Ces croyances sont largement répandues parmi les prostituées. Peut-être y trouvent-elles une consolation à leur vie misérable. Sans compter qu'elles sont mieux placées que quiconque pour savoir que tous les hommes sont les mêmes, une fois privés de leurs atours. Pour moi, je ne crois pas qu'il y ait un dieu ou une vie dans l'au-delà. Personne n'est puni après sa mort. C'est pourquoi je veux voir dès maintenant le châtiment des méchants.

Le soleil avait dissipé la brume et le cône de l'île apparaissait désormais clairement, surgissant abruptement de l'océan et couronné d'un panache de fumée. Les vagues blanches se brisaient contre les falaises gris foncé. Le vent avait forci et nous semblions voler sur les flots. En s'approchant de l'île, la marée gagnait en puissance. Je sentis mon estomac se soulever quand nous escaladâmes à toute allure une immense vague verte avant de retomber de l'autre côté. Les yeux fixés sur l'île escarpée, je respirai un bon coup. Je n'avais pas l'intention d'avoir le mal de mer au moment d'affronter les pirates.

Puis nous doublâmes le cap et nous retrouvâmes sous le vent. Ryoma me cria de prendre la rame car la voile battait et s'affaissait. Il la détacha et la laissa tomber avant de reprendre la rame pour guider le bateau sur les flots plus calmes vers l'abri du port.

C'était un port naturel en eaux profondes, cerné par des murs et des brise-lames en pierre. Mon cœur battit quand j'aperçus la flotte mouillée dans ses eaux : dix ou douze vaisseaux au moins, solides et prêts à naviguer, qui pourraient transporter des douzaines d'hommes.

Le port était gardé à chaque extrémité par des fortins en bois. Je voyais des archers embusqués derrière les meurtrières et ne doutais pas que leurs flèches fussent braquées sur moi. Ryoma agita la main en criant. Deux hommes sortirent du fortin le plus proche. Ils ne lui rendirent pas son salut, mais en s'avançant dans notre direction l'un d'eux hocha négligemment la tête pour montrer qu'il le reconnaissait.

Comme nous approchions du quai, il s'exclama :

— Dis donc, Ryoma, qui est ton passager ?

— Sire Otori Takeo, répondit Ryoma d'un ton important.

— Vraiment ? C'est ton frère, sans doute ? Encore une erreur de ta mère ?

Ryoma fit accoster le bateau non sans habileté et le maintint immobile pendant que je débarquais. Les deux hommes ricanaient encore. Je n'avais pas envie de commencer une bagarre, mais il n'était pas question de les laisser m'insulter impunément.

— Je suis Otori Takeo, lançai-je. Et je n'ai rien à voir avec une erreur. Je suis ici pour parler à Terada Fumio et son père.

— Et nous, nous sommes ici pour empêcher les gens comme toi de les importuner, brailla le plus gros des gardes.

Il avait des cheveux longs, une barbe aussi épaisse que celle d'un homme du Nord et son visage était sillonné de cicatrices. Avec un sourire obtus, il brandit son sabre sous mon nez. C'était trop facile. Son arrogance et sa sottise le firent succomber sur-le-champ au sommeil des Kikuta. Sous mon regard, il cessa de sourire et ouvrit la bouche avec stupeur tandis que ses yeux chaviraient et que ses genoux se dérobaient. Comme il était lourd, il s'effondra lourdement, et sa tête heurta le sol de pierre.

Son compagnon se précipita sur moi avec son sabre. C'était précisément ce que j'attendais, et je m'étais déjà dédoublé tout en saisissant Jato. Tandis que son arme transperçait bien inutilement mon image, je frappai sa lame avec un mouvement tournant et l'envoyai voler en l'air.

— Veuillez prévenir Terada que je suis ici, m'écriai-je.

Ryoma avait amarré le bateau et était monté sur le quai. Il attrapa le sabre au vol.

— C'est sire Otori, espèce d'idiot. Celui dont parlent toutes les histoires. Tu as de la chance qu'il ne t'ait pas étendu raide mort.

D'autres hommes étaient accourus du fortin. Ils se jetèrent tous à genoux.

— Pardonnez-moi, seigneur. Je ne voulais pas vous offenser, balbutia le garde en écarquillant les yeux devant ce qu'il prenait certainement pour de la sorcellerie.

— Tu peux te réjouir que je sois de bonne humeur, rétorquai-je. Mais tu as insulté mon cousin. Je crois que tu devrais lui présenter des excuses.

Il s'excusa, le sabre sur la gorge, à la grande satisfaction de Ryoma.

— Et Teruo? demanda le garde en désignant son compagnon inconscient.

— Il ne risque rien. Quand il se réveillera, il aura appris de meilleures manières. Maintenant, ayez la bonté d'informer Terada Fumio de mon arrivée.

Deux d'entre eux s'élancèrent pendant que les autres rentraient au fortin. Je m'assis sur le mur du quai. Un chat écaille de tortue, qui avait observé l'algarade avec intérêt, s'approcha, renifla l'homme étendu puis sauta sur le mur à côté de moi. Il entreprit de faire sa toilette. C'était le plus gros chat que j'aie jamais vu. Les marins ont la réputation d'être superstitieux. Sans doute croyaient-ils que la couleur du chat en faisait un porte-bonheur, de sorte qu'ils le choyaient et le nourrissaient bien. Je me demandais s'ils l'emmenaient dans leurs voyages.

Je caressai l'animal en regardant les alentours. Un petit village s'étendait derrière le port, et à mi-hauteur de la colline se dressait un imposant édifice en bois, tenant à la fois de la maison et du château. Il devait offrir une vue imprenable sur la côte et les routes maritimes menant à Hagi. Je ne pouvais qu'admirer le choix du site et la manière dont il était aménagé. Il n'était pas étonnant que personne n'ait réussi à déloger les pirates de leur repaire.

Je vis les hommes grimper en courant le chemin escarpé et les entendis délivrer leur message à la porte de la résidence. Puis je reconnus les intonations familières de la voix de Fumio, un peu plus grave et mûre que dans mon souvenir mais au débit toujours aussi pressé. Je me levai et marchai vers le bout du quai. Le chat sauta du mur et me suivit. Une petite foule s'était maintenant rassemblée autour de moi, hostile et méfiante. La main prête à saisir mon sabre, j'espérai que la présence du chat rassurerait ces gens dont la plupart étaient aussi tendus que moi. Ils m'observaient avec curiosité, tandis que Ryoma les informait de mon identité.

— C'est Otori Takeo, fils et héritier de sire Shigeru, le justicier d'Iida.

Il ajoutait de temps en temps, comme s'il se parlait à lui-même :

— Il m'a appelé son cousin.

Fumio descendit la colline en courant. Je m'étais inquiété de son accueil, mais il fut aussi chaleureux que je pouvais l'espérer. Nous nous embrassâmes comme des frères. Il avait l'air plus vieux, arborait une moustache et une carrure impressionnante — en fait il semblait aussi bien nourri que le chat — mais son visage mobile et ses yeux vifs n'avaient pas changé.

— Vous êtes venu seul? demanda-t-il en reculant pour mieux m'observer.

— J'ai été conduit par cet homme, dis-je en désignant Ryoma.

Le jeune homme s'était prosterné dès qu'il avait vu approcher Fumio. Ses prétentions ne l'empêchaient pas de savoir qui détenait réellement le pouvoir.

— Je ne peux pas demeurer longtemps. J'espère qu'il me ramènera ce soir.

— Reste ici en attendant sire Otori, lui lança Fumio.

En s'en allant avec moi, il ordonna en passant aux gardes :

— Donnez-lui quelque chose à manger.

J'avais envie d'ajouter : «Et ne vous moquez pas de lui», mais je craignis de le mortifier encore davantage. J'espérais qu'ils le traiteraient mieux maintenant, mais c'était douteux. Il faisait partie de ces gens qui attirent les railleries et sont voués au rôle d'éternelle victime.

— J'imagine que vous êtes venu dans un dessein bien arrêté, me dit Fumio en gravissant la colline à grands pas.

Il n'avait rien perdu de son énergie et de sa vigueur.

— Nous allons nous baigner et nous restaurer, après quoi je vous conduirai chez mon père.

Quelle que fût l'urgence de ma mission, l'attrait de l'eau chaude était le plus fort. La maison fortifiée avait été bâtie autour d'une série de bassins naturels où l'eau surgissait de la roche en bouillonnant. Même sans la violence de ses habitants, Oshima, la porte de l'enfer, aurait été un endroit féroce. Le volcan fumait au-dessus de nos têtes, l'air sentait le soufre et des vapeurs s'élevaient des bassins où des rochers se dressaient, pareils aux morts pétrifiés.

Nous nous dévêtîmes et nous glissâmes dans l'eau bouillante. Je n'avais jamais rien connu de plus brûlant et il me sembla que ma peau allait se détacher. Après le premier instant d'horreur, cependant, la sensation était indescriptible. Elle me lavait des fatigues de mes longues chevauchées, de mes sommeils inconfortables et de ma traversée nocturne. Je savais que j'aurais dû être sur mes gardes, car une amitié d'adolescence ne justifiait pas tant de confiance. Mais en cet instant, n'importe qui aurait pu m'assassiner et je serais sans doute mort heureux.

— Nous avons eu quelquefois de vos nouvelles, déclara Fumio. Vous n'avez pas chômé depuis notre dernière rencontre. J'ai été vraiment désolé d'apprendre la mort de sire Shigeru.

— Ç'a été une perte terrible, non seulement pour moi mais pour le clan. Je continue de poursuivre ses meurtriers.

— Iida n'est pourtant plus de ce monde ?

— Oui, Iida a payé. Mais ce sont les seigneurs Otori qui ont tramé la mort de sire Shigeru et l'ont livré à Iida.

— Vous avez l'intention de les châtier ? Dans ce cas, vous pouvez compter sur les Terada.

Je lui exposai brièvement mon mariage avec Kaede, notre marche sur Maruyama et les forces dont nous disposions.

— Il faut que je retourne à Hagi pour y recueillir mon héritage. Comme les seigneurs Otori ne me le laisseront pas sans combattre, je devrai le leur arracher. En fait, je m'en réjouis, car ainsi ils seront eux aussi anéantis.

Fumio sourit et haussa les sourcils.

— Vous avez changé depuis notre première rencontre.

— On m'y a contraint.

Sortant de l'eau brûlante, nous nous habillâmes. Le repas fut servi dans l'une des nombreuses pièces de la maison. Elle ressemblait à un entrepôt, à une salle du trésor remplie d'objets aussi beaux que précieux, fruits sans doute du pillage des navires marchands : ivoires sculptés, vases en porcelaine, brocarts, bols d'or ou d'argent, peaux de tigre ou de léopard. Je n'avais encore jamais vu une telle profusion de merveilles, mais elles étaient étalées sans rien de la sobriété élégante à laquelle m'avaient habitué les résidences des guerriers.

— Regardez-les de plus près, me dit Fumio après le repas. Je vais aller parler à mon père. Si vous avez envie de quelque chose, prenez-le. Mon père acquiert ces objets, mais ils ne représentent rien pour lui.

Je le remerciai de son offre, mais je n'avais pas l'intention d'emporter quoi que ce soit. Je restai assis paisiblement à attendre son retour. Malgré ma décontraction apparente, j'étais sur mes gardes. Fumio m'avait accueilli avec affection, mais j'ignorais quelles autres alliances les Terada pouvaient avoir déjà nouées. Je ne pouvais exclure qu'ils soient d'intelligence avec les Kikuta. L'oreille aux aguets, je m'efforçais de situer chaque habitant de la maison, d'identifier les voix et les accents, même si je m'étais rendu compte depuis longtemps que j'avais peu de chance de m'échapper en cas de piège. J'étais vraiment seul dans le repaire du dragon.

J'avais déjà localisé Terada — le dragon en personne — vers l'arrière de la maison. Je l'avais entendu donner des ordres, exiger du thé, un éventail, du vin. Sa voix était rude et énergique, comme celle de Fumio, souvent passionnée mais aussi coléreuse. Par moments, cependant, elle révélait un humour sous-jacent. Je n'entendais pas sous-estimer Terada Fumifusa. Il avait échappé à la hiérarchie rigide du système des clans, défié les Otori et fait de son nom un des plus redoutés du pays du Milieu.

Fumio revint enfin me chercher et me conduisit à l'arrière de la maison, dans une pièce semblable à un nid d'aigle. Surplombant de haut le village et le port, elle faisait face à Hagi et je pouvais distinguer vaguement dans le lointain les contours familiers des montagnes derrière la ville. La mer était calme, immobile. Sa surface se déployait comme une soie bleu indigo, bordée par les vagues d'une frange d'un blanc de neige autour des rochers. Un aigle planait en contrebas, pas plus gros qu'une alouette.

Je n'avais jamais vu une telle pièce. Même l'étage supérieur du plus haut des châteaux n'était pas aussi vertigineux, aussi ouvert sur les éléments. Je me demandais ce qu'il arrivait en automne, quand les typhons déferlaient sur la côte. L'édifice était sans doute protégé par la courbe de l'île. Une telle construction témoignait d'un orgueil immense, ne le cédant en rien à celui des seigneurs de la guerre.

Terada était assis sur une peau de tigre, face aux fenêtres ouvertes. Près de lui, sur une table basse, s'entassaient des plans et des cartes marines, des livres semblant être des registres de navigation ainsi qu'un tube dont la forme évoquait une flûte en bambou. Un scribe était agenouillé à un bout de la table, devant une pierre à encre, le pinceau à la main.

M'inclinant profondément devant Terada, je l'instruisis de mon nom et de mon ascendance. Il s'inclina en réponse, faisant preuve ainsi de courtoisie car si quelqu'un dans cette pièce avait du pouvoir, c'était lui.

— Mon fils m'a beaucoup parlé de vous, dit-il. Vous êtes le bienvenu ici.

Il me fit signe de venir m'asseoir à côté de lui. Comme je m'avançais, le scribe se prosterna et ne bougea plus.

— Il paraît que vous avez mis hors de combat un de mes hommes sans même le toucher. Comment avez-vous fait ?

— Quand nous étions plus jeunes, il le faisait avec des chiens, intervint Fumio qui s'était assis en tailleur sur le sol.

— J'ai plusieurs talents de ce genre, déclarai-je. Je ne voulais pas lui faire mal.

— Des talents de membre de la Tribu ? demanda Terada.

J'étais certain qu'il y avait lui-même recouru et savait à merveille en quoi ils consistaient.

J'inclinai légèrement la tête. Il plissa les yeux et fit la moue.

— Montrez-moi ça, lança-t-il en assenant un coup d'éventail sur la tête du scribe. Faites-le à cet homme.

— Pardonnez-moi. Quels que soient mes petits talents, ils n'ont rien à voir avec un spectacle de prestidigitateur.

Il poussa un grognement.

— Vous voulez dire que vous n'en faites pas la démonstration sur demande ?

— Sire Terada a parfaitement défini ma position.

Après un instant de silence tendu, il se mit à pouffer.

— Fumio m'avait prévenu que je ne réussirais pas à vous mener à la baguette. Vous n'avez pas hérité uniquement du physique des Otori : vous avez aussi leur caractère entêté. Enfin, je n'ai pas vraiment besoin de magie. À l'exception, il est vrai, de celle qui est à la portée de tout le monde.

Il saisit le tube et l'approcha d'un de ses yeux en fermant l'autre.

— Voilà ma magie, s'exclama-t-il en me tendant le tube. Que dites-vous de ceci ?

— Portez-le à votre œil, me dit Fumio avec un sourire.

Je le pris avec précaution, en essayant de le renifler discrètement au cas où il aurait été empoisonné.

— C'est sans danger ! m'assura Fumio en riant.

Je risquai un coup d'œil dans le tube et ne pus retenir un cri de stupeur. Les montagnes lointaines et la ville de Hagi semblaient avoir bondi à ma rencontre. J'éloignai le tube de mon œil, et elles retrouvèrent leur aspect brumeux et indistinct. Le père et le fils pouffaient maintenant à l'unisson.

— Qu'est-ce que c'est ? m'écriai-je.

Cette chose ne donnait pas l'impression d'être magique. Elle avait manifestement été fabriquée par des mains humaines.

— C'est une sorte de verre taillé comme une lentille. Il grossit les objets et rapproche ceux qui sont loin, expliqua Terada.

— Il vient du continent ?

— Nous l'avons trouvé sur un navire du continent. Il y a longtemps qu'ils disposent d'inventions similaires, là-bas. Mais je crois que cet objet-ci a été fabriqué dans un pays lointain, par les barbares du Sud.

Il se pencha pour me le reprendre, l'approcha de nouveau de son œil et sourit.

— Imaginez les pays et les peuples capables de créer de telles choses. Nous autres, habitants des Huit Îles, nous croyons être le monde entier, mais il me semble parfois que nous ne connaissons rien à rien.

— Des hommes rapportent qu'il existe des armes capables de tuer à une distance énorme, avec du plomb et du feu, dit Fumio. Nous essayons d'en trouver pour notre propre usage.

Il regarda par la fenêtre, les yeux pleins d'une ardeur fiévreuse à l'idée du monde immense au-delà des mers. Je me dis que cette île devait être comme une prison pour lui.

En observant cet étrange objet, en entendant parler de ces armes, je me sentis envahi par un pressentiment funeste. Cette pièce haut perchée, l'à-pic vertigineux jusqu'aux rochers, ma propre fatigue, tout se confondit un instant dans ma tête qui se mit à tourner. Je m'efforçai de respirer profondément, calmement, mais je sentais une sueur glacée perler à mon front et mouiller mes aisselles. J'entrevis qu'une alliance avec les pirates renforcerait leur puissance et ouvrirait en même temps la voie à un déluge de nouveautés qui changeraient de fond en comble la société où je luttais pour me faire une place. Le silence régnait maintenant dans la pièce. J'entendais la rumeur feutrée de la maisonnée autour de moi, les battements d'aile de l'aigle, le bruit lointain de la mer, les voix des hommes sur le port. Une femme chantait doucement en broyant du riz — une vieille ballade sur une fille tombée amoureuse d'un pêcheur.

L'air était aussi chatoyant que la mer à nos pieds, comme si une main invisible avait retiré lentement un voile de soie du visage de la réalité. Il y avait bien des mois, Kenji m'avait dit que jadis tous les hommes possédaient les dons qui étaient maintenant l'apanage de la Tribu. Au sein même de la Tribu, ils ne survivaient que chez quelques individus, dont je faisais partie. Bientôt, nous allions disparaître à notre tour et nos dons seraient oubliés, cédant la place à la magie technique que les Terada appelaient de leurs vœux. Je songeai à mon propre rôle dans l'élimination de ces dons, à tous ces membres de la Tribu que j'avais déjà supprimés, et un regret poignant me déchira. Pourtant, je savais que j'allais conclure un pacte avec les Terada. Il n'était pas question de reculer maintenant. Et si ce tube effaçant les distances et ces armes de feu pouvaient m'aider, je n'hésiterais pas à en faire usage.

La pièce reprit son aplomb, le sang se remit à couler dans mes veines. Mon malaise n'avait duré que quelques instants. Terada prit la parole :

— Je crois que vous avez une proposition. Je serais curieux de l'entendre.

Je lui dis que je pensais que Hagi ne pouvait être pris que du côté de la mer. J'exposai les grandes lignes de mon plan : envoyer la moitié de mon armée sur la rive du fleuve pour y attirer les Otori pendant que l'autre moitié arriverait en bateau et attaquerait le château. En échange de leur aide, je m'engageais à rétablir les Terada à Hagi et à entretenir une flotte permanente de navires de guerre sous leur commandement. Une fois que la paix serait restaurée, le clan financerait des expéditions sur le continent pour des échanges commerciaux et intellectuels.

— Je connais la puissance et l'influence de votre famille, conclus-je. Je ne puis croire que vous comptiez rester pour toujours à Oshima.

— Il est vrai que j'aimerais retrouver ma demeure familiale, admit Terada. Vous savez que les Otori l'ont confisquée.

— Je vous fais la promesse qu'elle vous sera rendue.

— Vous êtes bien sûr de vous ! s'écria-t-il d'un air amusé.

— Avec votre aide, je sais que je peux réussir.

— Quand pensez-vous lancer votre attaque ?

Fumio me regarda, les yeux brillants.

— Dès que possible. La vitesse et la surprise sont deux de mes armes essentielles.

— Nous attendons les premiers typhons d'un jour à l'autre, maintenant, dit Terada. C'est pour cette raison que tous nos bateaux sont au port. Nous ne pourrons pas reprendre la mer avant un mois.

— Nous nous mettrons donc en marche dès que le temps s'éclaircira.

— Vous n'êtes pas plus âgé que mon fils. Pensez-vous vraiment être en mesure de commander une armée ?

Je lui donnai des détails sur nos forces et notre équipement, notre base à Maruyama et les batailles que nous avions déjà remportées. Il plissa les yeux et poussa un grognement, puis resta un moment silencieux. Je le devinais partagé entre la prudence et le désir de vengeance. Finalement, il donna un coup d'éventail sur la table, ce qui fit sursauter le scribe. S'inclinant profondément, il m'adressa la parole avec une politesse plus appuyée qu'auparavant :

— Sire Otori, je vous aiderai dans cette entreprise et je vous verrai établi dans votre ville de Hagi. La maison et la famille des Terada vous en font le serment. Nous vous jurons fidélité, et nos hommes et nos vaisseaux sont à vos ordres.

Je le remerciai non sans émotion. Il fit apporter du vin et nous bûmes à notre accord. Fumio était fou de joie. Comme je l'appris plus tard, il avait ses propres motifs pour vouloir retourner à Hagi, dont le moindre n'était pas la jeune fille qu'il voulait épouser. Nous déjeunâmes tous les trois en parlant troupes et stratégie. Vers le milieu de l'après-midi, Fumio m'emmena au port pour me montrer les navires.

Ryoma était resté à m'attendre sur le quai, assis à côté du chat. Il nous salua avec effusion et me suivit comme mon ombre tandis que Fumio me faisait visiter le vaisseau le plus proche. Je fus impressionné par sa taille et sa capacité, non moins que par la façon dont les pirates l'avaient fortifié à l'aide de murs et de boucliers en bois. Il était équipé d'immenses voiles en toile ainsi que de nombreuses rames. Le plan qui n'avait été qu'une vague idée dans ma tête acquit soudain une réalité certaine.

Nous convînmes que Fumio avertirait Ryoma dès que le temps serait favorable. À la prochaine pleine lune, je commencerais à faire marcher mon armée vers le nord. Les navires viendraient nous chercher au sanctuaire, appelé Katte Jinja, et nous amèneraient à Oshima. De là, nous partirions à l'assaut de la ville et du château.

— Explorer Hagi la nuit… Voilà qui nous rappellera le bon vieux temps, me dit Fumio en souriant.

— Je ne saurais assez vous remercier. Vous devez avoir plaidé ma cause auprès de votre père.

— C'était inutile. Il voyait lui-même les avantages d'une alliance avec vous, sans compter qu'il vous reconnaît pour l'héritier légitime du clan. Cela dit, je ne pense pas qu'il aurait donné son accord si vous n'étiez pas venu en personne, et seul. Vous l'avez impressionné. Il aime l'audace.

J'avais senti qu'il fallait que je me présente ainsi, mais cette idée avait quelque chose d'accablant. La tâche était immense et j'étais seul pour l'accomplir, seul capable de maintenir l'édifice hétéroclite de mes alliances.

Fumio voulait que je prolonge mon séjour, mais j'avais plus hâte que jamais de regagner Maruyama afin de commencer les préparatifs et de devancer à tout prix une attaque d'Araï. De plus, le temps ne m'inspirait pas confiance. L'air était anormalement calme et le ciel s'était couvert de nuages d'un gris plombé s'étendant jusqu'à l'horizon teinté de noir.

— Si nous partons vite, déclara Ryoma, nous serons de nouveau aidés par la marée.

Fumio et moi nous étreignîmes sur le quai puis je montai à bord du petit bateau. Nous agitâmes la main en signe d'adieu et larguâmes les amarres, en laissant la marée nous emporter loin de l'île.

Ryoma ne cessait de scruter d'un air anxieux le ciel plombé. Il n'avait pas tort, car nous étions à peine à une demi-lieue d'Oshima quand le vent se leva. Il souffla bientôt en furie, rabattant sur nos visages une pluie cinglante. Nous ne pouvions lutter contre lui avec la rame, et dès que nous essayâmes de hisser la voile il nous l'arracha des mains.

— Nous allons devoir rebrousser chemin, cria Ryoma.

Je ne pouvais lui donner tort, même si je me sentais désespéré à l'idée de ce nouveau contretemps. Il réussit à faire virer la fragile embarcation en ramant. La houle s'enflait d'instant en instant, d'énormes vagues vertes se dressaient au-dessus de nous et ne nous soulevaient que pour nous faire retomber au fond d'un véritable abîme. Nous étions sans doute devenus tous deux aussi verts que les vagues, et au bout de quatre ou cinq escalades de ce genre nous vomîmes en chœur. La faible odeur acide qui s'éleva paraissait terriblement ténue face au déchaînement du vent et des eaux.

La tourmente nous poussait en direction du port, et nous nous efforçâmes désespérément de guider à coups de rame notre bateau dans le goulet. Je ne croyais pas que nous y réussirions. Il me semblait que la force de la tempête nous entraînerait au large mais nous arrivâmes brusquement à l'abri du côté sous le vent, ce qui nous donna un bref répit pour passer derrière le brise-lames. Même là, cependant, nous n'étions pas hors de danger. L'eau du bassin était aussi bouillonnante que celle d'une marmite. Notre bateau fut chassé vers le mur puis rejeté violemment en arrière avant de s'écraser contre lui dans un fracas déchirant.

Il chavira. Je me retrouvai en train de me débattre sous l'eau. Apercevant la surface au-dessus de moi, j'essayai de nager vers elle. Ryoma était à quelques pieds de moi. Je vis qu'il ouvrait la bouche, comme pour appeler au secours. J'agrippai ses vêtements, le tirai vers la surface et émergeai avec lui. Il respira un grand coup et commença à paniquer. Il agita les bras, s'accrocha à moi, faillit m'étrangler. Son poids m'entraîna de nouveau sous l'eau. Il m'était impossible de me dégager. Je savais que je pouvais retenir mon souffle très longtemps mais, malgré tous mes talents de natif de la Tribu, il faudrait tôt ou tard que je respire. Le sang commença à marteler mes tempes, mes poumons me faisaient mal. Luttant pour me libérer de l'étreinte de Ryoma, je tentai d'atteindre son cou afin de pouvoir le neutraliser assez longtemps pour que je puisse nous tirer tous deux d'affaire. Je pensai avec une grande netteté : «Il n'est que mon cousin, pas mon fils», puis : «Peut-être la prophétie était-elle fausse!»

Je n'arrivais pas à croire que j'allais périr noyé. Ma vision se troublait, tantôt voilée de noir tantôt envahie par une lumière blanche, et je sentais une douleur atroce à ma tête.

«On me tire dans l'autre monde», me dis-je avant de me retrouver soudain à la surface et d'aspirer l'air à grandes goulées.

Deux des hommes de Fumio étaient dans l'eau avec nous, attachés au quai avec des cordes. Ils avaient nagé jusqu'à nous et nous avaient tirés par les cheveux. Une fois sains et saufs sur les pierres, nous vomîmes de nouveau, surtout de l'eau de mer. Ryoma était plus mal en point que moi. Comme beaucoup de marins et de pêcheurs, il ne savait pas nager et avait affreusement peur de se noyer.

La pluie tombait maintenant à torrents et effaçait complètement la côte lointaine. Les navires des pirates grognaient et gémissaient en tanguant violemment. Fumio était à genoux près de moi.

— Si vous vous sentez capable de marcher, nous pouvons nous abriter avant le gros de la tempête.

Je me levai péniblement. Ma gorge était en feu et mes yeux me piquaient, mais pour le reste j'étais indemne. Je n'avais perdu ni Jato ni mes autres armes. Cela dit, même s'il n'y avait rien à faire contre les éléments, j'étais plein de colère et d'anxiété.

— Combien de temps cela va-t-il durer?

— Je ne pense pas qu'il s'agisse d'un vrai typhon. Ce n'est probablement qu'une tempête locale. Peut-être sera-t-elle calmée dès demain.

Fumio était trop optimiste. La tourmente fit rage pendant trois jours, et les deux jours suivants la mer était encore trop grosse pour le petit bateau de Ryoma. Il avait besoin de réparations, de toute façon, ce qui demanda encore quatre jours après que la pluie eut cessé. Fumio voulait que je rentre sur un de leurs navires, mais je n'avais pas envie d'être vu en compagnie des pirates de peur de révéler ma stratégie à des espions. Ce furent pour moi des jours sans repos. Je m'inquiétais de l'attitude de Makoto. M'attendrait-il, retournerait-il à Maruyama — à moins même qu'il ne m'abandonne tout à fait, maintenant qu'il savait que j'étais un Invisible, et ne reparte pour Terayama? Je me faisais encore plus de soucis pour Kaede. Je n'avais certes pas prévu de rester si longtemps loin d'elle.

Ce contretemps me donna du moins l'occasion de discuter longuement avec Fumio. Nous parlions des bateaux et de la navigation, des combats navals, de l'armement des marins et d'autres questions du même ordre. Accompagné partout du chat écaille de tortue, qui était aussi curieux que moi, j'inspectai tous les navires et les armes des pirates, dont la puissance m'impressionna plus que jamais. Et chaque soir, tandis que s'élevait à nos pieds la rumeur des marins en train de jouer et de leurs compagnes chantant et dansant, nous causions jusque tard dans la nuit avec son père. Je pus ainsi apprécier encore davantage la sagacité et le courage du vieil homme, et je m'estimai heureux d'avoir un tel allié.

La lune sortait de son dernier quartier quand nous nous embarquâmes enfin sur une mer tranquille. Nous avions attendu la fin de l'après-midi afin de profiter de la marée du soir. Ryoma s'était remis de sa quasi-noyade et avait été reçu à ma demande dans la résidence des Terada, où il avait partagé notre souper le soir précédant notre départ. La présence du vieux pirate l'avait rendu muet, mais je savais qu'il avait été enchanté de cet honneur.

Le vent était assez fort pour que nous hissions la nouvelle voile de toile jaune que les pirates nous avaient confectionnée. Ils nous avaient également donné des amulettes neuves pour remplacer celles perdues lors du chavirement du bateau, ainsi qu'une statuette du dieu de la mer lequel manifestement, à les entendre, nous protégeait tout spécialement. Les amulettes chantaient dans le vent et, comme nous dépassions à vive allure la côte sud de l'île, un grondement lointain s'éleva comme un écho. Une petite nuée de fumée noire et de cendre s'échappa violemment du cratère, et les versants se voilèrent de vapeurs. Je contemplai longuement ce spectacle, en songeant que les gens du cru avaient eu raison de surnommer Oshima la porte de l'enfer. Elle diminua et disparut peu à peu, jusqu'au moment où la brume mauve du soir se leva de la mer et la dissimula complètement.

Nous fîmes la plus grande partie de la traversée avant la tombée de la nuit, ce qui était une chance car la brume se transforma en un voile si épais qu'on n'y voyait goutte dans l'obscurité. Ryoma passait de brusques accès de bavardage à de longs silences moroses. Je ne pouvais guère que me fier à lui et le relayer régulièrement pour ramer. Longtemps avant que la silhouette sombre de la côte ne surgisse devant nous, j'entendis changer la mélodie de la mer et les vagues déferler sur les galets. Nous débarquâmes à l'endroit précis d'où nous étions partis. Jiro montait la garde sur la plage près d'un petit feu. Quand le bateau racla les pierres, il bondit sur ses pieds et maintint l'embarcation tandis que je sautais à terre.

— Sire Otori! Nous n'espérions plus vous revoir. Makoto était sur le point de retourner à Maruyama pour annoncer votre disparition.

— Nous avons été retardés par la tempête.

J'étais terriblement soulagé de voir qu'ils étaient encore là, qu'ils ne m'avaient pas abandonné.

Malgré son épuisement, Ryoma refusa de quitter son bateau pour se reposer jusqu'au lever du jour. Je devinai qu'en dépit de ses fanfaronnades il avait peur. Il voulait rentrer chez lui à la faveur de l'obscurité, sans que personne sache où il s'était rendu. J'envoyai Jiro chercher dans le sanctuaire l'argent promis et autant de nourriture que nous pouvions nous le permettre. À notre retour, nous devrions pacifier la côte avant de nous embarquer, ce qui impliquait une expédition contre les bandits. Je dis à Ryoma de compter sur notre arrivée dès que le temps serait remis.

Il avait retrouvé sa gaucherie. Je sentais qu'il attendait de moi des promesses et des assurances que je ne pouvais lui donner. Il me semblait que je l'avais déçu. Peut-être s'était-il imaginé que je le reconnaîtrais légalement sur-le-champ et l'emmènerais avec moi à Maruyama, mais je n'avais pas envie de m'encombrer d'un nouveau protégé. D'un autre côté, je ne pouvais me permettre d'éveiller son hostilité. Il m'était indispensable comme messager et j'avais besoin de son silence. J'essayai de le convaincre de la nécessité d'un secret absolu en insinuant que sa situation future en dépendrait. Il me jura qu'il se tairait, et prit l'argent et les vivres apportés par Jiro en m'assurant de sa profonde gratitude. Je le remerciai moi aussi avec chaleur, et ma reconnaissance n'était pas feinte, mais je ne pouvais m'empêcher de penser qu'un simple pêcheur aurait été d'un commerce plus aisé et plus digne de confiance.

Makoto était extrêmement soulagé de me voir de retour sain et sauf. Il était revenu avec Jiro sur la plage et, tandis que nous marchions vers le sanctuaire, je lui racontai l'heureux succès de mon voyage tout en écoutant la faible rumeur de Ryoma s'éloignant à la rame dans les ténèbres.

CHAPITRE VI

Lorsque Takeo était parti pour la côte et les frères Miyoshi pour Inuyama, Kaede avait vu leurs visages briller d'une excitation impatiente et elle avait éprouvé un profond ressentiment à l'idée d'être laissée pour compte. Les jours suivants, elle fut tourmentée de peurs et d'angoisses. La présence physique de son époux lui manquait plus qu'elle ne l'aurait cru possible. Elle était jalouse de Makoto, que Takeo avait autorisé à l'accompagner alors qu'il n'avait pas voulu d'elle. Elle était partagée entre ses craintes pour la sécurité de Takeo et sa colère contre lui.

«Son désir de vengeance est plus important que moi à ses yeux, pensait-elle souvent. M'a-t-il épousée uniquement pour favoriser ses projets de revanche?» Elle croyait en la profondeur de son amour, mais il était un homme, un guerrier, et s'il devait choisir, elle savait qu'il choisirait la vengeance. «Je serais comme lui si j'étais un homme, se disait-elle. Je ne suis même pas capable de lui donner un fils. À quoi suis-je utile en tant que femme? J'aurais dû être un homme. Puissé-je en être un lorsque je renaîtrai!»

Elle ne parlait à personne de ces pensées. En fait, elle n'avait personne à qui faire des confidences. Sugita et les autres anciens se montraient courtois et même affectueux, mais ils semblaient éviter sa compagnie. Pour ne pas rester oisive, elle passait ses journées à diriger la maisonnée, chevaucher avec Amano et recopier les registres que Takeo lui avait confiés. Après la tentative de vol, elle avait pensé que ce serait une sage précaution. Elle espérait également mieux comprendre ainsi la férocité de la campagne menée par Takeo contre la Tribu et l'angoisse où elle l'avait plongé. Elle-même avait été choquée par ce massacre, et aussi par les monceaux de cadavres sur le champ de bataille d'Asagawa. Il fallait tant de temps pour élever un homme, et si peu pour anéantir une vie. Elle craignait le châtiment que pourraient réclamer aussi bien les morts que les vivants. Takeo pouvait-il agir autrement, cependant, quand tant d'ennemis complotaient pour le tuer?

Elle aussi avait tué, et elle avait ordonné la mort de plusieurs hommes. Avait-elle perdu son enfant en punition pour ses actions? Ses désirs changeaient : elle aspirait maintenant à protéger et à chérir, à créer la vie et non à la détruire. Serait-il possible de conserver son domaine et de le gouverner sans violence? Elle avait de longues heures de solitude pour s'adonner à ces pensées.

Takeo avait dit qu'il serait rentré dans une semaine. Le temps passait, il ne revenait pas et elle se sentait de plus en plus inquiète. Il fallait faire des plans et prendre des décisions pour l'avenir du domaine, mais les anciens continuaient de se montrer évasifs et Sugita accueillait chacune de ses suggestions en s'inclinant profondément et en lui conseillant d'attendre le retour de son époux. Elle tenta à deux reprises de convoquer une assemblée des anciens, mais ils s'excusèrent tous en alléguant une indisposition.

— Il est singulier que tout le monde tombe malade le même jour, dit-elle d'un ton acerbe à Sugita. Je ne savais pas que Maruyama était si malsain pour les vieilles gens.

— Soyez patiente, dame Kaede, répliqua-t-il. Sire Takeo va rentrer d'un jour à l'autre, maintenant, et il est inutile de rien décider avant son retour. Il aura peut-être des ordres urgents à donner aux soldats et il faut qu'ils se tiennent prêts pour lui. Tout ce que nous pouvons faire, c'est l'attendre.

Elle était d'autant plus irritée qu'elle constatait que chacun s'en remettait encore à Takeo alors qu'elle était la maîtresse légitime du domaine. Il était son époux et elle lui devait elle aussi obéissance. Maruyama et Shirakawa étaient à elle, cependant, et elle aurait dû pouvoir y gouverner à sa guise. Une part d'elle-même était scandalisée de voir Takeo chercher à faire alliance avec des pirates. De même que ses relations avec des parias et des fermiers, cette démarche avait quelque chose de contre nature. Elle pensait que ces bizarreries devaient venir de son éducation parmi les Invisibles. Le secret de ses origines, qu'elle partageait avec lui, éveillait en elle un mélange d'attirance et de répulsion. Toutes les règles de sa classe lui disaient que son sang était plus pur que celui de son mari et qu'elle lui était supérieure par sa naissance. Elle avait honte de ce sentiment et s'efforçait de l'étouffer, mais il s'insinuait en elle avec une force qui grandissait avec chaque nouveau jour d'absence de Takeo.

— Où est votre neveu? demanda-t-elle à Sugita dans son désir de distraction. Envoyez-le-moi, que je voie quelqu'un qui ait moins de trente ans!

La compagnie de Hiroshi ne se révéla guère consolante, car il était aussi fâché qu'elle d'être resté. Il avait espéré se rendre à Inuyama avec Kahei et Gemba.

— Ils ne connaissent même pas la route, grommela-t-il. Je les aurais guidés d'un bout à l'autre. Quand je pense qu'il faut que je reste ici à étudier avec mon oncle, alors que même Jiro a eu la permission d'accompagner sire Otori.

— Jiro est nettement plus âgé que toi.

— Il n'a que cinq ans de plus. Et c'est lui qui devrait étudier. Je connais déjà beaucoup plus de caractères que lui.

— C'est parce que tu as commencé plus tôt. Il ne faut jamais mépriser les gens sous prétexte qu'ils n'ont pas eu les mêmes opportunités que vous.

Elle l'observa. Il était un peu petit pour son âge, mais robuste et bien proportionné. Il promettait d'être un bel homme.

— Tu as à peu près le même âge que ma sœur, dit-elle.

— Votre sœur vous ressemble-t-elle?

— Les gens le disent. Moi, je la trouve plus belle.

— C'est impossible, lança-t-il avec une impétuosité qui la fit rire. Il rougit légèrement.

— Tout le monde dit que dame Otori est la plus belle femme des Trois Pays.

— Qu'ont-ils vu dans leur vie? rétorqua-t-elle. Dans la capitale, à la cour de l'empereur, il existe des femmes si ravissantes que les yeux des hommes sortent de leurs orbites quand ils les regardent. Elles restent cachées derrière des écrans, de peur que la cour entière ne devienne aveugle.

— Comment font leurs maris? demanda-t-il d'un air dubitatif.

— Il faut leur bander les yeux, le taquina-t-elle.

Elle saisit un linge qui se trouvait près d'elle, le lui jeta sur la tête par jeu et le maintint ainsi quelques instants en riant. Il se débattit pour se libérer, et elle vit qu'il était vexé. Elle l'avait traité comme un enfant, alors qu'il voulait être un homme.

— Les filles ont de la chance, lança-t-il. Elles n'ont pas à étudier.

— Mais ma sœur aime l'étude, et moi aussi. Les filles devraient apprendre à lire et à écrire exactement comme les garçons. Ainsi elles pourraient comme moi aider leurs maris.

— La plupart des gens ont des scribes pour ce genre de choses, surtout s'ils ne savent pas écrire eux-mêmes.

— Mon époux sait écrire, repartit-elle promptement. Simplement, comme Jiro, il a commencé plus tard que toi à apprendre.

Hiroshi eut l'air horrifié.

— Je ne voulais rien insinuer contre lui! Sire Otori a sauvé ma vie et vengé la mort de mon père. Je lui dois tout, mais…

— Mais quoi? le pressa-t-elle, désagréablement consciente d'une ombre de déloyauté.

— Je ne fais que répéter ce que racontent les gens. On le trouve étrange. Il fréquente des parias et laisse des fermiers combattre. Il a aussi lancé contre certains marchands une campagne que personne ne comprend. On dit qu'il est impossible qu'il ait été élevé comme un guerrier, et on se demande quelle éducation il a reçue.

— Qui raconte ces choses? Les habitants de la ville?

— Non, des gens du genre de ma famille.

— Des guerriers Maruyama?

— Oui. Certains prétendent même que c'est un sorcier.

Elle n'était pas vraiment surprise. Elle-même avait ressenti exactement les mêmes appréhensions face à Takeo. Pourtant, elle était indignée que ses propres guerriers puissent se montrer si déloyaux envers son époux.

— Son éducation a peut-être été un peu spéciale, déclara-t-elle, mais il est l'héritier du clan des Otori par son sang comme par son adoption, sans compter qu'il est mon époux. Personne n'a le droit de dire quoi que ce soit contre lui.

Elle était décidée à découvrir les auteurs de ces racontars et à les réduire au silence.

— Tu seras mon espion, dit-elle à Hiroshi. Signale-moi tous ceux qui font preuve de la moindre déloyauté.

Par la suite, Hiroshi lui rendit visite chaque jour pour lui rendre compte des progrès de ses études et pour lui rapporter ce qu'il avait entendu dire par les guerriers. Ce n'était rien de précis. De simples rumeurs, parfois des plaisanteries. Peut-être ne s'agissait-il que de bavardages futiles d'hommes en mal d'occupation. Elle résolut de ne pas intervenir pour le moment, mais se promit d'avertir Takeo dès son retour.

Les grandes chaleurs avaient commencé, et il faisait trop étouffant pour se promener à cheval. Comme Kaede ne pouvait prendre aucune décision avant le retour de son mari et qu'elle s'attendait chaque jour à le voir arriver, elle passait le plus clair de son temps agenouillée devant son écritoire laquée, à recopier les registres de la Tribu. Toutes les portes de la résidence restaient ouvertes pour capter la moindre brise et le chant des insectes était assourdissant. Sa pièce favorite donnait sur des pièces d'eau et une cascade. À travers les buissons d'azalées, elle apercevait le pavillon du thé à la patine argentée. Chaque jour, elle se promettait d'y préparer le thé pour Takeo le soir venu, et chaque jour elle était déçue. Parfois, un martin-pêcheur passant au-dessus des bassins comme un éclair bleu et orangé la distrayait un instant. Une fois, un héron se posa devant la véranda et elle y vit un présage du retour de Takeo — mais il n'arriva pas.

Elle ne laissait voir à personne ce qu'elle écrivait, car elle s'était rapidement rendu compte de l'importance des registres. Ce que Shigeru avait découvert la stupéfiait, et elle se demandait si quelqu'un au sein de la Tribu lui avait servi d'informateur. Elle cachait l'original et la copie des registres dans un endroit différent chaque nuit, et s'efforçait d'en retenir le plus possible par cœur. L'idée de ce réseau secret finit par l'obséder. Elle guettait partout des signes de sa présence et se méfiait de tout le monde, même si la première tâche de Takeo en s'installant à Maruyama avait été d'en purger la maisonnée du château. L'étendue des ramifications de la Tribu l'effrayait. Elle ne voyait pas comment il pourrait lui échapper. Elle songeait alors qu'elle l'avait sans doute déjà rattrapé et qu'il gisait mort quelque part, si bien qu'elle ne le reverrait jamais.

«Il avait raison, se disait-elle. Il faut tous les tuer. Ils doivent être exterminés, car ils veulent sa perte. Et ils ne peuvent le détruire sans me détruire du même coup.»

Les visages de Shizuka et de Muto Kenji lui revenaient souvent à l'esprit. Elle regrettait d'avoir fait confiance à la jeune femme et se

demandait ce qu'elle avait pu révéler de la vie de sa maîtresse à
d'autres membres de la Tribu. Elle avait cru que Shizuka aussi bien
que Kenji avaient de l'affection pour elle. N'était-ce qu'une feinte de
leur part? Ils avaient failli périr tous ensemble dans le château
d'Inuyama. Cela ne comptait-il pour rien? Elle se sentait trahie par
Shizuka, mais la jeune femme lui manquait aussi cruellement et elle
aurait aimé avoir auprès d'elle une telle confidente.

Elle vit revenir son saignement mensuel, ce qui renouvela sa
déception et l'obligea à une semaine de retraite. Même Hiroshi dut
cesser ses visites. La semaine arriva à son terme, et elle-même en avait
terminé avec la copie des registres. Son agitation devint encore plus
fébrile. La fête des Morts eut lieu, la laissant pleine de chagrin et de
regrets pour les disparus. La restauration de la résidence, qui avait
battu son plein tout l'été, fut enfin achevée. Les pièces étaient magnifiques, mais semblaient vides et inhabitées.

Un matin, Hiroshi demanda :

— Pourquoi votre sœur n'est-elle pas avec vous?

Saisie d'une inspiration subite, elle lança :

— Si nous allions chez moi pour la chercher?

Pendant une semaine, le ciel avait été plombé, comme si un
typhon menaçait, mais le temps s'était soudain éclairci et la chaleur
avait un peu faibli. Les nuits étaient plus fraîches, et les conditions
semblaient idéales pour un voyage. Sugita tenta de l'en dissuader et
même les anciens sortirent un à un de leurs tanières pour exprimer
leur opposition, mais elle les ignora. Shirakawa n'était qu'à deux ou
trois jours de route. Si Takeo rentrait avant elle, il pourrait toujours
la rejoindre. En changeant d'air, elle cesserait de se tourmenter à
longueur de journée.

— Nous pouvons envoyer chercher vos sœurs, proposa Sugita.
C'est une excellente idée et j'aurais dû y penser moi-même. Je vais
aller les escorter.

— J'ai besoin de voir ma maisonnée, répliqua-t-elle.

Maintenant qu'elle s'était mis cette idée en tête, elle ne pouvait plus y renoncer.

— Je n'ai pas parlé à mes hommes depuis mon mariage. Il y a des semaines que j'aurais dû aller là-bas. Il faut que j'inspecte mes terres et que je veille à ce qu'on rentre bien la moisson.

Elle s'abstint de parler à Sugita d'un autre motif, qu'elle avait gardé tout l'été présent à l'esprit. Elle se rendrait aux grottes sacrées de Shirakawa, afin d'y boire l'eau du fleuve, chargée de forces élémentaires, et d'y prier la déesse de lui accorder un enfant.

— Je ne serai absente que quelques jours.

— Je crains que votre époux ne vous désapprouve, risqua Sugita.

— Il se fie en toute occasion à mon jugement, rétorqua-t-elle. Et après tout, dame Naomi n'avait-elle pas coutume de voyager seule ?

Comme il avait l'habitude de recevoir des ordres d'une femme, elle parvint à vaincre ses objections. Elle choisit de partir avec Amano et un petit groupe d'hommes à elle, qui l'avaient accompagnée depuis son départ pour Terayama au printemps. À la réflexion, elle décida de n'emmener aucune de ses femmes, pas même Manami. Elle voulait voyager vite, à cheval, sans les cérémonies auxquelles l'aurait contrainte un déplacement officiel. Manami eut beau l'implorer puis bouder, Kaede fut inflexible.

Elle choisit de monter Raku et se refusa même à emporter un palanquin. Avant son départ, elle avait projeté de cacher la copie des registres sous le plancher du pavillon du thé, mais elle était encore inquiète des indices de déloyauté qu'elle avait surpris. Finalement, elle ne put supporter l'idée de les laisser à la merci d'un intrus et décida de prendre avec elle les deux exemplaires, en songeant qu'elle pourrait dissimuler l'original quelque part dans sa maison de Shirakawa. Après bien des supplications, Hiroshi fut autorisé à l'accompagner. Elle le prit à part et lui fit promettre de ne pas quitter de l'œil les registres pendant le voyage. Au dernier moment, elle emporta également le sabre que Takeo lui avait donné.

Amano réussit à convaincre Hiroshi de laisser le sabre de son père, mais le garçon tint à prendre son arc et un poignard, ainsi qu'un petit rouan ombrageux des écuries de sa famille. Son cheval ne cessa de faire des siennes le premier jour, pour la plus grande joie des hommes d'escorte. À deux reprises, il s'emballa et rebroussa chemin pour galoper en direction de son domaine natal, jusqu'au moment où le garçon réussit à le maîtriser et rattrapa ses compagnons, rouge de colère mais nullement effrayé.

— C'est une jolie créature, observa Amano, mais encore bien jeune. Votre attitude le crispe. Lâchez-lui un peu la bride, détendez-vous.

Il fit chevaucher Hiroshi à son côté. Le cheval se calma et ne fit aucun problème le lendemain. Kaede était heureuse d'être sur la route. Comme elle l'avait espéré, le voyage chassait ses idées noires. Le temps était splendide, la moisson battait son plein. Les hommes se réjouissaient de revoir leurs maisons et leurs familles après plusieurs mois d'absence. Hiroshi était un compagnon charmant, qui avait une connaissance approfondie de la campagne qu'ils traversaient.

— J'aurais aimé que mon père m'instruise aussi bien que le tien, s'exclama Kaede, impressionnée par sa science. À ton âge, j'étais retenue en otage au château des Noguchi.

— Il voulait que j'apprenne sans cesse. Il n'aurait pas toléré que je perde un seul instant.

— La vie est si brève et si fragile. Peut-être savait-il qu'il ne te verrait pas grandir.

Hiroshi hocha la tête et resta quelque temps silencieux.

«Son père doit lui manquer, pensa-t-elle, mais il n'en montrera rien.» Elle se prit à envier l'éducation qu'il avait reçue. «Mes enfants seront élevés de cette manière, que ce soient des filles ou des garçons. Ils auront des connaissances sur tout et apprendront à être forts.»

Le matin du troisième jour, ils traversèrent le fleuve Shirakawa et pénétrèrent dans le domaine de la famille de Kaede. L'eau était peu profonde et tourbillonnait, écumeuse, entre les rochers. Aucune barrière ne marquait la frontière. Ils se trouvaient hors de la juridiction des grands clans, dans une région de petits propriétaires où les voisins vivaient dans un isolement mesquin ou nouaient entre eux des alliances amicales. Ces familles de guerriers dépendaient théoriquement de Kumamoto ou Maruyama, mais elles ne s'installaient pas dans les cités de leurs suzerains, préférant continuer de cultiver leurs propres terres qui n'étaient guère soumises à l'impôt.

— Je n'ai encore jamais franchi le Shirakawa, dit Hiroshi pendant que leurs chevaux faisaient jaillir l'eau sur leur passage. Je ne me suis jamais trouvé plus loin de Maruyama.

— C'est donc maintenant mon tour de t'instruire, dit-elle, ravie de pouvoir lui faire découvrir son pays. Plus tard, je t'emmènerai à la source du fleuve, où s'étendent des grottes immenses. Tu devras m'attendre à l'extérieur, cependant.

— Pourquoi?

— C'est un lieu sacré réservé aux femmes. Aucun homme n'a le droit d'y pénétrer.

Elle était impatiente d'arriver chez elle, maintenant, et ils ne traînèrent pas en chemin. Rien n'échappait à son attention, pourtant : l'aspect de la campagne, l'avancement de la moisson, l'état de santé des bœufs ou des enfants. Un an après son arrivée ici avec Shizuka, les progrès étaient indéniables, mais elle vit encore bien des signes de pauvreté et de négligence.

« Je les ai abandonnés, se dit-elle avec remords. J'aurais dû revenir plus tôt. » Elle songea à son départ impétueux pour Terayama, au printemps : elle semblait avoir été une autre personne, en proie à un sortilège.

Amano avait envoyé deux hommes en éclaireurs et Shoji Kiyoshi, le doyen des serviteurs du domaine, attendait Kaede à la porte de la maison. Il avait l'air surpris et elle trouva son accueil passablement froid. Les femmes de la maisonnée étaient alignées dans le jardin, mais elle n'aperçut ni ses sœurs ni Ayame.

Raku poussa un hennissement en tournant la tête vers les écuries et les prairies inondées où il avait couru pendant l'hiver. Amano s'avança pour aider sa maîtresse à descendre de sa monture. Hiroshi se laissa glisser à terre, et le rouan tenta de décocher une ruade au cheval le plus proche.

— Où sont mes sœurs? s'écria Kaede sans prêter attention aux saluts que murmuraient les femmes.

Personne ne répondit. Le cri insistant d'une pie-grièche, dans le camphrier près de la porte, mettait ses nerfs à rude épreuve.

— Dame Shirakawa… commença Shoji.

Elle se tourna brusquement pour lui faire face.

— Où sont-elles?

— On nous a dit… vous avez envoyé des instructions leur enjoignant de se rendre chez sire Fujiwara.

— Je n'ai rien fait de tel! Depuis combien de temps sont-elles là-bas?

— Cela fait au moins deux mois.

Il jeta un coup d'œil sur les cavaliers et les servantes.

— Nous devrions avoir un entretien privé.

— Oui, tout de suite, acquiesça-t-elle.

Une des femmes accourut avec un bol d'eau.

— Bienvenue en votre demeure, dame Shirakawa.

Kaede lava ses pieds et pénétra sur la véranda. Elle commençait à se sentir mal à l'aise. Un silence irréel régnait dans la maison. Elle avait envie d'entendre les voix d'Aï et Hana, et comprenait soudain combien elles lui avaient manqué.

Il était peu après midi. Elle donna des ordres pour qu'hommes et chevaux se restaurent, et pour qu'ils se tiennent prêts au cas où elle aurait besoin d'eux. Puis elle conduisit Hiroshi dans sa propre chambre et lui dit de l'y attendre avec les registres pendant qu'elle

parlerait avec Shoji. Elle n'avait pas faim du tout, mais elle fit apporter une collation pour le garçon. Après quoi, elle se rendit dans l'ancienne chambre de son père et envoya chercher Shoji.

On avait l'impression que quelqu'un venait à peine de quitter la
pièce. Un pinceau gisait sur la table à écrire. Hana avait dû continuer
d'étudier, même après le départ de Kaede. La jeune femme ramassa
le pinceau. Elle le contemplait d'un air sombre quand Shoji frappa
discrètement à la porte.

À peine entré, il s'agenouilla et s'excusa :

— Nous ne pouvions nous douter que tel ne fut pas votre désir.
Cette démarche semblait si naturelle. Sire Fujiwara en personne est
venu parler à Aï.

Elle trouva que son ton manquait de sincérité.

— Pourquoi les a-t-il invitées ? Que leur voulait-il ? demanda-t-elle
d'une voix tremblante.

— Vous-même, vous vous êtes souvent rendue là-bas, répliqua
Shoji.

— Tout a changé depuis lors ! s'écria-t-elle. Sire Otori Takeo et moi
nous sommes mariés à Terayama. Nous nous sommes établis à
Maruyama. Vous avez certainement entendu parler de ces événements.

— Ils me semblaient peu croyables, étant donné que tout le
monde était convaincu que vous étiez fiancée à sire Fujiwara et alliez
l'épouser.

— Il n'a jamais été question de fiançailles ! lança-t-elle avec fureur.
Comment osez-vous contester mon mariage ?

Elle vit qu'il serrait la mâchoire et se rendit compte qu'il était aussi
furieux qu'elle.

— Que devons-nous penser ? siffla-t-il en se penchant en avant. Nous
entendons parler d'un mariage conclu sans fiançailles, sans qu'il soit
question de demander ou de recevoir une permission, en l'absence de
tout membre de votre famille. Je suis content que votre père soit déjà

mort. Vous l'avez tué par la honte dont vous l'avez accablé, mais du moins cette nouvelle indignité lui est-elle épargnée…

Il s'interrompit et ils se regardèrent fixement, aussi choqués l'un que l'autre par cette explosion.

«Je vais devoir le faire tuer, se dit Kaede avec horreur. Il ne peut continuer de vivre après m'avoir parlé ainsi. Mais j'ai besoin de lui. Qui d'autre pourrait veiller sur le domaine à ma place?» Puis elle fut gagnée par la crainte qu'il pût essayer de la déposséder, et que sa colère ne fût qu'un moyen de dissimuler son ambition et sa cupidité. Elle se demanda s'il avait pris sous son autorité les soldats qu'elle avait recrutés avec Kondo pendant l'hiver et s'ils lui obéiraient à présent plutôt qu'à elle. Elle appela de ses vœux la présence de Kondo, puis songea qu'un membre de la Tribu était encore moins digne de confiance que le vieux serviteur de son père. Personne ne pourrait l'aider. Luttant pour cacher son appréhension, elle continua de fixer Shoji jusqu'à ce qu'il baisse les yeux.

Il se maîtrisa et essuya l'écume de sa bouche.

— Pardonnez-moi. Je vous connais depuis votre naissance. Il est de mon devoir de vous parler, même si cela m'est douloureux.

— Je vous pardonne pour cette fois. Mais c'est vous qui faites honte à mon père, en manquant de respect à son héritière. Si jamais vous recommencez à me parler sur ce ton, je vous donnerai l'ordre de vous ouvrir le ventre.

— Vous n'êtes qu'une femme, dit-il pour l'apaiser, vous n'avez personne pour vous guider.

Il ne réussit qu'à redoubler sa rage.

— J'ai mon époux, trancha-t-elle. Ni vous ni sire Fujiwara n'y pouvez rien. Allez le trouver, maintenant, et dites-lui que mes sœurs doivent rentrer immédiatement. Elles reviendront avec moi à Maruyama.

Il partit sur-le-champ. Encore sous le choc, elle se sentait trop inquiète pour rester assise à attendre son retour. Elle fit appeler

Hiroshi et entreprit de lui montrer la maison et le jardin, en contrôlant au passage toutes les réparations qu'elle avait fait faire pendant l'automne. Les ibis, parés de leur plumage d'été, cherchaient leur nourriture sur les talus des rizières, et la pie-grièche les invectivait de plus belle quand ils empiétaient sur son territoire. Lorsque la visite fut finie, Kaede dit à son compagnon d'aller chercher les coffrets des registres. Chargés chacun d'un coffret, ils remontèrent le cours du Shirakawa, le fleuve Blanc, jusqu'à l'endroit où il surgissait des profondeurs de la montagne. Elle ne cacherait pas les registres dans un lieu accessible à Shoji, et ne les confierait pas à des êtres humains. Elle avait décidé de les donner à la déesse.

Le lieu saint l'apaisa, comme toujours, mais son atmosphère sacrée, intemporelle, l'emplit de crainte plutôt que de courage. Sous l'arche immense de l'entrée de la grotte, le fleuve coulait avec une régularité majestueuse en formant de profonds bassins dont l'eau verte démentait son nom, et les formes tourmentées des rochers calcifiés luisaient comme de la nacre dans la pénombre.

Le vieux couple qui gardait le sanctuaire sortit pour la saluer. Laissant Hiroshi en compagnie de l'homme, Kaede se mit en marche avec la femme. Elles portaient chacune l'un des coffrets.

À la lueur des lampes et des bougies allumées dans la caverne, la roche humide scintillait. Le grondement du fleuve couvrait tous les autres bruits. Elles avancèrent prudemment de pierre en pierre, en passant devant le champignon géant, la cascade gelée, l'escalier céleste, tous sculptés par l'eau chargée de chaux, avant d'arriver au rocher revêtant la forme de la déesse, d'où des gouttes tombaient comme des larmes de lait maternel.

— Je dois demander à la déesse de protéger ces trésors pour moi, dit Kaede. Si je ne reviens pas moi-même les chercher, ils devront rester ici à jamais avec elle.

La vieille femme acquiesça de la tête en s'inclinant. Derrière le rocher, on avait creusé une cavité bien au-dessus du plus haut niveau du fleuve. Elles grimpèrent pour l'atteindre et y déposer les coffrets. Kaede remarqua que la cavité contenait beaucoup d'autres objets donnés à la déesse. Elle se demanda quelle était leur histoire et quel avait été le sort des femmes qui les avaient apportés. Il flottait une odeur humide, chargée de passé. Certains objets se délabraient, d'autres étaient déjà pourris. Les registres de la Tribu étaient-ils destinés à se décomposer ici, cachés sous la montagne ?

L'air froid et moite la fit frissonner. Quand elle posa les coffrets, elle eut soudain la sensation d'avoir les bras vides, allégés. Elle sut que la déesse connaissait sa détresse, et que ses bras vides, son ventre vide seraient remplis.

Une flaque d'eau s'était formée au pied du rocher. Elle s'agenouilla devant et but en priant presque sans prononcer un mot. L'eau était aussi douce que du lait.

À genoux derrière elle, la vieille femme entonna une prière si ancienne que Kaede n'en reconnut pas les mots – mais elle fut comme baignée par leur signification et ils se confondirent avec sa propre nostalgie. La silhouette de roc n'avait pas d'yeux, pas de traits, pourtant Kaede sentait sur elle le regard bienveillant de la déesse. Elle se rappela la vision qu'elle avait eue à Terayama et les paroles qui lui avaient été adressées : « Sois patiente. Il va venir te chercher. »

Elle les entendit de nouveau distinctement et en fut un instant déconcertée. Puis elle comprit qu'elles signifiaient qu'il allait revenir. C'était certain. « Je serai patiente, promit-elle une nouvelle fois. Dès que mes sœurs seront rentrées, nous partirons pour Maruyama. Et quand Takeo sera de retour, je concevrai un enfant. J'ai eu raison de venir ici. »

Cette visite aux grottes lui avait donné des forces nouvelles, au point qu'en fin d'après-midi elle se rendit au temple de sa famille afin d'honorer la tombe de son père. Hiroshi l'accompagna, ainsi qu'une des femmes de la maison, Ayako, qui portait des offrandes de fruits et de riz et un bol d'encens fumant.

Les cendres du vieillard étaient enterrées au milieu des tombes des seigneurs Shirakawa, ancêtres de Kaede. L'ombre des cèdres immenses était fraîche et lugubre. Le vent murmurant dans les branches apportait l'écho lointain des cigales. Au cours des ans, les tremblements de terre avaient déplacé colonnes et piliers, et le sol se soulevait comme si les morts tentaient se s'échapper.

La tombe de son père était encore intacte. Kaede prit les offrandes à Ayako et les déposa devant la stèle. Elle tapa dans les mains et inclina la tête. Elle redoutait d'entendre ou de voir son esprit, cependant elle désirait l'apaiser. Il lui était impossible de penser calmement à sa mort. Il avait voulu mourir, mais s'était révélé incapable d'avoir le courage de se tuer. Shizuka et Kondo s'en étaient chargés. Leur acte constituait-il un meurtre ? Elle était également consciente du rôle qu'elle-même avait joué, de la honte dont elle l'avait accablé. Son esprit allait-il maintenant exiger réparation ?

Saisissant le bol d'encens porté par la servante, elle laissa la fumée flotter sur la tombe ainsi que sur son propre visage et ses mains, afin d'en être purifiée. Puis elle posa le bol et tapa de nouveau trois fois dans ses mains. Le vent retomba, les cigales se turent et elle sentit soudain la terre trembler légèrement sous ses pieds. Le paysage frémit. Les arbres chancelèrent.

— Un tremblement de terre ! s'exclama Hiroshi dans son dos tandis qu'Ayako poussait un cri de frayeur.

Ce n'était qu'une petite secousse et aucune autre ne la suivit, mais Ayako se montra nerveuse et apeurée sur le chemin du retour.

— L'esprit de votre père vous a parlé, murmura-t-elle à Kaede. Qu'a-t-il dit ?

— Il approuve tout ce que j'ai fait, répondit-elle avec une assurance qu'elle était loin de ressentir.

En réalité, le séisme l'avait troublée. Elle craignait le spectre de son père, plein de colère et d'amertume. Il lui semblait qu'il attaquait tout ce qu'elle avait éprouvé dans les grottes sacrées, aux pieds de la déesse.

— Le Ciel soit loué, dit Ayako.

Elle pinça les lèvres, cependant, et continua toute la soirée de jeter des coups d'œil anxieux à Kaede.

— À propos, lui demanda celle-ci pendant le souper. Où se trouve Sunoda, le neveu d'Akita?

Ce jeune homme était venu la voir avec son oncle, l'hiver précédent, et elle avait obtenu qu'il reste chez elle en tant qu'otage, sous la garde de Shoji. Elle commençait à penser qu'il pourrait lui être utile, maintenant.

— Il a été autorisé à retourner à Inuyama, déclara Ayako.

— Quoi!

Ainsi, Shoji avait laissé partir son otage. Elle ne pouvait croire à tant de traîtrise.

— Il paraît que son père était malade, expliqua Ayako.

Avec le départ de son otage, Kaede voyait son pouvoir encore amoindri.

Il faisait déjà sombre quand elle entendit dehors la voix de Shoji. Hiroshi étant parti avec Amano, chez qui il devait dormir après avoir fait la connaissance de sa famille, Kaede avait attendu dans la chambre de son père en parcourant les registres de la propriété. Elle avait découvert de nombreuses erreurs de gestion, et en constatant que Shoji était revenu seul elle sentit sa colère contre lui redoubler.

Il la rejoignit suivi d'Ayako, qui apportait du thé, mais Kaede était trop impatiente pour le boire.

— Où sont mes sœurs? s'exclama-t-elle.

Il but son thé avec reconnaissance avant de répondre. Il paraissait échauffé et fatigué.

— Sire Fujiwara se réjouit de votre retour, dit-il. Il vous présente ses salutations et vous demande de lui rendre visite demain. Il vous enverra son palanquin et une escorte.

— Je n'ai pas l'intention de lui rendre visite, rétorqua-t-elle en s'efforçant de garder son calme. Je compte voir mes sœurs de retour ici dès demain, après quoi nous partirons au plus tôt pour Maruyama.

— Je crains que vos sœurs ne se trouvent pas là-bas.

Elle sentit son cœur se serrer.

— Où sont-elles ?

— Sire Fujiwara assure que dame Shirakawa n'a aucune raison de s'alarmer. Elles sont en parfaite sécurité et il vous dira demain où elles se trouvent, lorsque vous viendrez le voir.

— Vous osez m'apporter un tel message ? lança-t-elle d'une voix qu'elle trouva elle-même faible et peu convaincante.

Shoji inclina sa tête.

— J'en suis le premier désolé. Mais sire Fujiwara est ce qu'il est. Je ne puis le défier ni lui désobéir, et je crois que vous n'êtes pas vous-même en mesure de le faire.

— Elles sont donc ses otages ? demanda-t-elle à voix basse.

Il ne répondit pas directement, se contentant de dire :

— Je vais donner des ordres pour votre voyage demain. Voulez-vous que je vous accompagne ?

— Non ! cria-t-elle. Et si je dois y aller, ce sera à cheval. Je n'attendrai pas son palanquin. Dites à Amano que je monterai mon cheval gris et qu'il devra m'escorter.

Elle crut un instant qu'il allait discuter, mais il s'inclina profondément et acquiesça.

Après son départ, elle se mit à réfléchir fébrilement. Si elle ne pouvait se fier à Shoji, à quel homme du domaine pourrait-elle accorder sa confiance ? Essayait-on de l'attirer dans un piège ? Mais non, même sire Fujiwara n'oserait pas. Elle était mariée, à présent. Elle se demanda fugitivement si elle ne devrait pas retourner sur-le-champ à Maruyama, puis elle se souvint qu'Aï et Hana étaient aux mains d'étrangers et elle comprit à quel chantage elle était confrontée.

«Ma mère et dame Naomi ont dû connaître ces souffrances, songea-t-elle. Il faut que je voie Fujiwara pour négocier leur libération. Il m'a secourue, dans le passé. Il n'est pas possible qu'il me soit devenu entièrement hostile.»

Après quoi, elle s'inquiéta du sort de Hiroshi. Ce voyage semblait tellement sûr au départ! Elle ne pouvait pourtant s'empêcher de penser qu'en l'emmenant, elle avait mis le garçon en danger. Devrait-elle lui dire de l'accompagner chez sire Fujiwara, ou au contraire le renvoyer d'urgence à Maruyama?

Elle se leva de bonne heure et envoya chercher Amano. Elle revêtit la simple tenue de voyage qu'elle avait portée en venant, bien qu'il lui semblât encore entendre Shizuka la réprimander: «Vous ne pouvez pas vous rendre chez sire Fujiwara à cheval, comme un guerrier.» Son propre bon sens lui disait de s'accorder quelques jours de délai, d'envoyer des messages et des présents puis de se rendre chez lui dans son palanquin, escortée par ses hommes, habillée pour lui à la perfection, afin de lui apparaître comme l'un de ces trésors sans défauts qu'il chérissait. Tel aurait été le conseil de Shizuka, ou même de Manami. Mais son impatience était trop grande. Elle savait qu'elle ne pourrait supporter d'attendre sans rien faire. Elle préférait rencontrer une fois de plus l'aristocrate, découvrir où se trouvaient ses sœurs et ce qu'il voulait, puis retourner immédiatement à Maruyama, auprès de Takeo.

Quand Amano arriva, elle renvoya ses femmes afin de pouvoir parler avec lui en tête à tête. Elle lui exposa rapidement la situation.

— Il faut que je me rende chez sire Fujiwara mais, pour être franche, je suis inquiète de ses intentions. Il se peut que nous ayons à repartir d'urgence pour Maruyama. Prépare-toi à cette éventualité, et veille à ce que les hommes et les chevaux soient prêts.

Il plissa les yeux.

— Vous ne pensez quand même pas qu'il faudra combattre?

— Je ne sais pas. J'ai peur qu'ils ne tentent de me retenir.

— Contre votre gré ? C'est impossible !

— Je sais que c'est peu probable, mais je ne suis pas tranquille. Pourquoi a-t-on enlevé mes sœurs, sinon pour pouvoir exercer une contrainte sur moi ?

— Nous devrions nous en aller immédiatement, dit-il.

Il était encore assez jeune pour ne pas se laisser intimider par le rang de l'aristocrate.

— Laissez votre époux discuter avec sire Fujiwara le sabre à la main !

— Je redoute ce qui pourrait arriver à mes sœurs. Il faut au moins que je découvre où elles se trouvent. Shoji affirme que nous ne pouvons défier sire Fujiwara et j'imagine qu'il a raison. Je vais devoir aller lui parler, mais je ne veux pas pénétrer dans sa maison. Ne les laissez pas m'entraîner à l'intérieur.

Amano s'inclina.

— Hiroshi ne devrait-il pas retourner à Maruyama ? poursuivit-elle. Je regrette de l'avoir emmené. Me voilà de surcroît responsable de sa sécurité.

— Le nombre est un gage de sécurité, observa Amano. Il vaudrait mieux qu'il reste. D'ailleurs, s'il doit y avoir un problème, il serait peu indiqué de dégarnir nos rangs pour lui fournir une escorte. Si l'on veut toucher à un seul de vos cheveux ou des siens, il faudra d'abord me tuer.

Elle sourit, pleine de gratitude pour sa loyauté.

— Mettons-nous donc en route sans plus attendre.

Le temps avait de nouveau changé. Une atmosphère pesante avait succédé à la fraîcheur limpide des jours précédents. Il régnait le calme et l'humidité caractéristiques des journées annonçant les typhons de la fin d'été. Les chevaux étaient en sueur et agités, et le rouan de Hiroshi se montrait plus instable que jamais.

Kaede voulait parler avec le garçon pour l'avertir des dangers les attendant peut-être et lui faire promettre de se tenir à l'écart d'un éventuel combat. Son cheval était si nerveux, cependant, qu'Amano le fit chevaucher en tête avec lui de peur qu'il ne communique son inquiétude à Raku. Elle sentait la sueur couler sous ses vêtements. Elle espéra qu'elle n'arriverait pas trempée, le visage rouge. Sa décision précipitée commençait déjà à lui inspirer quelques regrets mais, comme toujours, monter à cheval fouettait son énergie. Elle n'avait fait ce trajet qu'en palanquin, jusqu'alors, et les rideaux de soie et les écrans en papier huilé l'avaient empêchée de regarder le paysage. Cette fois, elle pouvait s'imprégner de la beauté du spectacle, admirer la richesse des campagnes et des forêts, la majesté des montagnes lointaines, se succédant de plus en plus pâles jusqu'à l'horizon où elles se confondaient avec le ciel.

Il n'était pas étonnant que sire Fujiwara se refusât à quitter un endroit si splendide. L'image de l'aristocrate, aussi séduisant qu'énigmatique, s'imposa à elle. Elle se souvint qu'il avait toujours semblé l'apprécier et l'admirer. Comment croire qu'il pourrait lui vouloir du mal ? Mais une appréhension mystérieuse mettait ses sens en alerte. «Est-ce là ce qu'on ressent en partant pour la bataille ? se demandat-elle. Comme si la vie n'avait jamais paru plus belle ni plus fugitive, elle qu'on ne peut que saisir et rejeter en un même souffle ?»

Elle posa sa main sur le sabre glissé dans sa ceinture, et le contact de la poignée la réconforta.

Ils n'étaient plus qu'à quelques lieues de la résidence de Fujiwara quand ils virent s'élever devant eux sur la route un nuage de poussière, d'où surgirent les porteurs de palanquin et les cavaliers envoyés par l'aristocrate pour aller la chercher. En apercevant l'emblème du fleuve argenté sur le surcot d'Amano, leur chef tira sur les rênes pour le saluer. Son regard glissa distraitement sur Kaede, puis les veines de son cou se gonflèrent quand il jeta sur elle un nouveau coup d'œil, l'air suffoqué.

— Dame Shirakawa, souffla-t-il avant de hurler aux porteurs : à genoux ! À genoux !

Laissant tomber le palanquin, ils s'agenouillèrent dans la poussière. Les cavaliers mirent pied à terre et s'immobilisèrent, la tête baissée. Ils se montraient pleins d'humilité, mais elle nota immédiatement qu'ils étaient deux fois plus nombreux que ses hommes.

— Je suis en chemin pour rendre visite à Sa Seigneurie, dit-elle.

Le chef de la troupe lui était familier, mais elle n'arrivait pas à se rappeler son nom. C'était lui qui venait toujours l'escorter chez sire Fujiwara, naguère.

— Mon nom est Murita, déclara-t-il. Dame Shirakawa ne préférerait-elle pas être portée en palanquin?

— J'irai à cheval, trancha-t-elle. Nous sommes presque arrivés, maintenant.

Il pinça si fort ses lèvres qu'elles se réduisirent à une ligne ténue. «Il me désapprouve», pensa-t-elle. Elle jeta un coup d'œil à Amano et Hiroshi, qui étaient maintenant à son côté. Le visage d'Amano était impassible mais Hiroshi avait rougi violemment.

«Sont-ils gênés pour moi? Suis-je en train de tous nous couvrir de honte?» Elle se raidit et lança Raku en avant.

Murita envoya deux de ses hommes en éclaireurs, ce qui accrut l'appréhension de Kaede quant à la réception qui l'attendait, mais il lui sembla qu'elle n'avait d'autre choix que de continuer sa route.

Les chevaux sentirent son angoisse. Raku fit un écart, les oreilles dressées, les yeux inquiets. Levant la tête, le rouan de Hiroshi tenta de se cabrer, et son jeune cavalier se meurtrit les doigts sur les rênes avant de le maîtriser.

Quand ils arrivèrent à la résidence, les portes étaient ouvertes et des gardes armés étaient postés dans la cour. Amano sauta sur le sol et s'approcha de Kaede pour l'aider à descendre de Raku.

— Je ne mettrai pas pied à terre tant que sire Fujiwara ne sera pas là, lança-t-elle hardiment. Je n'ai pas l'intention de rester.

Murita hésita, peu désireux de porter un tel message.

— Prévenez-le de mon arrivée, insista-t-elle.

— Dame Shirakawa.

Il inclina la tête et descendit de cheval, mais à cet instant le jeune compagnon de sire Fujiwara, l'acteur Mamoru, sortit de la maison et s'agenouilla devant le cheval de Kaede.

— Soyez la bienvenue, noble dame, dit-il. Veuillez entrer.

Elle craignait de ne jamais ressortir si elle obéissait.

— Je n'entrerai pas, Mamoru, répliqua-t-elle sèchement. Je ne suis venue que pour découvrir où se trouvent mes sœurs.

Il se releva et s'avança sur la droite de son cheval, en s'interposant entre elle et Amano. Lui qui l'avait rarement regardée en face semblait maintenant essayer de rencontrer ses yeux.

— Dame Shirakawa... commença-t-il.

Elle sentit quelque chose d'anormal dans sa voix.

— Remets-toi en selle, lança-t-elle à Amano, qui s'exécuta sur-le-champ.

— Je vous en prie, dit doucement Mamoru. Mieux vaut vous soumettre. Je vous en supplie. Pour votre bien, pour le bien de vos hommes, de ce garçon...

— Puisque sire Fujiwara refuse de venir me parler et de m'apprendre ce que je veux savoir, je n'ai plus rien à faire ici.

Elle ne vit pas qui donnait l'ordre. Elle remarqua seulement un bref échange de regards entre Mamoru et Murita.

— Partons! cria-t-elle à Amano.

Elle essaya de faire tourner Raku, mais Murita s'était emparé de la bride. Se penchant en avant, elle saisit son sabre et pressa son cheval de se cabrer. Il dégagea sa tête en l'agitant violemment et se dressa sur ses jambes de derrière en décochant des coups de sabot. Elle abattit son arme en direction de Murita et l'atteignit à la main. Il poussa un cri de fureur et empoigna son propre sabre. Elle crut qu'il allait la tuer, mais il attrapa de nouveau la bride et força le cheval à baisser la tête. Elle sentit un remue-ménage affolé dans son dos : le rouan de Hiroshi cédait à la panique. Mamoru s'agrippait à ses vêtements en criant son nom et en la suppliant de se rendre. Derrière lui, elle aperçut Amano. Il brandissait son sabre, mais avant qu'il ait pu s'en servir une flèche le toucha en pleine poitrine. Elle vit la stupeur dans ses yeux, puis il haleta tandis que son sang commençait à bouillonner et il s'effondra en avant.

— Non! hurla-t-elle.

Au même instant, vibrant d'une colère rentrée, Murita plongea son sabre dans le poitrail sans protection de Raku. Le cheval se mit à son tour à hurler de peur et de souffrance, et son sang brillant se mit à jaillir. Comme il chancelait, les jambes tremblantes, la tête baissée, Murita saisit Kaede et essaya de l'arracher de sa monture. Elle tenta une nouvelle fois de le frapper, mais Raku l'entraîna dans sa chute et son coup en fut amorti. Murita lui tordit alors le poignet et n'eut pas de peine à lui enlever son arme. Sans un mot, il la traîna en direction de la maison.

— À moi! À moi! cria-t-elle en tordant la tête pour essayer d'apercevoir ses hommes derrière elle, mais après cette attaque aussi rapide que féroce ils étaient tous morts ou agonisants.

— Hiroshi! hurla-t-elle.

Un bruit de sabots retentit. Avant que Murita la fasse entrer de force dans la maison, la dernière chose qu'elle vit fut le rouan prenant le mors aux dents et déguerpissant malgré les efforts du garçon. C'était une maigre consolation.

Murita la fouilla pour trouver ses autres armes, et confisqua son poignard. Sa main saignait abondamment et la fureur le rendait brutal. Mamoru courait devant eux en ouvrant les portes pendant que Murita l'entraînait dans les appartements des hôtes. Quand il la lâcha, elle s'effondra sur le sol en sanglotant de colère et de chagrin.

— Raku! Raku! pleura-t-elle, aussi accablée que si le cheval avait été son enfant.

Puis elle pleura Amano et les autres hommes qu'elle avait menés à leur mort.

Agenouillé près d'elle, Mamoru lança précipitamment :

— Je suis désolé, dame Shirakawa. Il faut vous soumettre. Personne ne vous fera du mal. Croyez-moi, tout le monde vous aime et vous honore dans cette demeure. Je vous en prie, calmez-vous.

Comme elle pleurait plus désespérément que jamais, il ordonna aux servantes :

— Allez chercher le docteur Ishida.

Quelques instants plus tard, elle sentit la présence du médecin près d'elle. Il s'agenouilla et elle leva la tête, en écartant ses cheveux et en le fixant de ses yeux éplorés.

— Dame Shirakawa… commença-t-il.

Elle l'interrompit.

— Mon nom est Otori. Je suis mariée. Que signifie cet outrage ? Vous ne pouvez pas les laisser me retenir ici. Dites-leur de me libérer sur-le-champ.

— Je ne demanderais pas mieux, dit-il à voix basse. Mais dans cette demeure, ce n'est pas notre volonté mais celle de Sa Seigneurie qui gouverne nos vies.

— Que me veut-il ? Pourquoi a-t-il agi ainsi ? Il a enlevé mes sœurs, assassiné mes hommes !

Ses larmes se remirent à ruisseler sur son visage.

— Il n'avait pas besoin de tuer mon cheval.

Elle était secouée de sanglots. Ishida dit aux servantes d'aller chercher des herbes de sa maison et d'apporter de l'eau chaude. Puis il l'examina avec douceur, en regardant ses yeux et en prenant son pouls.

— Pardonnez-moi, dit-il, mais je dois vous demander si vous attendez un enfant.

— Pourquoi vous le dirais-je ? Cela ne vous regarde pas !

— Sa Seigneurie a l'intention de vous épouser. Il vous considère comme sa fiancée. Il a déjà demandé la permission à l'empereur ainsi qu'à sire Araï.

— Nous n'avons jamais été fiancés, sanglota Kaede. Je suis mariée à Otori Takeo.

— Je ne puis en discuter avec vous, observa doucement Ishida. Vous allez avoir un entretien avec Sa Seigneurie en personne. Mais en tant que votre médecin, il faut que je sache si vous êtes enceinte.

— Et si jamais je le suis ?

— Nous nous débarrasserons de l'enfant.

Comme Kaede poussait un cri d'horreur, il déclara :

— Sire Fujiwara fait déjà de grandes concessions en votre faveur. Il aurait pu vous faire mettre à mort pour votre infidélité. Il est prêt à vous pardonner et à vous épouser, mais non à donner son nom à l'enfant d'un autre.

Elle ne répondit qu'en sanglotant de plus belle. Une servante revint avec les herbes et une bouilloire, et Ishida prépara une infusion.

— Buvez, dit-il à Kaede. Cela vous calmera.

— Supposez que je refuse ? s'exclama-t-elle en s'asseyant brusquement et en lui arrachant le bol.

Elle le tint à bout de bras, comme si elle allait le renverser sur la natte.

— Supposez que je refuse de boire et de manger ? Voudra-t-il épouser un cadavre ?

— Dans ce cas, vous condamneriez vos sœurs à mort, ou à pire encore. Je suis désolé. Cette situation ne m'amuse nullement et je ne suis pas fier du rôle que je joue. Tout ce que je peux faire, c'est me montrer entièrement sincère avec vous. Si vous vous soumettez à la volonté de Sa Seigneurie, vous sauverez leur vie et votre honneur.

Elle le regarda un long moment. D'un geste lent, elle porta le bol à ses lèvres.

— Je ne suis pas enceinte, dit-elle avant de le vider d'un trait.

Ishida resta assis près de la jeune femme, dont les sens commençaient à s'engourdir. Lorsqu'elle fut calmée, il ordonna aux servantes de l'emmener au pavillon de bains et de laver le sang dont elle était maculée.

Quand elle fut baignée et habillée, l'infusion avait émoussé son chagrin et la brève scène meurtrière qu'elle avait vécue lui paraissait comme un rêve. L'après-midi, elle dormit un peu. Elle entendit comme du fond d'un autre pays les mélopées des prêtres purifiant la demeure souillée par la mort et lui rendant sa paix et son harmonie. À son réveil dans la pièce familière, elle oublia un instant les mois passés et se dit : «Je suis chez Fujiwara. Depuis combien de temps dure mon séjour ici? Il faut que j'appelle Shizuka pour le lui demander.»

Puis la mémoire lui revint, mais sans intensité, comme une vague conscience de ce qui lui avait été arraché avec tant de violence.

Cette journée longue et pesante s'achevait dans la fraîcheur du crépuscule. Elle entendait les pas feutrés des serviteurs, leurs voix chuchotantes. Une servante entra avec un plateau de nourriture. Kaede picora un instant d'un air apathique, mais l'odeur des plats l'écœurait et elle ordonna bientôt qu'on les remporte.

La servante revint avec du thé. Une autre femme la suivait. Assez âgée, elle avait de petits yeux perçants et une mine sévère. Ses vêtements élégants et ses manières raffinées indiquaient clairement que ce n'était pas une servante. Elle se prosterna devant Kaede et déclara :

— Je suis Ono Rieko, une cousine de la défunte épouse de sire Fujiwara. J'ai passé de nombreuses années dans la maisonnée de la noble dame. Sa Seigneurie m'a envoyée pour faire les préparatifs en vue de la cérémonie nuptiale. Accueillez-moi avec bienveillance, je vous prie.

Elle inclina de nouveau sa tête sur le sol avec une politesse compassée.

Kaede ressentit pour elle une aversion instinctive. Son aspect n'était pas déplaisant — il était inimaginable que Fujiwara puisse tolérer dans son entourage une personne dénuée de charme —, mais on devinait en elle un caractère plein d'orgueil et de méchanceté.

— Ai-je le choix? observa-t-elle froidement.

Rieko s'assit en éclatant d'un rire flûté.

— Je suis sûre que dame Shirakawa changera d'avis à mon sujet. Je ne suis qu'une personne très ordinaire, mais je pourrais vous conseiller dans certains domaines.

Elle continua tout en commençant à verser le thé :

— Le docteur Ishida veut que vous en buviez une tasse maintenant. Et comme c'est aujourd'hui la première nuit de la lune, sire Fujiwara viendra sous peu vous souhaiter la bienvenue et contempler l'astre nouveau avec vous. Buvez votre thé. Je vais veiller à ce que vous soyez convenablement coiffée et habillée.

Kaede se força à boire à petites gorgées, malgré la soif terrible qui la tenaillait. Elle se sentait calme et presque insensible, mais elle avait conscience de son sang battant lentement contre ses tempes. L'idée de rencontrer l'aristocrate l'effrayait, non moins que le pouvoir qu'il avait sur elle. C'était le pouvoir que les hommes exerçaient partout sur les femmes, sur tous les aspects de leur vie. Elle avait été folle de croire qu'elle pourrait s'y opposer. Elle ne se souvenait que trop bien des paroles de dame Naomi : «Il faut que j'apparaisse comme une femme sans défense, sans quoi ces guerriers m'écraseraient.»

Maintenant, c'était elle qu'ils écrasaient. Shizuka l'avait prévenue que son mariage rendrait furieux les anciens de sa classe, qu'il ne serait jamais toléré. Si Kaede avait écouté et fait ce qu'on lui disait, cependant, elle n'aurait jamais vécu ces mois avec Takeo. Penser à lui était si intense, si douloureux, malgré le thé calmant, qu'elle cacha son image dans un recoin secret de son cœur, aussi à l'abri que les registres de la Tribu dans les grottes sacrées.

Elle se rendit compte que Rieko l'examinait attentivement. Détournant son visage, elle but une nouvelle gorgée de thé.

— Voyons, voyons, dame Shirakawa, dit vivement Rieko. Il ne faut pas vous morfondre. Vous allez faire un mariage prestigieux.

Elle se rapprocha légèrement, en se traînant sur ses genoux.

— Vous êtes aussi belle qu'on le raconte. Cependant, outre que vous êtes trop grande, votre peau a tendance à prendre un aspect cireux. Et ce regard sombre ne vous sied nullement. Votre beauté est votre principal atout : nous devons faire notre possible pour la préserver.

Elle prit la tasse et la posa sur le plateau. Puis elle ôta les liens qui maintenaient les cheveux de Kaede en arrière et entreprit de les peigner.

— Quel âge avez-vous ?

— Seize ans, répondit Kaede.

— Je vous donnais au moins vingt ans. Vous devez être de celles qui vieillissent vite. Il faudra y prendre garde.

Le peigne éraflait le cuir chevelu de Kaede, lui causant une telle douleur qu'elle en avait les larmes aux yeux.

— Vous devez être très difficile à coiffer, déclara Rieko. Vos cheveux sont très fins.

— Habituellement, je les noue en arrière.

— La mode de la capitale exige de les coiffer en hauteur, dit Rieko en tirant volontairement dessus pour lui faire mal. Une chevelure plus raide et épaisse est préférable.

Alors qu'une sympathie bienveillante aurait pu réveiller le chagrin de Kaede, elle se durcit face à la méchanceté de Rieko et se jura que jamais elle ne s'effondrerait ni ne montrerait ses sentiments. « J'ai dormi dans la glace, songea-t-elle. La déesse me parle. Je découvrirai quel pouvoir je puis exercer ici, en attendant que Takeo vienne me chercher. » Elle savait qu'il viendrait, ou mourrait en essayant de la délivrer. En voyant son corps sans vie, elle serait déliée de sa promesse et pourrait le rejoindre dans les ombres de l'au-delà.

Dans le lointain, des chiens se mirent soudain à aboyer furieusement. Un instant plus tard, la maison fut secouée par un séisme un peu plus long et violent que celui de la veille.

Kaede ressentit un choc, comme toujours dans ces occasions, une stupeur en voyant que la terre pouvait trembler comme une pâte de haricots toute fraîche et aussi une sorte d'allégresse à l'idée que rien n'était immuable ni certain. Rien ne durait pour toujours, pas même Fujiwara et sa demeure remplie de trésors.

Rieko laissa tomber le peigne et se leva péniblement. Les servantes accoururent à la porte.

— Sortez vite, cria Rieko d'une voix affolée.

— Pourquoi? demanda Kaede. Ce ne sera pas une secousse importante.

Rieko avait déjà quitté la pièce. Kaede l'entendit ordonner aux servantes d'éteindre les lampes, en hurlant presque dans sa panique. Elle resta où elle était, en écoutant les pas précipités, les voix stridentes, les aboiements déchaînés. Au bout d'un moment, elle ramassa le peigne et acheva de peigner ses cheveux. Comme elle avait mal à la tête, elle les laissa flotter librement.

La robe dont on l'avait revêtue semblait parfaitement appropriée pour contempler la lune : elle était d'une nuance gorge-de-pigeon, rehaussée de broderies représentant du trèfle sauvage et des fauvettes jaune pâle. Kaede avait envie de regarder l'astre nocturne, d'être baignée dans sa lumière argentée et de se rappeler comme il parcourait les cieux, disparaissant pendant trois jours avant de revenir.

Les servantes avaient laissé ouvertes les portes donnant sur la véranda. Kaede sortit et s'agenouilla sur le parquet, les yeux fixés sur la montagne, en se remémorant la nuit où elle était restée ici avec sire Fujiwara, emmitouflée dans des peaux d'ours, à regarder la neige tomber.

Une nouvelle secousse ébranla légèrement le sol, mais elle n'éprouva aucune peur. Elle vit la montagne trembler sur le ciel d'un violet assourdi. Les silhouettes sombres des arbres du jardin vacillèrent, malgré l'absence de vent, et les oiseaux déconcertés chantèrent comme si l'aube se levait.

Peu à peu, leurs voix se turent et les chiens cessèrent d'aboyer. Le fin croissant doré de la nouvelle lune apparut tout près de l'étoile du soir, juste au-dessus des sommets. Kaede ferma les yeux.

Elle sentit le parfum de sire Fujiwara avant de l'entendre approcher. Puis la rumeur des pas, le bruissement de la soie s'imposèrent à son attention. Elle ouvrit les yeux.

Il se tenait à quelques pas d'elle et la contemplait avec cette extase avide dont elle se souvenait si bien.

— Dame Shirakawa.

— Sire Fujiwara.

Elle lui rendit son regard plus longuement qu'elle n'aurait dû avant de s'incliner lentement jusqu'à ce que son front touche le sol.

Fujiwara pénétra dans la véranda, suivi de Mamoru qui portait des tapis et des coussins. L'aristocrate attendit d'être assis avant de donner la permission à Kaede de s'asseoir à son tour. Tendant la main, il effleura la robe de soie.

— C'est fort seyant. J'étais sûr que cette étoffe conviendrait. Vous avez donné un vrai choc au pauvre Murita en arrivant à cheval. Pour un peu, il vous aurait transpercée d'un coup de lance.

Elle crut qu'elle allait défaillir sous la violence de la colère qui l'envahissait malgré le calme procuré par les herbes. Penser qu'il pouvait évoquer si légèrement, sur le ton de la plaisanterie, le meurtre de ses hommes, la perte d'Amano qu'elle connaissait depuis son enfance…

— Comment osez-vous me traiter ainsi? lança-t-elle.

Elle entendit le hoquet de saisissement de Mamoru.

— J'ai épousé Otori Takeo à Terayama il y a trois mois. Mon époux vous punira…

Elle s'interrompit en s'efforçant de se maîtriser.

— J'avais pensé que nous pourrions profiter de la lune avant d'avoir une discussion, répliqua-t-il sans réagir à son ton insultant. Où se trouvent vos femmes? Pourquoi êtes-vous seule ici?

— Elles se sont enfuies quand la terre a tremblé, répondit-elle sèchement.

— Vous n'avez pas eu peur ?

— Rien ne peut plus me faire peur. Vous m'avez déjà infligé le pire que je pouvais subir.

— Je crois que nous allons devoir discuter sans attendre, dit-il. Mamoru, apporte du vin et veille à ce que personne ne nous dérange.

Pendant les quelques instants d'absence du jeune homme, il se tut en regardant la lune d'un air méditatif. Quand Mamoru disparut de nouveau dans l'ombre, Fujiwara fit signe à Kaede de servir le vin. Après avoir bu, il prit la parole :

— Votre mariage avec le personnage prétendant s'appeler Otori Takeo a été annulé. Ayant été entrepris sans permission, il a été déclaré non valide.

— Au nom de quelle autorité ?

— Au nom de sire Araï, du doyen de vos serviteurs, Shoji, et de moi-même. Les Otori ont d'ores et déjà désavoué Takeo et proclamé l'illégalité de son adoption. De l'avis général, vous méritiez la mort pour avoir désobéi à Araï et trahi votre engagement envers moi. La divulgation du rôle que vous avez joué dans la fin d'Iida n'a pas arrangé votre cas.

— Nous étions convenus que vous ne révéleriez mes secrets à personne, lança-t-elle.

— Je croyais aussi qu'il était convenu que nous nous marierions.

Elle ne pouvait répondre sans l'insulter encore davantage, et ses paroles l'avaient terrifiée. Elle n'était que trop consciente qu'il pourrait la faire mettre à mort à l'instant si la fantaisie lui en prenait. Personne n'oserait désobéir à ses ordres ni le juger ensuite pour ses actes.

— Je pense que vous avez conscience de l'extrême considération que je vous témoigne, poursuivit-il. J'ai réussi à conclure une sorte de marché avec Araï. Il a accepté de vous épargner à condition que je vous épouse et vous tienne loin du monde. Je soutiendrai sa cause auprès de l'empereur en temps utile. En échange, je lui ai envoyé vos sœurs.

— Vous les avez remises à Araï? Elles se trouvent à Inuyama?

— Je crois qu'il est assez courant de livrer des femmes en otage, répliqua-t-il. Du reste, Araï a été furieux que vous ayez l'audace de garder en otage le neveu d'Akita. Ç'aurait pu être un coup de maître, mais vous avez tout gâté par votre conduite si inconsidérée au printemps. Vous n'êtes parvenue finalement qu'à offenser encore plus cruellement Araï et ses serviteurs. Auparavant, Araï était votre champion. Vous vous êtes montrée bien imprudente en le traitant si mal.

— Je sais maintenant que Shoji m'a trahie, dit-elle avec amertume. Le neveu d'Akita n'aurait jamais dû être autorisé à rentrer chez lui.

— Il ne faut pas en vouloir à Shoji.

La voix de Fujiwara était affable et paisible.

— Il n'a agi qu'en pensant à vos intérêts et à ceux de votre famille. Comme nous tous, d'ailleurs. J'aimerais que notre mariage soit célébré au plus tôt. Avant la fin de la semaine, si possible. Rieko vous instruira sur la manière dont vous devrez vous habiller et vous comporter.

Elle sentit le désespoir s'abattre sur elle comme le filet du chasseur sur le canard sauvage.

— Tous les hommes qui ont eu affaire à moi sont morts, à l'exception de mon époux légitime, sire Otori Takeo. Vous n'avez pas peur?

— À ce qu'on dit généralement, les hommes meurent victimes de leur désir pour vous. Quant à moi, je ne vous désire pas plus que par le passé. Je n'ai pas envie d'avoir de nouveaux enfants. Ce mariage n'a d'autre but que de sauver votre vie. Nous ne serons époux que par le nom.

Il but de nouveau et reposa la coupe sur le sol.

— Il serait à propos que vous m'exprimiez maintenant votre gratitude.

— Je ne serai donc qu'une de vos possessions?

— Dame Shirakawa, vous faites partie des rares personnes à qui j'ai montré mes trésors. La seule femme, en fait. Vous savez combien je me plais à les soustraire aux yeux du monde, à les garder prisonniers de leur écrin, cachés.

Son cœur défaillit. Elle resta muette.

— Et ne croyez pas que Takeo va venir vous sauver. Araï est déterminé à le châtier. Il est en train de préparer une campagne contre lui. Les domaines de Maruyama et de Shirakawa seront conquis en votre nom et me reviendront en tant que votre époux.

Son regard s'attarda sur elle, comme s'il savourait chaque nuance de sa souffrance.

— Son désir pour vous aura bel et bien causé sa perte. Takeo sera mort avant l'hiver.

Tout au long de l'hiver précédent, Kaede avait étudié Fujiwara au point de connaître toutes les expressions changeantes de son visage. Il aimait à se croire impassible, constamment maître de ses sentiments, mais elle était devenue habile à le déchiffrer. Elle décela une note de cruauté dans sa voix, sentit la volupté d'un nom sur sa langue. Elle avait déjà reconnu ces signes quand il parlait de Takeo. Il lui avait paru presque s'engouer du jeune homme alors qu'elle lui confiait ses secrets, en ces jours où une neige épaisse recouvrait la terre et où des glaçons aussi longs qu'une jambe d'homme pendaient aux avant-toits. Elle avait vu ses yeux briller de désir, ses lèvres se détendre imperceptiblement, tandis qu'il goûtait le nom délectable. Maintenant, elle se rendait compte qu'il voulait la mort de Takeo. Elle le comblerait de plaisir tout en le délivrant de son obsession. Et Kaede ne doutait pas que sa propre douleur redoublerait la jouissance de l'aristocrate.

À cet instant, elle prit deux résolutions : elle ne lui laisserait rien voir, et elle vivrait. Elle se plierait à sa volonté afin de ne pas lui fournir de prétexte pour la tuer avant que Takeo vienne la chercher, mais elle ne lui donnerait jamais la satisfaction, non plus qu'à la mégère à qui il l'avait livrée, de découvrir la profondeur de sa souffrance.

En regardant Fujiwara, elle permit à ses yeux de se charger un instant de mépris, puis elle fixa la lune qui resplendissait derrière lui.

LE MARIAGE FUT CÉLÉBRÉ quelques jours plus tard. Kaede but les infusions préparées par Ishida, pleine de gratitude pour la torpeur qu'elles lui procuraient. Elle était décidée à ne rien sentir, à être semblable à la glace, en se souvenant combien de temps avait passé depuis que le regard de Takeo l'avait plongée dans un sommeil froid et profond. Elle ne reprochait pas à Ishida et Mamoru le rôle qu'ils jouaient dans sa captivité, car elle savait qu'ils étaient liés par le même code rigide qui la retenait prisonnière. En revanche, elle se jura que Murita paierait pour le meurtre de ses hommes et de son cheval, et elle prit Rieko en horreur.

Elle se regarda elle-même accomplir les rituels comme si elle était une poupée ou une marionnette manipulée sur une scène. Sa famille était représentée par Shoji et deux de ses tenanciers. Elle savait que l'un d'eux était le frère de Hirogawa, l'homme qu'elle avait fait exécuter par Kondo quand il avait refusé de la servir, le jour de la mort de son père. « J'aurais dû faire tuer toute la famille, pensa-t-elle avec amertume. En les épargnant, je n'ai gagné que des ennemis. » Elle vit d'autres hommes de haut rang, qu'elle supposa envoyés par Araï. Ils ne lui prêtèrent pas la moindre attention et on la laissa dans l'ignorance de leur nom. Sa nouvelle position lui apparut d'autant plus clairement : elle n'était plus la maîtresse d'un domaine, alliée et égale de son mari, mais la seconde épouse d'un aristocrate, sans autre vie que celle qu'il jugerait convenable de lui faire mener.

Ce fut une cérémonie compliquée, beaucoup plus somptueuse que celle de son mariage à Terayama. Les prières et les psalmodies

semblaient ne jamais devoir cesser. Les nuages d'encens et les sonne-
ries des cloches lui donnaient le vertige, et quand elle dut échanger
à trois reprises les trois coupes de vin rituelles avec son nouvel époux
elle craignit de s'évanouir. Elle avait mangé si peu, tout au long de la
semaine, qu'elle avait l'impression d'être un spectre.

La journée fut étouffante, d'un calme anormal. Vers le soir, une
lourde pluie se mit à tomber.

Elle quitta le sanctuaire en palanquin, et Rieko et les autres femmes
la déshabillèrent et la baignèrent. Elles massèrent sa peau avec des
crèmes et parfumèrent ses cheveux. Elle revêtit des robes de nuit plus
magnifiques encore que celles qu'elle avait coutume de porter le jour.
Puis elle fut conduite dans de nouveaux appartements, au cœur de
la résidence, qu'elle n'avait jamais vus et dont elle ignorait même
l'existence. Leur décoration avait été remise à neuf. Les poutres et
les ornements recouverts d'or étincelaient, les écrans avaient été
peints de motifs d'oiseaux et de fleurs, et les nattes de paille toute
fraîche embaumaient. La pluie diluvienne assombrissait les pièces,
mais des douzaines de lampes brûlaient dans des supports de métal
richement sculptés.

— Tout ceci est pour vous, dit Rieko avec une note d'envie dans la
voix.

Kaede ne répliqua pas. Elle avait envie de dire : « À quoi bon, puisqu'il ne partagera jamais ma couche ? » Mais cela ne regardait
pas Rieko. Puis, une pensée l'effleura : peut-être voulait-il coucher
avec elle, rien qu'une fois, comme il l'avait fait avec sa première
femme pour concevoir son fils. Elle se mit à trembler de peur et de
dégoût.

— Vous n'avez pas besoin d'avoir peur, ricana Rieko. Ce n'est pas
comme si vous ne saviez pas à quoi vous attendre. Évidemment, si
vous étiez vierge, comme il se devrait…

Kaede ne parvenait pas à croire que cette femme osât lui parler
ainsi, et de surcroît devant les domestiques.

— Dites aux servantes de nous laisser, lança-t-elle.

Quand elles furent seules, elle dit à Rieko :

— Si vous recommencez à m'insulter, je vous ferai congédier.

Rieko éclata de rire de sa voix flûtée et inexpressive.

— Je crois que la noble dame ne comprend pas vraiment la situation. Sire Fujiwara ne me congédiera jamais. À votre place, je craindrais davantage pour mon propre avenir. Si vous commettez le moindre écart, si votre conduite déroge en quoi que ce soit à ce qu'on attend de l'épouse d'un aristocrate, c'est vous qui risquez fort d'être congédiée. Vous imaginez que vous êtes brave et que vous auriez le courage de mettre fin à vos jours. Permettez-moi de vous dire que c'est moins facile qu'il n'y paraît. Arrivées à ce point, la plupart des femmes faiblissent. Nous nous accrochons à la vie, fragiles créatures que nous sommes.

Saisissant une lampe, elle l'éleva de façon à éclairer le visage de Kaede.

— On vous a sans doute répété toute votre vie que vous étiez belle. Mais vous êtes moins belle maintenant que vous ne l'étiez la semaine passée, et dans un an vous le serez encore moins. Vous êtes à l'apogée de votre beauté. Elle ne peut plus que se faner, désormais.

Elle rapprocha la lampe. Kaede sentit la brûlure de la flamme sur sa joue.

— Je pourrais vous abîmer sur-le-champ, siffla Rieko. On vous mettrait à la porte de cette demeure. Sire Fujiwara ne vous gardera qu'aussi longtemps que vous charmerez son regard. Ensuite, il ne reste plus qu'un endroit pour les femmes de votre espèce : le bordel.

Kaede soutint son regard sans broncher. La flamme vacillait entre les deux femmes. Dehors, le vent se levait et une rafale soudaine ébranla la maison. Très loin, comme du fond d'un autre pays, un chien hurlait.

Rieko rit de nouveau et reposa la lampe sur le sol.

— En somme, ce n'est pas à la noble dame de parler de me congédier. Mais je suppose que vous êtes épuisée. Je vous pardonnerai
donc. Il faut que nous soyons amies, comme Sa Seigneurie le désire.
Il va bientôt arriver. Je serai dans la pièce voisine.

Kaede resta assise, absolument immobile, en écoutant la rumeur
grandissante du vent. Elle ne pouvait s'empêcher de penser à sa nuit
de noces avec Takeo, au contact de la peau du jeune homme contre
la sienne, à ses lèvres sur sa nuque tandis qu'il soulevait sa lourde
chevelure, au plaisir dont il avait comblé tout son corps avant d'entrer en elle et de ne faire plus qu'un avec elle. Elle essaya de tenir ces
souvenirs à distance, mais le désir s'était emparé d'elle et menaçait de
dissiper son engourdissement glacé.

En entendant des pas à l'extérieur, elle se raidit. Elle s'était promise
de ne rien montrer de ses sentiments, mais elle était certaine que son
corps douloureux la trahirait.

Laissant ses serviteurs à l'extérieur, Fujiwara pénétra dans la pièce.
Kaede s'inclina aussitôt jusqu'au sol devant lui, désireuse qu'il ne
voie pas son visage, mais ce geste de soumission la fit trembler encore
plus fort.

Mamoru entra à la suite de l'aristocrate, en portant un petit
coffret sculpté en bois de paulownia. Il le posa sur le sol, s'inclina
profondément et recula à genoux vers la porte de la pièce attenante.

— Asseyez-vous, ma chère épouse, dit sire Fujiwara.

En se redressant, elle vit Rieko tendre un flacon de vin à Mamoru
à travers la porte. La femme s'inclina et s'éloigna à genoux, trop loin
pour être vue mais non, Kaede le savait, pour écouter.

Mamoru versa du vin et Fujiwara but en contemplant Kaede avec
extase. Le jeune homme tendit une coupe à Kaede et elle la porta à
ses lèvres. Le goût du vin était doux et fort. Elle s'arrangea pour n'en
boire qu'à peine. Il semblait que tout conspirât pour mettre son
corps en feu.

— Je ne crois pas qu'elle ait jamais été aussi ravissante, fit remarquer l'aristocrate à Mamoru. Observe comme la souffrance a fait ressortir la forme parfaite de son visage. Les yeux ont acquis une expression plus profonde et la bouche est maintenant celle d'une femme. Saisir ces nuances sera un vrai défi pour toi.

Mamoru s'inclina sans répliquer.

Après un bref silence, Fujiwara lança :

— Laisse-nous.

Quand le jeune homme fut sorti, il prit le coffret et se leva.

— Venez, dit-il à Kaede.

Elle le suivit comme une somnambule. Un serviteur invisible fit coulisser l'écran à l'arrière de la pièce et ils pénétrèrent dans une autre chambre. On y avait disposé des lits aux couvertures de soie et aux oreillers en bois. Un lourd parfum embaumait les lieux. Les écrans se refermèrent et ils se retrouvèrent seuls.

— Vous n'avez pas à vous alarmer inutilement, déclara l'aristocrate. À moins que je ne me sois trompé sur vous, et que vous ne ressentiez plutôt de la déception ?

Pour la première fois, elle sentit la morsure de son mépris. Il l'avait percée à jour et avait deviné son désir. Elle se sentit soudain brûlante.

— Asseyez-vous, dit-il.

Elle se laissa tomber sur le sol, en gardant les yeux baissés. Il s'assit à son tour et plaça le coffret entre eux.

— Il convient que nous passions un moment ensemble. Ce n'est qu'une formalité.

Ne sachant que dire, Kaede resta muette.

— Parlez-moi, ordonna-t-il. Dites-moi quelque chose d'intéressant ou d'amusant.

Cela paraissait absolument impossible. Elle finit par hasarder :

— Puis-je poser une question à sire Fujiwara ?

— Vous pouvez.

— Que vais-je faire ici ? À quoi vais-je occuper mes journées ?

— Vous ferez tout ce qui convient aux femmes. Rieko vous instruira.

— Pourrai-je poursuivre mes études?

— Je crois que vouloir éduquer une fille était une erreur. La science ne semble pas avoir amélioré votre caractère. Vous aurez le droit à un peu de lecture. Je suggère que vous lisiez Kung Fu Tzu.

Les rafales de vent redoublèrent d'intensité. Dans cette pièce située au centre de la maison, sa violence était atténuée, mais cela n'empêchait pas les poutres et les piliers de vibrer et le toit de craquer.

— Pourrai-je voir mes sœurs?

— Quand sire Araï aura terminé sa campagne contre les Otori, il est possible que nous nous rendions à Inuyama, disons dans un an.

— Pourrai-je leur écrire?

Kaede sentait la colère monter en elle à l'idée de devoir implorer de telles faveurs.

— Si vous montrez vos lettres à Ono Rieko.

Les flammes des lampes tremblaient dans le courant d'air, dehors le vent gémissait avec une voix presque humaine. Kaede songea soudain aux servantes dont elle partageait la chambre, dans le château des Noguchi. Par les nuits où la tempête se déchaînait, quand le vent les tenait toutes éveillées, elles se faisaient peur en se racontant des histoires de fantômes. Il lui semblait maintenant qu'elle entendait dans les rumeurs innombrables du vent les mêmes voix spectrales dont son imagination se gorgeait à l'époque. Les histoires des servantes parlaient toutes de filles leur ressemblant, qui avaient été tuées injustement ou étaient mortes d'amour quand elles n'avaient pas été abandonnées par leur amant, trahies par leur mari ou assassinées par leur suzerain. Leurs fantômes irrités et jaloux sortaient du monde des ombres pour réclamer justice. Elle frissonna légèrement.

— Vous avez froid?

— Non, je pensais à des fantômes. Peut-être l'un d'eux m'a-t-il touchée. Le vent forcit. Est-ce un typhon?

— Je crois que oui.

«Takeo, où es-tu? se dit-elle. Es-tu quelque part dans cette tempête? Penses-tu à moi en cet instant même? Est-ce ton fantôme qui rôde derrière moi et me fait frissonner?»

Fujiwara l'observait.

— Une des nombreuses qualités que j'admire en vous, c'est que vous semblez ignorer la peur. Même un tremblement de terre ou un typhon vous laissent impavide. La plupart des femmes sont prises de panique, dans ce genre de circonstances. Évidemment, leur attitude paraît plus féminine. Votre témérité vous a d'ailleurs entraînée trop loin. Vous avez besoin d'être protégée contre vous-même.

«Il doit ignorer à jamais combien je redoute d'apprendre leur mort, pensa-t-elle. Celle de Takeo avant tout, mais aussi celle d'Aï ou de Hana. Il faut que rien ne transparaisse de mon angoisse.»

Se penchant légèrement en avant, Fujiwara lui fit signe de sa main pâle aux doigts effilés pour attirer son attention sur le coffret.

— Je vous ai apporté un présent de mariage, dit-il en ouvrant le couvercle et en sortant un objet emballé dans de la soie. Je ne pense pas que ces curiosités vous soient très familières. Certaines sont fort anciennes. J'en fais collection depuis des années.

Il posa l'objet devant elle.

— Vous pourrez regarder ce que c'est après mon départ.

Kaede examina le paquet d'un œil circonspect. D'après son ton, elle pressentait que l'aristocrate s'apprêtait avec délectation à lui jouer un tour cruel. Elle n'avait aucune idée de l'objet en question : une statuette, peut-être, ou un flacon de parfum.

Levant les yeux sur son visage, elle vit un sourire flotter sur ses lèvres. Elle était désarmée, face à lui, sans autre défense que sa beauté et son courage. Elle regarda au-delà de lui, immobile, sereine.

Il se leva et lui souhaita une bonne nuit. Elle se prosterna quand il sortit. Le vent ébranlait le toit et la pluie le cinglait violemment. Elle n'entendit pas le bruit de ses pas tandis qu'il s'éloignait : il semblait avoir disparu dans la tempête.

Elle était seule, même si elle savait que Rieko et les servantes attendaient dans les pièces voisines. Elle laissa tomber son regard sur le paquet enveloppé de soie pourpre et le saisit au bout d'un instant pour découvrir l'objet qu'il contenait.

C'était un sexe masculin en érection, sculpté dans un bois rougeâtre et soyeux — du cerisier, peut-être. La ressemblance était parfaite jusqu'au moindre détail. Comme Fujiwara l'avait escompté à coup sûr, elle le considéra avec un mélange de fascination et de révulsion. L'aristocrate ne toucherait jamais son corps, ne coucherait jamais avec elle, mais il avait deviné quel désir s'était éveillé en elle et il avait réussi, par son cadeau pervers, à lui témoigner son mépris tout en la tourmentant.

Des larmes jaillirent de ses yeux. Elle remballa l'effigie et la rangea dans le coffret. Puis elle s'étendit sur le matelas, seule dans sa chambre nuptiale, et pleura en silence l'homme qu'elle aimait et désirait.

CHAPITRE VII

 — Je craignais de devoir annoncer votre disparition à votre épouse, dit Makoto tandis que nous regagnions le sanctuaire dans l'obscurité. Cette perspective m'effrayait davantage que n'importe quelle bataille que j'aie jamais livrée.

— Et moi, je craignais que vous ne m'ayez abandonné, répliquai-je.

— J'espère que vous ne me croyez pas capable d'une chose pareille ! Il aurait été de mon devoir d'aller avertir dame Shirakawa, mais j'avais l'intention de laisser ici Jiro avec des vivres et des chevaux et de revenir dès que j'aurais parlé avec elle.

Il ajouta à voix basse :

— Je ne pourrais jamais vous abandonner, Takeo. Il faut que vous le sachiez.

J'eus honte de mes doutes et préférai ne pas lui en faire part.

Il appela les hommes de garde et ils crièrent en réponse.

— Vous êtes tous réveillés ? m'étonnai-je, car habituellement nous dormions et montions la garde à tour de rôle.

— Aucun de nous n'avait sommeil, répondit-il. Il fait trop calme et étouffant cette nuit. La dernière tempête, celle qui vous a retardé, s'est déchaînée à l'improviste. Et puis, depuis deux jours, nous avons l'impression qu'on nous espionne. Hier, en allant chercher des ignames sauvages dans la forêt, Jiro a aperçu quelqu'un tapi dans les arbres. J'ai pensé que les bandits évoqués par le pêcheur avaient peut-être eu vent de notre présence et tentaient d'évaluer nos forces.

Nous avions fait plus de bruit qu'un attelage de bœufs en remontant le chemin envahi de mauvaises herbes. Si jamais quelqu'un nous espionnait, il n'aurait aucun doute sur mon retour.

— Ils craignent sans doute que nous leur fassions concurrence, déclarai-je. Dès que nous reviendrons avec davantage d'hommes, nous les éliminerons. Pour l'instant, nous ne pouvons pas nous en charger à nous six. Nous partirons dès l'aube, en espérant qu'ils ne nous tendront pas un guet-apens sur la route.

Il était impossible de dire quelle heure il était ni combien de temps nous séparait encore du lever du jour. Les vieux bâtiments du sanctuaire étaient remplis de bruits étranges. Les poutres craquaient, le toit de chaume crissait. Toute la nuit, des hiboux ululèrent dans les bois. À un moment, j'entendis des pas : sans doute un chien sauvage, ou peut-être même un loup. J'essayai de dormir, mais mon esprit était hanté par tous ceux qui voulaient me tuer. Il était fort possible qu'ils aient retrouvé ma trace ici, d'autant que j'avais été retardé. Le pêcheur ou même Ryoma pouvaient avoir laissé échapper une allusion à mon expédition à Oshima, et j'étais bien placé pour savoir que les espions de la Tribu étaient partout. Outre que j'étais officiellement condamné à mort, beaucoup pouvaient avoir envie d'en profiter pour venger des membres de leur famille.

Même si j'arrivais à croire en la prophétie lorsqu'il faisait jour, j'avais davantage de mal, comme toujours, à y puiser du réconfort aux premières heures du matin. Je me rapprochais peu à peu de mon but, et je ne pouvais supporter l'idée de mourir avant de l'avoir atteint. Mais avec tant d'adversaires ligués contre moi, fallait-il que je sois aussi fou que Jo-An pour croire que je pourrais triompher ?

Je finis sans doute par m'assoupir, car quand je rouvris les yeux le ciel était gris pâle et les oiseaux commençaient à chanter. Jiro était encore endormi à côté de moi. Sa respiration était aussi profonde et régulière que celle d'un enfant. Je touchai son épaule pour le réveiller et il ouvrit les yeux en souriant. Quand il émergea vraiment de l'autre monde, cependant, je vis son visage s'assombrir soudain de tristesse et de déception.

— Tu étais en train de rêver ? demandai-je.

— Oui. J'ai vu mon frère. J'étais si heureux de voir qu'en fait il était vivant. Il m'a crié de le suivre puis s'est enfoncé dans la forêt derrière notre maison.

Il s'efforça visiblement de maîtriser son émotion et bondit sur ses pieds.

— Nous partons sur-le-champ, n'est-ce pas ? Je vais aller préparer les chevaux.

Je pensai au rêve où j'avais vu ma mère, et je me demandai ce que les morts essayaient de nous dire. Dans la lumière de l'aube, le sanctuaire semblait plus spectral que jamais. Ce lieu était chargé d'hostilité et d'amertume, et je brûlais d'envie de le quitter.

Les chevaux étaient frais, après ces jours de repos, et nous avancions vite. Le temps était encore d'une chaleur oppressante, avec des nuages gris et pas un souffle de vent. En remontant le sentier de la falaise, je jetai un regard en arrière en me demandant ce que devenaient le pêcheur et son enfant, mais les masures semblaient désertes. Nous étions tous nerveux. Les oreilles en alerte, je m'efforçais d'entendre le moindre son se détachant sur le piétinement monotone des sabots, les craquements et les tintements des harnais et le grondement sourd de la mer.

Au sommet de la falaise, je fis halte un instant pour regarder en direction d'Oshima. L'île était noyée dans la brume, mais les lourds nuages la couronnant révélaient son emplacement.

Jiro s'était arrêté à côté de moi tandis que les autres continuaient d'avancer vers la forêt. Il y eut un bref silence, suffisant pour que j'entende le bruit reconnaissable entre mille d'une corde d'arc en train de se tendre.

Je criai un avertissement et tentai de pousser Jiro pour qu'il se baisse, mais Shun fit un écart si violent qu'il faillit me désarçonner et que je me cramponnai à son encolure. Jiro tourna la tête et regarda la forêt. La flèche passa en sifflant au-dessus de moi et s'enfonça dans l'œil du garçon.

Il poussa un cri de surprise et de douleur, porta ses mains à son visage puis s'effondra en avant sur l'encolure de son cheval. Ce dernier se mit à hennir, affolé, lança quelques ruades puis tenta de rejoindre ses compagnons tandis que son cavalier impuissant était ballotté en tous sens.

Shun allongea le cou et courut en zigzaguant vers l'abri des arbres. Devant nous, Makoto et les gardes avaient rebroussé chemin. L'un des hommes galopa en avant et réussit à attraper par la bride le destrier fou de terreur.

Makoto souleva Jiro de la selle, mais quand je les rejoignis le garçon était mort. La flèche avait transpercé sa tête en fracassant l'arrière de son crâne. Je mis pied à terre et détachai la hampe de la pointe. C'était une flèche massive, empennée avec des plumes d'aigle. L'arc qui l'avait lancée devait être énorme, comme ceux qu'utilisent les archers isolés.

J'étais en proie à un tourment presque intolérable. La flèche m'était destinée. Si je ne l'avais pas entendue et esquivée, Jiro serait encore de ce monde. Une fureur aveugle s'empara de moi. J'étais décidé à tuer son meurtrier ou à mourir moi-même.

— Ce doit être une embuscade, murmura Makoto. Mettons-nous à l'abri et voyons combien ils sont.

— Non, j'étais seul visé, répliquai-je moi aussi à voix basse. Ceci est l'œuvre de la Tribu. Restez à couvert. Il doit y avoir un unique assaillant, deux tout au plus.

Je ne voulais pas que mes hommes m'accompagnent. J'étais le seul à pouvoir évoluer en me rendant parfaitement silencieux et invisible, le seul à posséder les talents nécessaires pour approcher cet assassin.

— Venez quand je vous appellerai. Je veux le prendre vivant.

— S'il s'agit d'un homme isolé, observa Makoto, nous allons continuer d'avancer plutôt que de nous mettre à couvert. Donnez-moi votre casque : je vais monter Shun. Peut-être réussirons-nous à le tromper. Il nous suivra, et vous pourrez le prendre à revers.

Je ne savais pas si cette ruse pourrait fonctionner, ni à quelle distance se trouvait l'archer. Sans doute avait-il vu que son projectile m'avait manqué. Il devait supposer que je me lancerais à ses trousses. En tout cas, si mes hommes partaient en avant, au moins ils ne me gêneraient pas. L'archer pouvait être caché n'importe où dans la forêt, à présent, mais j'étais probablement à même de me déplacer plus vite et plus silencieusement que lui. Quand les chevaux s'éloignèrent avec leur triste fardeau, je me rendis invisible et gravis la pente à toutes jambes en me frayant un chemin parmi les arbres. Je ne pensais pas que l'archer serait resté à l'endroit d'où il avait décoché la flèche fatale. J'imaginais qu'il avait dû filer vers le sud-ouest afin de nous intercepter au tournant où la route obliquait vers le sud. Même s'il nous épiait encore, cependant, à moins de posséder à un point suprême les talents de la Tribu, il ne pourrait deviner où je me trouvais.

J'entendis bientôt la rumeur d'une respiration humaine et de pas légers sur la terre molle. Je m'arrêtai et retins mon propre souffle. Il passa à moins de dix pas de moi sans me voir.

C'était Kikuta Hajime, le jeune lutteur de Matsue avec qui je m'étais entraîné. La dernière fois que je l'avais vu, c'était dans les locaux de l'écurie de lutteurs, avant mon départ pour Hagi en compagnie d'Akio. Il m'avait semblé alors qu'il pensait ne jamais me revoir. Mais Akio n'avait pas réussi à me tuer comme il l'avait projeté, et maintenant on avait envoyé Hajime à mes trousses. L'arc gigantesque était jeté sur son épaule. Comme la plupart des colosses, il se dandinait sur ses pieds écartés mais avançait, malgré son poids, d'un pas aussi rapide que silencieux. Seules mes oreilles étaient capables de déceler sa présence.

Je le suivis en direction de la route où j'entendais les chevaux devant nous se déplacer au petit galop, comme pour s'enfuir. J'entendis même un des gardes crier à Makoto d'avancer plus vite, en l'appelant «sire Otori». La ruse m'arracha un sourire amer. Je suivis mon gibier dévalant puis remontant la pente à vive allure avant d'atteindre un promontoire rocheux d'où l'on dominait avantageusement la route.

Se plantant fermement sur le roc, Hajime saisit son arc et mit en place la flèche. Je l'entendis respirer profondément à l'instant de bander son arme. Les muscles de ses bras saillirent et son cou se gonfla sous l'effort. Dans un combat rapproché, je n'aurais aucune chance contre lui. Je pourrais certainement le prendre à revers avec Jato, mais il faudrait que je sois sûr de le tuer du premier coup. Et de toute façon, je le voulais vivant.

Il resta immobile en attendant de voir sa cible surgir de dessous les arbres. Son souffle était presque imperceptible, à présent. La technique qu'il mettait en pratique m'était familière et je connaissais assez l'entraînement qu'il avait subi pour me rendre compte que sa concentration était totale. Il ne faisait qu'un avec l'arc, avec la flèche. C'était probablement une vision magnifique, mais je n'étais sensible qu'à mon désir de le voir souffrir puis mourir. J'essayai d'apaiser ma fureur. Il ne me restait que quelques instants pour réfléchir.

J'avais encore sur moi les armes de la Tribu, donc un assortiment de poignards à lancer. Je n'étais pas expert dans leur maniement, mais ils étaient peut-être ce dont j'avais besoin maintenant. Après mon bain dans le port des pirates, je les avais séchés et huilés, et ils glissèrent hors de leur étui aussi doucement que de la soie. Quand les chevaux approchèrent à nos pieds, je sortis en courant de ma cachette, toujours invisible, en lançant les poignards au passage.

Les deux premiers le frôlèrent, rompant sa concentration et le forçant à se retourner dans ma direction. Il regarda au-dessus de ma tête avec le même air effaré qu'il arborait quand je me rendais invisible dans la salle d'entraînement. Son expression me donnait envie de rire tout en m'attristant indiciblement. Le troisième poignard le toucha à la joue, et les pointes hérissant sa lame firent jaillir aussitôt un flot de sang. Il recula involontairement et je vis qu'il était au bord du précipice. Je lui lançai les deux poignards suivants en plein visage avant de redevenir visible juste devant lui. Jato bondit dans ma main. Il se jeta en arrière pour éviter le coup et tomba lourdement dans le vide, presque sous les sabots des chevaux.

Bien qu'il fût étourdi par sa chute et saignât aux yeux et à la joue, nous dûmes nous y mettre à cinq et livrer un sérieux combat avant de le maîtriser. Il n'émettait pas un son, mais son regard était brûlant de fureur et d'hostilité. Il fallait que je décide entre le tuer sur-le-champ ou le ramener à Maruyama, où je pourrais imaginer pour lui une mort lente qui apaiserait mon chagrin d'avoir perdu Jiro.

Une fois que Hajime fut solidement ligoté, je pris Makoto à part pour lui demander conseil. Je ne parvenais pas à oublier que Hajime et moi nous étions entraînés ensemble. Nous avions été presque amis. Le code de la Tribu était si fort qu'il transcendait toute sympathie ou loyauté personnelles. Ne le savais-je pas déjà par expérience, après avoir vu Kenji trahir sire Shigeru ? J'en étais pourtant encore une fois bouleversé.

Hajime m'appela :

— Dis donc, chien !

L'un des gardes lui donna un coup de pied.

— Comment osez-vous vous adresser à sire Otori en ces termes ?

— Viens ici, sire Otori, ricana le lutteur. J'ai quelque chose à te dire.

Je m'approchai de lui.

— Les Kikuta ont ton fils, lança-t-il. Et sa mère est morte.

— Yuki est morte ?

— Après la naissance, ils l'ont forcée à s'empoisonner. Akio élèvera seul l'enfant. Les Kikuta finiront par t'avoir. Tu les as trahis. Ils ne te permettront jamais de vivre. Et ils ont ton fils.

Il émit un grognement presque animal, tira soudain la langue et la sectionna d'un coup de dent. Ses yeux étaient fous de souffrance et de fureur, mais il resta silencieux. Il recracha sa langue, et un flot de sang jaillit, envahissant sa gorge et le suffoquant. Son corps puissant se tendit convulsivement en luttant contre la mort imposée par sa volonté, tandis qu'il se noyait dans son propre sang.

Je me détournai, en proie à un écœurement et à une tristesse sans bornes. Ma colère s'était calmée. Un abattement accablant lui avait succédé, comme si le ciel s'était effondré sur mon âme. J'ordonnai aux gardes de le traîner dans la forêt, de trancher sa tête et d'abandonner son corps aux loups et aux renards.

Nous emportâmes en revanche la dépouille de Jiro. Nous fîmes halte à Ohama, une petite ville de la côte. La cérémonie funéraire fut célébrée dans le sanctuaire local, et nous donnâmes l'argent nécessaire à l'érection d'une lanterne de pierre pour lui, à l'ombre des cèdres. Nous offrîmes au sanctuaire l'arc et les flèches, et je pense qu'ils doivent toujours être suspendus là-bas sous les chevrons, à côté des images votives de chevaux — car c'était un lieu consacré à la déesse cheval.

Parmi ces représentations se trouvent celles de mes chevaux. Notre séjour dans la ville devait durer au moins deux semaines, le temps de mener à bien les rites funéraires et de nous purifier de la souillure de la mort, avant de participer à la fête des Morts. J'empruntai au prêtre une pierre à encre et des pinceaux, et je peignis Shun sur une tablette de bois. Je crois avoir mis dans cette œuvre non seulement mon respect et ma gratitude pour le cheval qui avait de nouveau sauvé ma vie, mais aussi mon chagrin pour Jiro, pour Yuki, pour ma vie semblant vouée à me faire témoin de la mort de mes compagnons. Peut-être aussi reflétait-elle ma nostalgie pour

Kaede, dont l'absence me faisait souffrir dans ma chair d'autant plus intensément que la tristesse m'enflammait de désir pour elle.

Je peignis sans relâche : Shun, Raku, Kyu, Aoï. Il y avait long-temps que je n'avais pratiqué mon art, et le pinceau dans ma main, la fraîcheur liquide de l'encre avaient sur moi un effet apaisant. Assis solitaire dans le temple tranquille, je me laissais aller à rêver que ma vie entière était à l'image de ces jours. Je m'étais retiré du monde et passais mes journées à peindre des images votives pour les pèlerins. Je me rappelais les paroles de l'abbé, lors de ma pre-mière visite à Terayama, il y avait si longtemps, avec sire Shigeru : « Revenez nous voir quand tout sera terminé. Vous serez toujours le bienvenu ici. »

Je demandais, comme alors : « Y aura-t-il jamais une fin ? »

Souvent, les larmes jaillissaient de mes yeux. Je pleurais Jiro et Yuki, je pleurais leurs vies si brèves, leur dévouement que je n'avais pas mérité, leur fin brutale dont j'étais responsable. J'aspirais à les venger, mais la violence du suicide de Hajime m'avait révulsé. Quel cycle sans fin de mort et de vengeance avais-je déclenché ? Je me remémorais tout ce que j'avais vécu avec Yuki et je regrettais… quoi donc ? De ne pas l'avoir aimée ? Même si je ne l'avais pas aimée avec la passion que j'éprouvais pour Kaede, je l'avais désirée, cependant, et le souvenir de nos voluptés réveillait sans cesse en moi un désir douloureux et me faisait pleurer son corps souple voué maintenant à une immobilité éternelle.

Je fus heureux de pouvoir dire adieu à son esprit à la faveur des solennités de la fête des Morts. J'allumai des bougies pour tous les défunts partis avant moi et leur demandai de me pardonner et de me guider. Un an s'était écoulé depuis que je m'étais tenu avec sire Shi-geru sur la rive du fleuve, à Yamagata, et que nous avions lancé sur le courant nos petits vaisseaux rougeoyants. Un an me séparait de l'instant où j'avais prononcé le nom de Kaede, où j'avais vu son visage s'illuminer et compris qu'elle m'aimait.

Le désir me torturait. J'aurais pu coucher avec Makoto pour l'apaiser. Ç'aurait été aussi un moyen d'adoucir la peine de mon ami – mais quelque chose me retenait de céder à cette tentation. Durant ces jours où je passai des heures à peindre, je méditai sur l'année écoulée et tout ce que j'avais fait pendant ce temps. Je réfléchis à mes erreurs, et au chagrin et à la souffrance qu'elles avaient infligés à mes proches. Hormis ma décision de rejoindre la Tribu, je réalisai que toutes mes erreurs étaient nées d'un désir incontrôlé. Si je n'avais pas couché avec Makoto, son obsession ne l'aurait pas amené à trahir malgré lui Kaede devant son père. Si je n'avais pas couché avec elle, elle n'aurait pas failli mourir en perdant notre enfant. Et si je n'avais pas couché avec Yuki, elle serait encore vivante et le fils destiné à me tuer ne serait jamais venu au monde. Je me pris à songer à sire Shigeru, qui avait refusé de se marier et déconcerté son entourage par sa continence, tout cela parce qu'il avait fait le serment à dame Maruyama de ne jamais partager la couche d'une autre femme. Je savais qu'aucun homme en dehors de lui n'avait jamais fait un tel serment, mais plus j'y pensais, plus j'avais envie de suivre son exemple dans ce domaine comme dans tous les autres. Je m'agenouillai en silence devant Kannon à la tête de cheval, et je fis le serment à la déesse qu'à compter de ce jour tout mon amour, pour le corps comme pour l'âme, serait réservé à Kaede, mon épouse.

Notre séparation m'avait fait sentir plus vivement que jamais combien j'avais besoin d'elle, combien elle était le point fixe où ma vie s'ancrait et puisait des forces. Mon amour pour elle constituait l'antidote au poison que m'avaient inoculé la fureur et le chagrin. Comme tous les antidotes, je le gardais bien caché et protégé.

Non moins affligé que moi, Makoto passait lui aussi de longues heures à méditer en silence. Nous parlions à peine durant la journée, mais après le souper il nous arrivait souvent de converser jusque tard dans la nuit. Il avait entendu ce que m'avait dit Hajime, évidemment, et tentait de m'interroger sur Yuki et sur mon fils. Au début, cependant, je n'eus pas la force d'aborder ces sujets. Puis ce fut la première nuit de la fête des Morts, et nous bûmes ensemble un peu de vin en revenant du rivage. J'étais si soulagé de voir que la froideur entre nous semblait s'être dissipée, et il m'inspirait une confiance si totale que je sentis qu'il me fallait lui révéler ce que m'avait annoncé la prophétie.

Il m'écouta avec attention tandis que je décrivais la vieille aveugle, son apparence vénérable, la grotte, la roue de prière et le signe des Invisibles.

— J'ai entendu parler de cette femme, dit-il. Bien des gens aspirant à la sainteté sont partis à sa recherche, mais en dehors de vous je n'ai connu personne qui ait trouvé le chemin.

— C'est Jo-An, le paria, qui m'y a mené.

Il resta silencieux. La nuit était chaude et calme, tous les écrans étaient ouverts. La pleine lune déversait sa lumière sur le sanctuaire et le bois sacré. La mer mugissait sur la plage de galets. Un gecko traversa le plafond en pressant sur les poutres les ventouses de ses pattes minuscules. Des moustiques vrombissaient et des papillons voletaient autour des lampes. J'éteignis les flammes afin qu'ils ne se brûlent pas les ailes : la lune était assez brillante pour éclairer la pièce.

Makoto reprit enfin la parole :

— Dans ce cas, je dois admettre qu'il est comme vous-même favorisé par l'Illuminé.

— La sainte femme m'a dit que tout ne fait qu'un. Sur le moment, je n'ai pas compris. Mais plus tard, à Terayama, je me suis souvenu des derniers mots de sire Shigeru à l'instant de mourir, et la vérité des paroles de la sainte s'est révélée à moi.

— Il ne vous est pas possible de l'exprimer par des mots ?

— Non, mais c'est la vérité et elle guide ma vie. Il n'existe aucune distinction entre nous. Nos castes aussi bien que nos croyances ne sont que des illusions s'interposant entre nous et le vrai. C'est ainsi que le Ciel considère tous les hommes, et je dois m'efforcer d'en faire autant.

— Je vous ai suivi par amour pour vous et parce que je crois en la justice de votre cause, dit-il en souriant. Je n'imaginais pas que vous deviendriez également mon guide spirituel !

— J'ignore tout des réalités spirituelles, lançai-je car je le soupçonnais de se moquer de moi. J'ai abandonné les croyances de mon enfance et je suis incapable d'en adopter d'autres à leur place. Tous les enseignements religieux me semblent un mélange inextricable de vérité profonde et de folie absolue. Les gens s'accrochent à leurs convictions comme si elles pouvaient les sauver, mais au-delà des dogmes il existe un lieu de vérité, où tout ne fait qu'un.

Makoto éclata de rire.

— Vous paraissez plus savant dans votre ignorance que moi après des années d'études et de discussions. La sainte vous a-t-elle dit autre chose ?

Je lui répétai la prophétie : « Trois sangs se mêlent en toi. Tu es né parmi les Invisibles, mais ta vie se déroule maintenant en plein jour et ne t'appartient plus. La Terre va accomplir ce que le Ciel désire. Ton domaine s'étendra de la mer à la mer. Tu conquerras la paix en cinq batailles : quatre victoires et une défaite. »

Je m'interrompis, ne sachant si je devais continuer.

— Cinq batailles ? s'exclama Makoto. Combien en avons-nous livré ?

— Deux, si nous comptons Jin-emon et les bandits.

— Voilà donc pourquoi vous m'avez demandé si l'on pouvait considérer cette escarmouche comme une bataille ! Vous croyez à toute cette histoire ?

— Le plus souvent, oui. Ai-je tort ?

— Je croirais tout ce qu'elle me dirait si j'avais le bonheur de pouvoir m'agenouiller à ses pieds, déclara Makoto d'une voix tranquille. La prophétie continuait-elle ?

— « Beaucoup devront mourir, récitai-je, mais la mort ne peut t'atteindre que par la main de ton propre fils. »

— Je suis désolé, dit-il avec compassion. C'est un terrible fardeau à porter, surtout pour vous qui êtes si attaché aux enfants. J'imagine que vous désirez ardemment avoir des fils.

Je fus touché de voir qu'il connaissait si bien mon caractère.

— Quand j'ai cru que Kaede était à jamais perdue pour moi, à l'époque où j'ai rejoint la Tribu, j'ai couché avec la fille qui m'avait aidé à sortir sire Shigeru d'Inuyama. Elle s'appelait Yuki. C'est elle qui a apporté sa tête au temple.

— Je me souviens d'elle, murmura Makoto. Comment pourrais-je jamais oublier son arrivée et le choc que nous causa son récit ?

— C'était la fille de Muto Kenji.

Mon chagrin se ranima en songeant au deuil du vieux maître.

— Je n'arrive pas à croire que la Tribu se soit ainsi servie d'elle, poursuivis-je. Ils voulaient avoir cet enfant, et une fois qu'il est né ils ont tué Yuki. Je regrette amèrement mes actes, non seulement à cause de mon fils mais aussi parce qu'ils ont entraîné la mort de sa mère. Si vraiment ce garçon doit me tuer, je n'aurai que ce que je mérite.

— Tous les jeunes gens commettent des erreurs. Nous sommes voués par le destin à vivre avec leurs conséquences.

Il se pencha et serra ma main dans la sienne.

— Je suis heureux que vous m'ayez raconté ces choses. Elles confirment mes pressentiments à votre égard, mon impression que vous avez été choisi par le Ciel et que vous serez à l'abri dans une certaine mesure tant que vous n'aurez pas atteint vos buts.

— Que ne puis-je être à l'abri du chagrin.

— Dans ce cas, vous parviendriez bel et bien à l'illumination, répliqua-t-il sèchement.

AVEC LA PLEINE LUNE, le temps changea. La chaleur retomba et l'atmosphère s'éclaircit. On sentait même un avant-goût d'automne dans la fraîcheur des matins. Après la fête des Morts, mon énergie se réveilla un peu. Je me remémorai d'autres propos de l'abbé, me rappelant que mes partisans avaient choisi librement de soutenir ma cause, qu'ils obéissaient à leur propre volonté. Je devais mettre de côté mon chagrin et m'attacher de nouveau à ma mission, afin que leurs morts n'aient pas été vaines. Et les paroles que sire Shigeru m'avait dites dans un petit village appelé Hinode, aux confins des Trois Pays, me revinrent également en mémoire :

« Seuls les enfants pleurent. Les hommes et les femmes doivent endurer ce qui advient. »

Nous projetions de reprendre notre voyage dès le lendemain, mais une légère secousse ébranla le sol dans l'après-midi, juste assez pour faire tinter les carillons et hurler les chiens. Le soir, la terre trembla de nouveau, plus fortement. Une lampe se renversa dans une maison située plus haut dans la rue où nous logions, et nous passâmes le plus clair de la nuit à aider les habitants à étouffer l'incendie qui s'ensuivit. Du coup, notre départ fut encore retardé de plusieurs jours.

Quand nous partîmes enfin, je mourais d'envie de revoir Kaede au plus vite. Dans mon impatience, je brûlai les étapes vers Maruyama. Nous nous levions dès l'aube et pressions nos chevaux jusque tard dans la nuit, à la lueur de la lune déclinante. Ce fut un voyage silencieux : nous regrettions trop amèrement la présence de Jiro pour pouvoir retrouver l'allégresse moqueuse des premiers jours. Et j'étais en proie à une vague appréhension, dont je ne parvenais pas à me débarrasser.

L'heure du chien était bien avancée lorsque nous atteignîmes la ville. La plupart des maisons étaient déjà sans lumière et les portes du château étaient barricadées. L'accueil des gardes fut chaleureux, mais ne réussit pas à dissiper mon malaise. Je me dis que j'étais simplement fatigué et irritable après ce voyage fastidieux. J'avais besoin d'un bain chaud, d'un repas correct et d'une nuit avec mon épouse. Cependant, dès que j'aperçus le visage de Manami, sa suivante accourue à ma rencontre à l'entrée de la résidence, je sus qu'il y avait un problème.

Je lui demandai de prévenir Kaede de mon retour, et elle tomba à genoux.

— Seigneur… Sire Otori… balbutia-t-elle. Elle est partie pour Shirakawa afin de ramener ici ses sœurs.

— Quoi?

Je n'arrivais pas à en croire mes oreilles. Je ne pouvais imaginer que Kaede ait décidé seule un tel voyage, sans rien me dire ni me demander.

— Depuis quand est-elle absente? Quand doit-elle revenir?

— Elle est partie vers la fin du mois dernier, dit Manami qui semblait au bord des larmes. Je ne voudrais pas alarmer Sa Seigneurie, mais il me semble que la noble dame devrait déjà être rentrée.

— Pourquoi ne l'as-tu pas accompagnée?

— Elle n'a pas voulu de moi. Elle désirait voyager à cheval, afin d'être de retour avant vous.

— Allume les lampes et envoie chercher Sugita, lançai-je.

Mais apparemment il avait déjà été averti de mon arrivée et s'apprêtait à me rejoindre.

En entrant dans la résidence, il me sembla que le parfum de Kaede flottait encore dans l'air. Les pièces harmonieuses, avec leurs rouleaux suspendus et leurs écrans peints, étaient telles qu'elle les avait conçues. Le souvenir de sa présence était partout.

Manami avait dit aux servantes d'apporter des lampes, et leurs silhouettes indistinctes évoluaient en silence à travers les pièces. L'une d'elles s'approcha pour m'informer en chuchotant que mon bain était prêt, mais je lui déclarai que je parlerais d'abord avec Sugita.

Je me rendis dans la pièce favorite de Kaede et mon regard tomba sur la table à écrire devant laquelle elle s'était si souvent agenouillée pour recopier les registres de la Tribu. Elle gardait toujours à côté de la table le coffret de bois où ils étaient enfermés. Il n'était pas à sa place habituelle. Je me demandais si elle l'avait caché ou emporté avec elle, quand la servante annonça Sugita.

— Je vous avais confié mon épouse, lui dis-je avec calme.

J'étais au-delà de la fureur et ne ressentais qu'un grand froid jusqu'au fond de mon être.

— Pourquoi l'avez-vous autorisée à partir ?

Il sembla surpris de ma question.

— Pardonnez-moi, répliqua-t-il. Dame Otori a insisté. Elle a emmené de nombreux gardes avec elle, sous la conduite d'Amano Tenzo. Mon neveu, Hiroshi, s'est joint à eux. Il s'agissait d'un voyage d'agrément, le temps pour la noble dame de visiter sa demeure familiale et de ramener ici ses sœurs.

— Dans ce cas, pourquoi n'est-elle pas rentrée ?

La situation paraissait sans gravité : peut-être ma réaction était-elle excessive.

— Je suis sûr qu'elle sera de retour demain, déclara Sugita. Dame Naomi était coutumière de tels déplacements. Les gens de ce domaine sont habitués à voir leur maîtresse voyager de la sorte.

La servante apporta du thé et une collation, et nous évoquâmes succinctement mon voyage pendant que je mangeais. Je n'avais pas dit exactement à Sugita ce que j'avais en tête, au cas où rien ne se ferait. Je n'entrai pas davantage dans le détail maintenant, me contentant d'assurer que j'élaborais une stratégie à long terme.

Nous n'avions aucune nouvelle des frère Miyoshi, aucun renseignement sur les projets d'Araï ou des Otori. J'avais l'impression d'errer dans un brouillard obscur. J'aurais aimé en parler à Kaede, je détestais ce manque d'informations. Si seulement j'avais disposé d'un réseau d'espions à mon service… Je me pris à rêver à une idée qui m'avait déjà effleuré dans le passé : peut-être serait-il possible de trouver des enfants doués – des orphelins de la Tribu, s'il y en avait – afin de les élever en vue de mes propres desseins. Je pensai à mon fils avec une étrange nostalgie. Serait-il doué à la fois des talents de Yuki et des miens ?

Si c'était le cas, j'en serais la première victime.

— J'ai appris la mort du jeune Jiro, dit Sugita.

— Hélas… Il a été atteint par une flèche qui m'était destinée.

— Quel bonheur que Sa Seigneurie soit saine et sauve ! s'exclamat-il. Qu'est devenu l'assassin ?

— Il est mort. Cette tentative ne sera pas la dernière. C'est l'œuvre de la Tribu.

Je me demandai ce que savait Sugita de ma parenté avec la Tribu, quelles rumeurs avaient pu circuler sur mon compte en mon absence.

— À propos, mon épouse faisait un travail de copie pour moi. Où sont passés le coffret et les rouleaux ?

— Elle les gardait continuellement sous les yeux. S'ils ne sont pas ici, c'est sans doute qu'elle les a emportés.

N'ayant pas envie de montrer mon inquiétude, je n'en dis pas plus. Sugita me quitta et je pris un bain. J'appelai une servante pour qu'elle me frotte le dos. J'aurais donné n'importe quoi pour voir Kaede apparaître soudain, comme elle l'avait fait chez Niwa. Puis je me souvins de Yuki, avec une intensité presque insupportable. Après le départ de la servante, je restai dans l'eau brûlante à me demander ce que j'allais dire à Kaede. J'avais conscience de devoir la mettre au courant de la prophétie concernant mon fils, mais je ne savais comment trouver les mots.

Manami avait préparé les lits et m'attendait pour éteindre les lampes. Lorsque je l'interrogeai sur le coffret des registres, elle me donna la même réponse que Sugita.

Le sommeil fut long à venir. J'entendis les premiers coqs chanter avant de sombrer dans une lourde torpeur, au lever du jour. Quand je me réveillai, le soleil était haut dans le ciel et j'entendis autour de moi la rumeur de la maisonnée.

Manami entra avec le plateau du petit déjeuner. Pleine d'attentions pour moi, elle m'invita à me reposer après un voyage si long et fatigant. Soudain, la voix de Makoto retentit dehors.

Je dis à Manami de le faire entrer, mais il m'appela du jardin, sans se soucier d'enlever ses sandales :

— Venez tout de suite. Le garçon, Hiroshi. Il est de retour.

Je me levai si brusquement que j'envoyai promener le plateau. Manami poussa un cri d'horreur et entreprit de ramasser les plats. D'une voix rude, je lui ordonnai de les laisser où ils étaient et de m'apporter mes vêtements.

Dès que je fus habillé, je rejoignis Makoto.

— Où est-il ?

— Chez son oncle. Il n'est pas en grande forme.

Il posa sa main sur mon épaule.

— Je suis désolé. Les nouvelles qu'il apporte sont terribles.

Je songeai sur-le-champ au tremblement de terre. Je revis l'incendie que nous avions eu tant de peine à éteindre et j'imaginai Kaede surprise par les flammes, prise au piège dans sa maison en feu. Je fixai Makoto. Devant le chagrin que je lisais dans ses yeux, je m'efforçai de prononcer les mots indicibles.

— Elle n'est pas morte, lança-t-il en hâte. Mais il semble qu'Amano et tous les gardes aient été massacrés. Seul Hiroshi a réussi à s'enfuir.

Je n'arrivais pas à imaginer ce qui s'était passé. Personne n'aurait osé s'en prendre à Kaede, que ce soit à Maruyama ou à Shirakawa. La Tribu l'avait-elle enlevée pour me menacer ?

— L'attaque a été orchestrée par sire Fujiwara, dit Makoto. Elle est chez lui.

Nous franchîmes en courant la passerelle principale pour sortir du château, descendîmes le versant et traversâmes le pont menant à la ville. La maison de Sugita était juste en face. Des curieux s'étaient attroupés à l'extérieur et regardaient la scène en silence. Nous les écartâmes sans ménagement pour entrer dans le jardin. Deux palefreniers tentaient de convaincre un cheval épuisé de se mettre debout. C'était un joli rouan, aux flancs assombris par la sueur. Il roulait des yeux affolés et ses lèvres écumaient. Je ne croyais pas qu'il pourrait jamais se relever.

— Le garçon a chevauché nuit et jour pour arriver ici, dit Makoto.

Je l'écoutais à peine. Je percevais avec plus d'acuité encore que de coutume le moindre détail de ce qui m'environnait : le brillant des parquets de la maison, le parfum des fleurs disposées dans les alcôves, le chant des oiseaux dans les arbustes du jardin. Dans ma tête, une voix sourde répétait : «Fujiwara?»

Sugita s'avança à notre rencontre, le visage blême. Qu'aurait-il pu me dire? Il avait l'air d'un homme qui avait déjà décidé de mettre fin à ses jours. Ce n'était plus que l'ombre de l'homme que j'avais vu la veille.

— Sire Otori… balbutia-t-il.

— Le garçon est-il blessé? Peut-on s'entretenir avec lui?

— Vous feriez mieux d'entrer et de lui parler.

Hiroshi était couché dans une pièce à l'arrière de la maison. Elle donnait sur un petit jardin verdoyant, dont j'entendais couler le ruisseau. Il y faisait plus frais que dans les salles de réception et l'ombre des arbres tempérait le soleil éblouissant du matin. Deux femmes étaient agenouillées près du garçon. L'une essuyait son visage et son corps avec un linge humide tandis que l'autre, un bol de thé à la main, tentait de le convaincre de boire.

Quand nous entrâmes, elles s'interrompirent toutes deux et s'inclinèrent jusqu'au sol. Hiroshi tourna la tête, m'aperçut et essaya de s'asseoir.

— Sire Otori, chuchota-t-il.

Malgré lui, ses yeux se remplirent de larmes. Luttant pour les refouler, il lança :

— Je suis désolé. Je suis désolé. Pardonnez-moi.

J'avais pitié de lui. Il faisait tant d'efforts pour être un guerrier, pour vivre conformément au code sévère de sa classe. M'agenouillant près de lui, je posai doucement ma main sur ses cheveux. Il portait encore la coiffure des enfants : il n'avait que onze ans. Des années le séparaient du jour de sa majorité, cependant il essayait d'agir comme un homme.

— Dis-moi ce qui s'est passé.

Ses yeux étaient fixés sur mon visage, mais j'évitai son regard. Il parla d'une voix ferme, tranquille, comme s'il avait répété interminablement son récit pendant les longues heures de sa chevauchée.

— Quand nous sommes arrivés à la demeure de dame Otori, nous avons été accueillis par l'intendant, sire Shoji — ne vous fiez pas à lui, il nous a trahis ! Il a déclaré à la noble dame que ses sœurs étaient en visite chez sire Fujiwara. Elle l'a envoyé les chercher. Il est revenu en disant qu'elles n'étaient plus là-bas, mais que l'aristocrate informerait de leur situation dame Shirakawa — il s'obstinait à l'appeler ainsi — si elle lui rendait visite. Nous y sommes allés le lendemain. Un homme appelé Murita est venu à notre rencontre. Dès que dame Otori eut franchi les portes, ils se sont emparés d'elle. Amano, qui se trouvait à côté d'elle, a été tué sur-le-champ. C'est tout ce que j'ai vu.

Sa voix se brisa et il prit une profonde inspiration.

— Mon cheval s'est emballé. Je n'ai pas pu le maîtriser. J'aurais dû prendre un cheval plus calme, mais j'aimais celui-là parce qu'il était tellement beau. Amano m'a réprimandé en disant qu'il était trop fort pour moi. Je n'ai pas voulu l'écouter. Il m'a été impossible de défendre la noble dame.

Des larmes se mirent à ruisseler sur ses joues. Une des femmes se pencha sur lui et les essuya.

— Nous devons être reconnaissants à ton cheval, dit doucement

Makoto. Il t'a certainement sauvé la vie, et si tu n'en avais pas réchappé nous n'aurions jamais su ce qui s'est passé.

J'essayai de trouver des paroles de réconfort pour Hiroshi, mais c'était impossible.

— Sire Otori, lança-t-il en tentant de se lever. Je vais vous montrer le chemin. Nous pouvons aller la chercher là-bas!

L'effort fut trop grand pour lui. Je vis ses yeux se troubler. Le saisissant par les épaules, je le forçai à s'allonger. La sueur se mêlait maintenant aux larmes, et il tremblait de tout son corps.

— Il a besoin de repos, mais il ne cesse de s'agiter et d'essayer de se lever, dit Sugita.

— Regarde-moi, Hiroshi.

Je me penchai sur lui et fixai mes yeux sur les siens. Il s'endormit sur-le-champ. Son corps se détendit et son souffle s'apaisa.

Les femmes ne purent retenir un cri de stupeur et je les vis échanger un bref coup d'œil. Elles semblèrent avoir un mouvement de recul devant moi, et prirent soin de détourner la tête et de ne pas effleurer mes vêtements.

— Il va dormir un bon moment, déclarai-je. C'est ce dont il a besoin. Prévenez-moi quand il se réveillera.

Je me relevai, imité par Makoto et Sugita qui me regardaient d'un air plein d'espoir. Intérieurement, je bouillais de rage, mais j'étais engourdi par le calme qui suit les grands chocs.

— Venez avec moi, dis-je à Sugita.

En fait, j'aurais souhaité parler en tête à tête avec Makoto, mais je ne voulais pas prendre le risque de quitter le vieil homme. Je craignais qu'il ne s'ouvre le ventre, alors que je ne pouvais me permettre de le perdre. La loyauté du clan des Maruyama allait d'abord à Kaede, non à moi. J'ignorais quelles réactions provoquerait la nouvelle de son enlèvement. Je me fiais davantage à Sugita qu'aux autres anciens, et j'avais le sentiment que, s'il restait loyal, ils suivraient son exemple.

Nous traversâmes de nouveau le pont afin de remonter au château. La foule assemblée devant la maison était plus dense et des hommes armés faisaient leur apparition dans les rues. L'ambiance était agitée. Il n'était pas vraiment question de panique, ni même d'inquiétude, mais la ville grouillait d'une multitude de badauds turbulents, échangeant des on-dit et se préparant à quelque trouble inattendu. Je devais prendre des décisions rapides avant que la situation ne devienne explosive et n'échappe à mon contrôle.

Une fois à l'intérieur de l'enceinte, je lançai à Makoto :

— Préparez les hommes. Nous allons emmener immédiatement la moitié de nos guerriers pour attaquer Fujiwara. Sugita, vous devez rester ici pour défendre la ville. Nous vous laisserons mille hommes. Approvisionnez le château en vue d'un siège. Je partirai demain à la première heure.

Le visage de Makoto était tendu et il s'exclama d'une voix anxieuse :

— Ne faites rien d'inconsidéré. Nous ignorons absolument où se trouve Araï. Qui sait si vous n'êtes pas en train de tomber dans un piège ? Sans compter qu'en vous en prenant à un homme d'un rang aussi prestigieux que sire Fujiwara vous allez retourner l'opinion contre vous. Le mieux serait sans doute de ne pas réagir imméd…

Je l'interrompis brutalement.

— Il m'est impossible d'attendre. Je ne ferai rien d'autre que de ramener chez elle mon épouse. Commencez tout de suite.

La journée se passa en préparatifs frénétiques. Je savais que j'avais raison d'agir sans attendre. La première réaction du peuple de Maruyama avait été la fureur et l'indignation, et je voulais en tirer profit. Si je tardais, j'apparaîtrais comme hésitant, sensible aux doutes émis quant à ma légitimité. J'avais clairement conscience des risques que je prenais en accumulant ainsi les décisions téméraires, mais je ne pouvais imaginer une autre façon d'agir.

En fin d'après-midi, je demandai à Sugita de convoquer les

anciens. Une heure plus tard, leur assemblée était au complet. Je les informai de mes intentions, les avertis des conséquences et leur déclarai que je comptais sur leur loyauté sans réserve envers ma femme et moi-même. Aucun ne souleva la moindre objection — je crois que ma colère était trop violente pour qu'ils s'y risquent. Malgré tout, je n'étais pas tranquille. Ils appartenaient à la même génération que Fujiwara et Araï, et étaient façonnés par le même code. Certes, j'avais confiance en Sugita. Maintenant que Kaede n'était plus là, cependant, je ne savais s'il pourrait s'assurer de leur loyauté en mon absence.

Plus tard, je fis venir Shun afin de faire un tour sur son dos. Je voulais m'éclaircir les idées, dégourdir les jambes de mon cheval à la veille d'un nouveau voyage éprouvant et aussi contrôler l'état des campagnes.

La moitié environ de la moisson était rentrée. Les paysans travaillaient jour et nuit pour finir de couper le riz avant que le temps ne change. Ceux avec qui je parlai se montraient anxieux et annonçaient un typhon imminent, en invoquant le halo entourant la dernière pleine lune, la migration des oies et leurs propres douleurs dans les os. Je chargeai les guerriers de Sugita de leur prêter main-forte afin de consolider levées et talus contre les inondations. Même s'ils regimbaient, j'espérais que le sentiment d'urgence l'emporterait sur leur orgueil.

Sans vraiment l'avoir voulu, je me retrouvai à l'orée du hameau où les parias s'étaient établis. Comme d'habitude, il flottait dans l'air une odeur de peaux à tanner et de sang frais. Plusieurs hommes, dont Jo-An, étaient occupés à écorcher un cheval mort. Je reconnus à sa robe brillante le rouan de Hiroshi, que j'avais vu agoniser le matin même. Je hélai Jo-An et mis pied à terre, en confiant les rênes à l'un des palefreniers qui m'accompagnaient. Je me dirigeai vers la rive du fleuve et m'immobilisai, tandis que Jo-An s'accroupissait près de l'eau pour laver ses mains et ses bras maculés de sang.

— Tu as appris la nouvelle ?

Il fit oui de la tête, me jeta un coup d'œil et demanda :

— Qu'allez-vous faire ?

— Que faut-il que je fasse ?

Je voulais qu'un dieu me délivre un message quelconque. Je voulais entendre une autre prophétie, où il soit question de Kaede et d'unir à jamais nos destinées futures. Je l'aurais suivie aveuglément.

— Il reste encore trois batailles, observa Jo-An. Une défaite et deux victoires. Ensuite vous régnerez en paix, de la mer à la mer.

— Avec mon épouse ?

Son regard erra sur le fleuve. Deux aigrettes blanches pêchaient près du barrage. Un martin-pêcheur piqua sur une proie du haut d'un saule, comme un éclair orange et bleu.

— Si vous devez perdre une bataille, autant la perdre maintenant, déclara le paria.

— Si je perds mon épouse, le reste est sans importance à mes yeux. Je me tuerai.

— Cela nous est interdit, répliqua-t-il vivement. Dieu a son dessein pour votre vie. Tout ce que vous avez à faire, c'est de le suivre.

Comme je me taisais, il reprit :

— Pour nous qui avons tout quitté afin de vous soutenir, pour ceux qui souffrent aujourd'hui en pays Otori, ce n'est pas sans importance. Nous pouvons supporter la guerre à condition qu'elle nous mène à la paix. Ne nous abandonnez pas.

Immobile au bord du fleuve paisible, dans la lumière du soir, je songeai que mon cœur se briserait sans remède si je ne retrouvais pas Kaede. Un héron gris survola lentement les eaux, juste au-dessus de son propre reflet. Repliant ses ailes immenses, il se posa presque sans une éclaboussure. Il tourna la tête vers nous pour nous examiner puis, rassuré, se mit à arpenter silencieusement les bas-fonds.

Mon but réel était de venger complètement la mort de sire Shigeru et de recouvrer mon héritage, afin que la prophétie s'accomplisse.

Mais je ne pouvais laisser quelqu'un me ravir Kaede impunément. Il fallait absolument que je parte à sa recherche, dussé-je pour cela sacrifier tout ce pour quoi j'avais lutté.

Je pris congé de Jo-An et regagnai le château. Les nouvelles de Hiroshi étaient bonnes : il s'était réveillé et son état de santé s'améliorait. Je demandai qu'on me l'amène dès que possible. En attendant, je fouillai la résidence à la recherche du coffret des registres, mais il semblait s'être volatilisé. C'était pour moi une nouvelle source d'inquiétude. Je craignais qu'il n'ait été volé, ce qui voudrait dire qu'un envoyé de la Tribu avait pu s'introduire dans le château et pourrait recommencer à l'avenir.

Hiroshi vint me trouver à la tombée de la nuit. Son visage était pâle, ses yeux cernés, mais dans l'ensemble il s'était promptement rétabli. Physiquement et mentalement, il avait autant de résistance qu'un adulte. Je l'interrogeai en détail sur le voyage et lui fis décrire le terrain autour de Shirakawa et de la résidence de Fujiwara. Il me dit que Raku avait été tué, et cette nouvelle m'attrista profondément. Le cheval gris à la crinière noire était le premier que j'aie maîtrisé et constituait pour moi un lien avec sire Shigeru et la brève période où j'avais vécu comme son fils à Hagi. Raku avait été le présent que j'avais fait à Kaede, en un temps où je n'avais rien d'autre à lui offrir, et c'était lui qui l'avait amenée à Terayama.

Afin de pouvoir parler en particulier avec Hiroshi, j'avais demandé qu'on nous laisse seuls. Je lui dis de s'approcher tout près de moi.

— Promets-moi que tu ne révéleras à personne ce dont nous allons parler à présent.

— Je le jure.

Il ajouta impulsivement :

— Sire Otori, je vous dois déjà la vie. Je suis prêt à tout pour vous aider à sauver dame Otori.

— Nous la sauverons, assurai-je. Je pars demain.

— Emmenez-moi avec vous, m'implora-t-il.

Je fus tenté de céder, mais il ne me semblait pas suffisamment rétabli.

— Non, tu resteras ici.

Il parut sur le point de protester, mais il se ravisa et se mordit les lèvres.

— Les registres que mon épouse recopiait… les a-t-elle emportés avec elle?

Il soupira.

— Nous sommes partis avec à la fois la copie et l'original. Nous les avons cachés à Shirakawa, dans la grotte sacrée.

Je bénis Kaede en mon cœur pour sa sagesse et sa prévoyance.

— Quelqu'un d'autre est-il au courant?

Il fit non de la tête.

— Et tu pourrais les retrouver?

— Bien sûr.

— Tu ne dois révéler à personne où ils se trouvent. Un jour, nous irons tous les deux les chercher.

— Et nous punirons Shoji! s'écria-t-il joyeusement.

Après un silence, il ajouta :

— Sire Otori, puis-je vous poser une question?

— Vas-y.

— Le jour de la mort de mon père, les hommes qui ont tué les gardes se sont arrangés pour devenir invisibles. En êtes-vous capable, vous aussi?

— Pourquoi me demandes-tu cela? Tu crois que j'en suis capable?

— Les femmes qui étaient dans ma chambre, aujourd'hui, racontaient que vous étiez un sorcier. Pardonnez-moi… Il est quand même vrai que vous pouvez faire des choses étranges, comme de m'endormir.

Il me regarda en fronçant les sourcils.

— Ce n'était pas un sommeil ordinaire. J'ai fait des rêves qui semblaient réels, j'ai compris nombre de vérités qui m'étaient restées jusqu'alors inconnues. Si vous êtes capable de vous rendre invisible, consentiriez-vous à m'enseigner comment on fait?

— Certaines choses ne s'enseignent pas. Ce sont des talents innés. Tu as déjà une multitude de dons, sans compter que tu as reçu la meilleure des éducations.

Tandis qu'il m'écoutait, je vis ses yeux se remplir soudain de larmes.

— On m'a dit que Jiro était mort.

— Oui, il a été victime d'un assassin qui en voulait à ma vie.

— Vous avez tué cet assassin?

— Je l'ai fait exécuter, mais il était déjà mourant. Il s'est étouffé lui-même en coupant sa langue.

Les yeux de Hiroshi brillèrent. J'aurais aimé parler de mon chagrin après les morts de Hajime et de Jiro, expliquer combien j'étais écœuré par ce cycle sans fin de massacres et de vengeances, mais je ne croyais pas que ce fils de guerrier pourrait me comprendre, même au sortir du sommeil des Kikuta. De toute façon, j'avais autre chose à lui demander.

— Y a-t-il beaucoup de gens qui me considèrent comme un sorcier?

— Certains le murmurent, admit-il. Mais ce sont essentiellement des femmes et des faibles d'esprit.

— Je crains qu'il n'y ait des éléments déloyaux dans le château. C'est pourquoi je veux te laisser ici. Si tu penses qu'il existe le moindre risque de voir Maruyama se rallier à Araï en mon absence, avertis-moi.

Hiroshi me fixa d'un air stupéfait.

— Personne ici ne serait capable de trahir sire Otori.

— J'aimerais en être aussi sûr que toi.

— Si besoin est, je viendrai moi-même vous trouver, promit-il.

— Prends garde simplement à choisir un cheval paisible! le taqui-nai-je.

Après l'avoir renvoyé chez son oncle, je demandai qu'on serve le souper. Makoto revint pour faire le point sur les préparatifs : tout était prêt pour notre départ imminent. Après le repas, cependant, il tenta de nouveau de me dissuader.

— C'est de la pure folie, déclara-t-il. Je ne dirai plus un mot après cette soirée et je vous accompagnerai, mais attaquer ainsi un aristocrate auquel vous avez volé sa fiancée…

— Nous avons été légalement mariés. Si quelqu'un a commis une folie, c'est lui.

— Ne vous avais-je pas prévenu, à Terayama, qu'un tel mariage serait universellement désapprouvé ? Seule votre témérité vous a entraîné à conclure cette union, et elle causera votre perte si vous vous entêtez.

— Êtes-vous sûr que vous n'obéissiez pas à votre jalousie à l'époque, comme vous le faites maintenant ? Mon amour pour Kaede vous a toujours déplu.

— Tout simplement parce qu'il va vous perdre l'un comme l'autre, répliqua-t-il d'une voix tranquille. La passion vous aveugle. Vous avez commis une erreur. Il vaudrait mieux le reconnaître et essayer de vous réconcilier avec Araï. N'oubliez pas qu'il détient sans doute en otage les frères Miyoshi. En attaquant sire Fujiwara, vous ne ferez que l'irriter davantage…

— Épargnez-moi ce genre de conseils ! m'écriai-je avec fureur. Vous voudriez que je tolère qu'on m'enlève mon épouse ? Le monde entier me mépriserait. J'aimerais mieux mourir !

— C'est sans doute le sort qui nous attend tous. Pardonnez-moi de vous parler ainsi, Takeo, mais je ne fais que mon devoir. De toute façon, comme je vous l'ai souvent répété, votre cause est la mienne. Quel que soit votre choix, je vous suivrai.

J'étais trop en colère pour continuer cette conversation. Je lui déclarai que je voulais être seul et fis appeler Manami. Elle entra, les yeux rougis par les pleurs, et remporta les plateaux du repas avant de préparer le lit. Je pris un bain, en songeant que ce serait peut-être le dernier avant longtemps. Je n'avais pas envie que ma colère s'apaise, car elle céderait alors la place au chagrin ou, pire encore, à l'inquiétude. Je voulais rester dans cette disposition intérieure propre aux Kikuta, pleine d'une sombre intensité, qui me rendait insensible à la peur. Je me rappelai un des enseignements de Matsuda : «Si quelqu'un se bat avec l'énergie du désespoir, il survivra. S'il essaie de survivre, il mourra.»

Le temps était venu de me battre avec l'énergie du désespoir, car en perdant Kaede, je perdrais tout.

Le lendemain matin, Manami se montra encore plus affligée. En me disant adieu, elle fut secouée de sanglots irrépressibles, auxquels les autres servantes firent écho. En revanche, les soldats étaient de bonne humeur, de même que les habitants de la ville qui sortirent en masse dans les rues pour nous saluer avec enthousiasme sur notre passage. Je n'emmenais que des guerriers, Otori pour la plupart ou faisant partie de ceux qui m'accompagnaient depuis Terayama. Quant aux fermiers, ils achèveraient de rentrer la moisson et protégeraient leurs propres maisons et la cité. Presque tous les soldats Maruyama restèrent pour défendre le château, mais quelques-uns se joignirent à nous pour nous servir de guides et d'éclaireurs.

J'avais environ cinq cents guerriers à cheval et peut-être encore cinq cents archers, à pied ou à cheval. Le reste consistait en fantassins armés de lances et de bâtons. Un convoi de chevaux de bât nous accompagnait, de même que des porteurs, afin de transporter nos provisions. J'étais fier de voir qu'il avait fallu si peu de temps à mon armée pour se rassembler et s'équiper.

Nous atteignîmes bientôt le gué du fleuve Asagawa, auprès duquel nous avions infligé une telle défaite à Iida Nariaki. Soudain, je me rendis compte que Jo-An et une poignée de parias nous suivaient. Après avoir franchi le fleuve, nous prîmes la route du sud, en direction de Shirakawa. Je n'avais encore jamais emprunté cette route, mais je savais qu'il nous faudrait au moins deux jours pour rejoindre le domaine de Kaede. Makoto m'avait dit que la résidence de sire Fujiwara se trouvait un peu plus au sud.

Quand nous fîmes halte pour le repas de midi, j'allai parler à Jo-An. Je sentis les regards des soldats me suivre et je tendis l'oreille, décidé à punir le moindre commentaire désobligeant, mais personne n'osa murmurer.

Jo-An se prosterna à mes pieds et je lui dis de s'asseoir.

— Pourquoi es-tu venu?

Il m'adressa un sourire qui n'était guère qu'une grimace, en exhibant ses dents cassées.

— Pour enterrer les morts.

C'était une réponse glaçante, et je me serais passé de l'entendre.

— Le temps est en train de changer, continua Jo-An en observant le ciel.

Un amas de nuages élevés, poussés par un vent d'ouest, se déployaient comme les queues de chevaux célestes.

— Un typhon se prépare.

— Tu n'as aucune bonne nouvelle à m'annoncer?

— Dieu a toujours de bonnes nouvelles pour vous, répliqua-t-il. Je serai là pour vous le rappeler après.

— Après quoi?

— Après la bataille que vous allez perdre.

— Qui sait si je ne vais pas la gagner?

En fait, une défaite me semblait inimaginable tant mes hommes étaient frais et ardents, et tant je brûlais moi-même d'une fureur indomptable.

Jo-An se tut, mais ses lèvres remuèrent silencieusement et je compris qu'il priait.

Makoto paraissait lui aussi prier, tandis que nous chevauchions, à moins qu'il ne se trouvât dans cet état de méditation auquel parviennent les moines. Il avait l'air distant et serein, comme s'il avait déjà tranché les liens l'attachant à ce monde. Étant encore irrité contre lui, j'évitais de lui parler. Mais nous avancions côte à côte, comme si souvent dans le passé. Malgré ses doutes sur cette expédition, je savais qu'il ne m'abandonnerait jamais. Peu à peu, au rythme apaisant de la chevauchée, ma fureur retomba.

Le ciel se couvrit de nuages et l'horizon s'assombrit de plus en plus. Cette nuit-là, nous établîmes notre campement à proximité d'une petite ville. Il commença à pleuvoir en début de matinée. À midi, l'averse était devenue un déluge, ralentissant notre progression et refroidissant notre ardeur. Je me répétais pour me consoler qu'au moins il n'y avait pas de vent. Un peu de pluie ne nous tuerait pas. Makoto était moins optimiste, car il craignait que nous ne soyons arrêtés au bord du Shirakawa, qui était sujet à des crues soudaines.

Mais nous n'arrivâmes jamais sur ses rives. Comme nous approchions de la frontière du domaine de Maruyama, j'envoyai des hommes en éclaireurs. À leur retour, en fin d'après-midi, ils m'annoncèrent qu'ils avaient repéré une force d'importance moyenne — peut-être mille deux cents ou mille cinq cents soldats — installant son campement sur la plaine nous faisant face. Leurs bannières étaient Seishuu, mais les éclaireurs avaient vu également l'emblème de sire Fujiwara.

— Il est venu nous affronter, dis-je à Makoto. Il savait quelle serait ma réaction.

— Il est peu probable qu'il soit là en personne. Cependant il peut compter sur d'innombrables alliés. Comme je le craignais, ils vous ont tendu un piège. Il n'était guère difficile de deviner ce que vous feriez.

— Nous les attaquerons à l'aube.

J'étais soulagé de voir que nos adversaires étaient si peu nombreux. Fujiwara ne m'intimidait pas le moins du monde. Ce que je redoutais, c'était d'affronter Araï et une partie des trente mille hommes qu'il avait sous les armes. D'après mes dernières informations, il se trouvait à Inuyama, très loin à l'est des Trois Pays. Mais j'ignorais tout de ses activités durant l'été. Il pouvait fort bien être retourné à Kumamoto, à moins d'une journée de route de Shirakawa.

J'interrogeai en détail les éclaireurs sur le terrain. L'un d'eux, Sakaï, connaissait bien la région car il y avait grandi. Il considérait qu'elle constituait un champ de bataille excellent, du moins quand le temps était meilleur. Elle consistait en une petite plaine encadrée au sud et à l'est par des chaînes de montagnes mais dégagée dans les autres directions. Un col menait au sud — nos ennemis l'avaient sans doute emprunté pour venir —, tandis qu'une large vallée s'ouvrait au nord et aboutissait à la route côtière. La route que nous avions prise en venant de Maruyama rejoignait cette vallée à une lieue environ avant les premiers affleurements rocheux de la plaine.

L'eau était rare sur ces hautes terres, aussi étaient-elles incultes. Des chevaux paissaient leurs prairies sauvages et étaient rassemblés une fois par an, en automne. Au début du printemps, on brûlait l'herbe. Sakaï me dit que dame Maruyama venait souvent ici chasser au faucon, dans sa jeunesse, et nous vîmes plusieurs aigles en quête de proies avant le coucher du soleil.

Je trouvais rassurant d'avoir une vallée derrière nous. En cas de besoin, elle nous permettrait de nous replier. Battre en retraite n'entrait pas dans mes plans, et je n'avais aucune envie de me retirer dans la forteresse de Maruyama. J'avais pour unique dessein d'avancer, d'écraser tous mes adversaires, de retrouver mon épouse et d'effacer l'offense intolérable de son enlèvement. Cependant, Matsuda m'avait enseigné qu'il ne fallait jamais avancer sans avoir une retraite assurée, et malgré ma fureur je n'avais pas l'intention de sacrifier mes hommes sans nécessité.

Aucune nuit ne m'avait jamais paru si longue. La pluie faiblit un peu. Quand le jour se leva, elle n'était plus qu'une bruine, ce qui ranima mon courage. Nous nous levâmes dans l'obscurité et commençâmes à marcher dès qu'il fit clair, en déployant les bannières des Otori mais sans faire retentir encore les conques.

Juste avant d'arriver au bout de la vallée, j'ordonnai une halte. En compagnie de Sakaï, je me rendis à pied, sous l'abri des arbres, jusqu'à l'orée de la plaine. Elle s'étendait vers le sud-est en une série de petits mamelons couverts d'herbe longue et de fleurs sauvages, interrompus par des affleurements de rochers gris-blanc, aux formes étranges, souvent parsemés de lichen jaune et orange.

La pluie avait rendu le sol boueux et glissant sous nos pieds. Des lambeaux de brouillard s'attardaient au-dessus de la plaine. Il était malaisé d'y voir à plus de deux cents pas devant soi. En revanche, j'entendais clairement la rumeur de l'armée ennemie : hennissements de chevaux, cris de soldats, tintements de harnais.

— Jusqu'où vous êtes-vous avancés, la nuit dernière ? chuchotai-je à Sakaï.

— Guère au-delà de la première crête. Leurs éclaireurs étaient aussi dans les parages.

— Ils doivent savoir que nous nous trouvons ici. Pourquoi n'ont-ils pas déjà attaqué ?

J'aurais cru qu'ils nous tendraient une embuscade au bout de la vallée. Les bruits que j'entendais, cependant, étaient ceux d'une armée prête au combat mais immobile.

— Peut-être préfèrent-ils ne pas renoncer à l'avantage de la pente, suggéra-t-il.

Même s'il était vrai que la pente leur était favorable, elle n'était pas spécialement raide et ne constituait pas un atout décisif. Le brouillard m'ennuyait davantage, car il rendait impossible de savoir exactement combien d'hommes nous faisaient face. Je restai quelques instants accroupi en silence, l'oreille aux aguets. Outre le ruissellement de la pluie et le vent soupirant dans les arbres, j'entendais la rumeur égale des deux armées… Égale ? Du côté des ennemis, elle semblait s'amplifier constamment, s'enfler comme la houle de la mer.

— Vous avez vu tout au plus mille cinq cents hommes, n'est-ce pas?

— Ils étaient plus près de mille deux cents, répliqua Sakaï. J'en mettrais ma main à couper.

Je secouai la tête. Peut-être le mauvais temps, le manque de sommeil et l'appréhension me rendaient-ils inutilement nerveux. Peut-être mon ouïe me jouait-elle des tours. Malgré tout, après avoir rejoint le gros de l'armée, je convoquai Makoto et les capitaines. Je leur déclarai que je craignais que les ennemis ne disposent d'une supériorité numérique écrasante, et que dans ce cas il conviendrait de battre en retraite dès que la conque en donnerait le signal.

— Nous retirerons-nous à Maruyama? demanda Makoto.

J'en avais eu le projet, mais j'avais besoin d'une alternative. Mes ennemis s'attendraient à cette manœuvre et il était fort possible qu'ils aient déjà attaqué la forteresse, auquel cas je me retrouverais vraiment pris au piège. Prenant Makoto à part, je lui dis :

— Si Araï s'est joint à nos adversaires, nous ne pourrons résister. Nous n'aurons d'autre ressource que de battre en retraite vers la côte, dans l'espoir que les Terada nous transporteront à Oshima. Si cela arrive, je veux que vous partiez en éclaireur afin d'aller trouver Ryoma. Il devra prendre les dispositions nécessaires avec Terada Fumio.

— On dira que j'ai été le premier à fuir, protesta-t-il. J'aimerais mieux rester à votre côté.

— Vous êtes le seul que je puisse envoyer là-bas. Vous connaissez Ryoma et la route vous est familière. De toute façon, nous serons probablement tous en fuite.

Il me regarda avec curiosité.

— Avez-vous une prémonition quant à cette bataille? Serait-ce la défaite annoncée?

— Si jamais c'est le cas, je tiens à sauver mes hommes, répliquai-je. Ayant déjà subi tant de pertes, je ne puis me permettre de les perdre, eux aussi. Après tout, il reste encore deux victoires à remporter!

Il sourit et me serra brièvement la main. Je rejoignis l'avant-garde et donnai l'ordre d'avancer.

Les archers à cheval partirent en tête, suivis par les fantassins. Les guerriers chevauchaient en les encadrant sur chaque flanc. En sortant de la vallée, les archers se scindèrent sur mon signal en deux groupes qui gagnèrent chacun une aile. J'ordonnai aux fantassins de s'arrêter avant qu'ils ne soient arrivés à portée des arcs de nos adversaires.

L'armée ennemie surgit du brouillard. J'envoyai en avant un guerrier Otori qui proclama d'une voix de stentor :

— Sire Otori Takeo traverse ce pays ! Permettez-lui de passer ou préparez-vous à mourir !

Un de leurs hommes hurla en réponse :

— Sire Fujiwara nous a ordonné de châtier le soi-disant Otori ! Avant midi, nous aurons sa tête et les vôtres !

Notre armée devait leur paraître pitoyable. Pleins de présomption, leurs fantassins dévalèrent la pente en brandissant leurs lances. Nos archers entrèrent aussitôt en action et une grêle de projectiles s'abattit sur les ennemis. Leurs archers ripostèrent, mais nous étions encore hors de leur portée et nos cavaliers s'élancèrent au milieu des fantassins et attaquèrent les archers avant qu'ils aient pu mettre en place de nouvelles flèches.

Nos fantassins se lancèrent alors à l'attaque, et les contraignirent à remonter la pente. Je savais que mes hommes étaient bien entraînés, mais leur férocité me surprit moi-même. Leur assaut semblait irrésistible et les ennemis commencèrent à se replier, plus vite que je ne m'y attendais. Nous les poursuivîmes en massacrant à coups de sabre les soldats débandés.

J'avais sur ma droite Makoto, et le sonneur de conque sur ma gauche. Nous arrivâmes au sommet de la colline après laquelle la plaine continuait de dérouler ses ondulations, jusqu'aux lointaines montagnes surgissant à l'est. Au lieu d'une petite armée en retraite, cependant, un spectacle nettement plus intimidant s'offrit à nos yeux. Dans la dépression entre les petites collines, une autre armée était rangée, immense. Araï avait envoyé ses troupes de l'ouest, dont les bannières flottaient au vent tandis que les hommes s'apprêtaient au combat.

— Sonne la conque! hurlai-je au soldat à ma gauche.

Je n'aurais jamais dû douter de mes oreilles. Il porta l'énorme coquillage à ses lèvres et l'appel lugubre retentit dans la plaine, renvoyé en écho par les collines.

— Allez-y! lançai-je à Makoto.

Il peina pour faire tourner son cheval et partir au galop. Peu désireux de quitter ses compagnons, le destrier résista au mors et Shun hennit à son adresse. Quelques instants plus tard, cependant, nous avions tous tourné bride et suivions à toute allure Makoto en direction de la vallée.

J'avais été fier de mes hommes au moment de l'attaque, mais j'en fus encore plus fier en les voyant obéir instantanément aux ordres et battre en retraite à l'aube de cette brumeuse journée d'automne.

La rapidité de notre volte-face prit de court les ennemis. Ils s'attendaient à nous voir dévaler à leur suite en bas de la colline, où ils nous auraient mis en pièces avec l'aide des hommes d'Araï. Ils avaient subi plus de pertes que nous au cours du combat initial, et leur progression fut d'abord gênée par les cadavres de soldats et par la confusion régnant aux franges des deux armées. Ensuite la pluie se remit à tomber à torrents, transformant le sol en une masse boueuse et glissante, ce qui nous avantagea puisque nous étions déjà presque arrivés dans la vallée au terrain plus rocailleux.

Je restai à l'arrière-garde où j'encourageais les soldats à avancer et me retournais par moments pour repousser nos poursuivants les plus proches. Quand la vallée se resserra, je laissai deux cents de mes meilleurs guerriers avec l'ordre de tenir aussi longtemps que possible, afin de gagner du temps pour permettre au gros de l'armée de s'échapper.

Nous chevauchâmes toute la journée, et à la tombée de la nuit nous avions distancé nos poursuivants. Entre les pertes subies et les soldats restés à l'arrière, cependant, notre nombre s'était réduit de moitié. J'accordai aux hommes deux heures pour se reposer, mais le temps se gâtait et comme je l'avais redouté le vent se levait. Nous continuâmes à ce rythme toute la nuit et le jour suivant, sans prendre de repos ni de nourriture, ou presque, en repoussant à l'occasion de petites troupes de cavaliers parvenus à nous rattraper, sans jamais cesser d'avancer désespérément en direction de la côte.

Cette nuit-là, nous étions à proximité de Maruyama, et j'envoyai Sakaï voir quelle était la situation dans la ville. Devant la détérioration du temps, il était d'avis que nous nous y repliions, mais j'hésitais toujours à m'engager dans un siège de longue durée et me demandais à quel parti le domaine se rallierait finalement. Nous fîmes halte un moment, le temps de manger un peu et de reposer les chevaux. J'étais au-delà de l'épuisement et mes souvenirs de cette époque sont brumeux. J'avais conscience de devoir peut-être affronter une défaite totale — ma défaite avait d'ores et déjà commencé. Une part de mon être regrettait de ne pas avoir péri en combattant, dans ma tentative désespérée pour sauver Kaede. À d'autres instants, je me raccrochais à la prophétie, dont je croyais encore qu'elle s'accomplirait. Et il m'arrivait aussi de me demander ce que je faisais assis comme un fantôme dans le temple où nous nous étions abrités, les yeux douloureux, le corps torturé par une irrésistible envie de dormir.

Des rafales de vent mugissaient autour des piliers, et par moments le toit tremblait et se soulevait comme s'il allait s'envoler. Nous ne parlions guère et nos visages exprimaient comme un défi résigné : nous n'avions pas encore franchi tout à fait la frontière du royaume des morts, mais nous étions sur le chemin. Les hommes dormaient, en dehors des gardes, mais je ne pouvais les imiter. Je ne dormirais pas avant de les avoir menés en lieu sûr. Je savais que nous devrions reprendre bientôt notre marche, passer encore une nuit à avancer sans répit ou presque, mais j'hésitais à les réveiller sans qu'ils aient pu vraiment se reposer.

«Encore quelques instants, me répétais-je. Le temps que Sakaï revienne.» Puis j'entendis enfin une rumeur de sabots à travers le vent et le déluge. Il me sembla distinguer non pas un, mais deux chevaux.

J'allai dans la véranda pour scruter les ténèbres noyées de pluie et j'aperçus Sakaï. Derrière lui, Hiroshi descendait prestement d'une vieille rosse efflanquée.

— Je l'ai rencontré sur la route, cria Sakaï. Juste avant la ville. Pour aller vous trouver, il n'avait pas hésité à partir à cheval par un temps pareil!

Ils étaient vaguement cousins et sa voix vibrait de fierté.

— Hiroshi! m'exclamai-je.

Le garçon courut à la véranda, ôta ses sandales trempées et se jeta à genoux.

— Sire Otori.

Je l'attirai à l'intérieur, à l'abri de la pluie, en le regardant avec stupéfaction.

— Mon oncle est mort et la ville s'est rendue à l'armée d'Araï, lança-t-il d'une voix furieuse. Je ne parviens pas à y croire! Dès votre départ, ou presque, les anciens ont pris cette décision. Mon oncle a mis fin à ses jours plutôt que de s'y associer. Les hommes d'Araï sont arrivés tôt ce matin, et les anciens se sont soumis sur-le-champ.

Même si ce n'était qu'à moitié une surprise, cette reddition était un coup sévère. La mort de Sugita, qui avait soutenu Kaede avec tant de loyauté, rendait la nouvelle encore plus amère. J'étais pourtant soulagé en voyant que mon instinct ne m'avait pas trompé et qu'il m'était encore possible de battre en retraite vers la côte. Mais nous devions nous remettre immédiatement en route. J'ordonnai aux gardes de réveiller les hommes.

— Et tu as fait tout ce chemin pour me prévenir ? dis-je à Hiroshi.

— Même si tout les Maruyama vous abandonnent, je vous resterai fidèle. Je vous avais promis que je viendrais. J'ai même choisi le plus vieux canasson des écuries !

— Tu aurais mieux fait de rester chez toi. Mon avenir paraît sombre, désormais.

— Moi aussi, j'ai honte, intervint Sakaï à voix basse. Je pensais qu'ils prendraient votre parti.

— Je ne puis les blâmer, déclarai-je. Araï est beaucoup plus puissant que moi et nous avons toujours su que Maruyama ne pourrait soutenir un siège de longue durée. Il valait mieux se rendre sans attendre, en épargnant les vies et en sauvant la moisson.

— Ils s'imaginent que vous allez battre en retraite vers la ville, observa Hiroshi. Le gros des forces d'Araï vous attend au bord de l'Asagawa.

— Dans ce cas, ils seront peut-être moins nombreux à nos trousses. Ma retraite vers la côte les prendra de court. En marchant jour et nuit, nous pouvons être là-bas dans deux jours.

Je me tournai vers Sakaï.

— Il est inutile qu'un enfant comme Hiroshi désobéisse à son propre clan et gâche sa vie pour une cause perdue. Ramenez-le à Maruyama. Je vous délie l'un comme l'autre de toute obligation envers moi.

Ils refusèrent tous deux obstinément de me quitter, et je n'avais pas le temps de discuter. Les hommes étaient réveillés, prêts au départ. Bien qu'il plût encore à torrents, le vent était un peu retombé, ce qui raviva mon espoir d'avoir derrière moi le pire de la tempête. Il faisait trop sombre pour avancer plus vite qu'un bœuf. Les hommes de tête portaient des torches pour éclairer la route, mais la pluie les réduisait souvent à des panaches de fumée. Nous suivions à l'aveuglette.

Le clan des Otori a donné naissance à bien des récits, et les exploits de ses guerriers ont inspiré un grand nombre de ballades et de chroniques. Cependant, aucun de leurs hauts faits n'a davantage enflammé l'imagination que cette fuite éperdue et sans espoir à travers le pays. Nous étions tous dans la fleur de l'âge, habités par l'énergie et la folie des jeunes gens. Nous avancions plus vite qu'il n'aurait semblé possible, mais ce n'était pas assez vite. Je chevauchais toujours à l'arrière-garde, pour encourager mes hommes et veiller à ce qu'aucun ne prenne du retard. Le premier jour, nous repoussâmes deux attaques sur nos arrières, gagnant ainsi un temps précieux pour la progression du gros de l'armée. Puis nos ennemis semblèrent abandonner la poursuite. Je crois que personne ne pensait que nous continuerions, car il était maintenant manifeste que nous nous enfoncions dans le cœur déchaîné de l'ouragan.

La tempête couvrait notre fuite, mais je savais que si elle empirait nous perdrions tout espoir de pouvoir nous échapper en bateau. La seconde nuit, Shun était si fatigué qu'il avait peine à avancer. Pendant qu'il se traînait péniblement, je somnolais sur son dos. Par moments, je rêvais que les morts voyageaient en ma compagnie. J'entendais Amano appeler Jiro, et ce dernier répondait joyeusement, en riant. Puis il me sembla que sire Shigeru chevauchait à mes côtés et que je montais Raku. Nous nous rendions au château de Hagi, comme le jour de mon adoption. J'aperçus dans la foule l'ennemi de sire Shigeru, Ando, l'homme au bras coupé, et j'entendis les voix perfides des seigneurs Otori. Alors que je tournais la tête vers sire Shigeru pour le mettre en garde, je le découvris tel qu'il était la dernière fois que je l'avais vu vivant, à Inuyama, au bord du fleuve. La souffrance obscurcissait ses yeux et du sang coulait de sa bouche.

— Tu as Jato avec toi ? me demanda-t-il comme il l'avait fait alors.

Je me réveillai en sursaut. J'étais tellement trempé que j'avais l'impression d'être devenu un esprit du fleuve et de respirer de l'eau à la place d'air. Devant moi, mes hommes avançaient comme une armée de fantômes. J'entendais le fracas du ressac, cependant, et l'aube éclaira à nos yeux la côte balayée par le vent.

Toutes les îles du large disparaissaient derrière un épais rideau de pluie et le vent redoublait de violence à chaque instant. Quand nous arrivâmes aux falaises du haut desquelles Hajime m'avait guetté, il hurlait comme un démon tourmenté. Il avait déraciné deux pins, qui gisaient en travers de la route. Nous dûmes les écarter avant de pouvoir passer avec nos chevaux.

Je m'avançai alors en tête afin de guider mes hommes jusqu'au sanctuaire de Katte Jinja. Un des bâtiments avait perdu son toit, et des brins de chaume volaient dans le jardin. Mais le cheval de Makoto était attaché dans ce qui restait de l'édifice et tournait le dos au vent, la tête baissée. J'aperçus près de lui un autre étalon, que je ne reconnus pas. Makoto lui-même se trouvait dans la salle principale avec Ryoma.

Avant même qu'ils aient ouvert la bouche, je sus que tout était perdu. En fait, j'étais déjà stupéfait que Makoto ait réussi à arriver jusqu'ici. Qu'il ait retrouvé Ryoma tenait du miracle. Je les serrai tous deux dans mes bras, plein de gratitude pour leur loyauté. J'appris plus tard que Ryoma avait été chargé par Fumio de m'attendre afin de m'annoncer que les pirates viendraient me trouver dès que le temps se serait calmé.

Nous n'avions pas échoué faute de prévoyance, de courage ou d'endurance. Au bout du compte, nous avions été vaincus par la tempête, par les grandes forces de la nature, par le destin lui-même.

— Jo-An aussi est ici, dit Makoto. Il a attrapé l'un des chevaux sauvages et m'a suivi.

Je n'avais guère pensé à Jo-An, durant notre fuite vers la côte, mais je ne fus pas surpris de le trouver en ces lieux. C'était comme si je m'étais attendu à le voir resurgir dans ma vie ainsi qu'il le faisait toujours, pareil à une apparition presque surnaturelle. Pour l'instant, cependant, je n'avais pas envie de lui parler. J'étais trop fatigué pour songer à autre chose qu'à rassembler les hommes à l'intérieur du sanctuaire, protéger autant que possible les chevaux et sauver ce qui restait de nos provisions détrempées. Après quoi, nous ne pouvions plus rien faire sinon attendre que le typhon s'apaise de lui-même.

Cela prit deux jours. Je m'éveillai dans la nuit du second jour, et m'aperçus que j'avais été tiré de mon sommeil par le silence. Le vent était retombé et malgré l'eau dégoulinant encore des avant-toits il ne pleuvait plus. Autour de moi, les soldats dormaient comme des morts. Je me levai et sortis. Dehors, les étoiles brillaient, aussi lumineuses que des lampes, et l'air était froid et limpide. J'allai jeter un coup d'œil aux chevaux. Les gardes me saluèrent à grands cris.

— Le temps s'arrange! s'exclama joyeusement l'un d'eux.

Mais je savais qu'il était trop tard pour nous.

Je poussai jusqu'au vieux cimetière. Jo-An apparut tel un fantôme dans le jardin dévasté. Il scruta mon visage.

— Vous allez bien, seigneur?

— Il me faut maintenant décider si je vais agir ou non en guerrier.

— Vous devriez rendre grâce à Dieu, répliqua-t-il. À présent que vous en avez fini avec la défaite, il ne vous reste plus que des victoires.

J'avais dit la même chose à Makoto, mais c'était avant que le vent et la pluie ne m'aient réglé mon compte.

— Un vrai guerrier s'ouvrirait le ventre sur-le-champ, dis-je en pensant à voix haute.

— Votre vie ne vous appartient pas. Dieu a encore son dessein pour vous.

— Si je ne me tue pas, je vais devoir me rendre à Araï. Il est sur mes talons et il n'y a pas moyen que les Terada nous rejoignent avant lui.

La nuit était magnifique. J'entendis le bruissement feutré des ailes d'un hibou et une grenouille se mit à coasser dans le vieil étang. Le fracas des vagues sur les galets s'apaisait.

— Que vas-tu faire, Jo-An? Comptes-tu retourner à Maruyama?

J'espérais sans vraiment y croire que les parias seraient bien traités, une fois que je ne serais plus là pour les protéger. Dans ce pays en ébullition, ils seraient plus vulnérables que jamais, traqués comme des boucs émissaires, dénoncés par les villageois, persécutés par les guerriers.

— Je me sens très près de Dieu, déclara-t-il. Je pense qu'il va bientôt me rappeler à lui.

Je ne savais comment répliquer à de tels propos.

— Vous avez délivré mon frère de ses tourments à Yamagata, reprit-il. Si la même chose m'arrive, me délivrerez-vous à mon tour ?

— Ne parle pas ainsi. Tu as sauvé ma vie. Comment peux-tu me demander de mettre fin à tes jours ?

— Le ferez-vous ? Je n'ai pas peur de mourir, mais je redoute la souffrance.

— Retourne à Maruyama, le pressai-je. Prends le cheval sur lequel tu es venu, et évite les routes principales. Je t'enverrai chercher si je le puis. Cependant, comme tu le sais, il est probable qu'Araï exigera ma mort. Nous ne nous reverrons sans doute jamais.

Il esquissa le petit sourire qui lui était coutumier.

— Merci pour tout ce que tu as fait pour moi.

— Tout ce qui est arrivé entre nous fait partie du dessein de Dieu. C'est lui que vous devriez remercier.

Je me rendis avec lui auprès des chevaux à l'attache et parlai aux gardes. Incrédules, ils me regardèrent détacher l'étalon, sur lequel Jo-An monta d'un bond.

Après qu'il eut disparu dans l'obscurité, je me recouchai mais ne dormis pas. Je songeai à Kaede, à l'immense amour que je ressentais pour elle. Je songeai à ma vie extraordinaire. Malgré toutes mes erreurs, j'étais heureux de la façon dont je l'avais vécue. Je n'avais aucun regret, sinon pour ceux qui étaient morts avant moi. L'aube arriva, aussi radieuse et admirable que toutes celles que j'avais jamais vues. Je me lavai et me coiffai de mon mieux, et quand mes soldats déguenillés se réveillèrent je leur ordonnai d'en faire autant. Je fis venir Ryoma, le remerciai de ses bons offices et lui demandai de bien vouloir rester au moins jusqu'au moment où la nouvelle de ma mort lui parviendrait, afin d'en avertir Fumio à Oshima. Puis je rassemblai mes hommes pour leur parler.

— Je vais me rendre à sire Araï. En échange, j'espère qu'il épargnera vos vies et acceptera vos services. Je vous remercie pour votre loyauté. Personne n'a été mieux servi que moi.

Je leur dis d'attendre dans le sanctuaire sous le commandement de leurs capitaines et demandai à Makoto, Sakaï et Hiroshi de m'accompagner. Makoto portait la bannière des Otori et Sakaï celle des Maruyama, aussi déchirées et maculées de boue l'une que l'autre. Les chevaux étaient lents et engourdis, mais le soleil se leva pendant que nous chevauchions et les réchauffa un peu. Un vol de canards sauvages passa au-dessus de nos têtes et un cerf brama dans la forêt. Nous apercevions au large les nuages amassés sur Oshima. Rien ne troublait sinon le bleu du ciel, clair et intense.

Nous longeâmes les pins abattus. La tempête avait creusé la route autour d'eux et sapé la falaise où Hajime s'était embusqué. Des rochers s'étaient éboulés lors d'un petit glissement de terrain, et tandis que les chevaux se frayaient un chemin à travers je songeai au jeune lutteur. Si sa flèche avait atteint sa cible, Jiro serait encore vivant — et tant d'autres avec lui. Je pensai au corps de Hajime, gisant sans sépulture non loin d'ici : il n'attendrait pas longtemps sa vengeance.

Nous ne nous étions guère éloignés quand j'entendis des chevaux approcher rapidement. Je levai la main et nous fîmes halte. Les cavaliers arrivèrent au trot. Ils devaient être une centaine, et deux porte-bannières s'avançant en tête brandissaient l'emblème d'Araï. En nous voyant sur la route, ils s'arrêtèrent abruptement.

Leur chef se dirigea vers nous. Il portait une armure complète et un casque compliqué, couronné de ramures comme une tête de cerf.

Je rendis grâce à la chaleur du soleil, car je n'avais plus froid et pus prendre la parole d'une voix ferme :

— Je suis Otori Takeo. Voici Sugita Hiroshi, neveu de sire Sugita de Maruyama. Je vous demande d'épargner sa vie et de le renvoyer sain et sauf à son clan. Sakaï Masaki est son cousin et l'accompagnera.

Hiroshi garda le silence. J'étais fier de lui.

Le chef des cavaliers inclina légèrement la tête, ce que je considérai comme un acquiescement.

— Je suis Akita Tsutomu, déclara-t-il. J'ai ordre de mener sire Otori auprès de sire Araï. Il souhaite vous parler.

— Je suis prêt à me rendre à sire Araï, répliquai-je. À condition cependant qu'il épargne la vie de mes hommes et les prenne à son service.

— Ils peuvent vous accompagner s'ils se montrent pacifiques.

— Envoyez un détachement avec Kubo Makoto. Il leur dira de se soumettre sans combat. Où se trouve Sa Seigneurie ?

— Non loin d'ici. Nous avons attendu la fin du typhon à Shuho.

Makoto s'éloigna avec la plupart des guerriers, tandis que Sakaï, Hiroshi et moi-même poursuivions notre route en silence avec Akita.

Chapitre VIII

 Le printemps avait cédé la place à l'été. Le repiquage était terminé et la saison des pluies commença. Les plants grandirent, teignant les rizières d'un vert éclatant. Shizuka était confinée dans la maison par la pluie. Elle regardait l'eau ruisselant des avant-toits, cependant qu'elle aidait sa grand-mère à tresser des sandales et des pèlerines en paille de riz ou à soigner les vers à soie dans les greniers bien aérés. Parfois, elle se rendait à l'atelier pour passer une heure ou deux à tisser. Le travail ne manquait jamais, entre la couture et la teinture, les conserves et la cuisine. Ces tâches routinières lui paraissaient apaisantes. Bien qu'elle fût soulagée de pouvoir abandonner les rôles qu'elle avait tenus et se réjouît d'être avec sa famille et ses fils, elle était souvent en proie à une étrange dépression. Elle qui n'avait jamais été craintive, elle se sentait rongée d'anxiété. Son sommeil était troublé et le moindre bruit la réveillait. Quand elle dormait, elle rêvait aux morts.

Le père de Kaede venait souvent la visiter, la fixant de ses yeux sans regard. Elle alla porter des offrandes au sanctuaire, dans l'espoir d'apaiser l'esprit du défunt, mais les cauchemars continuèrent à la tourmenter. Kaede lui manquait, Ishida lui manquait. Elle était impatiente que Kondo revienne en apportant de leurs nouvelles, mais en même temps elle redoutait son retour.

Les pluies cessèrent et les jours brûlants et humides du plein été leur succédèrent. Melons et concombres parvinrent à maturité, et furent marinés avec du sel et des herbes. Shizuka battait souvent les montagnes en cueillant des champignons sauvages, de l'armoise pour faire des moxas, de la bugle et de la garance pour les teintures, sans oublier une récolte plus funeste, destinée aux poisons de Kenji.

Elle observait l'entraînement de ses fils et des autres enfants, en s'émerveillant encore de voir les talents de la Tribu s'éveiller en eux. Ils devenaient invisibles par intermittence, et elle voyait parfois leur silhouette tremblante, indistincte, tandis qu'ils apprenaient à se servir de leur second moi.

Zenko, son fils aîné, était moins doué que son frère. Dans un an tout au plus il serait un homme, et ses talents auraient dû se développer rapidement. Mais Shizuka remarqua qu'il s'intéressait davantage aux chevaux et au maniement du sabre : il tenait de son père. Araï serait-il prêt maintenant à le reconnaître ? À moins qu'il ne cherche encore à protéger son fils légitime en supprimant ses bâtards ?

Elle était plus inquiète pour Zenko que pour Taku. Ce dernier promettait déjà d'être remarquablement doué. Il resterait au sein de la Tribu et y ferait son chemin. Kenji n'ayant pas de fils, il se pourrait même que Taku devienne un jour le maître de la famille Muto. Ses talents étaient précoces. L'invisibilité lui venait naturellement et son ouïe était si fine qu'il était possible qu'à l'approche de la puberté elle égale celle de Takeo. Son corps était aussi malléable que celui de sa mère, et il pouvait se confiner dans un espace minuscule et rester caché pendant des heures. Il aimait faire des farces aux servantes, en se dissimulant dans un tonneau à saumure vide ou dans une corbeille de bambou d'où il surgissait pour leur faire peur comme les espiègles *tanuki* des contes.

Elle se surprit à comparer son fils cadet à Takeo. Si son cousin avait reçu la même éducation, s'il avait été repéré par les Kikuta dès sa naissance, il aurait fait partie de la Tribu, comme ses enfants et comme elle-même. Il aurait été impitoyable, obéissant, incapable de se poser des questions.

«Sauf que je me pose des questions, pensa-t-elle. Je crois que je ne suis même plus obéissante. Et qu'est devenue ma nature impitoyable? Jamais je ne pourrai tuer Takeo ou faire du mal à Kaede. Même si la Tribu me le demande. J'ai été envoyée auprès de Kaede pour la servir, et j'en suis venue à l'aimer. Je me suis juré de lui être fidèle, et je ne m'en dédirai pas. Comme je le lui ai dit à Inuyama, même les femmes peuvent avoir de l'honneur.»

Elle se remit à songer à Ishida et se demanda si la douceur et la compassion étaient contagieuses. Peut-être le médecin les lui avait-il transmises… Puis elle pensa à l'autre secret qu'elle gardait, plus profond encore. Qu'avait-elle fait de son obéissance, en ce passé inconnu de tous?

La fête de l'étoile de la Tisserande eut lieu par une nuit pluvieuse. Les enfants se désolèrent, car à cause des nuages les pies ne pourraient pas construire un pont à travers le ciel afin que la princesse puisse rencontrer son amant. Elle manquerait leur unique rendez-vous et serait séparée de lui encore pour une année.

Shizuka y vit un mauvais présage et sa dépression s'aggrava.

De temps en temps, des messagers arrivaient de Yamagata ou même de plus loin. Ils apportaient des nouvelles de Kaede et Takeo : leur mariage, leur fuite de Terayama, le pont des parias, la défaite de Jin-emon. Les servantes s'émerveillaient de ces histoires qui leur semblaient sorties tout droit d'une ancienne légende, et elles composèrent des chansons à leur sujet. Kenji et Shizuka discutaient de ces événements la nuit, partagés l'un comme l'autre entre la consternation et une admiration involontaire. Puis le jeune couple s'établit avec son armée à Maruyama, et les nouvelles les concernant se firent rares, en dehors de quelques échos de la campagne entreprise par Takeo contre la Tribu.

— Il semble qu'il ait appris à se montrer impitoyable, observa Kenji.

Mais l'oncle et la nièce n'en discutèrent pas davantage. Kenji avait d'autres soucis. Il ne reparla pas de Yuki, mais la maisonnée tout entière se trouva dans l'expectative après que le septième mois fut passé sans apporter aucune nouvelle de la jeune femme. Chacun s'inquiétait pour cet enfant Muto, le premier petit-fils du maître, qui avait été revendiqué par les Kikuta et devait être élevé par eux.

Un après-midi, peu avant la fête des Morts, Shizuka monta jusqu'à la cascade. C'était un jour d'une chaleur oppressante, sans un souffle de vent, et elle resta assise les pieds dans l'eau fraîche. Sur le fond gris des roches, la cascade apparaissait blanche. La vapeur de ses eaux s'irisait. Des cigales chantaient sans discontinuer dans les cèdres, irritant les nerfs de Shizuka. À travers leur rumeur monotone, elle entendit son fils cadet approcher. Elle fit semblant de rien puis, au dernier moment, alors qu'il croyait la surprendre, elle tendit les bras et l'attrapa par les genoux. Elle l'attira contre elle.

— Vous m'avez entendu, s'exclama-t-il d'un ton déçu.

— Tu faisais plus de bruit qu'un sanglier.

— Ce n'est pas vrai !

— Peut-être ai-je reçu en partage un peu de l'ouïe fine des Kikuta, le taquina-t-elle.

— Moi aussi.

— Je sais. Et je pense qu'elle s'affinera encore avec l'âge.

Elle ouvrit sa main et suivit du doigt la ligne droite traversant sa paume.

— Toi et moi, nous avons les mêmes mains.

— Comme Takeo, lança-t-il avec fierté.

— Que sais-tu de Takeo ? demanda-t-elle en souriant.

— C'est un Kikuta, lui aussi. Oncle Kenji nous a parlé de lui. Il a raconté qu'il pouvait faire des choses dont personne d'autre ne serait capable, même si c'était un élève impossible.

Il se tut un instant avant d'ajouter d'une petite voix :

— Je regrette qu'il nous faille le tuer.

— Comment le sais-tu ? C'est aussi oncle Kenji qui t'en a parlé ?

— J'ai surpris des propos. J'entends tant de choses. Les gens ne savent pas que je suis là.

— On t'a envoyé me chercher ?

Elle se promit à l'avenir de ne jamais révéler de secrets dans la maison de ses grands-parents sans avoir d'abord vérifié où se trouvait son fils.

— Pas exactement. Personne ne m'a dit de venir, mais je crois que vous devriez rentrer.

— Que s'est-il passé ?

— Tante Seiko est arrivée. Elle semble très malheureuse. Et oncle Kenji…

Il s'interrompit et la regarda fixement.

— Je ne l'avais jamais vu dans un tel état.

« Yuki », se dit-elle aussitôt. Elle se leva prestement et enfila ses sandales. Son cœur battait violemment, sa bouche était sèche. La venue de sa tante signifiait que les nouvelles étaient mauvaises — que le pire s'était produit.

Ses craintes furent confirmées par l'aspect du village, qui semblait tout entier plongé dans l'affliction. Les gardes étaient pâles, et il n'était plus question de sourire ou de plaisanter. Elle ne s'arrêta pas pour les questionner mais se hâta vers la maison de ses grands-parents. Les femmes du village s'y étaient déjà rassemblées, sans se soucier du feu à allumer et du souper à préparer. Elle se fraya un chemin parmi elles, tandis qu'elles murmuraient des paroles de sympathie et des condoléances. À l'intérieur, sa tante, l'épouse de Kenji, était agenouillée sur le sol près de sa grand-mère, entourée des femmes de la maisonnée. Son visage était tiré, ses yeux rouges, son corps secoué de sanglots désespérés.

— Ma tante ! s'écria Shizuka en s'agenouillant devant elle et en s'inclinant profondément. Que s'est-il passé ?

Seiko saisit sa main et la serra avec force, mais elle ne put articuler un mot.

— Yuki a rendu l'âme, dit sa grand-mère d'une voix tranquille.

— Et le bébé?

— Il va bien. C'est un garçon.

— Je suis désolée, murmura Shizuka. Un accouchement malheureux…

Les sanglots de sa tante redoublèrent.

— L'accouchement n'y est pour rien, lança la vieille femme en attirant Seiko dans ses bras pour la bercer comme une enfant.

— Où est mon oncle?

— Dans la pièce voisine, avec son père. Va auprès de lui. Peut-être pourras-tu le réconforter.

Shizuka se leva et se dirigea doucement vers la pièce d'à côté, en refoulant les pleurs qui brûlaient ses yeux.

Kenji était assis près de son père, immobile dans la pénombre. Tous les volets étaient fermés et l'atmosphère était étouffante. Des larmes ruisselaient sur le visage du vieillard, qui levait le bras de temps à autre pour les essuyer avec sa manche. Mais les yeux de Kenji étaient secs.

— Mon oncle, chuchota-t-elle.

Il resta d'abord sans réaction. Elle s'agenouilla en silence. Puis il tourna la tête et la regarda.

— Shizuka, dit-il.

Les yeux du maître Muto se remplirent de larmes, mais elles ne coulèrent pas.

— Mon épouse est ici. Tu l'as vue?

Elle hocha la tête.

— Notre fille est morte.

— Quelle affreuse nouvelle. Je partage votre peine.

Les phrases semblaient inutiles, vides de sens.

Comme il restait silencieux, elle se risqua à demander :

— Comment est-ce arrivé?

— Les Kikuta l'ont tuée. Ils l'ont forcée à s'empoisonner.

Il parlait comme s'il ne croyait pas lui-même ce qu'il disait.

Shizuka elle aussi resta d'abord incrédule. Malgré la chaleur, elle se sentait glacée jusqu'aux os.

— Mais pourquoi? Comment ont-ils pu faire une chose pareille?

— Ils ne lui faisaient pas confiance pour garder l'enfant loin de Takeo et l'élever dans la haine de son père.

Elle s'était imaginé que rien de la Tribu ne pouvait la choquer, mais en entendant cette révélation elle sentit son cœur s'arrêter de battre et sa voix mourir dans son gosier.

— Qui sait, peut-être désiraient-ils aussi me punir, reprit-il. Mon épouse me couvre de reproches. Elle me blâme de ne pas m'être moi-même lancé aux trousses de Takeo, de n'avoir pas soupçonné l'existence des registres de Shigeru, d'avoir gâté Yuki dans son enfance.

— N'en parlez pas maintenant, souffla-t-elle. Vous n'avez rien à vous reprocher.

Ses yeux étaient perdus dans le lointain, et elle se demanda ce qu'il voyait.

— Ils n'auraient pas dû la tuer, dit-il. Je ne le leur pardonnerai jamais.

Sa voix se brisa et malgré son visage crispé ses larmes se mirent enfin à couler.

LA FÊTE DES MORTS fut célébrée avec plus de solennité et d'affliction que de coutume. On déposa des offrandes de nourriture devant les autels de la montagne et on alluma des feux sur les sommets afin d'éclairer le chemin menant à l'autre monde. Mais les défunts semblaient peu désireux de repartir. Ils voulaient rester avec les vivants, leur rappeler sans cesse quelle fin ils avaient subie et quelle soif de remords et de vengeance les habitait.

Kenji et son épouse n'étaient guère un réconfort l'un pour l'autre. Au lieu de se rapprocher dans leur chagrin, ils se blâmaient mutuellement pour la mort de Yuki. Shizuka passa bien des heures avec chacun d'eux, sans pouvoir leur offrir d'autre consolation que sa présence. Sa grand-mère préparait des thés calmants pour Seiko, laquelle se réfugiait dans de longs sommeils. En revanche, Kenji refusait d'engourdir sa souffrance en prenant des remèdes, et Shizuka restait souvent assise avec lui jusque tard dans la nuit en l'écoutant parler de sa fille.

— Je l'ai élevée comme un fils, déclara-t-il une nuit. Elle était si douée. Et elle ignorait la peur. Mon épouse pense que je lui ai accordé trop de liberté. Elle me reproche de l'avoir traitée comme un garçon. Yuki est devenue trop indépendante et s'est imaginé qu'elle pouvait agir à sa guise. Au bout du compte, Shizuka, elle est morte parce qu'elle était une femme.

Après un silence, il ajouta :

— Sans doute la seule femme que j'aie vraiment aimée.

Il se pencha vers Shizuka et lui toucha le bras, en un geste aussi affectueux qu'inattendu.

— Pardonne-moi. Je tiens aussi beaucoup à toi, bien sûr.

— Moi aussi, je tiens à vous, répliqua-t-elle. Je voudrais pouvoir adoucir votre chagrin.

— Rien ne peut l'adoucir, hélas. Je ne m'en remettrai jamais. Il faudra que je la suive dans la mort ou que je vive avec ma peine, comme nous le devons tous. En attendant…

Il poussa un profond soupir.

Les autres habitants de la maison étaient allés se coucher. Il faisait un peu plus frais, et les écrans restaient ouverts afin de laisser entrer la brise légère qui descendait par moments de la montagne. Une unique lampe était allumée près de Kenji. Shizuka s'avança afin d'apercevoir quelque chose de son visage.

— Qu'allez-vous faire ? demanda-t-elle vivement.

Il sembla changer de sujet.

— J'ai sacrifié Shigeru aux Kikuta pour préserver l'unité de la Tribu. Maintenant, ils m'ont pris aussi ma fille.

Il se tut de nouveau.

— Quels sont vos projets ?

— Le nouveau-né est mon petit-fils, le seul que j'aurai jamais. Il m'est difficile d'accepter qu'il soit définitivement perdu pour les Muto. Tel que je connais Takeo, je pense que son père s'intéressera également à son sort. Comme je te l'ai dit, je n'ai jamais eu l'intention d'attenter aux jours de Takeo. C'est en partie pour cette raison que je me suis terré ici tout l'été. Maintenant, je vais aller plus loin : je veux que la famille Muto parvienne à un accord avec lui, afin de conclure une trêve.

— Et afin de combattre les Kikuta ?

— Il n'est plus question que je collabore avec eux. Si Takeo peut les anéantir, je ferai tout ce qui est en mon pouvoir pour l'aider.

En voyant son expression, elle comprit qu'il espérait que Takeo lui donnerait la vengeance dont il rêvait.

— Vous allez détruire la Tribu, chuchota-t-elle.

— Nous sommes déjà en train de nous détruire nous-mêmes, dit-il mornement. Du reste, tout change autour de nous. Je crois que nous arrivons au terme d'une époque. Quand la guerre sera finie, quel que soit le vainqueur, il régnera sur la totalité des Trois Pays. Takeo veut recueillir son héritage et punir les oncles de Shigeru. Mais qu'il réussisse ou non, il arrivera un moment où Araï devra marcher contre le clan des Otori. Il faudra que les Otori triomphent ou qu'ils soient défaits et anéantis jusqu'au dernier, car la paix sera impossible tant qu'ils menaceront la frontière.

— Il semble que les Kikuta soutiennent les seigneurs Otori contre Takeo ?

— Oui, j'ai même entendu dire que Kotaro se trouverait en

personne à Hagi. Je crois qu'en fin de compte, malgré sa force apparente, Araï échouera face aux Otori. Leur prétention à régir les Trois Pays possède une certaine légitimité, du fait de leur lien ancestral avec la famille impériale. C'est en l'honneur de ce lien que Jato, le sabre de Shigeru, fut forgé et offert au seigneur des Otori, voilà bien des siècles.

Il se tut de nouveau et un léger sourire flotta sur ses lèvres.

— Mais le sabre est allé trouver Takeo, et non Shoichi ou Masahiro.

Il se tourna vers elle et son sourire s'élargit.

— Je vais te raconter une histoire. Tu sais peut-être que j'ai rencontré Shigeru à Yaegahara. J'avais environ vingt-cinq ans, et il devait en avoir dix-neuf. Je travaillais comme espion et messager secret pour le compte des Noguchi, qui étaient alors alliés aux Otori. Je savais déjà qu'ils changeraient de camp pendant la bataille et attaqueraient leurs anciens alliés, en donnant ainsi la victoire à Iida et en provoquant la mort de milliers d'hommes. Je ne me suis jamais soucié de savoir si nos activités étaient bonnes ou mauvaises, mais les abîmes de la perfidie me fascinent. Il y a dans la découverte d'une trahison quelque chose d'effroyable, que je me plais à observer. Je voulais voir le visage d'Otori Shigemori quand les Noguchi se retourneraient contre lui.

« C'est pour ce motif assez bas que je me suis rendu au cœur de la bataille, en restant le plus souvent invisible. Je dois dire que j'éprouvais une excitation intense à me trouver en pleine mêlée à l'insu de tous. J'ai aperçu Shigemori. J'ai vu l'expression de son visage quand il s'est rendu compte que tout était perdu. J'ai assisté à sa mort. En mourant, il a laissé échapper son sabre, qui était célèbre et que beaucoup convoitaient, et il est tombé à mes pieds. Je l'ai ramassé. Il est devenu invisible comme moi et s'est pour ainsi dire attaché à mes doigts. Il était encore chaud de la main de son maître. Il m'a dit qu'il fallait que je le protège et trouve son véritable possesseur.

— Le sabre vous a parlé ?

— Je ne saurais l'exprimer autrement. Après la mort de Shigemori, les Otori furent pris d'un désespoir furieux. La bataille fit rage pendant encore deux heures, que je passai à chercher Shigeru. Je le connaissais : je l'avais rencontré une fois, quelques années plus tôt, alors qu'il s'entraînait dans les montagnes avec Matsuda. J'ai dû attendre la fin des combats pour parvenir à le dénicher. Les hommes d'Iida le cherchaient partout, car tout le monde aurait eu intérêt à le voir déclaré mort sur le champ de bataille.

«Je l'ai trouvé près d'une petite source. Il était seul et s'apprêtait à mettre fin à ses jours. Après avoir ôté son casque et s'être défait de son armure, il avait lavé son visage et ses mains maculés de sang puis parfumé ses cheveux et sa barbe. Il semblait aussi calme que s'il allait prendre un bain dans la source.

«Le sabre me dit : "Voici mon maître", de sorte que je l'appelai : "Sire Otori!" Quand il se retourna, je me rendis visible et lui tendis le sabre.

«Il le salua en disant : "Jato", le prit dans ses deux mains et s'inclina profondément. Après quoi, il regarda successivement le sabre et moi-même, et parut émerger de la transe où il était plongé.

«Je lui lançai : "Ne vous tuez pas", ou quelque chose de ce genre. Puis j'ajoutai, comme si le sabre parlait par ma bouche : "Vivez et vengez-vous." Il sourit et bondit sur ses pieds, le sabre à la main. Je l'ai aidé à échapper à ses poursuivants et l'ai ramené chez sa mère, à Hagi. Le temps d'arriver là-bas, nous étions devenus amis.

— Je me suis souvent demandé comment vous vous étiez rencontrés, dit Shizuka. Ainsi, vous lui avez sauvé la vie.

— Il a été sauvé par Jato, pas par moi. C'est ainsi que le sabre se transmet de main en main. Takeo est entré en sa possession grâce à Yuki, qui le lui a donné à Inuyama. Et à dater de ce jour où elle a désobéi, les Kikuta ont commencé à se méfier d'elle.

— Les voies du destin sont si étranges, murmura Shizuka.

— Oui, il existe entre nous tous un lien que je ne puis combattre.

C'est essentiellement parce que Jato a choisi Takeo, par l'intermédiaire de ma fille, que je crois que nous devons collaborer avec lui. Sans compter que je puis ainsi tenir ma promesse de ne jamais lui faire du mal, et peut-être racheter la honte du rôle que j'ai joué dans la mort de Shigeru.

Après un silence, il ajouta à voix basse :

— Je n'ai pas vu l'expression de son visage, en cette nuit où Takeo et moi ne sommes pas revenus d'Inuyama, mais je sais qu'il a la même quand il vient me rendre visite dans mes rêves.

Ils se turent tous deux pendant quelques instants. Un éclair soudain illumina la pièce, et Shizuka entendit le tonnerre gronder dans la montagne.

— J'espère que ton sang Kikuta ne va pas te séparer maintenant de nous, reprit Kenji.

— Au contraire, votre décision est un soulagement pour moi car elle me permet de rester fidèle à Kaede. Je suis désolée, mais il m'aurait été impossible de leur nuire, à elle aussi bien qu'à Takeo.

Son aveu le fit sourire.

— C'est ce que j'ai toujours pensé. Et pas seulement à cause de ton affection pour Kaede. Je connais la profondeur des sentiments qui t'unissaient à Shigeru comme à dame Maruyama, et le rôle que tu as joué dans leur alliance avec Araï.

Le regard de Kenji se fit insistant.

— Shizuka, tu n'avais pas l'air vraiment surprise quand je t'ai parlé des registres de Shigeru. J'ai essayé de découvrir qui avait pu être son informateur au sein de la Tribu.

Elle ne put s'empêcher de trembler. Sa désobéissance — ou plutôt sa trahison, pour lui donner son vrai nom — était sur le point d'être percée à jour. Elle ne pouvait imaginer quel sort la Tribu lui réserverait.

— C'était toi, n'est-ce pas ?

— Mon oncle... commença-t-elle.

— Ne t'inquiète pas, lança-t-il vivement. Je n'en parlerai à personne. Mais j'aimerais connaître tes motifs.

— Tout est venu après Yaegahara. Comme vous le savez, j'ai informé Iida des tentatives de Shigeru pour s'allier aux Seishuu. Shigeru s'était confié à Araï, et j'ai transmis ces renseignements. C'est à cause de moi que les Tohan ont triomphé, que des milliers d'hommes ont péri sur le champ de bataille, que d'autres victimes innombrables ont succombé ensuite à la torture ou à la faim. Durant les années qui ont suivi, j'ai observé Shigeru, et sa patience et sa force d'âme m'ont remplie d'admiration. Il me semblait qu'il était le seul homme bon que j'aie vraiment rencontré. Moi qui avais joué un rôle prépondérant dans sa ruine, je décidai de l'aider pour me racheter. Il m'interrogeait souvent sur la Tribu, et je lui ai dit tout ce que je savais. Garder nos entretiens secrets était un jeu pour moi : j'avais été entraînée à la dissimulation.

Après un silence, elle murmura :

— Je crains que vous ne soyez furieux contre moi.

Il secoua la tête.

— Je suppose que je devrais l'être. Si j'avais découvert cette histoire plus tôt, j'aurais été contraint de te punir de mort.

Il lui lança un regard admiratif.

— Tu as vraiment hérité de l'intrépidité des Kikuta. En fait, je suis heureux que tu aies agi ainsi. Non seulement tu as aidé Shigeru, mais maintenant ces registres protègent Takeo. Peut-être même rachètent-ils ma propre trahison.

— Comptez-vous rejoindre Takeo, à présent ?

— J'espérais avoir des nouvelles fraîches. Kondo devrait bientôt revenir. Autrement, oui, je me rendrai à Maruyama.

— Envoyez-moi là-bas comme émissaire. C'est une mission trop risquée pour que vous partiez en personne. Mais Takeo pourra-t-il se fier à un membre de la Tribu, désormais ?

— Peut-être irons-nous tous les deux. Et nous emmènerons tes fils.

Elle le regarda sans ciller. Un moustique vrombit près de ses cheveux, mais elle ne leva pas la main pour le chasser.

— Ils seront notre caution auprès de lui, dit Kenji d'une voix tranquille.

Il y eut un nouvel éclair. Le tonnerre était plus proche. Soudain, la pluie commença à tomber à torrents. Tandis qu'elle ruisselait des avant-toits, une odeur de terre mouillée s'éleva dans le jardin.

LA TEMPÊTE FIT RAGE sur le village pendant trois ou quatre jours. Avant le retour de Kondo, ils reçurent un message en provenance du sud, de la part d'une jeune Muto travaillant dans la résidence de sire Fujiwara. D'une brièveté cruelle, il ne leur donnait aucun des détails qu'ils auraient voulu savoir. La jeune fille l'avait écrit en hâte, non sans courir quelque danger, apparemment. Elle disait seulement que Shirakawa Kaede se trouvait dans la maison et avait épousé sire Fujiwara.

— Voilà donc le sort qu'ils lui ont réservé! s'exclama Kenji, oubliant son chagrin tant il était en colère.

— Nous avons toujours su que son mariage avec Takeo serait contesté, observa Shizuka. J'imagine que Fujiwara et Araï se sont mis d'accord. Avant qu'elle ne décide de partir, au printemps, sire Fujiwara voulait l'épouser. Je crains de l'avoir encouragée à se rapprocher de lui.

Elle se représenta Kaede emprisonnée dans la résidence luxueuse, se rappela la cruauté de l'aristocrate et regretta de n'avoir pas agi différemment.

— Je ne comprends pas ce qui m'est arrivé, dit-elle à son oncle. Moi qui étais indifférente, je me découvre pleine de compassion. Je me sens indignée et horrifiée, et j'éprouve une pitié profonde pour Kaede et Takeo.

— Dès que je l'ai vue, j'ai été touché par la destinée de dame Shirakawa. Il serait difficile de ne pas la plaindre encore davantage maintenant.

— Que va faire Takeo? s'interrogea Shizuka à voix haute.

— Il va livrer bataille, prédit Kenji. Et selon toute apparence, il sera vaincu. Il se pourrait qu'il soit trop tard pour que nous fassions la paix avec lui.

Shizuka vit que son oncle était de nouveau envahi par le chagrin. Craignant qu'il ne veuille vraiment suivre sa fille dans la mort, elle essaya de faire en sorte qu'il ne se retrouve jamais seul.

Une autre semaine passa avant que Kondo ne revienne enfin. Le temps s'était remis et Shizuka se rendit au sanctuaire pour prier une nouvelle fois le dieu de la guerre de protéger Takeo. Elle s'inclina devant l'effigie divine puis resta debout et tapa trois fois dans ses mains, en implorant aussi, dans son impuissance, que Kaede soit sauvée. Comme elle se tournait pour repartir, elle aperçut la silhouette chatoyante de Taku redevenant visible devant elle.

Il poussa un cri de triomphe.

— Cette fois, vous ne m'avez pas entendu!

Elle était stupéfaite, car il avait échappé aussi bien à son ouïe qu'à sa vue perçante.

— Bien joué! s'exclama-t-elle.

Taku sourit de toutes ses dents.

— Kondo Kiichi est de retour, annonça-t-il. Il vous attend. Oncle Kenji ne voulait pas que vous manquiez ses nouvelles.

— Fais attention à ne pas les écouter en même temps que nous, le taquina-t-elle.

— J'aime bien écouter, répliqua-t-il. J'adore connaître les secrets de tout le monde.

Il s'élança devant elle sur le chemin poussiéreux, en devenant invisible chaque fois qu'il passait de l'ombre à la lumière.

«Pour lui, tout ça n'est qu'un jeu, se dit-elle. J'étais comme lui, naguère. Mais il y a eu un moment, l'année dernière, où cela a cessé d'être un jeu. Pourquoi ? Que m'est-il arrivé ? Est-ce parce que j'ai appris la peur ? La peur de perdre ceux que j'aime ? »

Kondo était assis avec son oncle dans la pièce principale de la maison. S'agenouillant devant lui, elle salua l'homme qui avait désiré l'épouser deux mois plus tôt. En le revoyant, elle comprit qu'elle ne voulait pas de lui. Elle trouverait un prétexte, prétendrait que sa santé était mauvaise.

Il l'accueillit avec chaleur, mais son visage était hâve et décharné.

— Je suis désolé de mon retard, dit-il. J'ai cru un moment ne jamais revenir. À peine arrivé à Inuyama, j'ai été arrêté. Araï avait appris l'échec de la tentative pour vous tuer, et j'ai été reconnu par les hommes qui nous avaient accompagnés à Shirakawa. Je m'attendais à être exécuté, quand une tragédie est survenue : une épidémie de variole a emporté le fils d'Araï. Une fois la période de deuil écoulée, il m'a envoyé chercher et m'a longuement interrogé à votre sujet.

— Tes fils l'intéressent de nouveau, maintenant, observa Kenji.

— Il a déclaré qu'il était mon débiteur puisque je vous avais sauvé la vie. Après m'avoir assuré qu'il voulait me reprendre à son service, il m'a offert de confirmer le rang de guerrier dont j'ai hérité par ma famille maternelle et de me donner des appointements.

Shizuka jeta un coup d'œil à son oncle, mais il garda le silence.

— J'ai accepté, continua Kondo. J'espère que j'ai eu raison. Bien entendu, cette proposition me convient, étant donné que je n'ai pas de maître actuellement. Mais si la famille Muto s'y oppose…

— Vous pourriez nous être utile là-bas, déclara Kenji.

— Supposant que je savais où vous vous trouviez, sire Araï m'a demandé de vous annoncer qu'il désire revoir vos fils et vous-même, afin de discuter de leur adoption officielle.

— Entend-il reprendre ses relations avec moi ? demanda Shizuka.

— Il souhaite que vous vous installiez à Inuyama, en tant que la mère de ses fils.

Il n'ajouta pas ouvertement «et en tant que sa maîtresse», mais elle comprit ce qu'il voulait dire. Kondo ne montrait aucun signe de colère ou de jalousie en parlant, mais son regard ironique pétillait. Évidemment, s'il était confirmé dans la classe des guerriers, il pourrait y faire un bon mariage. Shizuka n'avait représenté une solution pour lui que dans la mesure où il n'avait pas de maître.

Elle ne savait si elle était davantage amusée ou irritée par son pragmatisme. Elle n'avait aucune intention d'envoyer ses fils auprès d'Araï, pas plus que de coucher à nouveau avec lui ni d'épouser Kondo. Elle espérait ardemment que son oncle ne lui imposerait aucun de ces choix.

— Tous ces points méritent un examen attentif, déclara Kenji.

— Bien sûr, approuva Kondo. De toute façon, la campagne lancée contre Otori Takeo a compliqué la situation.

— Nous espérions avoir de ses nouvelles, murmura le maître Muto.

— Araï a été furieux de son mariage. Il l'a immédiatement proclamé invalide et a envoyé un important contingent d'hommes à sire Fujiwara. Plus tard dans l'été, il s'est lui-même installé à Kumamoto, assez près pour pouvoir attaquer Maruyama. D'après mes dernières informations, dame Shirakawa vivait dans la demeure de sire Fujiwara après l'avoir épousé. Elle est pratiquement coupée du monde, comme une prisonnière.

Il renifla bruyamment en rejetant la tête en arrière.

— Je sais que sire Fujiwara la considérait comme sa fiancée, mais il n'aurait pas dû agir ainsi. Elle a été capturée de force. Plusieurs de ses hommes ont été tués, dont Amano Tenzo, ce qui est une grande perte. Tout cela était inutile. Aï et Hana sont retenues en otage à Inuyama. On aurait pu négocier cette affaire sans effusion de sang.

Shizuka sentit son cœur se serrer à la pensée des deux petites.

— Vous les avez vues là-bas ?

— Non, c'était interdit.

Son indignation devant le sort de Kaede paraissait sincère, et Shizuka se rappela son dévouement inattendu pour la noble dame.

— Et Takeo? demanda-t-elle.

— Apparemment, il est entré en guerre contre Fujiwara. Après avoir affronté l'armée d'Araï, il a dû battre en retraite. Le reste est passablement obscur. L'Ouest a été frappé par un typhon précoce d'une grande violence. Les deux armées se sont retrouvées coincées à proximité de la côte. Pour l'instant, personne ne sait vraiment comment les choses ont tourné.

— Si Araï est vainqueur de Takeo, que fera-t-il de lui? s'inquiéta Shizuka.

— C'est ce que tout le monde se demande! Certains disent qu'il le fera exécuter, mais d'autres prétendent qu'il n'osera pas, à cause de la renommée de Takeo. On raconte aussi qu'Araï pourrait conclure avec lui une alliance contre les seigneurs Otori de Hagi.

— Ils sont à proximité de la côte? demanda Kenji. De quel côté exactement?

— Près d'une ville appelée Shuho, je crois. Je ne connais pas la région.

— Shuho? s'exclama Kenji. Je ne m'y suis jamais rendu, mais on dit que cette cité abrite un magnifique lac aux eaux azurées. Voilà bien longtemps que je n'ai pas bougé. Il fait un temps idéal pour un petit voyage. Vous feriez mieux de venir tous les deux avec moi.

Il parlait avec désinvolture, mais Shizuka perçut une urgence dans sa voix.

— Et mes fils? demanda-t-elle.

— Nous allons les emmener. Ce sera une expérience utile pour eux, sans compter que nous aurons peut-être besoin des talents de Taku.

Le maître Muto se leva.

— Nous devons partir sur-le-champ. Nous trouverons des chevaux à Yamagata.

— Puis-je me permettre de vous demander ce que vous projetez? intervint Kondo. Voulez-vous vous assurer que Takeo a bien été éliminé?

— Pas exactement. Je vous mettrai au courant en chemin.

Tandis que Kondo s'inclinait et quittait la pièce, Kenji murmura à Shizuka :

— Peut-être arriverons-nous à temps pour sauver sa vie.

CHAPITRE IX

Nous chevauchions en silence, mais l'attitude d'Akita et de ses guerriers semblait courtoise et respectueuse. J'espérais avoir sauvé mes hommes et Hiroshi en me rendant, mais je ne m'attendais pas à voir ma propre vie épargnée. J'étais reconnaissant à Araï de me traiter comme un seigneur Otori, appartenant à la même classe que lui, et de ne pas m'humilier. Cependant je pensais qu'il allait me faire exécuter ou m'ordonner de mettre moi-même fin à mes jours. Malgré les enseignements de mon enfance, les propos de Jo-An et ma promesse à Kaede, je savais que je n'aurais d'autre choix que d'obéir.

Le typhon avait purgé l'air de toute humidité, et le matin était clair et radieux. Mes pensées avaient la même clarté : Araï m'avait vaincu, je m'étais rendu et j'obéirais à tous les ordres qu'il voudrait bien me donner. Je commençais à comprendre pourquoi les guerriers accordaient tant de prix à leur code. Il rendait la vie très simple.

Les mots de la prophétie me revinrent à l'esprit, mais je les mis de côté. Je voulais que rien ne me détourne du chemin prescrit par la bienséance. Je jetai un coup d'œil sur Hiroshi qui chevauchait à mon côté, les épaules raidies, la tête haute. Son vieux destrier avançait posément, en s'ébrouant par moments avec volupté sous la chaleur du soleil. Je songeai à l'éducation qui avait fait du courage une seconde nature chez ce garçon. Il savait d'instinct se comporter avec honneur, même si j'étais désolé qu'il dût faire l'expérience si jeune de la reddition et de la défaite.

Le paysage autour de nous portait partout la marque des dévastations infligées par le typhon quand il avait balayé la côte : maisons sans toit et arbres énormes déracinés, riz couché et rivières en crue, où flottaient les corps noyés de bœufs, de chiens et d'autres animaux échoués parmi les débris. Je m'inquiétai brièvement pour mes fermiers de Maruyama, en me demandant si les défenses que nous avions édifiées avaient été assez fortes pour préserver leurs champs. Qu'allaient-ils devenir, si Kaede et moi n'étions plus là pour les protéger ? À qui appartenait le domaine, maintenant, et qui en prendrait soin ? Je n'en avais été le maître qu'au cours d'un bref été, mais j'étais affligé de l'avoir perdu. J'avais consacré toute mon énergie à le remettre en état. La Tribu allait certainement revenir, elle aussi. Elle punirait ceux qui l'avaient supplantée et reprendrait son commerce cruel. J'étais le seul qui aurait pu mettre un terme à sa tyrannie.

Comme nous approchions de la petite ville de Shuho, nous vîmes les soldats d'Araï fouiller la campagne à la recherche de vivres. J'imaginai quel fardeau supplémentaire cette masse énorme d'hommes et de chevaux représentait pour la région. Tout ce qui avait pu être moissonné serait confisqué, et le reste avait sans doute été ravagé par la tempête. J'espérai pour ces villageois qu'ils possédaient des champs secrets et des entrepôts clandestins. Sans quoi, ils mourraient de faim cet hiver.

Shuho était célèbre pour ses nombreuses sources froides, qui formaient un lac aux eaux d'un bleu éclatant. Ces eaux étaient réputées avoir des vertus curatives et étaient dédiées à la déesse de la bonne fortune. Peut-être était-ce sous son influence qu'une atmosphère allègre régnait en ces lieux, malgré l'invasion des troupes et les ravages de la tempête. La journée radieuse semblait promettre le retour d'un temps fortuné. Les habitants de la ville s'occupaient déjà de réparer et de reconstruire, en échangeant des plaisanteries et même en chantant. Les coups de marteau, les crissements des scies composaient une mélodie joyeuse contrastant avec la rumeur des eaux en crue s'élevant de toute part.

Alors que nous avancions dans la rue principale, j'entendis au milieu du vacarme, à mon grand étonnement, quelqu'un crier mon nom.

— Takeo! Sire Otori!

Cette voix m'était familière, même si je ne parvenais pas à la situer. Puis l'odeur si plaisante du bois fraîchement coupé me rendit la mémoire : c'était Shiro, le maître charpentier de Hagi qui avait construit pour sire Shigeru le pavillon du thé et le parquet du rossignol.

Tournant la tête dans la direction d'où venait la voix, j'aperçus le charpentier qui me saluait de la main du haut d'un toit.

— Sire Otori! cria-t-il de nouveau.

Peu à peu, le chant de la ville se tut tandis que les ouvriers posaient leurs outils pour voir.

Ils m'observèrent en silence de leurs yeux ardents. Leur regard était le même que celui des hommes contemplant sire Shigeru sur la route de Terayama à Yamagata, à la grande colère et inquiétude des Tohan, ou que celui des parias ne me quittant pas des yeux dans la montagne.

Je regardai fixement devant moi, sans réagir. Je ne voulais pas irriter Akita. Après tout, je n'étais qu'un prisonnier. Mais j'entendis mon nom répété de bouche en bouche, comme le bourdonnement d'insectes autour du pollen.

— Ils connaissent tous sire Otori, chuchota Hiroshi.

— Ne dis rien, répliquai-je.

J'espérais que ces hommes ne seraient pas punis. Je me demandais ce que faisait Shiro dans cette ville. Peut-être avait-il été chassé du pays du Milieu après la mort de sire Shigeru? J'aurais aimé savoir quelles nouvelles il avait de Hagi.

Araï avait établi son quartier général dans un petit temple sur le coteau dominant la cité. Bien entendu, il n'était pas accompagné de toute son armée. J'appris plus tard qu'une partie était demeurée à Inuyama, et que le reste bivouaquait à mi-chemin de Hagi et Kumamoto.

Nous mîmes pied à terre et je dis à Hiroshi de rester avec les chevaux, afin de veiller à ce qu'ils soient nourris. Il parut sur le point de protester puis baissa la tête, le visage soudain empreint de tristesse.

Sakaï posa sa main sur l'épaule du garçon, lequel saisit la bride de Shun. Mon cœur se serra quand je vis le petit cheval bai marcher docilement à côté de lui, en frottant sa tête contre le bras de Hiroshi. Il m'avait sauvé la vie plus d'une fois et je n'avais aucune envie de le quitter. Pour la première fois, je fus frappé durement par la pensée que je ne le reverrais peut-être jamais, et je me rendis compte qu'au fond de moi je ne voulais pas mourir. Je laissai un instant ce sentiment m'envahir, puis je dressai ma nature de Kikuta comme un rempart autour de moi, plein de gratitude pour la force obscure de la Tribu qui allait désormais me soutenir.

— Par ici, me dit Akita. Sire Araï désire vous voir immédiatement.

J'entendais déjà la voix du seigneur de la guerre retentir à l'intérieur du temple, puissante et coléreuse.

Au bord de la véranda, un serviteur s'approcha avec de l'eau et je me lavai les pieds. Pour le reste de ma personne, il n'y avait pas grand-chose à faire : mon armure et mes vêtements étaient dégoûtants, maculés de boue et de sang. J'étais stupéfait qu'Akita semblât si pimpant après la bataille et la poursuite dans la pluie, mais en entrant à sa suite dans la pièce où étaient rassemblés Araï et ses serviteurs de haut rang, je découvris qu'ils étaient tous également propres et bien vêtus.

Parmi tous ces hommes immenses, Araï était le plus imposant. Il semblait avoir encore grandi depuis notre dernière rencontre à Terayama. Ses victoires lui avaient donné le poids du pouvoir. Après la mort d'Iida et de sire Shigeru, il avait fait preuve de son esprit de décision habituel pour établir son autorité. Outre son courage physique, il était doué d'un esprit vif et d'un caractère impitoyable, et possédait le talent de s'assurer la loyauté d'autrui. Ses défauts étaient l'emportement et l'obstination. Il manquait de souplesse et de patience, et je le sentais plein d'avidité. Alors que sire Shigeru n'avait recherché le pouvoir que pour gouverner avec justice et en harmonie avec le Ciel, Araï désirait le pouvoir pour lui-même.

Ces pensées me traversèrent en un éclair tandis que je jetais un bref coup d'œil à l'homme assis sur la partie surélevée de la salle, flanqué de ses serviteurs. Il portait une armure compliquée, resplendissante de rouge et d'or, mais sa tête était nue. Il avait laissé pousser sa barbe et sa moustache, dont je sentais le parfum. Je rencontrai un instant son regard, sans rien y lire en dehors de sa colère.

La pièce devait avoir servi de salle d'audience pour le temple. Les portes intérieures étaient entrouvertes et j'entendais les moines et les prêtres s'agiter en chuchotant dans les profondeurs du sanctuaire, d'où s'élevait une odeur d'encens.

Je me laissai tomber à terre en me prosternant.

Il y eut un long silence, que rompaient seuls les claquements impatients de l'éventail d'Araï. J'entendais le souffle accéléré des hommes autour de moi, la rumeur de leurs cœurs battant la chamade et au loin le chant de la ville occupée à se reconstruire. Il me sembla percevoir les hennissements de Shun à l'attache, et je crus reconnaître dans sa voix l'avidité d'un cheval apercevant sa nourriture.

— Quel idiot vous faites, Otori, hurla Araï dans le silence. Je vous ordonne de vous marier et vous refusez. Vous disparaissez pendant des mois, en abandonnant votre héritage. Quand vous refaites surface, vous avez l'audace d'épouser sans ma permission une femme placée sous ma protection. Vous osez ensuite attaquer un aristocrate, sire Fujiwara. Tout cela aurait pu être évité. Nous aurions pu être alliés.

Il poursuivit quelque temps dans cette veine, en ponctuant chaque phrase d'un coup d'éventail comme s'il brûlait d'envie de me souffleter. Sa fureur ne m'impressionna pas beaucoup, cependant, car d'une part j'étais enveloppé dans un voile de ténèbres et d'autre part je sentais que ce déchaînement n'était guère qu'une comédie. Je n'en fus pas offensé, sachant qu'il n'avait que trop le droit d'être en colère contre moi. Le visage pressé sur le sol, j'attendis ce qui allait suivre.

Quand Araï eut épuisé ses reproches et ses insultes, le silence retomba. Au bout d'un long moment, il grogna enfin :

— Laissez-nous. Je veux parler seul à seul avec Otori.

Un serviteur sur sa gauche chuchota :

— Est-ce bien sage, seigneur ? Sa réputation…

— Je n'ai pas peur d'Otori ! hurla Araï en se remettant sur-le-champ en colère.

J'entendis les hommes sortir l'un après l'autre, puis Araï se lever et descendre de l'estrade.

— Asseyez-vous, commanda-t-il.

Je m'assis mais gardai les yeux baissés. Il s'agenouilla si près que nos genoux se touchaient, de façon que personne ne puisse surprendre notre conversation.

— Eh bien, voilà qui est fini, lança-t-il d'un ton presque affable. Maintenant, nous pouvons parler stratégie.

— Je suis profondément désolé d'avoir offensé sire Araï, assurai-je.

— D'accord, d'accord. Le passé est le passé. Mes conseillers estiment que je devrais vous ordonner de mettre fin à vos jours en punition de votre insolence.

À ma grande stupéfaction, il se mit à pouffer.

— Dame Shirakawa est une femme superbe. Je pense que la perdre doit être un châtiment suffisant. À mon avis, vous avez fait nombre de jaloux en allant de l'avant et en osant accomplir ce qui n'était qu'un rêve pour les autres. Sans compter que vous avez survécu, ce que beaucoup considèrent comme un miracle étant donné la réputation de la noble dame. Ce n'est qu'une femme, cependant. L'important, c'est le pouvoir. Le pouvoir et la vengeance.

Je m'inclinai de nouveau, afin qu'il ne puisse voir la fureur que ses propos superficiels avaient éveillée en moi.

— J'aime la témérité, Takeo, continua-t-il. J'admire ce que vous avez fait pour Shigeru. Il y a bien longtemps, je lui ai promis que je vous soutiendrais s'il venait à mourir. À l'idée que ses oncles restent impunis, je me sens aussi contrarié que vous devez l'être. J'ai parlé avec les frères Miyoshi quand vous me les avez envoyés. En fait, Kahei est ici avec mes hommes et vous pourrez le voir plus tard. Son cadet est resté à Inuyama. Je sais par eux de quelle façon vous avez déjoué les manœuvres de la principale armée Otori, et combien vous avez de nombreux partisans au sein du clan. La bataille d'Asagawa a été un coup de maître. Nariaki m'ennuyait et j'ai été ravi de son élimination. Nous sommes passé par Maruyama, où nous avons admiré votre travail. Kahei m'a appris la façon dont vous vous étiez occupé de la Tribu. Vous avez bien retenu les leçons de Shigeru. Il serait fier de vous.

— Je ne mérite pas vos éloges, lançai-je. Si vous le désirez, je mettrai fin à mes jours. Ou je pourrais me retirer dans un monastère. À Terayama, par exemple.

— Oui, j'imagine ce que cela donnerait, répliqua-t-il sèchement. Je connais votre renommée. J'aimerais mieux en tirer moi-même profit plutôt que de vous voir terré dans un temple où vous attirerez tous les mécontents des Trois Pays.

Il ajouta d'un ton désinvolte :

— Vous pouvez vous tuer si tel est votre désir. Vous en avez le droit en tant que guerrier, et je ne vous en empêcherai pas. Mais je préférerais infiniment que vous combattiez à mes côtés.

— Sire Araï.

— Je contrôle maintenant la totalité des Trois Pays, en dehors du domaine des Otori. Je veux leur régler leur compte avant l'hiver. Leur armée principale se trouve encore à l'extérieur de Yamagata. Il me semble possible de les vaincre, mais ils se replieront alors à Hagi. On raconte que la ville est imprenable, surtout une fois que les neiges ont commencé.

Il me fixa en étudiant l'expression de mon visage. Je détournai les yeux et restai impassible.

— J'ai deux questions à vous poser, Takeo. Comment avez-vous fait pour identifier les membres de la Tribu à Maruyama? Et vous êtes-vous délibérément replié vers la côte? Nous pensions vous avoir pris au piège, mais vous avez réagi trop vite pour nous, comme si votre retraite était préméditée.

Je relevai la tête et rencontrai un instant son regard.

— J'accepte l'alliance que vous me proposez, déclarai-je. Je vous servirai loyalement. En échange, je compte que vous me reconnaîtrez comme l'héritier légitime du clan des Otori et que vous me soutiendrez dans ma lutte pour recouvrer mon héritage à Hagi.

Araï tapa dans ses mains. Un domestique apparut à la porte et le seigneur lui ordonna d'apporter du vin. Je ne lui dis pas que je ne renoncerais jamais à Kaede, et assurément lui-même ne s'était guère montré sincère avec moi. Néanmoins, nous bûmes cérémonieuse-ment en l'honneur de notre alliance. J'aurais préféré une nourriture solide, ou même du thé. Le vin eut un effet dévastateur sur mon estomac vide, comme si un brasier s'allumait en moi.

— Vous pouvez maintenant répondre à mes questions, dit Araï.

Je lui parlai des registres que sire Shigeru avait tenus sur la Tribu et lui racontai comment j'étais entré en leur possession à Terayama.

— Où se trouvent-ils à présent? À Maruyama?

— Non.

— Où donc? Vous ne voulez pas me le dire?

— Je ne les ai pas avec moi mais je sais où ils sont cachés. Du reste, j'ai en mémoire la plus grande partie de leurs informations.

— Voilà donc l'explication de votre succès!

— La Tribu semble avoir à cœur de m'assassiner. Ses membres étaient peu nombreux à Maruyama, mais chacun représentait une menace, de sorte qu'il m'a fallu les éliminer. J'aurais préféré me servir de leurs talents. Je sais de quoi ils sont capables et combien ils peuvent se montrer utiles.

— Me communiquerez-vous ces registres?

— Oui, s'ils nous aident l'un comme l'autre à atteindre nos buts.

Il rumina un moment le sens de mes paroles.

— J'ai été furieux du rôle joué par la Tribu l'an passé, reprit-il. J'ignorais l'étendue de leur pouvoir. Ils ont réussi à vous faire disparaître et à vous cacher alors que mes hommes fouillaient tout Yamagata pour vous retrouver. J'ai réalisé d'un seul coup qu'ils étaient pareils à l'humidité minant une maison ou à ces parasites qui rongent le bois au point de saper les fondations d'un énorme édifice. J'ai voulu les éliminer, moi aussi, mais il serait plus raisonnable d'essayer de les contrôler. Cela m'amène à un autre sujet dont je désire vous parler. Vous vous souvenez de Muto Shizuka?

— Bien sûr.

— Vous savez probablement qu'elle m'a donné deux fils.

Je hochai la tête. Je connaissais leur nom — Zenko et Taku — et leur âge.

— Savez-vous où ils se trouvent?

Le ton d'Araï était étrange : pas vraiment implorant, mais presque.

Je le savais, mais je n'avais pas l'intention de le lui dire.

— Pas exactement, assurai-je. Cependant je pense que j'aurais une idée de l'endroit où il faudrait commencer les recherches.

— Le fils issu de mon mariage est mort récemment, lança-t-il abruptement.

— Je n'étais pas au courant. Je suis absolument désolé.

— Il a succombé à la variole, le pauvre petit. La santé de sa mère laisse à désirer et cette perte l'a beaucoup ébranlée.

— Je vous présente toutes mes condoléances.

— J'ai envoyé des messages à Shizuka pour lui dire que je souhaite avoir mes fils avec moi. Je compte les reconnaître et les adopter officiellement. Mais elle ne m'a donné aucune nouvelle.

— Étant leur père, vous avez le droit de les réclamer. Cependant la Tribu a coutume de revendiquer les enfants de sang mêlé qui ont hérité des talents de ses membres.

— En quoi consistent ces talents? demanda-t-il avec curiosité. Je sais que Shizuka était une espionne incomparable, et j'ai entendu toutes sortes de rumeurs à votre sujet.

— Ils n'ont rien d'extraordinaire, affirmai-je. Tout le monde les exagère. C'est essentiellement une question d'entraînement.

— Je me le demande, dit-il en me regardant fixement.

Je résistai à la tentation de plonger mes yeux dans les siens. D'un seul coup, je me rendis compte que j'étais étourdi par le vin et par la joie d'avoir échappé à la mort. Je restai assis en silence, en m'efforçant de retrouver mon empire sur moi-même.

— Enfin, nous en reparlerons. Mon autre question concerne votre fuite vers la côte. Nous nous attendions à ce que vous vous repliiez à Maruyama.

Je l'informai de mon pacte avec les Terada et de mon projet d'entrer à Hagi en bateau afin de conquérir le château par la mer pendant qu'une armée retiendrait les forces Otori sur la terre. Ce plan le séduisit d'emblée, comme je l'avais prévu, et il se montra plus enthousiaste que jamais pour attaquer les Otori avant que Hagi ne soit coupé du monde par l'hiver.

— Pouvez-vous convaincre les Terada de faire alliance avec moi? demanda-t-il, les yeux brillants d'impatience.

— J'imagine qu'ils voudront quelque chose en échange.

— À vous de découvrir ce que c'est. Combien de temps vous faut-il pour les contacter?

— S'il continue de faire beau, je peux leur faire parvenir un message en moins d'un jour.

— Je ne vous ménage pas ma confiance, Otori. Ne me décevez pas.

Bien qu'il me parlât avec l'arrogance d'un suzerain, je crois qu'il savait comme moi que le pouvoir que je détenais était loin d'être négligeable dans notre accord.

Je m'inclinai derechef. En me redressant, je lançai :

— Puis-je vous poser une question ?

— Certainement.

— Si j'étais venu vous voir au printemps et vous avais demandé la permission d'épouser dame Shirakawa, me l'auriez-vous accordée ?

Il sourit et ses dents blanches luisirent dans sa barbe.

— Les fiançailles avaient déjà été arrangées avec sire Fujiwara. Malgré mon affection pour dame Shirakawa et vous-même, votre mariage était devenu impossible. Je ne pouvais insulter un homme aussi haut placé et influent que Fujiwara.

Se penchant en avant, il ajouta en baissant la voix :

— Du reste, Fujiwara m'a révélé un secret concernant la mort d'Iida que nous sommes très peu nombreux à connaître.

Il se remit à pouffer.

— Dame Shirakawa est une femme bien trop dangereuse pour être laissée en liberté. Je préfère qu'elle soit isolée du monde par quelqu'un comme Fujiwara. Nombreux étaient ceux qui pensaient qu'elle méritait la mort. Dans un sens, il lui a sauvé la vie par sa magnanimité.

Je ne voulais plus entendre un mot de plus sur Kaede, tant cela me rendait furieux. Je savais que ma situation était toujours périlleuse et que je ne devais pas laisser mes émotions obscurcir mon jugement. Malgré l'attitude amicale d'Araï et son offre d'alliance, je n'avais pas totalement confiance en lui. Il m'avait fait grâce un peu trop aisément, et je sentais qu'il me gardait en réserve quelque chose qu'il n'avait pas encore révélé.

Quand nous nous levâmes, il lança d'un ton négligent :

— Je vois que le sabre de Shigeru est en votre possession. Puis-je le voir ?

Je sortis l'arme de ma ceinture et la lui tendis. Il la reçut avec respect et la sortit de son fourreau. La lumière joua sur sa lame étincelante, d'un acier gris-bleu, révélant son motif de vagues.

— Le Serpent, dit Araï. Quelle sensation parfaite.

Je vis qu'il convoitait le sabre et me demandai si j'étais censé le lui offrir. Ce n'était certes pas mon intention.

— J'ai fait le serment de le conserver jusqu'à ma mort et de le transmettre à mon héritier, murmurai-je. C'est un trésor des Otori…

— Bien entendu, répliqua sèchement Araï sans lâcher le sabre. À propos d'héritiers, je vais vous trouver une épouse plus convenable. Dame Shirakawa a deux sœurs. Je pense marier l'aînée au neveu d'Akita, mais rien n'est encore arrangé pour la cadette. C'est une vraie beauté, tout à fait le portrait de sa sœur.

— Je vous remercie, mais je ne saurais songer au mariage tant que mon avenir sera aussi incertain.

— Rien ne presse, de toute façon. La fille n'a que dix ans.

Il exécuta deux mouvements avec le sabre, et Jato fendit l'air en chantant tristement. J'aurais voulu m'en saisir et enfoncer sa lame dans la nuque d'Araï. C'était Kaede que je voulais, pas sa sœur. Je savais que le seigneur était en train de jouer avec moi, mais j'ignorais où il voulait en venir.

Comme il me regardait en souriant, je songeai qu'il serait si facile de plonger mes yeux dans les siens. Il perdrait conscience, je prendrais mon sabre… Je pourrais me rendre invisible, échapper aux gardes, me réfugier dans la campagne.

Et ensuite ? Je serais de nouveau un fugitif, et mes hommes — Makoto, les frères Miyoshi, sans doute aussi Hiroshi — se feraient tous massacrer.

Toutes ces pensées jaillirent successivement dans mon esprit tandis qu'Araï faisait tournoyer Jato au-dessus de sa tête. C'était un spectacle magnifique : le lourd colosse se mouvant avec tant de légèreté, son visage empreint d'un ravissement impassible, le sabre fendant l'air si vite que l'œil ne pouvait le suivre. J'étais sans aucun doute en présence d'un maître, dont les talents étaient le fruit d'années de pratique et de discipline. Malgré moi, je fus pris d'admiration et tenté de faire confiance à cet homme. Je décidai d'agir en guerrier : quels que soient ses ordres, j'obéirais.

— Cette arme est prodigieuse, dit-il enfin.

Il interrompit ses exercices mais ne me rendit toujours pas Jato. Son souffle était un peu haletant et des gouttes de sueur perlaient à son front.

— Nous avons encore un sujet à discuter, Takeo.

Je gardai le silence.

— Beaucoup d'histoires courent sur votre compte. L'une des rumeurs les plus persistantes, qui vous fait particulièrement tort, vous prête des liens avec les Invisibles. Les circonstances où sont morts Shigeru et dame Maruyama ne font qu'amplifier ce bruit. Les Tohan ont toujours prétendu que Shigeru avait avoué être un croyant et s'était refusé à prêter serment contre les Invisibles et à piétiner leurs images quand Iida le lui avait ordonné. Comme par malheur aucun témoin digne de confiance n'a survécu à la chute d'Inuyama, nous resterons pour toujours dans l'incertitude.

— Il ne m'en a jamais parlé, répliquai-je en toute sincérité.

Mon pouls s'était accéléré. Je sentais qu'on allait me contraindre d'une manière ou d'une autre à renier en public les croyances de mon enfance, et cette perspective me faisait horreur. Je n'imaginais pas à quel choix j'allais être confronté.

— Dame Maruyama avait la réputation d'éprouver une certaine sympathie pour ces gens. On dit qu'un grand nombre de membres de la secte ont trouvé refuge dans son domaine. Vous n'avez pas constaté leur présence là-bas ?

— Je me suis davantage inquiété de traquer la Tribu, répondis-je. Les Invisibles m'ont toujours paru inoffensifs.

— Inoffensifs ? tonna Araï dans un nouvel accès de colère. Leur croyance est la plus dangereuse et pernicieuse qui soit. Elle insulte tous les dieux et menace l'édifice de notre société. D'après eux, les paysans ou les parias, en somme la lie du peuple, sont les égaux des nobles et des guerriers. Ils osent affirmer que les grands seigneurs seront punis après leur mort au même titre que les roturiers, et ils renient les enseignements et l'existence de l'Illuminé.

Les yeux dilatés, les veines violacées, il me fixa d'un air furieux.

— Je ne fais pas partie de leurs croyants, déclarai-je.

C'était la vérité, mais je regrettais encore en mon cœur les enseignements de mon enfance et ressentais un certain remords pour mon manque de foi.

— Venez avec moi, grogna Araï.

Sortant majestueusement de la salle, il s'avança dans la véranda. Ses gardes bondirent immédiatement sur leurs pieds et l'un d'eux lui apporta ses sandales. Je me joignis à sa suite tandis qu'il longeait d'un pas vif le lac azuré et passait devant les chevaux à l'attache. Shun m'aperçut et poussa un hennissement. Hiroshi était debout à côté de lui, un seau à la main. En me voyant entouré de gardes, il blêmit. Laissant tomber son seau, il nous emboîta le pas. À cet instant, je perçus un mouvement sur ma gauche. J'entendis la voix de Makoto. Je tournai la tête et le vis traverser à cheval les portes basses de l'enceinte du temple. Mes hommes se rassemblèrent à l'extérieur.

Un silence étrange régnait autour de moi. J'imagine que tout le monde devait croire que j'allais être exécuté, en voyant Araï, qui tenait toujours Jato, se diriger à grands pas vers la montagne.

À l'endroit où les rochers s'élevaient, un groupe de prisonniers étaient attachés. On y voyait pêle-mêle des bandits, des espions, des guerriers sans maître, ainsi que les habituels infortunés dont le seul crime avait été de se montrer au mauvais moment. La plupart étaient accroupis en silence, résignés à leur sort. Quelques-uns gei-gnaient dans leur terreur. L'un d'eux chantait une mélopée funèbre.

À travers leurs gémissements, j'entendis distinctement Jo-An prier à voix basse.

Araï cria un ordre et les gardes traînèrent le paria devant nous. Je baissai les yeux sur lui. Mon sang s'était glacé. Je ne sentirais ni pitié ni horreur. Je me contenterais de faire ce que sire Araï comman-derait.

Le seigneur de la guerre lança :

— J'aurais voulu vous demander de piétiner publiquement les in-fâmes images des Invisibles, Otori, mais nous n'en avons pas ici. Cette chose, ce paria, a été ramassé sur la route la nuit dernière alors qu'il montait le cheval d'un guerrier. Certains de mes hommes l'avaient déjà vu à Yamagata. On le soupçonnait vaguement à l'époque d'être en relation avec vous. Puis on le crut mort. Voilà qu'il reparaît main-tenant, après s'être enfui illégalement de son lieu de résidence et vous avoir accompagné, semble-t-il, dans plusieurs de vos batailles. Ce misérable ne fait pas mystère de sa croyance.

Araï jeta sur Jo-An un regard chargé de dégoût. Il se tourna ensuite vers moi et me tendit le sabre :

— Montrez-moi ce que sait faire Jato.

Je ne voyais pas les yeux de Jo-An. J'aurais voulu plonger mon regard dans le sien, mais ses liens le forçaient à garder la tête baissée. Il continuait de chuchoter des prières que j'étais seul à pouvoir entendre, celles que les Invisibles récitent au moment de la mort. Je n'avais plus le temps que de saisir le sabre et de m'en servir. Je savais que si j'hésitais rien qu'un instant je serais incapable de m'exécuter et ruinerais d'un seul coup tout ce pour quoi j'avais lutté.

Je sentis dans ma main le poids familier et réconfortant de Jato, priai pour qu'il ne me fasse pas défaut et concentrai mon regard sur le cou nu de Jo-An.

La lame trancha aussi nettement que jamais.

«Vous avez délivré mon frère de ses tourments à Yamagata. Si la même chose m'arrive, me délivrerez-vous à mon tour?»

Il avait connu le même sort que son frère et j'avais exaucé sa requête. Je lui avais épargné ainsi les affres de la torture et lui avais accordé la même mort rapide et honorable qu'à sire Shigeru. Cependant je considère encore sa fin comme l'une des pires actions de ma vie, et le souvenir de cet instant me donne la nausée.

Il n'était pas question alors de manifester de tels sentiments. Le moindre signe de faiblesse ou de regret aurait entraîné ma perte. La mort d'un paria comptait moins que celle d'un chien. Je ne regardai pas à mes pieds la tête coupée, le sang jaillissant à flots. J'examinai le tranchant du sabre : il ne portait aucune trace de sang. Puis je me tournai vers Araï.

Nos regards se rencontrèrent un instant avant que je baisse les yeux.

— Voilà qui est fait, lança-t-il avec satisfaction en regardant ses serviteurs à la ronde. Je savais bien qu'il n'y avait rien à craindre avec Otori.

Il avait retrouvé toute sa bonne humeur et me tapa cordialement sur l'épaule.

— Nous allons déjeuner ensemble et parler de nos projets. Vos hommes peuvent rester ici. Je veillerai à ce qu'on leur serve un repas.

J'avais complètement perdu la notion du temps. Il devait être autour de midi. Pendant le déjeuner, la température commença à chuter et un vent glacé se leva au nord-ouest. Ce coup de froid poussa Araï à agir. Il décida de partir le lendemain dès l'aube, de rejoindre le reste de son armée et de se mettre immédiatement en marche vers Hagi. De mon côté, je devrais ramener mes hommes sur la côte, contacter Terada et mettre au point l'attaque par la mer.

Nous convînmes que la bataille aurait lieu à la prochaine pleine lune, celle du dixième mois. S'il m'était impossible de faire la traversée à cette date, Araï abandonnerait les opérations et pacifierait le territoire déjà conquis, après quoi il se retirerait à Inuyama où je le retrouverais. Cette seconde hypothèse n'avait guère nos faveurs. Nous étions déterminés l'un comme l'autre à régler cette affaire avant l'hiver.

Araï fit appeler Kahei. Nos retrouvailles furent d'autant plus joyeuses que nous avions craint tous deux de ne jamais nous revoir. Comme je ne pourrais emmener tous mes hommes avec moi en bateau, je décidai de leur accorder un jour ou deux de repos avant de les envoyer à l'est, sous le commandement de Kahei. Je n'avais pas encore parlé à Makoto et je ne savais si je lui demanderais de m'accompagner ou de seconder Kahei. Je me souvenais qu'il avait déclaré avoir peu d'expérience des navires et de la mer.

Quand je le retrouvai, nous fûmes absorbés par la tâche de loger et de nourrir nos soldats dans une région déjà à bout de ressources. Je sentais quelque chose dans son regard — de la sympathie, peut-être, ou de la compassion. Mais je n'avais aucune envie de parler avec lui ni avec personne. Quand tout fut arrangé au mieux et que je retournai au bord du lac, le soir tombait déjà. La dépouille de Jo-An avait disparu, de même que celles de tous les autres prisonniers, exécutés et enterrés sans cérémonie. Je me demandai qui s'était occupé des sépultures. Jo-An était venu avec moi pour ensevelir les morts, mais qui s'en chargerait pour lui ?

Comme je passais près des chevaux à l'attache, j'inspectai ceux qui m'appartenaient. Sakaï et Hiroshi étaient en train de les nourrir, heureux pour les animaux comme pour eux-mêmes de la perspective d'un jour ou deux de repos supplémentaires.

— Peut-être devriez-vous partir demain avec sire Araï, dis-je à Sakaï. Il semble que nous soyons de nouveau dans le même camp que Maruyama. Vous pouvez ramener Hiroshi dans sa famille.

— Pardonnez-moi, sire Otori, répliqua-t-il. Je crois que nous préférerions rester avec vous.

— Les chevaux se sont habitués à nous, renchérit Hiroshi en

flattant l'encolure trapue et musculeuse du destrier occupé à manger goulûment. Ne me renvoyez pas chez moi.

J'étais trop fatigué pour discuter. De toute façon, j'aimais mieux garder dans mon armée mon cheval et son jeune palefrenier. Après les avoir quittés, je me dirigeai vers le sanctuaire. Je sentais que je devais faire quelque chose pour commémorer la mort de Jo-An et le rôle que j'y avais joué. Je lavai ma bouche et mes mains dans le bassin, demandai à être purifié de la souillure de la mort et implorai la bénédiction de la déesse. Je m'étonnais moi-même de mes gestes et de mes prières : je semblais croire en tout et en rien à la fois.

Je restai assis un moment tandis que le soleil se couchait derrière les cèdres. Mon regard se perdait dans les eaux incroyablement bleues du lac. De petits poissons argentés nageaient dans les basfonds et un héron approcha pour pêcher, en battant ses immenses ailes grises. Il resta debout à sa manière patiente et silencieuse, la tête inclinée de côté, l'œil noir impassible. Soudain, il frappa. Le poisson lutta un instant avant d'être avalé.

La fumée s'élevant des feux de la ville se mêlait à la brume qui s'épaississait sur le lac. Les premières étoiles apparaissaient déjà dans un ciel pareil à une soie gris perle. Il n'y aurait pas de lune, cette nuit. Le vent avait comme un avant-goût d'hiver. La cité fredonnait son chant du soir au rythme des repas de milliers d'hommes. Je sentais monter jusqu'à moi les effluves du souper.

Je n'avais pas faim. En fait, j'avais passé une bonne partie de la journée à combattre la nausée. Je m'étais forcé à boire et manger gaillardement avec Araï et ses hommes, et je savais que je devrais bientôt retourner auprès d'eux pour trinquer derechef en l'honneur de notre victoire commune. Je reculais ce moment, cependant, absorbé dans la contemplation du lac dont la couleur pâlissait peu à peu jusqu'à se confondre avec le gris du ciel.

Plus sage que moi, le héron s'envola bruyamment pour regagner son gîte.

Comme la nuit tombait, il me sembla que je pouvais songer à Jo-An sans me trahir moi-même. Son âme était-elle maintenant avec Dieu, avec le Secret qui voit tout et nous jugera tous? Je ne croyais pas en l'existence d'un tel dieu. Pourquoi laissait-il ses fidèles endurer les souffrances des Invisibles, s'il existait? S'il était réel, en tout cas, je devais assurément être voué à l'enfer.

«Ta vie se déroule maintenant en plein jour et ne t'appartient plus.» Jo-An avait cru en cette prophétie. «Un bain de sang est le prix de la paix.» Malgré la doctrine des Invisibles leur interdisant de tuer, il avait connu et accepté cette nécessité. J'étais plus résolu que jamais à conquérir la paix afin que son sang, que j'avais versé, n'ait pas coulé en vain.

Je me dis que je ne devais pas rester assis à ruminer. J'allais me lever, quand j'entendis au loin la voix de Makoto. Quelqu'un lui répondit, et je réalisai qu'il s'agissait de Shiro. À la suite d'un de ces tours que la mémoire nous joue parfois, j'avais complètement oublié que je l'avais vu plus tôt dans la journée. Ce souvenir avait été occulté par mon entrevue avec Araï et les événements qui avaient suivi. Il me revenait maintenant, me restituant la voix du charpentier criant mon nom et le silence qui s'était soudain abattu sur la ville pendant que je la traversais.

Makoto m'appela.

— Takeo! Cet homme vous cherche. Il veut que vous veniez chez lui.

— Nous n'avons réparé que la moitié du toit, dit Shiro avec un large sourire. Mais nous avons un souper pour vous restaurer et du bois pour vous réchauffer. Ce serait un honneur.

Je lui fus reconnaissant de son invitation, car je sentais que son bon sens terre à terre était justement ce dont j'avais besoin.

— Tout va bien? me demanda doucement Makoto.

Je hochai la tête, soudain incapable de parler.

— Je suis vraiment désolé de la mort de Jo-An.

C'était la deuxième fois qu'il prononçait le nom du paria.

— Il ne méritait pas ce sort, soufflai-je.

— À bien des égards, il a eu plus qu'il ne méritait : une mort rapide par votre main. Ç'aurait pu être bien pire.

— N'en parlons plus. Ce qui est fait est fait.

Me tournant vers Shiro, je lui demandai quand il avait quitté Hagi.

— Il y a plus d'un an, répondit-il. La mort de sire Shigeru m'avait affligé. Je n'avais plus envie de servir les Otori, maintenant qu'il n'était plus là — et vous-même, vous aviez disparu. Shuho est ma ville natale. Quand j'ai eu dix ans, voilà plus de trente années, j'ai été placé en apprentissage à Hagi.

— Je suis étonné qu'ils vous aient laissé partir, observai-je.

Les meilleurs maîtres charpentiers, tels que Shiro, étaient d'ordinaire fort appréciés et gardés jalousement par les clans.

— Je les ai payés, expliqua-t-il en pouffant. Les caisses du domaine sont à sec. Ils sont prêts à laisser n'importe qui s'en aller, du moment qu'on leur donne assez d'argent en échange.

— Ils manquent d'argent ? m'exclamai-je. Mais les Otori sont l'un des clans les plus riches des Trois Pays. Que s'est-il passé ?

— Ils sont victimes de la guerre, de leur mauvaise gestion et de leur cupidité. Les pirates n'ont rien arrangé, du reste. Le commerce maritime est au point mort.

— C'est une nouvelle encourageante, remarqua Makoto. Sont-ils encore en mesure d'entretenir leur armée ?

— À peine, assura Shiro. Les hommes sont bien équipés, car la plus grande partie des revenus du fief a été dépensée en armes et armures de toutes sortes. Les vivres font sans cesse défaut, en revanche, et les impôts atteignent des sommets. Il y a des foules de mécontents. Si jamais sire Takeo revient à Hagi, je suis sûr que la moitié de l'armée se ralliera à lui.

— Beaucoup de gens savent-ils que je projette de revenir ?

Je me demandais quelle était l'importance du réseau d'espions des Otori, et combien de temps cette nouvelle mettrait pour leur parvenir.

— Tout le monde espère votre retour, répliqua Shiro. Et puisque sire Araï ne vous a pas fait exécuter, comme nous le craignions tous...

— Moi aussi, j'en étais persuadé! s'écria Makoto. J'ai cru que j'allais vous voir pour la dernière fois!

Shiro regarda le lac paisible, dont la surface était maintenant gris foncé dans la lumière déclinante.

— Les eaux se seraient teintes de rouge, dit-il d'une voix tranquille. Plus d'un archer avait son arme braquée sur sire Araï.

— Ne parlez pas ainsi, le réprimandai-je. Le seigneur et moi sommes alliés, maintenant. Je l'ai reconnu comme mon suzerain.

— Peut-être, grogna Shiro. Mais ce n'est pas lui qui s'est introduit dans la forteresse d'Inuyama pour venger sire Shigeru.

Shiro et sa famille — son épouse, ses deux filles et ses gendres — nous accueillirent généreusement dans la partie remise à neuf de la maison. Après avoir partagé leur souper, je me rendis avec Makoto auprès d'Araï afin de boire du vin. L'atmosphère était joyeuse, et même tapageuse. Manifestement, Araï était convaincu que le dernier bastion de la résistance allait s'effondrer.

Que se passerait-il ensuite? Je n'avais pas envie de trop penser à l'avenir. Araï souhaitait me voir établi à Hagi, où j'amènerais les Otori à s'allier avec lui, et son désir de voir les oncles de sire Shigeru payer leurs forfaits me semblait sincère. Mais j'espérais encore retrouver mon épouse, et si vraiment j'étais destiné à régner de la mer à la mer, il arriverait nécessairement un moment où je devrais combattre Araï. Je venais pourtant de lui jurer fidélité...

Je bus férocement, en accueillant avec gratitude le réconfort brutal du vin dans l'espoir qu'il engourdirait pour un temps mes pensées.

La nuit fut brève. Les premières troupes d'Araï commencèrent à s'affairer bien avant l'aube, pour se préparer à leur long voyage. Quand l'heure du dragon sonna, toute l'armée était partie, abandonnant la ville au silence jusqu'au moment où la rumeur des réparations retentit de nouveau. Sakaï et Hiroshi avaient passé la nuit avec les chevaux. Heureusement, car il s'avéra que deux guerriers essayèrent successivement de filer avec Shun en prétendant qu'il leur appartenait, à la grande indignation de Hiroshi. Apparemment, la réputation de mon cheval avait grandi en même temps que la mienne.

La journée se passa en préparatifs. Je sélectionnai tous les hommes qui savaient nager ou possédaient quelque expérience des bateaux ou de la mer, c'est-à-dire tous les Otori ainsi que des gens de la côte nous ayant rejoints depuis notre arrivée là-bas. Après avoir fouillé nos stocks d'armes et d'armures, nous donnâmes les meilleures aux marins. J'envoyai des lanciers dans la forêt afin qu'ils confectionnent des lances et des bâtons pour les soldats devant partir avec Kahei. Tous les hommes restants furent chargés d'aider les habitants à réparer les dégâts de la tempête et à sauver ce qui pouvait l'être de la moisson. Makoto se mit en route pour la côte, afin d'entrer en contact avec Ryoma et de présenter en détail notre plan aux Terada. Comme l'armée d'Araï mettrait deux fois plus de temps pour atteindre son but par voie de terre que nous en prenant la mer, nous avions tout le loisir de nous préparer à fond.

À mon grand soulagement, la ville recelait des entrepôts secrets qui avaient échappé aux soldats affamés d'Araï. Leurs propriétaires nous permirent volontiers de profiter de leurs réserves. Tant de sacrifices étaient consentis pour moi, tant d'espoirs étaient suspendus à cette attaque désespérée. Qu'en serait-il de l'hiver ? Ces luttes pour le pouvoir auraient-elles pour seul résultat de condamner des milliers d'hommes à mourir de faim ?

Je ne pouvais pas y penser. J'avais pris ma décision : il ne m'était plus possible de reculer.

Cette nuit-là, je parlai avec Shiro et ses gendres de l'art de la construction. Outre leur travail dans la demeure de sire Shigeru, ils avaient bâti la plupart des maisons de Hagi et toute la charpente du château était leur œuvre. Ils me dessinèrent des plans de l'intérieur, qui me permirent de compléter mes souvenirs du jour de mon adoption au sein du clan des Otori. Mieux encore, ils me révélèrent les faux planchers, les portes dérobées et les cabinets secrets qu'ils avaient installés sur l'ordre de Masahiro.

— On dirait une maison de la Tribu, déclarai-je.

Les charpentiers se regardèrent d'un air entendu.

— Il se pourrait effectivement que certaines personnes aient participé à sa conception, dit Shiro en reversant du vin.

Plus tard, allongé sur mon lit, je songeai aux Kikuta et aux relations de la Tribu avec les seigneurs Otori. M'attendaient-ils en cet instant même, embusqués à Hagi, sachant qu'il n'était plus nécessaire de me traquer puisque j'allais moi-même venir à eux ? Quelques semaines à peine s'étaient écoulées depuis leur dernière tentative pour me tuer dans cette région, et je ne m'assoupis que légèrement, en émergeant régulièrement pour entendre la rumeur de la nuit d'automne et de la ville endormie. J'étais seul dans une petite chambre à l'arrière de la maison. Shiro et sa famille reposaient dans la pièce voisine. Mes gardes se trouvaient dehors, dans la véranda, et il y avait des chiens dans chaque maison de la rue. Il semblait impossible que quelqu'un puisse m'approcher. Pourtant, au cœur de la nuit, je sortis d'un sommeil agité en percevant dans la chambre le bruit d'une respiration.

Je ne doutai pas qu'il s'agît d'un assaillant, car l'inconnu avait cette respiration lente, presque imperceptible, que mon entraînement m'avait permis d'acquérir. Mais ce souffle avait quelque chose de singulier : il était léger et son émission n'était pas celle que j'aurais attendue chez un homme. L'obscurité m'empêchait de rien voir, mais je me rendis aussitôt invisible au cas où mon visiteur aurait eu une vision nocturne meilleure que la mienne. M'éloignant furtivement de mon matelas, j'allai m'accroupir dans un coin de la chambre.

Des bruits presque inaudibles et un changement dans l'atmosphère m'indiquèrent qu'il s'était approché du matelas. Je pouvais sentir son odeur, maintenant, mais ce n'était pas celle d'un homme. Les Kikuta avaient-ils envoyé pour m'attaquer une femme ou un enfant ? Je fus un instant écœuré à l'idée de devoir tuer un enfant, puis je repérai l'emplacement probable de son nez et m'avançai dans cette direction.

Mes mains se serrèrent autour de sa gorge, trouvèrent l'artère. J'aurais pu appuyer plus fort et le tuer sur-le-champ, mais dès que je touchai son cou je réalisai qu'il s'agissait vraiment d'un enfant. Je desserrai légèrement les mains. Il avait tendu tous ses muscles pour que je m'imagine avoir affaire à un adversaire plus robuste qu'il n'était. En sentant ma prise se relâcher, il déglutit et lança précipitamment :

— Sire Takeo. Les Muto veulent une trêve.

Le tenant fermement par les bras, je lui fis ouvrir les mains, confisquai un poignard et une cordelette cachés dans ses vêtements et le forçai à ouvrir la bouche pour vérifier qu'il n'y dissimulait pas des aiguilles ou du poison. J'accomplis tous ces gestes dans l'obscurité et il n'opposa aucune résistance. Après quoi, je criai à Shiro d'aller chercher une lampe dans la cuisine.

En apercevant l'intrus, il manqua faire tomber la lampe.

— Comment a-t-il pu entrer ? C'est impossible !

Il voulait lui donner une bonne correction, mais je l'en empêchai.

Je retournai les mains du garçon et vis la ligne droite traversant ses paumes. Je le giflai aussitôt en m'exclamant :

— Pourquoi débites-tu ces mensonges sur les Muto alors que tu portes la marque distinctive des Kikuta ?

— Je suis le fils de Muto Shizuka, répliqua-t-il d'une voix

tranquille. Ma mère et le maître Muto sont venus vous proposer une trêve.

— Dans ce cas, qu'est-ce que tu fiches ici ? Je n'ai pas pour habitude de négocier avec des gamins !

— Je voulais voir si j'en serais capable, répondit-il d'une voix qui commençait enfin à trembler un peu.

— Ta mère ne sait pas que tu es ici ? J'ai failli te tuer ! Que serait devenue la trêve alors ?

Je le frappai de nouveau, mais moins fort.

— Petit crétin !

Je me rendis compte que je parlais exactement comme Kenji.

— Tu es Zenko ou Taku ?

— Taku, chuchota-t-il.

C'était donc le cadet.

— Où se trouve Shizuka ?

— Pas très loin. Voulez-vous que je l'amène ici ?

— On verra quand il sera une heure décente.

— Il faudrait que j'y aille, observa-t-il avec inquiétude. Elle sera vraiment furieuse quand elle découvrira que je suis parti.

— Bien fait pour toi. Tu n'y avais pas pensé avant de prendre la clé des champs ?

— Parfois, j'oublie de penser, avoua-t-il tristement. J'ai envie d'essayer quelque chose et je le fais, c'est tout.

Je réprimai un éclat de rire.

— Je vais te ligoter jusqu'au matin. Ensuite, nous irons voir ta mère.

Je dis à Shiro d'apporter une corde et attachai le garçon, en avisant un des gardes au visage penaud de ne pas le quitter des yeux. Taku semblait résigné à son état de prisonnier — un peu trop résigné, en fait. Il devait être sûr de pouvoir s'échapper, or je voulais dormir en paix. Je lui dis de me regarder. Il m'obéit à contrecœur et presque aussitôt ses yeux chavirèrent et ses paupières se fermèrent. Malgré tous ses talents — et je ne doutais pas qu'ils fussent considérables —, il était incapable de résister au sommeil des Kikuta.

«Voilà quelque chose que je peux lui apprendre», me surpris-je moi-même à penser juste avant de m'endormir à mon tour.

À mon réveil, il dormait encore. J'observai un moment son visage. Ses traits ne rappelaient en rien les miens ou ceux des Kikuta. Il tenait surtout de sa mère, même s'il avait aussi une vague ressemblance avec son père. Si le fils d'Araï était tombé entre mes mains... Si les Muto souhaitaient vraiment faire la paix avec moi... Ce ne fut qu'en sentant le soulagement me submerger que je compris à quel point j'avais redouté une entrevue avec Kenji, mon vieux professeur, et son issue possible.

Taku ne se décidait pas à se réveiller. Je ne m'en souciais guère. Je savais que tôt ou tard Shizuka viendrait le chercher. Après avoir pris une collation frugale avec Shiro, je m'assis dans la véranda et entrepris de mémoriser les plans du château de Hagi en attendant ma visiteuse.

J'avais beau guetter sa venue, je ne la reconnus qu'alors qu'elle était à deux pas de la maison. Elle ne m'avait pas vu et aurait passé son chemin si je ne l'avais pas appelée.

— Dites donc, vous.

Je ne voulais pas prononcer son nom.

Elle s'arrêta et lança sans se retourner :

— Moi, seigneur ?

— Entrez si vous voulez trouver ce que vous cherchez.

S'approchant de la maison, elle ôta ses sandales, monta dans la véranda et s'inclina profondément devant moi. Sans un mot, j'entrai à l'intérieur. Elle m'emboîta le pas.

— Voilà une éternité que je ne vous ai vue, Shizuka !

— Mon cousin. J'espère pour vous que vous ne lui avez fait aucun mal.

— J'ai failli le tuer, ce petit crétin. Vous devriez mieux le surveiller.

Nous échangeâmes des regards furibonds.

— Je suppose que je devrais vérifier si vous êtes armée, déclarai-je.

J'étais enchanté de la revoir et tenté de la serrer dans mes bras, mais je n'avais pas envie de prendre un coup de poignard dans les côtes.

— Je ne viens pas avec des intentions hostiles, Takeo. Je suis ici avec Kenji. Il veut faire la paix avec vous. Il a changé la politique de la famille Muto. Les Kuroda suivront, et les autres aussi, probablement. Je devais vous amener Taku pour vous prouver notre bonne foi. Je n'imaginais pas qu'il irait vous rendre visite de sa propre initiative.

— J'avoue que je n'ai que modérément confiance en la Tribu. Pourquoi devrais-je vous croire ?

— Si mon oncle vient, consentirez-vous à lui parler ?

— Certainement. Amenez aussi votre fils aîné. Je confierai vos deux garçons à la garde de mes hommes pendant que nous discuterons.

— On m'avait prévenue que vous étiez devenu impitoyable, Takeo.

— Nos parents m'ont instruit en ce sens à Yamagata et à Matsue. Kenji disait toujours que c'était la seule chose qui me manquait.

J'appelai la fille de Shiro et lui demandai d'apporter du thé.

— Asseyez-vous, dis-je à Shizuka. Votre fils dort. Prenez un peu de thé avant d'aller chercher Zenko et Kenji.

Quand nous fûmes servis, elle but à petites gorgées.

— Je suppose que vous avez appris la mort de Yuki ?

— Oui, cette nouvelle m'a profondément affligé. Je suis indigné qu'on ait pu se servir d'elle de cette manière. Vous êtes au courant pour l'enfant ?

Shizuka hocha la tête.

— Mon oncle ne peut pas le pardonner aux Kikuta. C'est pour cette raison qu'il est prêt à défier la volonté de Kotaro en vous apportant son soutien.

— Il ne m'en veut pas ?

— Non, c'est eux qu'il blâme pour leur dureté inflexible. Et il se fait lui-même bien des reproches. Il s'en veut pour la mort de Shigeru, pour l'amour qu'il a favorisé entre Kaede et vous, peut-être même pour la mort de sa fille.

— Nous nous faisons tous des reproches, mais nous ne sommes que des instruments du destin, observai-je à voix basse.

— C'est vrai. Nous vivons dans le monde, et nous ne pouvons vivre autrement.

— Vous avez des nouvelles de mon épouse?

Je n'avais pas envie de poser des questions à son sujet, de révéler ma faiblesse et mon humiliation, mais c'était plus fort que moi.

— Elle est mariée à Fujiwara. Elle est absolument coupée du monde, mais elle est vivante.

— Vous n'avez aucun moyen d'entrer en contact avec elle?

Le visage de Shizuka s'adoucit imperceptiblement.

— Je suis en bons termes avec le médecin de l'aristocrate, et une Muto est servante dans la maisonnée. Nous avons donc des nouvelles de temps en temps. Nous ne pouvons pas faire grand-chose, cependant. Je n'ose pas établir de contact direct. Je crois que Kaede elle-même ne se rend pas compte du danger qu'elle court. Il est arrivé à Fujiwara de faire exécuter des domestiques, ou même ses compagnons, sans autre motif qu'un plateau tombé, une plante rompue ou quelque autre méfait du même genre.

— Makoto prétend qu'il ne dort pas avec elle…

— C'est probable. En général, il n'a aucun goût pour les femmes. Il ressent pourtant une attirance pour Kaede. Elle est l'un de ses trésors.

Je grinçais des dents tant j'étais furieux. Je m'imaginais en train de m'introduire dans sa demeure, de le chercher au cœur de la nuit. Je le taillerais en pièces, en prenant mon temps.

— Il est protégé par sa parenté avec l'empereur, observa Shizuka comme si elle avait lu dans mes pensées.

— L'empereur! Que fait-il pour nous, qui nous trouvons à des lieues de la capitale? Qui sait même s'il existe. C'est peut-être un fan-tôme, une invention pour faire peur aux enfants!

— Puisque nous parlons de reproches, lança-t-elle en ignorant ma tirade. Je me sens moi-même coupable. C'est moi qui ai per-suadé Kaede de séduire Fujiwara. D'un autre côté, s'il ne nous avait pas secourus, nous serions tous morts de faim à Shirakawa l'hiver dernier.

Elle finit son thé et s'inclina poliment.

— Si sire Otori y consent, je vais maintenant aller chercher mon oncle.

— Je le verrai dans deux heures. J'ai quelques affaires à régler d'abord.

— Sire Otori.

Entendre Shizuka m'appeler ainsi me faisait un effet étrange, car jusqu'alors je ne l'avais entendue donner ce nom qu'à sire Shigeru. Je me rendis compte qu'au cours de notre entretien j'avais progressé de «cousin» à «Takeo» puis «sire Otori». J'en ressentis un plaisir irra-tionnel. Il me semblait que si Shizuka reconnaissait mon autorité, elle devait être réelle.

Je dis à mes gardes de surveiller Taku et allai inspecter ce qui restait de mon armée. Deux jours de repos et de nourriture convenable avaient fait des miracles chez les hommes comme chez les chevaux. J'étais impatient de retourner sur la côte, afin d'avoir dès que possible des nouvelles de Fumio. Je me dis que je pourrais me rendre là-bas avec un petit groupe, mais je ne savais que faire du reste des troupes. Comme toujours, l'approvisionnement posait problème. Les habi-tants de Shuho s'étaient montrés généreux envers nous, mais en continuant de compter sur eux je craignais de venir à bout de leur bonne volonté et de leurs ressources. Même si j'envoyais maintenant le gros de l'armée à la suite d'Araï, sous le commandement de Kahei, j'avais besoin de leur procurer des vivres.

En rentrant chez Shiro, à midi, je continuai de réfléchir à ces problèmes. Je me souvins du pêcheur sur la plage et des bandits qui le terrorisaient. Une expédition contre ces bandits pourrait constituer un moyen idéal d'occuper le temps, de protéger les soldats contre l'oisiveté et de réveiller leur ardeur au combat après notre retraite. Les habitants du cru seraient sans doute ravis, et peut-être pourrions-nous obtenir des provisions et des équipements supplémentaires. Décidément, cette idée me paraissait excellente.

Un homme était accroupi sur ses talons, à l'ombre du toit de tuiles. D'aspect insignifiant, il portait des vêtements fanés, d'un bleu tirant sur le gris, et ne semblait pas avoir d'armes sur lui. Un garçon d'une douzaine d'années l'accompagnait. En me voyant, ils se levèrent tous deux lentement.

Je leur fis signe de la tête.

— Suivez-moi.

Kenji ôta ses sandales et pénétra dans la véranda.

— Attendez ici, ordonnai-je. Le garçon vient avec moi.

J'entrai dans la maison avec Zenko et le menai dans la pièce où Taku dormait toujours. Saisissant la cordelette de Taku, je dis aux gardes d'étrangler les garçons à la moindre attaque contre ma personne. Zenko garda le silence et ne sembla pas effrayé. Sa ressemblance avec Araï me frappa. Je retournai ensuite auprès de mon professeur.

Une fois à l'intérieur, nous nous assîmes et nous observâmes un moment en silence. Puis Kenji s'inclina en lançant avec son ironie habituelle :

— Sire Otori.

— Sieur Muto, répliquai-je. Taku se trouve avec son frère dans la pièce voisine. Si vous tentez quoi que ce soit contre moi, ils mourront sur-le-champ.

Kenji avait vieilli et je lus sur son visage une lassitude nouvelle. Ses cheveux commençaient à grisonner sur les tempes.

— Je ne te veux aucun mal, Takeo.

Je fronçai les sourcils et il se corrigea non sans impatience :

— Sire Otori. Vous n'allez sans doute pas le croire, mais je n'ai jamais eu l'intention de vous nuire. Quand j'ai fait le serment de vous protéger tant que je vivrais, en cette nuit lointaine chez Shigeru, j'étais parfaitement sincère.

— Vous avez une étrange manière de rester fidèle à vos serments.

— Je pense que vous connaissez aussi bien que moi les déchirements qui naissent d'obligations contradictoires. Ne pourrions-nous pas maintenant oublier ce passé ?

— Je serais heureux que nous cessions d'être ennemis.

La froideur de ma réaction ne correspondait pas à mes sentiments réels, mais j'étais gêné par tout ce qui s'était passé entre mon vieux maître et moi-même. Pendant longtemps, je l'avais considéré comme partiellement responsable de la fin de sire Shigeru. Mon chagrin pour la mort de Yuki et ma compassion pour la douleur de son père avaient eu raison de mon ressentiment. Malgré tout, je n'étais pas fier de ma propre attitude envers Yuki. Et il restait la question de l'enfant, qui était à la fois mon fils et le petit-fils de Kenji.

— La situation est devenue insupportable, soupira-t-il. À quoi bon nous exterminer mutuellement ? Les Kikuta vous ont revendiqué sous prétexte qu'ils voulaient essayer de préserver vos talents. Le moins qu'on puisse dire, c'est qu'ils n'ont pas tenu leur engagement ! Je sais que vous êtes en possession des registres de Shigeru. J'ai conscience du coup terrible que vous pourriez porter à la Tribu.

— Je préférerais travailler avec elle plutôt que de la détruire. Mais il faut que sa loyauté envers moi soit sans faille. Pouvez-vous vous en porter garant ?

— Je puis vous le garantir pour toutes les familles de la Tribu, sauf les Kikuta. Jamais ils ne se réconcilieront avec vous.

Après un silence, il ajouta d'une voix accablée :

— Pas plus que je ne me réconcilierai avec eux.

— Je suis désolé pour la mort de votre fille. Je me sens affreusement coupable. Rien ne peut me justifier. Tout ce que je puis dire, c'est que si je pouvais recommencer ma vie j'agirais différemment.

— Je ne vous reproche rien. Yuki vous a choisi. C'est moi-même que je blâme pour l'éducation que je lui ai donnée. À cause de moi, elle s'est crue plus libre qu'elle n'était. Depuis le jour où elle vous a apporté Jato, les Kikuta ont douté de son obéissance. Ils ont eu peur de son influence sur l'enfant. Il est censé vous haïr, vous comprenez. Les Kikuta sont très patients. Yuki cependant aurait été incapable d'éprouver de la haine pour vous, elle prenait toujours votre parti.

Il grimaça un sourire.

— Elle était furieuse contre moi, le jour où nous vous avons enlevé à Inuyama. Elle m'a dit que nous courions à l'échec en voulant vous retenir contre votre gré.

Je sentis mes yeux devenir brûlants.

— Elle vous aimait, dit Kenji. Peut-être l'auriez-vous aimée si vous n'aviez pas déjà rencontré dame Shirakawa. Je me blâme également pour cette rencontre. En fait, c'est moi qui l'ai provoquée. Je vous ai regardé tomber amoureux d'elle pendant cette séance d'entraînement. Pourquoi, je l'ignore. Parfois, je pense que nous étions tous ensorcelés, lors de ce voyage.

Je le pensais aussi en me rappelant la pluie battante, l'intensité de ma passion pour Kaede, la folie de mon incursion dans le château de Yamagata, sire Shigeru marchant vers sa mort.

— J'aurais aimé que les choses tournent différemment, Takeo, mais je ne te reproche rien et ne t'en veux en aucune manière.

Cette fois, je ne relevai pas sa familiarité. Il continua sur un ton qui me rappela davantage mon vieux professeur :

— Tu te comportes souvent comme un imbécile, mais il semble que le destin ait ses vues sur toi et il existe certainement un lien entre nos vies. Je suis prêt à te confier Zenko et Taku en signe de ma bonne foi.

— Buvons en l'honneur de notre entente, m'exclamai-je.

Je priai la fille de Shiro de nous apporter du vin. Après qu'elle nous eut servis et fut retournée dans la cuisine, je demandai à Kenji :

— Savez-vous où se trouve mon fils ?

J'avais du mal à imaginer le sort d'un nouveau-né privé de sa mère.

— Je ne suis pas parvenu à le découvrir, mais je soupçonne Akio de l'avoir emmené dans le Nord, au-delà des Trois Pays. Je suppose que tu vas essayer de le retrouver ?

— Sans doute, quand tout ceci sera terminé.

Je fus tenté de parler à Kenji de la prophétie annonçant que mon propre fils causerait ma perte, mais je préférai finalement garder le silence à ce sujet.

— Il semble que Kotaro, le maître Kikuta, se trouve à Hagi, me dit Kenji pendant que nous buvions.

— Dans ce cas, nous nous rencontrerons là-bas. J'espère que vous m'accompagnerez.

Il promit de venir et nous nous étreignîmes.

— Que comptes-tu faire avec les garçons ? demanda-t-il. Vas-tu les garder ici près de toi ?

— Oui. Taku semble déborder de talent. Pensez-vous qu'il puisse se tirer seul d'une mission d'espionnage ? Il se pourrait que j'aie un travail à lui confier.

— À Hagi ? Ce serait un peu trop difficile pour lui.

— Non, dans la région. Je veux retrouver la trace d'une bande de brigands.

— Il ne connaît pas les environs. Il risque fort de se perdre. De quels renseignements as-tu besoin ?

— Je veux savoir combien ils sont, à quoi ressemble leur repaire, des choses de ce genre. Taku peut se rendre invisible, n'est-ce pas ? Sans quoi il n'aurait pas trompé la vigilance de mes gardes.

Kenji hocha la tête.

— Shizuka pourrait l'accompagner. Mais il serait bon de trouver un habitant de la région pour leur servir de guide. Ils gagneraient beaucoup de temps dans la montagne.

Nous interrogeâmes les filles de Shiro, et la cadette dit qu'elle viendrait. Elle sortait souvent pour aller cueillir des champignons et des plantes sauvages servant aussi bien à cuisiner qu'à préparer des remèdes. Même si elle évitait le territoire des bandits, elle connaissait à fond la campagne jusqu'à la côte.

Pendant que nous discutions, Taku se réveilla. Les gardes m'appelèrent et j'allai le voir avec Kenji. Zenko était toujours assis à l'endroit où je l'avais laissé, immobile.

Avec un large sourire, Taku nous lança :

— J'ai rêvé à Hachiman !

— Ça tombe bien, répliquai-je, car tu vas partir à la guerre !

Il s'en alla dans la nuit avec Shizuka, et ils revinrent avec toutes les informations que je désirais. Makoto arriva de la côte juste à temps pour m'accompagner. Avec deux cents hommes, nous prîmes d'assaut le repaire montagneux des bandits. Nos pertes furent si réduites qu'on pouvait à peine parler de bataille. J'obtins le résultat escompté : les bandits périrent tous sauf deux que nous capturâmes vivants, et leurs provisions d'hiver tombèrent entre nos mains. Nous libérâmes de nombreuses femmes qu'ils avaient enlevées, et parmi elles la mère et les sœurs de l'enfant auquel j'avais donné à manger sur la plage. Zenko vint avec nous et combattit comme un homme. Quant à Taku, il se révéla si précieux que même sa mère lui accorda un mot de louange. Le bruit courut bientôt dans les villages de pêcheurs que j'étais revenu et avais tenu ma promesse. Ils vinrent tous s'offrir à transporter mes hommes dans leurs bateaux.

Je me répétais que toute cette activité avait pour but de soustraire mes hommes à l'oisiveté, mais j'en avais moi-même grand besoin. Après avoir parlé avec Shizuka de Kaede et appris sa situation intolérable, j'avais senti grandir démesurément mon désir de la revoir. Pendant la journée, j'étais assez occupé pour tenir mes pensées à distance, mais la nuit elles revenaient me torturer. De petits tremblements de terre se succédèrent toute la semaine. J'étais hanté par la vision de Kaede prise au piège dans un bâtiment s'effondrant après une secousse et s'embrasant. Mille inquiétudes me dévoraient : elle se mourait peut-être, ou croyait que je l'avais abandonnée, ou j'allais moi-même mourir sans lui avoir dit que je l'aimais et n'aimerais jamais qu'elle. L'idée que Shizuka pourrait lui faire parvenir un message s'insinua de nouveau en moi et ne me quitta plus.

Les relations entre Taku et Hiroshi se révélèrent orageuses, tant leur éducation et leur caractère les opposaient en tout point. Hiroshi considérait Taku avec autant de désapprobation que de jalousie. Taku le taquinait avec des astuces de la Tribu qui le mettaient en fureur. J'étais trop occupé pour jouer les médiateurs, mais ils me suivaient partout en se chamaillant comme de jeunes chiens. Zenko, l'aîné, les tenait tous deux à distance. Je savais qu'il n'avait hérité de la Tribu que des talents limités, mais il avait la main heureuse avec les chevaux et était déjà un expert du sabre. Il semblait aussi avoir déjà appris parfaitement l'obéissance. J'ignorais ce que je ferais de lui à l'avenir, mais j'avais conscience qu'il était l'héritier d'Araï et qu'il me faudrait tôt ou tard prendre une décision à son sujet.

Nous organisâmes un grand banquet pour dire adieu aux habitants de Shuho. Après quoi, le gros de mon armée, bien pourvue en vivres grâce aux bandits, se mit en route pour Hagi sous le commandement de Kahei et de Makoto. Je fis partir Hiroshi avec eux. Il cessa de protester quand je lui dis qu'il pourrait monter Shun — j'espérais que le cheval bai prendrait soin de lui aussi bien qu'il l'avait fait pour moi dans le passé.

C'était dur de les quitter tous, surtout Makoto. Je serrai longuement contre moi mon meilleur ami. J'aurais aimé que nous combattions côte à côte, mais il ne connaissait rien aux bateaux et j'avais besoin qu'il seconde Kahei à la tête de l'armée de terre.

— Nous nous retrouverons à Hagi, nous jurâmes-nous l'un à l'autre.

Après leur départ, je sentis qu'il me fallait absolument être tenu informé de leurs mouvements, de la progression d'Araï et de l'état de la situation à Maruyama et dans la résidence de sire Fujiwara. Je voulais connaître la réaction de l'aristocrate face à ma nouvelle alliance avec Araï. Le moment était venu pour moi de mettre à profit le réseau de la famille Muto.

Kondo Kiichi avait accompagné Shizuka et Kenji à Shuho. Je me rendis compte qu'il pourrait lui aussi m'être utile, étant maintenant au service d'Araï. Araï et Fujiwara étaient alliés, après tout, ce qui donnait à Kondo un prétexte tout trouvé pour approcher l'aristocrate. Shizuka me dit que Kondo était avant tout un homme obéissant et pragmatique, qui servirait n'importe qui du moment que Kenji le lui demanderait. Il sembla ne voir aucun inconvénient à me jurer fidélité. Avec l'accord de Kenji, Kondo et Shizuka se mirent en route pour prendre contact avec les espions Muto dans le Sud-Ouest. Avant leur départ, je pris à part Shizuka et lui donnai un message à transmettre à Kaede — lui disant que je l'aimais, que j'allais bientôt venir la chercher, qu'elle devait être patiente, qu'il ne fallait pas qu'elle meure avant que je l'aie revue.

— C'est dangereux, déclara Shizuka. Surtout pour Kaede elle-même. Je ferai ce que je pourrai, mais je ne peux rien vous promettre. En tout cas, nous vous enverrons des messages avant la pleine lune.

Je retournai dans le sanctuaire abandonné sur la côte et y établis mon campement. Une semaine passa. La lune entra dans son premier quartier. Nous reçûmes un premier message de Kondo : Araï avait affronté l'armée Otori près de Yamagata, et elle battait maintenant en retraite vers Hagi. Ryoma revint d'Oshima pour nous annoncer que les Terada étaient prêts. Le temps était toujours beau, la mer paisible, sauf quand des tremblements de terre provoquaient des lames de fond, faisant naître en moi un sentiment grandissant d'urgence.

Deux jours avant la pleine lune, à midi, nous aperçûmes au loin des formes sombres s'éloignant d'Oshima : c'était la flotte des pirates. Elle comprenait douze bateaux qui, ajoutés à ceux des pêcheurs, suffiraient pour embarquer tous mes hommes. Je fis aligner mes guerriers sur la plage, prêts à l'embarquement.

Fumio bondit du vaisseau de tête et s'avança vers moi en pataugeant dans l'eau. L'un de ses hommes le suivait, chargé d'un paquet allongé et de deux petites corbeilles. Après une accolade chaleureuse, il me lança :

— J'ai quelque chose à vous montrer. Emmenez-moi dans un endroit à l'abri des regards indiscrets.

Nous entrâmes dans le temple tandis que ses marins commençaient l'embarquement. L'homme posa les paquets par terre et alla s'asseoir dans la véranda. Rien qu'à l'odeur, je devinais ce qu'une des corbeilles contenait. Je me demandais pourquoi Fumio s'était donné la peine de m'apporter une tête. À qui pouvait-elle appartenir ?

Ce fut elle qu'il déballa en premier.

— Regardez-la, ensuite nous l'enterrerons. Il y a quinze jours, nous avons capturé un bateau. Cet homme se trouvait à bord, avec plusieurs de ses semblables.

J'observai la tête avec dégoût. La peau était aussi blanche qu'une perle et les cheveux avaient la même couleur que le jaune d'un œuf d'oiseau de mer. Les traits étaient accusés et le nez crochu.

— Est-ce un homme ou un démon ?

— C'est un des barbares qui ont fabriqué le tube pour voir de loin.

— Vous m'en avez apporté un ? dis-je en désignant le paquet allongé.

— Non ! C'est encore beaucoup plus intéressant que cela !

Fumio déballa l'objet et me le montra. Je le saisis avec circonspection.

— Une arme ?

Je ne savais pas comment on s'en servait, mais elle avait l'allure reconnaissable entre mille d'un instrument destiné à tuer.

— Oui, et je pense que nous pourrons la copier. J'en ai déjà fait confectionner une autre. Elle n'était pas vraiment au point — l'homme qui l'essayait est mort —, mais je crois que je sais ce qui n'allait pas.

Ses yeux brillaient, son visage était rouge d'excitation.

— Comment marche-t-elle ?

— Je vais vous montrer. Vous n'auriez pas quelqu'un dont vous pourriez vous passer ?

Je songeai aux deux bandits que nous avions capturés. Ils étaient entravés sur la plage, exposés aux regards comme un exemple pour ceux qui seraient tentés par leur vocation. On leur donnait juste assez d'eau pour les garder vivants. En attendant Fumio, j'avais entendu leurs gémissements et je m'étais dit qu'il faudrait régler leur sort avant notre départ.

Fumio appela son compagnon, qui apporta une poêle remplie de braise. Nous fîmes attacher aux arbres les bandits, lesquels se répandaient en jurons et en supplications. Fumio s'éloigna sur la plage, à environ cinquante ou soixante pas des deux hommes, en me faisant signe de le suivre. Il alluma une cordelette avec la braise et en appliqua le bout incandescent à l'extrémité du tube. Celui-ci était muni d'une sorte de crochet, comme un ressort. Fumio leva le tube en visant les prisonniers. Il y eut une détonation soudaine, qui me fit sursauter, et un nuage de fumée. L'un des bandits poussa un cri féroce. Du sang jaillit d'une blessure en plein milieu de sa gorge, et il mourut en quelques instants.

— Ah, s'exclama Fumio avec satisfaction. Je commence à avoir la main.

— Combien de temps devez-vous attendre avant de tirer un nouveau coup? demandai-je.

Cette arme était laide et grossière. Elle n'avait rien de la beauté du sabre ou de la majesté de l'arc, mais elle devait les surpasser tous deux en efficacité.

Fumio recommença l'opération, et je comptai mes pulsations : plus de cent — une longue attente, quand on était au cœur d'une bataille. Le second coup atteignit l'autre bandit à la poitrine, où elle creusa un trou impressionnant. Il me sembla qu'un tel projectile pourrait percer la plupart des armures. Je me sentais à la fois intrigué et dégoûté par les possibilités de cette arme.

— Les guerriers diront que c'est une arme pour les lâches, dis-je à Fumio.

Il éclata de rire.

— Peu m'importe de combattre comme un lâche du moment que je survive!

— Vous allez l'emporter avec vous?

— Seulement si vous me promettez de la détruire si jamais nous perdons, répliqua-t-il en souriant. Personne d'autre ne doit apprendre à en fabriquer.

— Nous ne perdrons pas. Comment l'appelez-vous?

— Une arme à feu.

Nous retournâmes à l'intérieur et Fumio remballa son trésor. La tête hideuse nous fixait de ses yeux éteints. Des mouches commençaient à s'installer dessus et l'odeur semblait imprégner la pièce entière, me donnant la nausée.

— Enlève-la, ordonnai-je au pirate.

Il regarda son maître.

— Je vais juste vous montrer les autres objets qu'il avait avec lui, lança Fumio en ouvrant la seconde corbeille. Il portait ceci autour du cou.

— Un chapelet?

Je saisis le collier blanc, dont les grains semblaient en ivoire. L'étrange chapelet se déroula et révéla à mes yeux une croix, le signe des Invisibles. Je fus interloqué de voir ainsi affiché ouvertement un symbole qui avait toujours été pour moi entouré du plus grand secret. Dans la maison de notre prêtre, à Mino, les fenêtres étaient disposées de façon qu'à certaines heures du jour le soleil dessinât une croix d'or sur le mur, mais cette image fugitive avait été la seule que j'aie jamais vue.

Je restai impassible et lançai le collier à Fumio :

— Curieux. Un objet d'une religion barbare ?

— Que vous êtes naïf, Takeo. C'est le signe que vénèrent les Invisibles.

— Comment le savez-vous ?

— Je sais tant de choses, dit-il avec impatience. Je n'ai pas peur du savoir. J'ai été sur le continent. Je sais que le monde est bien plus vaste que notre chapelet d'îles. Les barbares ont les mêmes croyances que les Invisibles. Je trouve cela fascinant.

— Mais bien peu utile dans une bataille !

Cette découverte me semblait moins fascinante qu'inquiétante, comme si elle était quelque message menaçant d'un dieu auquel je ne croyais plus.

— Malgré tout, quels peuvent être les autres secrets des barbares ? Takeo, quand vous serez établi à Hagi, il faudra que vous m'envoyiez chez eux. Faisons du commerce avec eux. Apprenons ce qu'ils savent.

J'avais peine à imaginer un tel avenir. Mon esprit était occupé tout entier par la lutte qui m'attendait maintenant.

Au milieu de l'après-midi, l'embarquement des soldats était achevé. Fumio me dit qu'il nous fallait partir pour pouvoir profiter de la marée. Je plaçai Taku sur mes épaules, et je pataugeai avec Kenji et Zenko en direction du bateau de Fumio. On nous hissa par-dessus les plats-bords. La flotte était déjà en route et la brise gonflait ses voiles jaunes. Je regardai la terre s'amenuiser puis disparaître dans la brume du soir. Shizuka avait promis d'envoyer des messages avant notre départ, mais elle ne nous avait donné aucune nouvelle. Son silence ajoutait à mon anxiété, pour elle et pour Kaede.

CHAPITRE X

Rieko était d'une nature inquiète, et le typhon ne l'alarma pas moins que le tremblement de terre qui l'avait précédé. Elle semblait proche de l'effondrement nerveux. Malgré la gêne occasionnée par la tempête, Kaede était heureuse d'être délivrée de l'attention sans relâche de sa suivante. Au bout de deux jours, cependant, le vent retomba et un temps limpide d'automne s'installa. Rieko retrouva toute sa santé et sa vigueur, et sa présence se fit plus obsédante que jamais.

Elle semblait avoir chaque jour une nouvelle corvée à imposer à Kaede : épiler ses sourcils, frotter sa peau avec du son, laver et peigner ses cheveux, poudrer son visage pour lui donner une blancheur artificielle, enduire de crème ses mains et ses pieds afin de les rendre aussi lisses et translucides qu'une perle. Elle choisissait elle-même les vêtements de Kaede et l'habillait avec l'aide des servantes. Parfois, comme si elle lui accordait une grâce exceptionnelle, elle lui faisait un peu la lecture ou jouait du luth pour elle — non sans l'avoir informée qu'elle était considérée comme une virtuose de cet instrument.

Fujiwara lui rendait visite une fois par jour. Kaede avait été initiée par Rieko à l'art du thé et elle le préparait pour lui, en accomplissant le rituel en silence tandis qu'il observait le moindre de ses gestes et la corrigeait de temps en temps. Quand il faisait beau, les femmes s'asseyaient dans une pièce donnant sur un petit jardin fermé. Deux pins à la forme tourmentée et un prunier d'un âge vénérable y côtoyaient des azalées et des pivoines.

— Les fleurs nous charmeront au printemps, observa Rieko devant les arbustes au terne feuillage d'automne.

Kaede songea à l'hiver interminable qui l'attendait. Un autre lui succéderait, puis un autre, la réduisant à n'être qu'un trésor sans vie, réservé aux yeux de sire Fujiwara.

Le jardin lui rappelait celui du château de Noguchi où elle avait passé un bref moment avec son père, le temps de l'informer de l'union arrangée avec sire Otori Shigeru. Il avait été fier, ce jour-là, soulagé à l'idée qu'elle ferait un si beau mariage. Ils ignoraient tous deux que ce mariage n'était lui-même qu'un faux-semblant, un piège pour Shigeru. Son esprit étant cruellement privé d'occupations, elle ne cessait de repenser au passé tout en contemplant le jardin, attentive au moindre changement s'offrant à son regard tandis que les jours s'écoulaient lentement.

Le prunier commença à perdre ses feuilles et un vieil homme venait dans le jardin afin de les ôter une à une de la mousse. Kaede devait rester hors de sa vue, comme de celle de n'importe quel homme, mais elle l'observait cachée derrière un écran. Avec une patience infinie, il ramassait chaque feuille entre le pouce et l'index, en prenant soin de ne pas abîmer la mousse, et la jetait dans une corbeille de bambou. Ensuite il peignait la mousse comme si ç'avait été une chevelure, en enlevant herbes et brindilles, déjections de ver, plumes d'oiseau et fragments d'écorce. Pendant le reste du jour, la mousse paraissait comme neuve. Puis lentement, imperceptiblement, elle subissait les atteintes du monde et de la vie, et il fallait recommencer toute l'opération le lendemain matin.

Du lichen vert et blanc poussait sur le tronc noueux du prunier, et Kaede se surprit à l'observer lui aussi chaque jour avec attention. Des événements minuscules avaient le pouvoir de la bouleverser. Un matin, un champignon rose pâle veiné d'ivoire, semblable à une fleur sculptée dans de la chair, avait surgi de la mousse. Quand il arrivait qu'un oiseau se pose au sommet d'un pin et entonne son chant perlé, les battements irréguliers du cœur de la jeune femme lui répondaient.

L'administration d'un domaine n'avait pas suffi à occuper son esprit curieux et inquiet. Maintenant qu'elle avait si peu à faire, elle craignait de périr d'ennui. Elle essayait d'épier le rythme de la maisonnée derrière les murs de ses appartements, mais rares étaient les sons parvenant dans sa retraite solitaire. Un jour, elle entendit la mélodie d'une flûte et se dit qu'il s'agissait peut-être de Makoto. Elle redoutait de le voir, car elle se sentait jalouse à l'idée qu'il fût libre d'aller et venir, libre d'être avec Takeo et de combattre à ses côtés. Pourtant, elle aspirait à le voir pour avoir des nouvelles, n'importe lesquelles. Mais il lui était impossible de savoir si le flûtiste était ou non le jeune moine.

Après l'ennui, le plus pénible était son ignorance de tout événement. Des batailles pouvaient être livrées et perdues, des seigneurs de la guerre pouvaient connaître la gloire puis la chute — rien ne filtrait jusqu'à elle. Sa seule consolation, c'était qu'elle était sûre que si Takeo périssait sire Fujiwara le lui dirait afin de la narguer. Il s'enivrerait à la fois de le savoir mort et de la voir souffrir.

Elle savait que l'aristocrate continuait de faire représenter ses pièces. Elle se demandait parfois s'il en avait écrit une dont elle fût l'héroïne, comme il se l'était proposé un jour. Mamoru l'accompagnait souvent dans ses visites, et Fujiwara lui rappelait d'étudier les expressions de Kaede afin de les copier. Elle n'était pas autorisée à assister aux drames, mais elle entendait des bribes de mots et de chants, la rumeur des musiciens, la cadence d'un tambour. Il lui arrivait de reconnaître une phrase familière et la pièce dont elle venait reprenait forme tout entière dans son esprit. D'un seul coup, elle se sentait émue aux larmes par la beauté des paroles et l'intensité des émotions.

Sa propre vie semblait tout aussi intense et émouvante. Contrainte comme elle l'était de contempler les détails minuscules de son existence présente, elle commença à chercher des moyens de capter ses propres sentiments. Les mots lui venaient un par un. Il lui fallait parfois toute une journée pour les choisir. Elle ne connaissait de la poésie régulière que ce qu'elle avait lu dans les livres de son père, mais elle recueillait des mots comme des perles d'or et les agençait à son gré. Elle les gardait cachés au fond de son cœur.

Elle en vint à aimer par-dessus tout le silence où les poèmes prenaient forme, tels les piliers de la grotte sacrée de Shirakawa créés goutte après goutte par l'eau chargée de chaux. Elle abhorrait le bavardage de Rieko, tissu de lieux communs où la méchanceté le disputait à la suffisance. Elle n'appréciait pas davantage les visites de Fujiwara, dont le raffinement affecté lui semblait aux antipodes de la vérité dépouillée qu'elle recherchait. En dehors de l'aristocrate, le seul homme qu'elle voyait était Ishida. Le médecin venait chez elle régulièrement et ses visites lui faisaient plaisir, même s'ils ne se parlaient qu'à peine. Quand sa quête des mots commença, elle cessa de prendre les thés calmants. Elle voulait connaître ses propres sentiments, dussent-ils la remplir d'angoisse.

Près de la pièce donnant sur le jardin se trouvait un petit autel domestique, abritant des statues de l'Illuminé et de Kannon la Miséricordieuse. Même Rieko n'osait pas empêcher Kaede de prier. La jeune femme restait agenouillée en ces lieux pendant des heures. Elle finissait par atteindre un état où la prière ne faisait plus qu'une avec la poésie et où le monde quotidien apparaissait débordant de sens et de sainteté. Elle méditait souvent sur les pensées qui l'avaient troublée après la bataille d'Asagawa et les persécutions de Takeo contre la Tribu, et elle se demandait si cet état de sainteté qu'elle frôlait parfois pourrait constituer une réponse au problème d'un gouvernement capable de se passer de la violence. Puis elle se grondait elle-même, car elle ne voyait pas comment elle pourrait jamais avoir de nouveau l'occasion de gouverner. Du reste, elle devait s'avouer que si elle retrouvait un jour l'exercice du pouvoir elle chercherait à se venger de tous ceux qui l'avaient fait souffrir.

Des lampes restaient allumées nuit et jour devant l'autel, et Kaede brûlait souvent de l'encens afin que son lourd parfum emplisse ses narines et imprègne l'atmosphère autour d'elle. Une petite cloche était suspendue à un cadre. De temps en temps, Kaede était prise du besoin de lui donner un coup et elle retentissait, limpide, à travers ses appartements. Les servantes échangeaient alors des regards furtifs, en faisant attention à ne pas être vues de Rieko. Elles connaissaient en partie l'histoire de la jeune femme et éprouvaient pour elle une pitié qui se mêlait de plus en plus d'admiration.

Une de ces filles intéressait particulièrement Kaede. Grâce aux registres qu'elle avait recopiés pour Takeo, elle savait que plusieurs membres de la Tribu étaient employés dans la maisonnée de Fujiwara, très probablement à son insu. Deux hommes, dont l'intendant du domaine, étaient à la solde de la capitale. Sans doute étaient-ils des espions chargés de renseigner la cour sur les activités de l'aristocrate en exil. Il y avait également deux filles de cuisine, qui vendaient des lambeaux d'informations à quiconque était prêt à les payer, et enfin une autre femme, travaillant comme servante. C'était cette dernière que Kaede croyait reconnaître dans cette fille.

Pour étayer sa supposition, elle n'avait guère qu'une ressemblance indéfinissable de la servante avec Shizuka et le fait que leurs mains présentaient la même forme. Au début de leur séparation, Shizuka n'avait pas manqué à Kaede, dont la vie avait été entièrement absorbée par Takeo. Maintenant qu'elle en était réduite à un entourage de femmes, cependant, elle la regrettait amèrement. Elle brûlait d'envie d'entendre sa voix, et elle avait la nostalgie de sa bonne humeur et de son courage.

Par-dessus tout, elle aurait voulu avoir des nouvelles. La fille s'appelait Yumi. Si jamais quelqu'un était au courant de ce qui se passait dans le monde extérieur, ce devait être un membre de la Tribu. Cependant Kaede n'était jamais seule avec elle, et elle avait peur d'entrer en contact avec elle même indirectement. Au début, elle s'imagina que la fille avait peut-être pour mission de l'assassiner, afin d'assouvir quelque vengeance ou de punir Takeo. Elle la surveilla sans en avoir l'air, non tant par crainte que par une sorte de curiosité. Elle se demandait quelle forme prendrait le meurtre, quel sentiment il éveillerait en elle — elle ne savait si sa première réaction serait de regret ou de soulagement.

Elle était au courant de la condamnation à mort prononcée par la Tribu à l'encontre de Takeo. Elle ne doutait pas qu'elle serait appliquée avec une rigueur implacable, surtout après la campagne qu'il avait menée à Inuyama contre les membres de l'organisation, et elle n'attendait de leur part ni soutien ni sympathie. Et pourtant, quelque chose dans le comportement de la fille suggérait qu'elle n'était pas hostile à Kaede.

Comme les journées se faisaient plus courtes et plus fraîches, on sortit et on aéra les vêtements d'hiver tandis que ceux d'été étaient lavés, pliés et rangés. Pendant deux semaines, Kaede porta les robes de demi-saison et se surprit à apprécier leur chaleur. Rieko et les servantes cousaient et brodaient, mais Kaede n'était pas autorisée à se joindre à elles. Même si elle n'aimait pas spécialement la couture, où le fait d'être gauchère avait gêné ses progrès, ç'aurait été pour elle un moyen de remplir ses journées si vides. Les fils de diverses couleurs la charmaient et elle s'émerveillait de voir une fleur ou un oiseau prendre vie sur la soie pesante. Elle apprit par Rieko que sire Fujiwara avait ordonné qu'on veille à garder hors de sa portée aiguilles, ciseaux et couteaux. Même les miroirs devaient lui être apportés uniquement par Rieko. Kaede songea à l'arme aussi minuscule qu'une aiguille que Shizuka avait confectionnée pour elle et dissimulée dans l'ourlet de sa manche, et elle se rappela l'usage qu'elle en avait fait à Inuyama. Fujiwara craignait-il vraiment d'être sa prochaine victime ?

Rieko ne la perdait jamais de vue, sauf pendant la visite quotidienne de l'aristocrate. Elle l'accompagnait au pavillon de bains et même aux cabinets, où elle se chargeait d'écarter les lourdes robes puis de laver les mains de Kaede dans le bassin. Quand les saignements de la jeune femme commençaient, Fujiwara interrompait ses visites jusqu'à ce qu'elle ait été purifiée, à la fin de la semaine.

Le temps passa. Le prunier était dénudé, maintenant. Un matin, la mousse et les aiguilles de pin miroitèrent sous le gel. Avec l'arrivée du froid, des maladies se propagèrent. Kaede s'enrhuma la première. Elle avait la migraine, sa gorge était si douloureuse qu'il lui semblait avoir avalé des aiguilles et sa fièvre lui apporta des rêves traumatisants. Tout revint en ordre au bout de quelques jours, cependant, en dehors d'une toux qui la dérangeait la nuit. Ishida lui prescrivit de l'écorce de saule et de la valériane. À ce moment, Rieko attrapa à son tour le rhume. Il semblait avoir gagné en virulence. Rieko était plus âgée que Kaede et fut beaucoup plus malade qu'elle.

Au troisième jour de sa maladie, une série de brèves secousses ébranlèrent la terre. Ce séisme s'ajoutant à sa fièvre, Rieko fut prise de panique et il devint presque impossible de la maîtriser. Alarmée, Kaede envoya Yumi chercher Ishida.

La nuit était tombée quand il arriva. La lune pleine aux trois quarts brillait d'un éclat argenté dans un ciel parfaitement noir, criblé d'étoiles étincelantes et glacées.

Ishida dit à Yumi d'apporter de l'eau chaude. Il prépara un remède énergique et le fit boire à la malade, dont les convulsions et les sanglots se calmèrent peu à peu.

— Elle va dormir un moment, assura-t-il. Yumi peut lui donner une autre dose si elle a un nouvel accès de panique.

Pendant qu'il parlait, la terre se remit à trembler. Par la porte ouverte, Kaede vit la lune vaciller tandis que le sol se soulevait puis s'apaisait sous ses pieds. L'autre servante poussa un cri d'effroi et courut dehors.

— La terre a tremblé toute la journée, observa Kaede. Est-ce le présage d'un séisme violent?

— Qui sait? répliqua Ishida. Vous feriez mieux d'éteindre les lampes avant d'aller vous coucher. Je vais rentrer chez moi et voir ce que fait mon chien.

— Votre chien?

— S'il est endormi sous la véranda, c'est qu'il n'y aura pas de secousse grave. S'il est en train de hurler, en revanche, je commencerai à m'inquiéter.

Ishida se mit à pouffer, et Kaede se rendit compte qu'il y avait longtemps qu'elle ne l'avait vu aussi allègre. C'était un homme calme, consciencieux et réservé, se conformant à son devoir envers Fujiwara aussi bien qu'à sa vocation de médecin. Elle avait pourtant l'impression que quelque chose lui était arrivé cette nuit, mettant à mal son impassibilité apparente.

Il les quitta et Yumi suivit Kaede dans la chambre à coucher, afin de l'aider à se déshabiller.

— Le docteur a l'air de bonne humeur, ce soir, lança Kaede.

Il lui était si agréable de n'être pas épiée à chaque instant par Rieko qu'elle avait envie de bavarder rien que pour le plaisir. La robe glissa de ses épaules, et quand Yumi souleva sa chevelure pour la dégager Kaede sentit le souffle de la jeune fille contre son oreille tandis qu'elle chuchotait :

— C'est parce que Muto Shizuka est venue le voir.

Kaede sentit son sang se glacer. La pièce se mit à tourner autour d'elle, sous l'effet non d'un tremblement de terre mais de sa propre faiblesse. Yumi se précipita pour la soutenir et l'allongea sur le matelas. Elle sortit la robe de nuit et aida Kaede à la revêtir.

— Il ne faut pas que la noble dame prenne froid et retombe

malade, murmura-t-elle en saisissant le peigne pour démêler les lourds cheveux.

— Quelles sont les nouvelles? demanda Kaede d'une voix tranquille.

— Les Muto ont conclu une trêve avec sire Otori. Le maître Muto est maintenant à son côté.

Rien qu'en entendant son nom, Kaede sentit son cœur faire un tel bond dans sa poitrine qu'elle crut qu'elle allait vomir.

— Où se trouve le seigneur?

— Sur la côte, à Shuho. Il s'est rendu à sire Araï.

Elle ne pouvait imaginer ce qui était arrivé à Takeo.

— Il est sain et sauf?

— Il s'est allié à Araï. Ils vont attaquer Hagi ensemble.

— Encore une bataille, murmura Kaede.

Une vague d'émotion déferla sur elle et ses yeux devinrent brûlants.

— Et mes sœurs?

— Elles vont bien. Un mariage a été arrangé pour dame Aï, avec le neveu de sire Akita. Je vous en prie, ne pleurez pas, noble dame. Personne ne doit jamais découvrir que vous êtes au courant de ces choses. Ma vie en dépend. Shizuka m'a juré que vous seriez capable de dissimuler vos sentiments.

Kaede lutta pour refouler ses larmes.

— Ma sœur cadette?

— Araï voulait la fiancer à sire Otori, mais ce dernier dit qu'il ne saurait envisager de se marier avant d'avoir pris Hagi.

C'était comme si elle avait été blessée au cœur par une aiguille invisible. Bien qu'elle n'y eût jamais songé, il était évident que Takeo se remarierait. Son mariage avec elle ayant été annulé, il serait censé prendre une autre épouse. Le choix de Hana s'imposait, puisqu'il scellerait l'alliance avec Fujiwara tout en resserrant les liens d'Araï avec les domaines de Maruyama et de Shirakawa.

—Hana n'est qu'une enfant, observa-t-elle sombrement pendant que le peigne passait sans ménagement dans ses cheveux.

Takeo l'avait-il déjà oubliée? Serait-il heureux d'accepter cette sœur si semblable à Kaede? La jalousie qui l'avait tourmentée en imaginant Makoto avec lui n'était rien auprès de celle dont elle était à présent la proie. Elle sentit avec une force accrue la cruauté de son isolement et de sa captivité. «Le jour où j'apprendrai qu'il est marié, je mourrai, dussé-je pour cela me couper moi-même la langue», se jura-t-elle en silence.

—Soyez sûre que sire Otori a ses propres desseins, chuchota Yumi. Après tout, il courait à votre secours au moment où son armée a été interceptée par celle d'Araï et contrainte de battre en retraite vers la côte. S'il n'a pu échapper alors à ses poursuivants, c'est uniquement à cause du typhon.

—Il courait à mon secours?

La jalousie de Kaede se calma, cédant la place à la gratitude et à une faible lueur d'espoir.

—Dès qu'il a appris votre enlèvement, il s'est mis en route avec plus d'un millier d'hommes.

Kaede sentit que Yumi tremblait.

—Il a envoyé Shizuka vous dire qu'il vous aime et ne renoncera jamais à vous. Soyez patiente. Il va venir vous chercher.

Elles entendirent un son dans la pièce voisine, une sorte de cri fiévreux. Elles se turent aussitôt.

—Viens avec moi aux cabinets, dit Kaede.

Elle parlait aussi tranquillement que si durant toute la soirée elle n'avait prononcé aucune phrase plus compromettante que «Tiens ma robe» et «Peigne mes cheveux». Elle n'était que trop consciente des risques que prenait Yumi en lui apportant ce message, et elle craignait pour sa sûreté.

Yumi l'enveloppa dans un manteau fourré, puis elles s'avancèrent en silence dans la véranda. Il faisait plus froid que jamais.

— Il va geler cette nuit, observa la servante. Dois-je demander qu'on apporte davantage de charbon pour les braseros?

Kaede prêta l'oreille. La nuit était paisible. Pas un souffle de vent, pas un hurlement de chien.

— Oui, essayons de nous tenir au chaud.

À l'entrée des cabinets, elle ôta la pelisse de ses épaules et la confia à Yumi. Accroupie dans ce recoin sombre où personne ne pouvait la voir, elle se laissa aller à sa joie. Les mots résonnaient dans sa tête, les mots que la déesse elle-même lui avait adressés:

«Sois patiente. Il va venir te chercher.»

LE LENDEMAIN, RIEKO ALLAIT UN PEU MIEUX. Elle se leva et s'habilla aussi tôt que de coutume, bien que Kaede l'implorât de se reposer plus longtemps. Le vent d'automne descendant de la montagne avait fraîchi, mais Kaede sentait en elle une chaleur qu'elle n'avait jamais éprouvée depuis sa capture. Elle s'efforçait de ne pas penser à Takeo, mais le message chuchoté par Yumi avait réveillé son obsession et l'image du jeune homme s'imposait sans cesse à son esprit. Terrifiée à l'idée de se trahir, elle évitait de parler à Yumi ou même de la regarder. Cependant elle avait conscience d'un sentiment nouveau entre elles, d'une sorte de complicité. Comment Rieko pourrait-elle ne pas s'en apercevoir, avec ses yeux aussi perçants que ceux d'un cormoran?

La maladie n'avait fait qu'aggraver la méchanceté et le caractère irascible de la suivante. Elle trouvait à redire à tout. Elle se plaignit de la nourriture, envoya chercher trois sortes différentes de thé dont elle prétendit qu'ils sentaient tous le moisi, et finit par gifler Yumi parce qu'elle n'apportait pas l'eau chaude assez vite. Elle fit même pleurer Kumiko, la seconde servante, qui avait avoué sa terreur des tremblements de terre.

Kumiko était une fille d'un tempérament léger et enjoué, et Rieko lui accordait une relative liberté qui aurait été inimaginable pour les autres servantes. Ce matin-là, cependant, la suivante la couvrit de sarcasmes et se moqua avec mépris de ses frayeurs, sans tenir compte du fait qu'elle était elle-même tout aussi peureuse.

Pour échapper à cette atmosphère désagréable, Kaede alla s'asseoir à sa place favorite et contempla le jardin minuscule. Le soleil brillait à peine dans la pièce. Dans quelques semaines il n'éclairerait même plus les murs extérieurs. L'hiver serait sinistre dans ces appartements — mais Takeo viendrait certainement la chercher avant l'hiver!

Elle ne pouvait voir les montagnes, mais elle les imaginait surgissant dans le ciel bleu de l'automne. Elles devaient être couronnées de neige, maintenant. Un oiseau se posa soudain sur le pin, chanta bruyamment puis s'envola par-dessus le toit dans un flamboiement d'ailes vert et blanc. Il lui rappela l'oiseau que Takeo avait peint, il y avait si longtemps. Était-il comme un message pour elle, lui annonçant qu'elle serait bientôt libre?

Les voix des femmes s'élevèrent dans son dos. Kumiko lança en pleurant:

— C'est plus fort que moi. Si la maison se met à trembler, il faut que je coure dehors. Je ne peux pas supporter cette sensation.

— Et c'est ce que tu as fait la nuit dernière! Tu as laissé seule la noble dame pendant que je dormais?

— Yumi ne l'a pas quittée un instant, répondit Kumiko en larmes.

— Sire Fujiwara avait ordonné qu'elle soit toujours en compagnie d'au moins deux d'entre nous!

Une nouvelle gifle retentit dans la pièce.

Kaede pensa au vol de l'oiseau, aux larmes de la femme. Ses propres yeux devinrent brûlants. Elle entendit des pas s'approcher et comprit que Rieko était derrière elle, mais elle ne tourna pas la tête.

— Ainsi, dame Fujiwara est restée seule avec Yumi hier au soir. Je vous ai entendues chuchoter. De quoi parliez-vous?

— Nous ne chuchotions que pour éviter de vous déranger, répliqua Kaede. Nous ne parlions de rien de spécial : du vent d'automne, de la clarté de la lune, peut-être. Je lui ai demandé de peigner mes cheveux puis de m'accompagner aux cabinets.

Rieko s'agenouilla près d'elle et essaya de regarder son visage. Son parfum entêtant fit tousser Kaede.

— Ne m'ennuyez pas, dit Kaede en se détournant. Nous sommes toutes deux souffrantes. Essayons de passer une journée tranquille.

— Quelle ingrate vous faites, lança Rieko d'une voix si ténue qu'on aurait cru entendre un moustique. Et quelle sotte. Alors que sire Fujiwara vous comble d'attentions, vous songez encore à trahir sa confiance.

— Vous devez avoir de la fièvre, vous délirez. Comment pourrais-je trahir sire Fujiwara ? Je suis sa prisonnière à tout point de vue.

— Vous êtes son épouse, la corrigea Rieko. Le simple fait d'employer un mot comme « prisonnière » montre combien vous êtes encore révoltée contre votre époux.

Kaede se contenta de regarder sans rien dire les aiguilles de pin se détachant sur le ciel. Elle craignait de révéler quoi que ce soit à Rieko. Le message de Yumi lui avait rendu l'espoir, mais la rançon de l'espoir était la peur. Elle tremblait pour Yumi, pour Shizuka, pour elle-même.

— Je sens que vous avez changé, marmonna Rieko. Croyez-vous que je ne vous aie pas percée à jour ?

— Il est vrai que j'ai un peu chaud, déclara Kaede. je crois que ma fièvre s'est réveillée.

« Sont-ils déjà à Hagi ? se dit-elle. Combat-il en cet instant même ? Puisse-t-il être protégé ! Puisse-t-il rester en vie ! »

— Je vais aller prier un peu, dit-elle à Rieko.

Elle s'agenouilla devant l'autel. Kumiko la rejoignit avec de la braise et Kaede fit brûler de l'encens. La lourde odeur se répandit dans les pièces, apportant aux femmes qui les habitaient une paix inquiète.

Quelques jours plus tard, Yumi alla chercher les plats du repas de midi et ne revint pas. Une autre servante, plus âgée, les apporta à sa place. Elle et Kumiko servirent le repas en silence. Les yeux de Kumiko étaient rouges et elle reniflait lamentablement. Quand Kaede s'informa de ce qui n'allait pas, Rieko lança sèchement :

— Elle s'est enrhumée, voilà tout.

— Où est Yumi ? demanda Kaede.

— Vous vous intéressez à son sort ? C'est la preuve que mes soupçons étaient fondés.

— Quels soupçons ? Que voulez-vous dire ? Je n'éprouve aucun sentiment particulier à son sujet. Je me demandais simplement où elle était passée.

— Vous ne la reverrez plus, répliqua Rieko d'un ton froid.

Kumiko émit un son étranglé, comme si elle étouffait un sanglot.

Kaede sentit un grand froid l'envahir, et pourtant sa peau était brûlante. Elle avait l'impression que les murs se refermaient sur elle. Le soir venu, elle fut prise d'une migraine atroce et pria Rieko de faire appeler Ishida.

Quand il entra, elle fut consternée par son apparence. Quelques jours plus tôt, c'était un homme enjoué. À présent son visage était décharné, ses traits tirés. Ses yeux ressemblaient à des charbons éteints et sa peau était grise. Bien qu'il se montrât aussi calme qu'à l'ordinaire et lui parlât avec une grande gentillesse, il était évident qu'un événement terrible s'était produit.

Rieko était au courant. Kaede en était persuadée rien qu'en voyant ses lèvres pincées et ses yeux perçants. Ne pas pouvoir interroger le médecin était une torture. Elle deviendrait folle, assurément, si elle continuait d'ignorer tout ce qui se passait dans cette demeure et dans le monde extérieur. Ishida lui donna une infusion d'écorce de saule et lui souhaita une bonne nuit avec une intensité inhabituelle. Elle était sûre qu'elle ne le reverrait jamais. Malgré le sédatif, elle passa une nuit agitée.

Le matin, elle interrogea de nouveau Rieko à propos de la disparition de Yumi et de l'air affligé d'Ishida. Comme elle n'obtenait que des accusations voilées en guise de réponse, elle décida d'en appeler à Fujiwara en personne. Il y avait près d'une semaine qu'elle ne l'avait vu. Pendant leur maladie, il s'était tenu à l'écart. Elle ne pouvait plus supporter cette atmosphère où planait une menace incompréhensible.

— Voulez-vous dire à sire Fujiwara que je souhaiterais le voir? demanda-t-elle à Rieko après avoir fini de s'habiller.

La suivante porta elle-même la commission et déclara à son retour :

— Sa Seigneurie est ravie que son épouse aspire à sa compagnie. Elle a préparé un divertissement spécial pour ce soir. Elle vous verra à ce moment-là.

— Je voudrais lui parler en tête à tête.

Rieko haussa les épaules.

— Aucun hôte de marque ne séjourne ici actuellement. Seul Mamoru accompagnera Sa Seigneurie. Vous feriez mieux de prendre un bain. Je pense que nous devrions aussi laver vos cheveux, afin qu'ils sèchent au soleil.

Quand sa chevelure fut enfin sèche, Rieko insista pour l'enduire d'un onguent épais avant de la coiffer. Kaede revêtit des robes d'hiver doublées de ouate. Elle apprécia leur chaleur, car ses cheveux mouillés lui avaient donné froid et malgré le soleil brillant l'air était glacé. À midi, elle mangea un peu de soupe, mais sa gorge et son estomac semblaient comme noués.

— Vous êtes très pâle, observa Rieko. Sire Fujiwara admire cette qualité chez une femme.

Sa voix lourde de sous-entendus fit trembler Kaede. Un événement horrible allait se produire — était déjà en cours. Tout le monde était au courant, sauf elle, et elle ne serait prévenue que lorsque bon leur semblerait. Elle sentit son pouls s'accélérer, son sang affolé cogner dans son cou, dans son ventre. Dehors, un martèlement étouffé semblait faire écho aux battements de son propre cœur.

Elle alla s'agenouiller devant l'autel, mais même là elle ne trouva pas la paix. En fin d'après-midi, Mamoru arriva et la mena au pavillon d'où elle avait regardé tomber la première neige avec Fujiwara au début de l'année. Bien qu'il ne fît pas encore sombre, des lanternes brillaient déjà dans les branches des arbres dénudés et des braseros brûlaient dans la véranda. Elle jeta un coup d'œil au jeune homme, en essayant de deviner quelque chose d'après son comportement. Il était aussi pâle qu'elle et il lui sembla déceler de la pitié dans ses yeux. Elle sentit redoubler sa frayeur.

Il y avait si longtemps qu'elle n'avait eu de paysage sous les yeux que le spectacle des jardins au-delà desquels surgissaient les montagnes lui parut d'une beauté indicible. Les derniers rayons du soleil teignaient de rose et d'or les sommets enneigés, et le ciel était d'un bleu transparent, presque argenté. Elle contempla cette splendeur et s'en imprégna avidement, comme si elle devait être sa dernière vision sur la terre.

Mamoru l'enveloppa dans une peau d'ours en murmurant :

— Sire Fujiwara vous rejoindra bientôt.

Juste devant la véranda, une étendue de minuscules cailloux blancs était ratissée de façon à dessiner un motif ondoyant. Deux poteaux avaient été dressés récemment au centre. En les voyant, Kaede fronça les sourcils. Ils rompaient le motif des cailloux d'une façon brutale, presque menaçante.

Elle entendit des pas feutrés, des robes bruissantes.

— Sa Seigneurie approche, dit Rieko dans son dos.

Elles s'inclinèrent toutes deux jusqu'au sol.

Kaede sentit flotter sur elle le parfum particulier de l'aristocrate tandis qu'il s'asseyait près d'elle. Il resta longtemps silencieux, et quand il l'invita enfin à s'asseoir elle crut percevoir de la colère dans sa voix. Son cœur défaillit. Elle essaya de réveiller son courage, mais il semblait l'avoir abandonnée. Elle mourait de peur.

— Je suis heureux de voir que vous êtes remise, dit-il avec une politesse glaciale.

Sa bouche était si sèche qu'elle pouvait à peine parler.

— Grâces en soient rendues aux soins de Sa Seigneurie, chuchota-t-elle.

— Rieko m'a dit que vous désiriez me parler…

— J'aspire toujours à être en compagnie de Sa Seigneurie, commença-t-elle.

La voix lui manqua quant elle le vit esquisser une moue railleuse.

« Puissé-je ne pas avoir peur, pria-t-elle. S'il voit que j'ai peur, il saura qu'il m'a brisée… Ce n'est qu'un homme, après tout. Il veille à ce que je ne touche même pas à une aiguille. Il sait ce dont je suis capable. Il sait que j'ai tué Iida. »

Elle prit une profonde inspiration.

— Il me semble qu'il se passe des choses que je ne comprends pas. Ai-je offensé Sa Seigneurie ? Je vous supplie de me dire quelle faute j'ai commise.

— C'est plutôt moi qui peine à comprendre ce qui se passe, répliqua-t-il. J'ai l'impression qu'il s'agit bel et bien d'un complot, et au sein de ma propre maisonnée. Je ne pouvais croire que mon épouse s'abaisserait à une telle infamie, mais Rieko m'a fait part de ses soupçons et la servante les a confirmés avant de mourir.

— Quels soupçons ? demanda Kaede impassible.

— Il semble qu'on vous ait fait parvenir un message d'Otori.

— Rieko ment, lança-t-elle.

Cette fois, elle n'avait pu maîtriser sa voix.

— Je ne crois pas. Muto Shizuka, votre ancienne suivante, a été vue dans la région. J'en ai été étonné. Si elle voulait vous voir, elle aurait dû entrer en contact avec moi. Puis je me suis rappelé qu'Araï l'avait employée comme espionne. La servante a confirmé qu'Otori l'avait envoyée ici. C'était déjà un choc, mais jugez de ma stupéfaction quand cette femme fut surprise dans les appartements d'Ishida. J'en suis resté accablé : Ishida, le plus fidèle de mes serviteurs, presque un ami ! Il est fort périlleux de ne pouvoir avoir confiance en son propre médecin. Il lui serait si facile de m'empoisonner.

— Il est entièrement digne de confiance, lança Kaede. Il vous est tout dévoué. Même s'il était vrai que Shizuka m'ait apporté un message de sire Otori, cela ne concernerait en rien le docteur Ishida.

Il la regarda comme si elle n'avait pas compris ce qu'il disait.

— Ils couchaient ensemble, déclara-t-il. Mon médecin avait une aventure avec une espionne notoire.

Kaede resta sans voix. Elle n'était pas au courant de leur liaison. Absorbée par sa propre passion, elle n'avait rien remarqué. En y réfléchissant, cela paraissait tellement évident. Elle se rappela tous les signes qui auraient dû l'alerter, les innombrables visites de Shizuka chez le médecin pour aller chercher remèdes et infusions. Et maintenant, Takeo avait chargé Shizuka de lui transmettre son message. Ishida et elle avaient pris le risque d'une entrevue, et ils allaient payer cher leur imprudence.

Le soleil s'était couché derrière les montagnes, mais la nuit n'était pas encore tombée. Le jardin était plongé dans un crépuscule à peine éclairci par la lumière des lanternes. Un corbeau regagnant son gîte vola au-dessus de leur tête en croassant lugubrement.

— J'ai beaucoup d'affection pour Ishida, dit Fujiwara, et je sais que vous vous étiez attachée à votre suivante. C'est une tragédie, mais nous devons tenter de nous réconforter mutuellement dans notre chagrin.

Il claqua dans ses mains.

— Apporte du vin, Mamoru. Et je crois qu'il est temps que notre divertissement commence.

Se penchant vers Kaede, il ajouta :

— Nous ne sommes pas pressés. Nous avons toute la nuit.

Elle n'avait toujours pas saisi ce qu'il voulait dire. Elle jeta un coup d'œil sur son visage, vit l'inflexion cruelle de sa bouche, la pâleur de sa peau, le tressaillement imperceptible de sa mâchoire qui le trahissait toujours. Il tourna les yeux vers elle, et elle se détourna pour regarder les poteaux. Une faiblesse soudaine l'envahit. Les lanternes et les cailloux blancs commencèrent à tournoyer autour d'elle. Elle respira profondément pour reprendre son aplomb.

— Ne faites pas ça, chuchota-t-elle. Ce n'est pas digne de vous.

Un chien hurlait dans le lointain, encore et encore, inlassablement. « C'est le chien d'Ishida », se dit Kaede. Elle aurait presque cru entendre la plainte de son propre cœur, tant ces cris exprimaient l'horreur et le désespoir qu'elle-même ressentait.

— La désobéissance et la déloyauté à mon égard doivent être punies, déclara l'aristocrate. Et la punition doit être telle qu'elle décourage toute autre velléité de trahison.

— S'il faut qu'ils meurent, faites que cela soit rapide, implora-t-elle. En échange, je ferai tout ce que vous me demanderez.

— Mais vous devriez le faire de toute façon, observa-t-il d'un air presque décontenancé. Qu'avez-vous à m'offrir qui ne soit pas déjà le devoir d'une épouse ?

— Soyez compatissant, supplia-t-elle.

— Je ne suis pas compatissant de nature. Vous n'êtes plus en situation de négocier, ma chère épouse. Vous pensiez pouvoir vous servir de moi pour accomplir vos propres desseins. Maintenant, c'est moi qui vais me servir de vous.

Kaede entendit des pas sur le gravier. Elle regarda dans la direction d'où ils s'avançaient, comme si la force de son regard pouvait atteindre Shizuka et la sauver. Des gardes marchaient lentement vers les poteaux. Ils étaient armés de sabres et portaient d'autres instruments dont l'aspect terrifia Kaede, qui sentit dans sa bouche comme un goût de métal. La plupart des hommes avaient l'air sombre, mais l'un d'eux souriait nerveusement dans son excitation. Entre ces sbires, Ishida et

Shizuka étaient deux frêles silhouettes, deux faibles corps humains doués d'une immense aptitude à la souffrance.

Ils n'émirent aucun son tandis qu'on les attachait chacun à un poteau, mais Shizuka leva la tête et regarda Kaede.

« Cela ne peut pas se passer ainsi, se dit Kaede. Ils vont prendre du poison. »

Fujiwara se tourna vers elle.

— Je ne crois pas que nous ayons laissé à votre suivante aucun moyen de se tirer d'affaire elle-même, mais il sera intéressant de le vérifier.

Elle n'avait aucune idée des intentions de l'aristocrate, ni des tortures et de la mort cruelle qu'il avait pu concocter, mais elle avait entendu assez d'histoires au château des Noguchi pour pouvoir imaginer le pire. Elle se rendit compte qu'elle était sur le point de perdre la tête. Se levant à moitié, ce qui était déjà impensable en présence de Fujiwara, elle essaya de le supplier. Mais alors qu'elle commençait à balbutier quelques mots, un désordre soudain s'éleva à la porte de la résidence. On entendit brièvement les appels des sentinelles, puis deux hommes pénétrèrent dans le jardin.

Le premier était Murita, le guerrier qui était venu l'escorter avant de la prendre au piège et de tuer ses hommes. Il tenait son sabre dans sa main gauche — la droite portait encore la cicatrice du coup que Kaede lui avait asséné. Elle ne reconnut pas le second, quoiqu'il lui parût vaguement familier. Ils s'inclinèrent tous deux devant l'aristocrate, et Murita prit la parole :

— Sire Fujiwara, pardonnez-moi de vous déranger, mais cet homme dit qu'il vous apporte un message important de la part de sire Araï.

Kaede s'était de nouveau effondrée sur le sol, heureuse de ce bref répit. Tournant les yeux vers le messager, elle remarqua ses grosses mains et ses bras longs, et réalisa avec stupeur qu'il s'agissait de Kondo. Il avait déguisé les traits de son visage et même sa voix semblait avoir changé. Elle était pourtant certaine que Murita et Fujiwara allaient le reconnaître.

— Sire Fujiwara, sire Araï vous salue et vous informe que tout se déroule comme prévu.

— Otori est-il mort ? demanda l'aristocrate en jetant un coup d'œil furtif à Kaede.

— Pas encore. En attendant, cependant, sire Araï demande que vous lui renvoyiez Muto Shizuka. Elle l'intéresse à titre personnel et il désire la garder vivante.

L'espace d'un instant, Kaede sentit son cœur se gonfler d'espoir. Fujiwara n'oserait pas faire de mal à Shizuka si Araï souhaitait la revoir.

— Quelle étrange requête, s'exclama sire Fujiwara. Et quel étrange messager.

Il ordonna à Murita :

— Désarmez-le. Il ne m'inspire pas confiance.

Le chien se mit à hurler avec un redoublement de terreur. Puis il sembla à Kaede que tout se taisait soudain. Puis elle essaya de crier en voyant Murita s'avancer vers Kondo, qui tira son sabre, mais à cet instant le monde entier se souleva en gémissant. La véranda monta vers le ciel, les arbres s'envolèrent avant de s'écraser, la maison trembla violemment et s'écroula. D'autres chiens aboyaient à leur tour, maintenant, comme pris de folie. Les oiseaux en cage poussèrent des cris de frayeur. L'air était infesté de poussière. Sous les bâtiments effondrés, on entendit les hurlements des femmes puis le crépitement instantané du feu.

La véranda retomba lourdement et le corps de Kaede vacilla sous le choc. Le plancher se penchait en arrière, vers la maison, et le toit était en train de voler en éclats au-dessus de sa tête. Ses yeux étaient aveuglés par la poussière et par des fragments de paille. Pendant un instant, elle crut qu'elle était prise au piège. Puis elle vit qu'elle pouvait s'échapper et elle entreprit d'escalader la pente de la véranda bizarrement inclinée. Arrivée au sommet, elle aperçut comme dans un rêve Shizuka qui se libérait de ses entraves, donnait un coup de pied entre les jambes d'un garde, lui arrachait son sabre et tranchait net son cou. Kondo avait déjà assené à Murita un coup qui l'avait presque fendu en deux.

Fujiwara gisait derrière Kaede, en partie enseveli sous le toit effondré. Son corps était tordu et il semblait incapable de se lever, mais il tendit la main vers elle et attrapa sa cheville — c'était la première fois qu'il touchait la jeune femme. Ses doigts était froids et la serraient avec une force inexorable. La poussière le faisait tousser, ses vêtements étaient maculés, il sentait la sueur et l'urine sous les effluves de son parfum familier. Quand il se mit à parler, pourtant, sa voix était aussi calme que jamais.

— S'il faut mourir, mourons ensemble, dit-il.

Derrière lui, elle entendait les flammes crépiter et gronder comme une créature vivante. La fumée s'épaississait, faisant pleurer ses yeux et masquant toutes les autres odeurs.

Elle se débattit et donna des coups de pied pour échapper à l'étau de ses doigts.

— Je ne voulais que vous posséder, continua-t-il. Vous étiez le plus admirable objet que j'aie jamais vu. Je voulais que vous soyez à moi et seulement à moi. J'ai souhaité rendre plus intense votre amour pour Takeo en le combattant, afin de partager avec vous la tragédie de votre souffrance.

— Lâchez-moi! hurla-t-elle.

Elle sentait maintenant la chaleur du feu.

— Shizuka! Kondo! À l'aide!

Se battant comme un homme, Shizuka était entièrement occupée par les autres gardes. Les mains d'Ishida étaient encore attachées au poteau. Kondo tua l'un des gardes par-derrière, tourna la tête en entendant la voix de Kaede et se dirigea à grands pas vers la maison en flammes. Il bondit sur le rebord de la véranda.

— Dame Otori, lança-t-il. Je vais vous libérer. Courez au jardin, vers les pièces d'eau. Shizuka veillera sur vous.

Il descendit sur le plancher incliné et trancha sans hésiter le poignet de Fujiwara. L'aristocrate poussa un cri de douleur et d'outrage. Sa main se détacha de la cheville de Kaede.

Kondo la poussa pour l'aider à passer par-dessus le rebord.

— Prenez mon sabre. Je sais que vous êtes capable de vous défendre.

Il le fourra dans ses mains et poursuivit en hâte :

— Je vous ai juré fidélité. Ce n'était pas un serment en l'air. Jamais je n'aurais laissé quelqu'un vous faire du mal de mon vivant. Mais pour un homme comme moi, tuer votre père était un crime. Attaquer et tuer un aristocrate est aussi un crime, encore plus épouvantable. Je suis prêt à en payer le prix.

Il lui lança un regard d'où toute ironie avait disparu, et il sourit.

— Courez! s'écria-t-il. Allez-y! Votre époux va venir vous chercher.

Elle recula. Elle vit Fujiwara essayer de se lever, tandis que le sang ruisselait du moignon de son bras. Kondo jeta ses longs bras autour de l'aristocrate et le maintint fermement. Les flammes jaillissant des murs fragiles enveloppèrent leurs deux corps et les dérobèrent à sa vue.

La chaleur et les hurlements la submergeaient. «Il brûle, tous ses trésors brûlent», pensa-t-elle sauvagement. Elle crut entendre Kumiko crier dans le brasier et voulut tenter de la sauver, mais comme elle s'avançait vers la maison Shizuka la tira en arrière.

— Vous êtes en feu!

Kaede laissa tomber le sabre et porta ses mains à sa tête en un geste vain tandis que ses cheveux enduits d'onguent s'enflammaient.

CHAPITRE XI

Le soleil se coucha et la lune se leva sur la mer paisible, traçant à sa surface un chemin argenté où s'engagea notre flotte. Sa clarté était telle que je distinguais nettement les montagnes se dressant à l'horizon de la côte dont nous nous éloignions. La marée clapotait sous les coques et les voiles claquaient au vent de terre. Les rames plongeaient dans les flots à un rythme soutenu.

Nous arrivâmes à Oshima aux premières heures du matin. Une brume pâle s'élevait de la mer, et Fumio me dit qu'il en serait ainsi durant les quelques nuits à venir, du fait du refroidissement de l'air. Cette circonstance favorisait nos projets. Nous passâmes notre journée sur l'île à nous réapprovisionner dans les entrepôts des pirates et à embarquer de nouveaux hommes des Terada, armés de sabres, de poignards et de diverses autres armes qui m'étaient pour la plupart inconnues.

En fin d'après-midi, nous nous rendîmes au sanctuaire afin d'apporter des offrandes à Ebisu et Hachiman, en priant pour une mer calme et la défaite de nos ennemis. Les prêtres nous donnèrent des conques pour chaque bateau et nous firent des prédictions de bon augure qui encouragèrent les hommes. Fumio les accueillit pourtant avec un certain scepticisme, et grommela en caressant son

arme à feu : «Voilà qui est encore de meilleur augure, à mon avis!»
Quant à moi, j'étais heureux de prier tous les dieux, sachant qu'ils
n'étaient que les différents visages, créés par les hommes, d'une
vérité unique et indivisible.

Dans une nuit, la lune serait pleine. Elle se levait au-dessus des
montagnes, au moment où notre flotte fit voile vers Hagi. Cette fois,
Kenji, Taku et moi prîmes place à bord du bateau de Ryoma, plus
petit et rapide. Je confiai Zenko à Fumio, auquel je révélai les origines
du garçon et fis comprendre combien il était important de garder en
vie le fils d'Araï. Juste avant l'aube, la brume commença à se former
au-dessus des flots, nous enveloppant dans son manteau blanc tandis
que nous approchions de la ville endormie. J'entendis les premiers
coqs chanter de l'autre côté de la baie, ainsi que les cloches matinales
du Tokoji et du Daishoin.

J'avais prévu de me rendre directement au château. Je n'avais
aucune envie de détruire ma cité ou de voir le clan des Otori se noyer
dans des flots de sang. Il me semblait qu'en tuant ou en capturant
d'emblée les seigneurs Otori, j'aurais toutes les chances de voir le
clan se rallier à moi plutôt que de se déchirer. C'était aussi l'avis des
guerriers Otori qui m'avaient déjà rejoint. Beaucoup d'entre eux
m'avaient supplié de les autoriser à m'accompagner, afin d'avoir les
prémices de la vengeance. Ils avaient tous subi des mauvais traite-
ments, des insultes, des trahisons. J'entendais cependant pénétrer
dans le château en silence et en secret. Je décidai donc de n'emmener que Kenji et Taku, et de placer tous les autres hommes sous le
commandement de Terada.

Le vieux pirate pétillait d'excitation et d'impatience à l'idée
de régler ses comptes après si longtemps. Je lui avais donné
quelques instructions. Les bateaux devaient rester au large jusqu'au
point du jour, puis ils devaient faire retentir les conques et s'avancer dans la brume. Le reste le regardait. J'espérais parvenir à
convaincre la ville de se rendre. Dans le cas contraire, il nous

faudrait nous battre dans les rues afin de gagner le pont et de l'ouvrir à l'armée d'Araï.

Le château était bâti sur un promontoire entre le fleuve et la mer. Depuis le jour où je m'y étais rendu pour mon adoption, je savais que la résidence s'étendait du côté de la mer, d'où surgissait un mur énorme qui entourait la demeure et était considéré comme imprenable.

Kenji et Taku avaient apporté leurs grappins et d'autres armes de la Tribu. J'étais armé de poignards à lancer, d'un sabre court et de Jato.

La lune se coucha et la brume s'épaissit. Le bateau dériva silencieusement vers la rive et heurta la muraille du château avec un choc presque inaudible. Un par un, nous montâmes sur le mur et nous rendîmes invisibles.

J'entendis des pas au-dessus de nos têtes et une voix cria :

— Qui va là ? Donnez votre nom !

Ryoma répondit dans le dialecte des pêcheurs de Hagi.

— Ce n'est que moi. Je me suis perdu dans ce sale brouillard.

— Tu veux dire que tu es perdu si tu restes ici, rétorqua un second garde. File ! Si jamais on te voit quand la brume se sera dissipée, tu auras droit à une de nos flèches.

Le bruit de la rame s'éloigna. Je sifflai pour avertir mes compagnons — je ne les voyais ni l'un ni l'autre — et nous commençâmes l'escalade. Ce ne fut pas une mince affaire. Le mur était baigné deux fois par jour par la marée, si bien qu'il était couvert de varech et terriblement glissant. À force de progresser lentement, cependant, nous arrivâmes au sommet. Un grillon attardé de l'automne chantait. Il se tut brusquement, et Kenji imita son chant à sa place. J'entendais les gardes bavarder à l'autre bout de la passerelle. Une lampe et un brasero brûlaient à côté d'eux. Dans leur dos se dressait la résidence où les seigneurs Otori, leurs serviteurs et leurs familles dormaient sans doute.

Je ne distinguai que deux voix, ce qui m'étonna. J'aurais cru qu'ils seraient plus nombreux, mais en écoutant leur conversation j'appris que tous les hommes disponibles avaient été postés sur le pont et le long du fleuve, en prévision d'une attaque d'Araï.

— J'aimerais qu'il se décide, marmonna l'un des gardes. C'est cette attente que je trouve insupportable.

— Il doit savoir combien la ville manque de vivres, répliqua son compagnon. Il compte probablement nous affamer.

— J'imagine qu'il vaut mieux pour nous qu'il soit dehors que dedans.

— Profites-en tant que tu le peux. Si la ville tombe entre ses mains, ce sera un bain de sang. Même Takeo a préféré se précipiter tête baissée dans un typhon plutôt que d'affronter Araï!

Je trouvai en tâtonnant la forme de Taku près de moi, attirai vers moi sa tête et chuchotai dans son oreille :

— Va sur l'esplanade et détourne leur attention pendant que nous les prenons à revers.

Je l'entendis hocher la tête puis s'éloigner avec un bruissement presque imperceptible. Kenji et moi le suivîmes de l'autre côté du mur. À la lueur du brasero, j'aperçus soudain une ombre ténue. Elle traversa l'esplanade d'un pas léger avant de se dédoubler, aussi silencieuse qu'un fantôme.

— Qu'est-ce que c'était? s'exclama un garde.

Bondissant sur leurs pieds, ils observèrent les deux images de Taku. Ce fut pour nous un jeu d'enfant : un chacun, sans un bruit.

Comme les gardes venaient de préparer du thé, nous le bûmes en attendant le lever du jour. Le ciel pâlissait peu à peu. Rien ne le séparait de la mer, avec laquelle il se confondait en une surface chatoyante. Quand les conques commencèrent à retentir, je sentis mes cheveux se dresser sur ma tête. Des chiens répliquèrent en hurlant sur le rivage.

Dans la résidence, la maisonnée grouilla soudain d'activité. J'entendis des pas qui n'étaient pas encore affolés, des cris de surprise et non encore d'alarme. Les volets s'ouvrirent, les portes coulissèrent. Un groupe de gardes se rua dehors, suivi par Shoichi et Masahiro, lesquels portaient encore leurs vêtements de nuit mais brandissaient leurs sabres.

Ils s'arrêtèrent net en me voyant m'avancer vers eux, Jato à la main, environné de brume. Derrière moi, les premiers bateaux apparaissaient. Les conques lancèrent de nouveau leur appel au-dessus des flots, et les montagnes renvoyèrent son écho qui résonna tout autour de la baie.

Masahiro fit un pas en arrière.

— Shigeru ? souffla-t-il.

Son frère aîné blêmit. Ils voyaient devant eux l'homme qu'ils avaient tenté d'assassiner, ils voyaient dans sa main le sabre des Otori, et la terreur les submergeait.

Je lançai à pleine voix :

— Je suis Otori Takeo, petit-fils de Shigemori, neveu et fils adoptif de Shigeru. Je vous considère comme responsables de la mort de l'héritier légitime du clan des Otori. Vous avez envoyé Shintaro pour le tuer, et après l'échec de cette tentative vous avez tramé son meurtre avec Iida Sadamu. Iida a payé ce crime de sa vie, et maintenant votre tour est venu !

J'avais conscience de la présence dans mon dos de Kenji, qui avait tiré son sabre, et j'espérais que Taku était toujours invisible. Je ne quittais pas des yeux les hommes me faisant face.

Shoichi essaya de reprendre son sang-froid.

— Votre adoption était illégale. Vous n'avez aucun droit sur l'héritage des Otori ni sur le sabre que vous tenez. Nous ne vous reconnaissons pas comme du même sang que nous.

Il cria à ses serviteurs :

— Abattez-le !

Jato sembla frémir en prenant vie dans ma main. J'étais prêt à les affronter, mais aucun ne bougea. Je vis le visage de Shoichi se décomposer quand il comprit qu'il devrait lui-même se battre avec moi.

— Je ne souhaite nullement diviser le clan, déclarai-je. Mon seul désir est d'avoir vos têtes.

Il me sembla que je les avais suffisamment avertis. Je sentais que Jato était assoiffé de sang. C'était comme si l'esprit de sire Shigeru s'était emparé de moi et s'apprêtait à se venger.

Shoichi était le plus proche, et je savais qu'il était le plus habile au sabre. Je me débarrasserais d'abord de lui. Les deux frères avaient été des combattants estimables, mais ils approchaient désormais de la cinquantaine et ne portaient pas d'armure. J'étais au contraire à l'apogée de ma vigueur et de ma rapidité, endurci physiquement par les épreuves et la guerre. Je tuai Shoichi en lui assenant un coup qui trancha son cou en diagonale. Masahiro m'attaqua par-derrière, mais Kenji para le coup. Quand je fis volte-face pour affronter mon adversaire, je vis la peur déformer son visage. Je le repoussai vers le mur. Bien qu'il parât et évitât chacune de mes attaques, il avait perdu courage. Il lança un dernier appel à ses hommes, mais ils restèrent tous impassibles.

Les premiers bateaux n'étaient plus guère éloignés de la côte. Masahiro jeta des regards terrifiés derrière et devant lui, et vit Jato s'abattre sur lui. Affolé, il se baissa pour se dérober et bascula par-dessus le mur.

Furieux de le voir m'échapper, j'allais sauter pour le rejoindre quand Yoshitomi, son fils aîné et mon ancien ennemi de la salle d'entraînement, sortit en courant de la résidence, suivi par une poignée de ses frères et de ses cousins. Aucun d'eux n'avait plus de vingt ans.

— Tu vas avoir affaire à moi, sorcier ! cria Yoshitomi. Voyons si tu es capable de te battre comme un guerrier !

J'étais désormais dans un état presque surnaturel et Jato était enragé maintenant qu'il avait goûté au sang. Il fendait l'air si vite que les yeux ne pouvaient le suivre. Chaque fois que je paraissais débordé par le nombre de mes assaillants, je trouvais Kenji à mon côté. J'étais désolé par la mort de tant de jeunes gens, mais je me réjouissais de les voir payer à leur tour pour la perfidie de leurs pères. Quand j'eus le loisir de regarder en direction de Masahiro, je vis qu'il avait refait surface près d'un petit bateau naviguant devant la flotte. C'était celui de Ryoma. Saisissant son père par les cheveux, le jeune homme le souleva et l'égorgea avec un de ces couteaux dont les pêcheurs se servent pour vider les poissons. Quels que fussent les crimes de Masahiro, cette mort était mille fois plus horrible que toutes celles que j'aurais pu imaginer pour lui : il fut tué par son propre fils alors qu'il essayait de s'échapper, fou de terreur.

Je me retournai pour faire face à la foule des serviteurs.

— J'ai une énorme armée sur les navires qui sont en train d'approcher et sire Araï est mon allié. Aucun différend ne m'oppose à vous. Vous pouvez à votre guise mettre fin à vos jours, me servir ou me combattre maintenant à tour de rôle. Quant à moi, j'ai rempli mon devoir envers sire Shigeru et accompli sa volonté.

Je me sentais encore habité par l'esprit du seigneur.

L'un des serviteurs les plus âgés s'avança. Je me souvenais de son visage, mais son nom m'échappait.

— Je suis Endo Chikara. Nous sommes nombreux à avoir des fils et des neveux qui se sont déjà ralliés à vous. Nous n'avons aucune envie de combattre nos propres enfants. Ce que vous avez accompli était votre devoir et votre droit, et vous y êtes parvenu d'une façon noble et honorable. Pour le bien du clan, je suis prêt à vous servir, sire Otori.

Sur ces mots, il s'agenouilla. Les autres guerriers l'imitèrent un à un. Kenji et moi parcourûmes ensuite la résidence, en chargeant des gardes de veiller sur les femmes et les enfants. J'espérais que les femmes mettraient fin à leurs jours avec honneur. Quant aux enfants, je déciderais plus tard de leur sort. Nous inspectâmes tous les réduits secrets, non sans débusquer plusieurs espions qui s'y étaient cachés. Certains étaient manifestement des Kikuta, mais Kotaro resta introuvable aussi bien dans le château que dans la résidence, bien que Kenji eût entendu dire qu'il séjournait à Hagi.

Endo m'accompagna au château. Le capitaine de la garde fut lui aussi soulagé de pouvoir me faire sa soumission. Il s'appelait Miyoshi Satoru : c'était le père de Kahei et de Gemba. Une fois le château sous contrôle, les bateaux accostèrent au rivage et les hommes débarquèrent pour s'avancer à travers les rues de la ville.

J'avais cru que la prise du château était le point le plus difficile de mon plan. En fait, la suite s'avéra beaucoup plus éprouvante. Malgré la reddition de la forteresse et mes efforts acharnés, la ville ne se soumit pas absolument sans combat. Les rues étaient plongées dans le chaos. Les gens tentaient de fuir, mais ne savaient où aller. Terada et ses hommes avaient leurs propres comptes à régler, et certaines poches de résistance ne furent vaincues qu'au prix d'un corps à corps féroce.

Nous arrivâmes enfin sur la rive du fleuve de l'ouest, non loin du pont de pierre. À en juger d'après le soleil, l'après-midi devait tirer à sa fin. La brume s'était depuis longtemps dissipée, mais de la fumée s'élevant de maisons en feu se déployait au-dessus des eaux. Sur la rive opposée, ce qui subsistait du feuillage des érables rougeoyait tandis que les saules dressaient le long de la berge leurs silhouettes jaunes. Les feuilles tombaient et les remous les emportaient. Dans quelques jardins, des chrysanthèmes tardifs s'épanouissaient. J'aperçus au loin le barrage à poissons et les murs couronnés de tuiles qui longeaient la rive.

«Ma maison est là, pensai-je. Je vais y dormir cette nuit.»

Mais le fleuve était encombré de nageurs et de bateaux remplis à ras bords de fuyards, tandis qu'un long cortège de soldats se hâtait vers le pont.

Kenji et Taku étaient toujours à mon côté. Le garçon se taisait, rendu muet par ce qu'il avait vu de la guerre. Nous regardâmes longuement le spectacle des restes de l'armée Otori en déroute. J'étais plein de pitié pour eux, et de colère pour leurs seigneurs qui les avaient ainsi fourvoyés et trahis, les laissant livrer ce combat d'arrière-garde désespéré pendant qu'eux-mêmes dormaient tranquillement dans le château de Hagi.

J'avais été séparé de Fumio, mais je l'aperçus à cet instant sur le pont avec une poignée de ses hommes. Ils semblaient se quereller avec un groupe de capitaines Otori. Nous les rejoignîmes. Zenko se trouvait avec Fumio et il adressa un bref sourire à son frère. Ils restèrent debout l'un près de l'autre, mais sans dire un mot.

— Voici sire Otori Takeo, lança Fumio aux hommes pendant que j'approchais. Le château lui a fait sa soumission. Il va vous parler.

Il se tourna vers moi.

— Ils veulent détruire le pont et se préparer à un siège. Ils ne croient pas à l'alliance avec Araï. La semaine dernière, ils l'ont repoussé, et maintenant il est sur leurs talons. Ils disent que leur seul espoir est de démolir le pont sur-le-champ.

J'enlevai mon casque afin qu'ils voient mon visage. Ils tombèrent aussitôt à genoux.

— Araï m'a promis son soutien, déclarai-je. L'alliance est bel et bien conclue. Dès qu'il saura que la ville s'est rendue, il mettra un terme à son offensive.

— Abattons quand même le pont, insista leur chef.

Je songeai au fantôme du maçon enterré vivant dans son œuvre, et à l'inscription que sire Shigeru m'avait lue à voix haute : « Le clan des Otori souhaite la bienvenue aux hommes justes et loyaux. Quant aux injustes et aux déloyaux, qu'ils prennent garde. » Je ne voulais pas détruire un tel trésor, et de toute façon je ne voyais pas comment il serait possible de le démanteler à temps.

— Non, laissez-le intact, répliquai-je. Je me porte garant de la parole de sire Araï. Dites à vos hommes qu'ils n'ont rien à craindre du moment qu'ils se soumettent à mon autorité et me reconnaissent comme leur seigneur.

Endo et Miyoshi arrivèrent à cheval, et je les envoyai porter mon message aux soldats Otori. Peu à peu, la confusion se dissipa. Nous fîmes dégager le pont et Endo se rendit sur l'autre rive afin de restaurer un peu de discipline parmi les fuyards rentrant en ville. Beaucoup de soldats se sentirent assez rassurés pour s'établir sur place et se reposer, tandis que d'autres décidèrent qu'ils pouvaient aussi bien rentrer chez eux et partirent regagner leurs fermes et leurs maisons.

— Vous devriez être à cheval, sire Otori, déclara Miyoshi.

Il me donna sa monture, un bel étalon noir qui me rappela Aoï. Je l'enfourchai et parcourus le pont pour parler aux hommes qui s'y trouvaient. Après m'avoir écouté, ils m'acclamèrent avec enthousiasme et je rebroussai chemin avec Endo. Quand les acclamations s'éteignirent, j'entendis dans le lointain la rumeur de l'armée d'Araï, le piétinement sourd d'hommes et de chevaux se rapprochant.

Ils débouchèrent de la vallée, semblables de loin à une colonne de fourmis, avec les bannières des Kumamoto et des Seishuu flottant au vent. Quand ils furent plus proches, je reconnus Araï à leur tête. Monté sur un alezan, il portait un casque couronné de bois de cerf et une armure rouge.

Me penchant vers Kenji, je lui dis :

— Je devrais aller à sa rencontre.

Il fronça les sourcils en scrutant la rive opposée.

— Quelque chose ne va pas, lança-t-il d'une voix tranquille.

— Quoi donc ?

— Je ne sais pas. Soyez sur vos gardes et ne traversez pas le pont.

Comme je faisais mine d'avancer, Endo s'interposa :

— Je suis le doyen des serviteurs Otori. Laissez-moi informer sire Araï que nous vous avons fait notre soumission.

— D'accord, déclarai-je. Dites-lui d'installer le campement de son armée au bord du fleuve et menez-le en ville. Après quoi, nous pourrons faire respecter la paix en évitant toute nouvelle effusion de sang des deux côtés.

Endo s'avança sur le pont et Araï s'arrêta pour l'attendre sur l'autre rive. Quand le vieillard fut à peu près à mi-parcours, Araï leva sa main et brandit l'éventail noir de la guerre.

Il y eut un bref silence. À côté de moi, Zenko s'écria :

— Ils sont en train d'armer leurs arcs !

L'éventail noir s'abaissa.

Même si cette scène se déroulait sous mes yeux, je ne parvenais pas à y croire. Pendant quelques instants, je fixai avec incrédulité la pluie de flèches qui commençait à s'abattre. Endo s'effondra aussitôt et les hommes installés sur la berge, surpris et désarmés, tombèrent comme des chevreuils sous les coups du chasseur.

— Voilà, s'exclama Kenji en tirant son sabre. Je savais bien que quelque chose n'allait pas.

J'avais déjà été trahi un jour — mais par Kenji lui-même et par la Tribu. Cette fois, le traître était un guerrier auquel j'avais juré fidélité. Avais-je tué Jo-An pour en arriver là ? Je me sentis devenir fou de rage et d'indignation. J'avais conquis le château imprenable, sauvé le pont menacé de destruction, pacifié les soldats. Et tout cela pour donner à Araï Hagi, ma ville, comme un kaki bien mûr, et avec elle les Trois Pays tout entiers.

Des chiens hurlaient dans le lointain. Leurs cris me semblèrent faire écho à mon âme.

Araï s'avança sur le pont et s'arrêta à mi-chemin. En me voyant, il ôta son casque en un geste de dérision. Il était si convaincu de sa propre force, si certain de la victoire.

— Je vous remercie, Otori, brailla-t-il. Vous avez fait du beau travail. Voulez-vous vous rendre maintenant ou préférez-vous vider cette querelle sur le champ de bataille ?

— Peut-être régnerez-vous sur les Trois Pays, m'écriai-je, mais on se souviendra de votre perfidie longtemps après votre mort.

Je savais que j'allais livrer ma dernière bataille. Comme je l'avais prévu, elle m'opposerait à Araï. Mais je n'aurais pas cru que son heure sonnerait si vite.

— Personne ne sera là pour en garder le souvenir, rétorqua-t-il en ricanant. Car j'ai l'intention à présent d'exterminer définitivement le clan des Otori.

Je me penchai, attrapai Zenko et le hissai devant moi sur mon cheval. Sortant mon sabre court, je le pressai contre son cou.

— Vos deux fils sont entre mes mains. Voulez-vous les condamner à mort ? Avant que vous ayez pu me rejoindre, je vous jure que j'aurai tué Zenko et Taku. Renoncez à votre attaque !

Il changea d'expression et blêmit. Taku resta près de Kenji, immobile. Zenko ne bougea pas non plus. Les deux garçons avaient les yeux fixés sur ce père qu'ils n'avaient pas vu depuis des années.

Puis les traits d'Araï se durcirent et il éclata de rire.

— Je vous connais, Takeo. Je sais votre faiblesse. Vous n'avez pas reçu l'éducation d'un guerrier. Voyons si vous êtes capable de tuer un enfant.

J'aurais dû agir sur-le-champ, sans pitié, mais je ne le fis pas. En me voyant hésiter, Araï rit de nouveau.

— Lâchez-le, s'exclama-t-il. Zenko ! Viens me rejoindre.

Fumio lança d'une voix basse mais claire :

— Takeo, dois-je tirer sur lui ?

Je ne me rappelle pas si j'ai répondu, si j'ai lâché Zenko. J'entendis la détonation étouffée de l'arme à feu et vis Araï se tasser sur sa selle lorsque le projectile l'atteignit, transperçant son armure au-dessus du cœur. Les hommes autour de lui poussèrent des cris de colère et d'horreur, une bagarre se déclencha quand son cheval commença à se cabrer et Zenko se mit à hurler, mais toute cette clameur n'était rien auprès du grondement qui s'éleva ensuite de la terre s'ouvrant sous les sabots de mon cheval et mettant le monde en pièces.

Sur la rive opposée, les érables se soulevèrent presque avec grâce avant de commencer à dévaler la colline, balayant sur leur passage l'armée d'Araï, qui fut ensevelie sous les pierres et la terre avant d'être aspirée dans les profondeurs du fleuve.

Fou de terreur, mon cheval recula, se cabra et s'enfuit du pont en me projetant brutalement sur la chaussée. Quand je me relevai, sonné, le pont se mit à pousser des gémissements humains, à crier dans ses efforts pour rester debout, puis il vola en éclats en précipitant dans le fleuve tous ceux qui se trouvaient dessus. Le fleuve à son tour fut pris de folie. S'élançant de la confluence en amont, un flot brunâtre déferla depuis la ville en emportant impartialement embarcations et êtres humains et se rua à l'assaut de la rive opposée, où il engloutit les restes de deux armées en brisant les bateaux comme des baguettes et en noyant hommes et chevaux dont les cadavres furent entraînés vers la mer.

La terre se remit à trembler violemment et j'entendis dans mon dos le fracas de maisons en train de s'effondrer. J'étais comme assommé : autour de moi tout disparaissait dans une poussière suffocante, où je n'entendais plus aucun son distinct. J'étais conscient de la présence de Kenji à côté de moi, de Taku à genoux près de son frère qui était lui aussi tombé quand mon cheval s'était cabré. Je vis Fumio s'avancer vers moi à travers les nuages de poussière — il n'avait pas lâché l'arme à feu.

En proie à des émotions violentes et contrastées, je sentis monter en moi une sorte de joie où la conscience de la fragilité des hommes face aux grandes forces de la nature se mêlait à la gratitude pour le Ciel, pour ces dieux en lesquels j'avais pensé ne pas croire et qui une nouvelle fois avaient épargné ma vie.

Ma dernière bataille avait commencé et s'était achevée en un instant. Il n'était plus question de guerroyer, maintenant. Notre seule préoccupation était de sauver la ville des flammes.

Une bonne partie du quartier du château brûla de fond en comble. Le château lui-même fut détruit par une réplique du séisme, entraînant dans la mort les femmes et les enfants qui y étaient détenus. J'en fus soulagé, car tout en sachant que je ne pouvais les laisser en vie je répugnais à les faire exécuter. Ryoma périt lui aussi à cette occasion, son bateau ayant été coulé par la chute de blocs de maçonnerie. Quand les eaux rendirent son corps, quelques jours plus tard, je le fis enterrer dans le Daishoin au côté des seigneurs Otori, dont le nom fut gravé sur sa tombe.

Les jours suivants, je pris à peine le temps de dormir ou de manger. Avec l'aide de Miyoshi et de Kenji, je coordonnai l'activité des survivants afin de déblayer les décombres, d'enterrer les morts et de soigner les blessés. Ces longues et tristes journées de travail en commun et de deuil partagé contribuèrent à apaiser les discordes du clan. Le tremblement de terre fut généralement interprété comme un châtiment céleste qu'Araï s'était attiré par sa perfidie. Le Ciel était manifestement en ma faveur. J'étais le fils adoptif de sire Shigeru et son neveu par le sang, je possédais son sabre, notre ressemblance était frappante et j'avais vengé sa mort. Tout cela fit que le clan m'accepta sans réserve comme son véritable héritier. J'ignorais quelle était la situation dans le reste du pays. Les séismes avaient secoué la plus grande partie des Trois Pays, et nous n'avions aucune nouvelle des autres cités. Tout ce que je savais, c'était qu'une tâche énorme m'attendait si je voulais rétablir la paix et empêcher la famine durant l'hiver à venir.

Je ne dormis pas dans la maison de sire Shigeru, la nuit du tremblement de terre, et je m'abstins d'en approcher les jours suivants. L'idée qu'elle était peut-être détruite m'était insupportable. Je campai avec Miyoshi dans ce qui restait de sa résidence. Quatre jours environ après le séisme, cependant, Kenji vint me voir un soir après le dîner et m'annonça que j'avais une visite. Il arborait un large sourire et je crus un instant que c'était Shizuka m'apportant un message de Kaede.

En fait, il s'agissait des servantes de la maison de sire Shigeru,

Chiyo et Haruka. Elles paraissaient frêles et épuisées, et quand elles me virent je craignis que Chiyo ne meure sous le coup de l'émotion. Elles se prosternèrent toutes deux devant moi mais je les relevai et serrai dans mes bras Chiyo, dont le visage ruisselait de larmes. Nous étions tous incapables de parler.

Chiyo prit enfin la parole :

— Venez chez vous, sire Takeo. La maison vous attend.

— Elle est encore debout ?

— Le jardin a été ravagé par les eaux du fleuve, mais la maison n'a pas subi de dommages sérieux. Nous ferons en sorte qu'elle soit prête pour vous demain.

— Je viendrai demain, promis-je.

— Viendrez-vous aussi, messire ? demanda-t-elle à Kenji.

— Ce sera presque comme au bon vieux temps, répliqua-t-il en souriant même si nous savions tous que ce passé ne renaîtrait jamais.

Le lendemain, je dis à Taku et quelques gardes de nous suivre, et je descendis la rue familière en compagnie de Kenji. Je n'emmenai pas Zenko. Les circonstances de la mort d'Araï avaient profondément désemparé son fils aîné. Je me faisais du souci pour lui, en voyant son désarroi et son chagrin, mais je n'avais pas le temps de m'en occuper. Je soupçonnais qu'il me blâmait pour la mort de son père, qu'il estimait indigne d'un guerrier. Peut-être même éprouvait-il pour moi de la rancune voire du mépris parce que j'avais épargné sa propre vie. Je ne savais moi-même si je devais le traiter comme l'héritier d'un puissant seigneur ou comme le fils de l'homme qui m'avait trahi. Je trouvai que le mieux pour lui était de vivre loin de moi pour le moment, et je le fis entrer au service de la famille d'Endo Chikara. J'espérais encore que Shizuka, sa mère, était vivante. À son retour, nous pourrions discuter de l'avenir de son fils. Quant à Taku, je n'avais aucun doute sur sa vocation. Je le garderais avec moi et il serait le premier des enfants espions que j'avais rêvé d'entraîner et d'employer.

Le quartier de ma vieille demeure avait été à peine touché par le tremblement de terre, et des oiseaux gazouillaient allégrement dans les jardins. En le traversant, je songeai à l'habitude que j'avais jadis de guetter l'instant où j'entendrais le chant de la maison, unissant les échos du fleuve et ceux du monde. Je me rappelai aussi la première fois que j'avais vu Kenji, accroupi dans un coin. Le chant était altéré, maintenant : le ruisseau était obstrué et la cascade n'avait plus d'eau, mais le fleuve clapotait toujours contre le quai et le mur.

Haruka dénicha les dernières fleurs sauvages et quelques chrysanthèmes qu'elle plaça dans des seaux près de la cuisine, comme à son habitude, et leur vif parfum d'automne se mêla aux relents de boue et de pourriture émanant du fleuve. Le jardin était dévasté, tous les poissons avaient péri, mais Chiyo avait lavé et ciré le parquet du rossignol. Quand nous avançâmes dessus, il chanta sous nos pieds.

Les pièces du rez-de-chaussée avaient été endommagées par l'eau et la boue, et la vieille servante avait déjà entrepris d'y faire poser des nattes neuves. En revanche, l'étage était intact. Elle l'avait si bien nettoyé et ciré qu'il était tel que je l'avais vu la première fois, en ce jour où j'étais tombé amoureux de sire Shigeru et de sa maison.

Chiyo s'excusa car il n'y avait pas d'eau chaude pour le bain, mais nous nous lavâmes à l'eau froide et elle s'arrangea pour préparer un repas convenable accompagné de plusieurs flacons de vin. Nous soupâmes dans la pièce du haut, comme si souvent dans le passé, et Kenji fit rire Taku en lui racontant quel piètre élève j'avais fait et combien je m'étais montré intenable et désobéissant. Le chagrin et la joie se mêlaient en moi avec une intensité presque insupportable. Tout en souriant, j'avais les larmes aux yeux. Malgré ma peine, cependant, je sentais que l'esprit de sire Shigeru était en paix. Je croyais presque voir avec nous son fantôme tranquille dans la pièce, esquissant un sourire quand nous souriions. Ses meurtriers étaient morts et Jato avait retrouvé sa demeure.

Taku finit par s'endormir, et je partageai un ultime flacon de vin avec Kenji en regardant la lune en son dernier quartier traverser le jardin. La nuit était froide. Il allait sûrement geler, et nous fermâmes les volets avant d'aller nous coucher à notre tour. Mon sommeil fut agité, sans doute à cause du vin, et je m'éveillai juste avant l'aube. Il me semblait avoir entendu un bruit insolite.

La maison reposait autour de moi, silencieuse. J'entendais Kenji et Taku respirer près de moi, et Chiyo et Haruka dans la chambre en dessous. Nous avions posté des gardes à la porte, sans compter deux chiens vivant encore dans la maison. Je crus entendre les gardes parler à voix basse — peut-être étaient-ce eux qui m'avaient réveillé.

Je restai étendu un moment, l'oreille aux aguets. Le jour naissant commença à éclairer la pièce. Je me dis que je n'avais rien entendu d'inhabituel, et je décidai d'aller aux cabinets avant d'essayer de dormir encore une heure ou deux. Me levant sans bruit, je descendis furtivement l'escalier, fis coulisser la porte et sortis.

Je ne me donnai pas la peine d'étouffer mes pas, mais dès que le parquet se mit à chanter je compris ce que j'avais entendu : un pas léger sur les planches. Quelqu'un avait tenté de s'introduire dans la maison et le plancher l'avait découragé. Mais où se trouvait l'intrus, maintenant ?

Je pensai en un éclair : « Je devrais réveiller Kenji ou du moins aller prendre une arme. » À cet instant, Kotaro, le maître Kikuta, surgit du jardin embrumé et me fit face.

Jusqu'alors, je ne l'avais vu que vêtu des robes d'un bleu fané qui constituaient son déguisement quand il voyageait. Cette fois, il portait la sombre tenue de combat de la Tribu et tout le pouvoir qu'il s'appliquait d'ordinaire à dissimuler transparaissait dans son visage et dans son attitude. Habile, féroce et implacable, il incarnait l'hostilité que me vouait la Tribu.

— Je crois que ta vie m'appartient, lança-t-il.

— Vous m'avez trahi en ordonnant à Akio de me tuer, répliquai-je. Ce faisant, vous avez rompu tous nos engagements. Du reste, vous n'aviez aucun droit d'exiger quoi que ce soit de moi alors que vous ne m'aviez pas dit que c'était vous l'assassin de mon père.

Il sourit avec mépris.

— Tu as raison. J'ai tué Isamu. Et je sais maintenant ce qui le rendait lui aussi indocile : c'est ce sang Otori qui coulait dans ses veines comme dans les tiennes.

Il glissa sa main dans sa veste et je m'écartai vivement pour éviter le coup de poignard auquel je m'attendais, mais il ne sortit qu'un bâtonnet qu'il brandit sous mes yeux.

— Il m'est échu lors du tirage au sort, dit-il, et j'ai obéi aux ordres de la Tribu. Même si Isamu était mon cousin et ami, même s'il refusait de se défendre. C'est cela, l'obéissance.

Son regard était fixé sur moi et je savais qu'il espérait me faire succomber au sommeil des Kikuta, mais j'étais certain d'être capable d'y résister. Je doutais en revanche de pouvoir m'en servir contre lui, comme je l'avais fait une fois, à Matsue. Nous restâmes ainsi un moment les yeux dans les yeux, sans qu'aucun de nous parvienne à prendre l'avantage.

— Vous l'avez assassiné, lançai-je. Vous avez aussi contribué à la mort de sire Shigeru. Et quel était donc votre dessein en tuant Yuki ?

Il poussa un sifflement — je me souvins qu'il manifestait ainsi souvent son impatience — et laissa tomber le bâtonnet pour saisir en un éclair un poignard. Je me jetai sur le côté en criant de toutes mes forces. Je n'avais aucune illusion sur mes chances face à lui, alors que j'étais seul et désarmé. J'allais devoir me battre à mains nues, comme jadis avec Akio, en attendant de recevoir de l'aide.

Il bondit sur moi en feintant, puis se précipita à une vitesse inimaginable dans la direction opposée afin de me prendre à la gorge. J'avais anticipé son mouvement, cependant, de sorte que je me glissai sous lui et le frappai par-derrière. Je l'atteignis juste au-dessus des reins et il émit un grognement. Sautant alors sur lui, je le frappai au cou avec ma main droite.

Aussitôt, il leva son poignard et taillada ma main droite, dont il trancha les deux petits doigts et entama profondément la paume. C'était la première fois que j'étais vraiment blessé et je sentis une douleur terrible, pire que tout ce que j'avais connu. Je me rendis un instant invisible, mais mon sang jaillissant sur le parquet du rossignol me trahit. Je hurlai de nouveau en appelant Kenji et les gardes, puis je me dédoublai. Mon second moi roula en travers du parquet pendant que ma main gauche essayait d'atteindre les yeux de Kotaro.

Il écarta vivement la tête pour se dérober, et j'en profitai pour donner un coup de pied dans la main qui tenait le poignard. Il m'esquiva en faisant un bond incroyable et sembla littéralement s'envoler pour me frapper la tête avec son pied. Je me baissai juste à temps pour l'éviter et m'élançai en l'air au moment où il touchait le sol. Il me fallait continuellement lutter contre la douleur lancinant ma main car je savais que si j'y cédais, ne fût-ce qu'un instant, je mourrais. Comme je me préparais à riposter à son coup de pied, j'entendis la fenêtre de l'étage s'ouvrir et un petit objet invisible se précipita dehors.

Kotaro ne s'y attendait pas et l'entendit une fraction de seconde après moi. Je m'étais déjà rendu compte qu'il s'agissait de Taku et je bondis pour amortir sa chute, mais il sembla pour ainsi dire s'abattre en volant sur Kotaro, dont l'attention fut momentanément distraite. Je transformai alors mon bond en un solide coup de pied qui atteignit le maître Kikuta au cou.

Comme je touchais le sol, Kenji me cria d'en haut :

— Takeo ! Ici !

Et il me lança Jato.

J'attrapai mon sabre de la main gauche. Cependant Kotaro empoignait Taku, le balançait au-dessus de sa tête et le lançait de toute sa force dans le jardin. J'entendis le garçon pousser un cri en atterrissant. Je brandis Jato au-dessus de ma tête mais ma main droite ruisselait de sang et la lame s'abattit de travers. Je manquai Kotaro, qui se rendit sur-le-champ invisible. Maintenant que j'étais armé, néanmoins, il se montrait plus prudent et j'eus un instant de répit. Déchirant ma ceinture, je l'enroulai autour de ma paume.

Kenji sauta de la fenêtre de l'étage, atterrit sur ses pieds comme un chat et se rendit aussitôt invisible. Je distinguais vaguement les deux maîtres, qui manifestement se voyaient parfaitement. Ayant déjà combattu au côté de Kenji, j'étais mieux placé que quiconque pour savoir combien il était dangereux, mais je me rendis compte que je ne l'avais jamais vu affronter un adversaire possédant des ressources comparables aux siennes. Son sabre était un peu plus long que le poignard de Kotaro, ce qui lui donnait un léger avantage, mais le talent du maître Kikuta était décuplé par le désespoir. Ils se poursuivirent en tous sens sur le plancher qui criait sous leurs pieds. Kotaro sembla trébucher, mais alors que Kenji lui sautait dessus il se reprit et lui assena un coup de pied dans les côtes. Ils se dédoublèrent au même instant, et je poussai une botte au second moi de Kotaro tandis que Kenji faisait une culbute pour lui échapper. Kotaro se tourna alors vers moi et j'entendis siffler des poignards : Kenji les avait lancés en direction de son cou. La première lame atteignit son but et je vis les yeux de Kotaro commencer à chavirer. Son regard était fixé sur mon visage. Quand il leva le bras en une dernière tentative futile pour me poignarder, Jato sembla anticiper son geste et plongea dans sa gorge. Il essaya de me maudire en mourant, mais l'artère était tranchée et ses paroles furent étouffées par le sang s'échappant en bouillonnant.

Le soleil s'était levé. En regardant le corps brisé et ensanglanté de Kotaro gisant dans la pâle lumière, il nous semblait difficile de croire qu'un homme aussi fragile avait possédé une telle puissance. À nous deux, Kenji et moi avions peiné pour en venir à bout. Il avait massacré ma main et Kenji de son côté avait des contusions terribles et même, comme nous le découvrîmes plus tard, quelques côtes cassées. Quant à Taku, encore sous le choc, il pouvait s'estimer heureux d'être vivant. Les gardes accourus à mes appels étaient aussi épouvantés que si nous avions été attaqués par un démon. Les poils des chiens se hérissèrent quand ils reniflèrent le cadavre, et ils montrèrent les dents en grondant d'un air inquiet.

J'avais perdu deux doigts et ma paume était déchirée. Une fois passées l'excitation et la terreur du combat, la douleur se révéla si intense que je faillis m'évanouir.

— La lame du poignard était sans doute empoisonnée, déclara Kenji. Il faudrait vous amputer jusqu'au coude pour sauver votre vie.

J'étais étourdi par le choc et crus d'abord qu'il plaisantait, mais son visage semblait sérieux et son ton m'alarma. Je lui fis promettre de ne jamais faire une chose pareille. J'aimerais mieux mourir plutôt que de perdre ce qui restait de ma main droite. Telle qu'elle était, je doutais qu'elle puisse un jour tenir de nouveau un sabre ou un pinceau.

Il nettoya la blessure sur-le-champ, ordonna à Chiyo d'apporter des charbons ardents et cautérisa les moignons des doigts et les lèvres de la plaie pendant que les gardes me maintenaient. Après quoi, il appliqua un pansement dont il espérait qu'il serait un antidote efficace.

La lame était bel et bien empoisonnée, et je tombai dans un enfer de souffrance, de fièvre et de désespoir. Au long de ces interminables jours de torture, j'avais conscience que tout le monde pensait que j'allais mourir. Je ne le pensais pas, quant à moi, mais il m'était impossible de parler pour rassurer les vivants. À la place, je gisais dans la pièce du haut et passais mon temps à me débattre, couvert de sueur, et à bavarder avec les morts.

Ils défilaient devant moi, ceux que j'avais tués, ceux qui étaient morts pour moi, ceux que j'avais vengés : ma famille de Mino, les Invisibles de Yamagata, sire Shigeru, Ichiro, les hommes assassinés par moi sur les ordres de la Tribu, Yuki, Amano, Jiro, Jo-An.

Au point culminant de la fièvre, j'ouvris les yeux et aperçus un homme dans la pièce. Je ne l'avais jamais vu auparavant, mais je savais que c'était mon père. Il portait des vêtements de paysan, comme les hommes de mon village, et il n'avait pas d'armes sur lui. Les murs se dissipèrent et je me retrouvai à Mino. Le village n'avait pas brûlé et les rizières étaient d'un vert resplendissant. Je regardai mon père travailler dans les champs, paisible et concentré. Je le suivis sur le sentier de montagne s'enfonçant dans la forêt. Je savais combien il aimait y vagabonder au milieu des animaux et des plantes sauvages, car c'était ce que j'aimais moi aussi.

Je le vis tourner la tête et prêter l'oreille à la façon familière aux Kikuta en entendant un bruit lointain. Dans un instant, il reconnaîtrait ce pas : son cousin et ami s'avançait pour l'exécuter. Je vis Kotaro surgir sur le chemin en face de lui.

Il portait la sombre tenue de combat de la Tribu, comme le jour où il était venu pour moi. Les deux hommes étaient comme pétrifiés sous mes yeux, chacun figé dans sa propre attitude — mon père lié par son serment lui interdisant de tuer à l'avenir, et le futur maître Kikuta vivant de son commerce de mort et de terreur.

Lorsque Kotaro sortit son poignard, je poussai un cri d'avertissement. J'essayai de me lever, mais des mains m'en empêchèrent. La vision s'évanouit, me laissant en proie à l'angoisse. Je savais que je ne pouvais changer le passé mais j'étais déchiré par la conscience, d'une intensité décuplée par la fièvre, que le conflit n'était toujours pas résolu. Les hommes avaient beau aspirer à mettre un terme à la violence, ils semblaient incapables de lui échapper. Elle continuerait à jamais, encore et encore, à moins que je ne trouve une voie moyenne pour apporter la paix. Et la seule voie qui me venait à l'esprit consistait à prendre sur moi toute la violence, au nom de mon pays et de mon peuple. Je devrais persévérer sur mon chemin jalonné de violence afin que tous les autres hommes puissent en être délivrés dans leur vie, de même que je devais ne croire en rien pour que les autres soient libres de croire en ce qu'ils désiraient. Ce n'était pas ce que je voulais. Je voulais marcher sur les traces de mon père et renoncer à tuer, en vivant conformément aux enseignements de ma mère. L'obscurité s'épaississait autour de moi et je savais qu'en m'y abandonnant je pourrais suivre mon père, et que le conflit serait terminé pour moi. Je n'étais plus séparé de l'autre monde que par un voile impalpable, mais une voix résonnait à travers les ténèbres.

« Ta vie ne t'appartient pas. Un bain de sang est le prix de la paix. »

Sur le fond des paroles de la sainte femme, j'entendis Makoto appeler mon nom. J'ignorais si j'étais mort ou vivant. Je voulais lui expliquer ce que j'avais appris, lui dire que je ne pouvais supporter l'idée des actions que je savais qu'il me faudrait commettre, et que j'avais donc décidé de m'en aller avec mon père. Quand j'essayai de parler, cependant, ma langue enflée fut incapable de former les mots. Je ne pus émettre qu'un babillage absurde et je me tordis sur ma couche dans ma frustration, accablé à la pensée que nous serions séparés avant que j'aie pu lui parler.

Il me tenait fermement par les mains. Se penchant sur moi, il me dit d'une voix claire :

— Takeo ! Je sais, Takeo. Je comprends. Tout va bien. Nous allons avoir la paix. Mais vous seul pouvez l'apporter. Il ne faut pas que vous mouriez. Restez avec nous ! Vous devez rester avec nous dans l'intérêt de la paix.

Il me parla ainsi le reste de la nuit, et sa voix tint à distance les fantômes et renoua le lien entre mon esprit et ce monde. Quand l'aube arriva, ma fièvre était retombée. Je m'endormis d'un sommeil profond. À mon réveil, j'avais retrouvé ma lucidité. Makoto était toujours à mon chevet et je pleurai de joie en le voyant vivant. Ma main me faisait encore mal, mais c'était la douleur normale de la guérison et non plus le cruel supplice du poison. Kenji me dit plus tard que je devais avoir été protégé par une immunité transmise par le sang de mon père, l'expert en empoisonnement. C'est alors que je lui répétai les paroles de la prophétie annonçant que mon propre fils était destiné à me tuer. Comme je le lui dis, je ne croyais pas mourir avant cette date fatidique.

Il resta longtemps silencieux avant de lancer :

— Enfin, cela n'arrivera sans doute que dans un avenir lointain. Nous aviserons le moment venu.

Mon fils était le petit-fils de Kenji, ce qui rendait la prophétie d'une cruauté encore plus insupportable à mes yeux. J'étais encore fragile et pleurais facilement. La faiblesse de mon corps me rendait furieux. Il me fallut une semaine avant de pouvoir marcher jusqu'aux cabinets, et quinze jours avant d'être capable de remonter sur un cheval. La pleine lune du onzième mois s'épanouit puis passa. Bientôt, ce serait le solstice, l'arrivée d'une année nouvelle et des premières neiges. Ma main commençait à guérir. La marque argentée de la brûlure remontant au jour où sire Shigeru m'avait sauvé la vie était presque effacée par la cicatrice large et hideuse, de même que la ligne droite des Kikuta.

Makoto restait assis jour et nuit avec moi, mais ne me parlait guère. Je sentais qu'il me cachait quelque chose et que Kenji était lui aussi au courant. Un jour, ils m'amenèrent Hiroshi, et je fus soulagé de voir que le garçon était vivant. Il semblait joyeux et me raconta leur voyage en m'expliquant qu'après avoir échappé au pire du séisme ils avaient fondu sur les restes misérables de l'armée naguère puissante d'Araï et que Shun avait été merveilleux — mais il me sembla que son entrain était en partie joué. Taku, qui avait vieilli de plusieurs années en un mois, venait également parfois s'asseoir à côté de moi. Comme Hiroshi, il se montrait allègre, cependant son visage était pâle et tendu. Quand j'eus repris des forces, je me rendis compte que nous aurions dû avoir des nouvelles de Shizuka. Manifestement, tout le monde redoutait le pire. Je ne croyais pourtant pas qu'elle fût morte, pas plus que Kaede, car ni l'une ni l'autre ne m'avaient rendu visite dans mon délire.

Un soir, Makoto me dit enfin :

— Nous avons reçu des nouvelles du Sud. Les ravages du tremblement de terre ont été encore plus terribles là-bas. Un incendie a dévasté la demeure de sire Fujiwara…

Il saisit ma main.

— Je suis désolé, Takeo. Il semble que personne n'ait survécu.

— Fujiwara est mort?

— Oui, sa mort est avérée.

Il fit une pause puis ajouta d'un ton paisible :

— Kondo Kiichi a péri dans le sinistre.

Kondo, que j'avais envoyé avec Shizuka…

— Et votre ami? demandai-je.

— Lui aussi. Pauvre Mamoru. Je pense que pour lui c'était sans doute presque une délivrance.

Je restai quelques instants silencieux. Makoto reprit d'une voix douce :

— Ils n'ont pas retrouvé le corps de votre épouse mais…

— Il me faut une certitude. Voulez-vous aller là-bas pour moi?

Il accepta de partir dès le lendemain matin. Je passai la nuit à me demander avec angoisse ce que je ferais si Kaede était morte. Mon seul désir serait de la suivre, mais comment pourrais-je abandonner tous ceux qui m'avaient soutenu si loyalement? Quand l'aube vint, j'avais reconnu la vérité des paroles de Jo-An et de Makoto. Ma vie ne m'appartenait pas. Moi seul pouvais apporter la paix : j'étais condamné à vivre.

Durant la nuit, une autre pensée m'était venue à l'esprit, et je demandai à voir Makoto avant son départ. J'étais inquiet pour les registres que Kaede avait emportés avec elle à Shirakawa. S'il me fallait vivre, je voulais les avoir de nouveau en ma possession avant le début de l'hiver. Je voulais en effet passer les longs mois de la mauvaise saison à mettre au point ma stratégie de l'été. Les ennemis qui me restaient n'hésiteraient pas à recourir à la Tribu pour m'abattre. Il me semblait que je devrais quitter Hagi au printemps et imposer ma loi aux Trois Pays. Au besoin, j'installerais mon quartier général à Inuyama et en ferais ma capitale. Cette idée m'arracha un sourire doux-amer, car son nom signifie la Montagne du Chien, de sorte que la ville paraissait m'attendre depuis toujours.

Je dis à Makoto d'emmener Hiroshi avec lui, afin que le garçon lui montre où étaient cachés les registres. Je ne pouvais m'empêcher d'espérer confusément que Kaede se trouverait à Shirakawa et que Makoto, d'une manière ou d'une autre, me la ramènerait.

Ils revinrent près de deux semaines plus tard, par une journée d'un froid mordant. En voyant qu'ils étaient seuls, je fus submergé par la déception. Ils avaient aussi les mains vides.

— La vieille femme qui garde le sanctuaire a refusé de donner les registres à un autre que vous, dit Makoto. Je suis désolé, il m'a été impossible de la faire changer d'avis.

— Il faut y retourner, déclara Hiroshi avec ardeur. Je vais accompagner sire Otori.

— Oui, sire Otori doit s'y rendre en personne, approuva Makoto.

Il parut sur le point d'ajouter quelque chose, puis renonça.

— Qu'alliez-vous dire? lançai-je.

Il me regarda avec une expression étrange, où la compassion se mêlait à une pure affection.

— Nous allons tous y aller, dit-il. Nous saurons une bonne fois s'il y a des nouvelles de dame Otori.

Je brûlais d'envie de partir, mais je redoutais que ce voyage ne soit inutile et rendu périlleux par l'approche de l'hiver.

— Nous risquons d'être surpris par la neige, observai-je. J'avais prévu de passer la mauvaise saison à Hagi.

— Dans le pire des cas, vous pourrez séjourner à Terayama. Je vais me rendre là-bas sur le chemin du retour. Je compte y rester, car je crois que le temps que je devais passer avec vous tire à sa fin.

— Vous allez me quitter? Pourquoi?

— Je sens qu'une autre tâche m'attend. Vous avez mené à bien tout ce pour quoi j'avais entrepris de vous aider. Maintenant, le temple me rappelle à lui.

J'étais effondré. Faudrait-il que je perde tous ceux que j'aimais ? Je me détournai pour dissimuler mes sentiments.

— Quand j'ai cru que vous alliez mourir, reprit Makoto, j'ai fait un vœu. J'ai promis à l'Illuminé que si vous viviez, je consacrerais ma vie à votre cause d'une manière différente. J'ai combattu et tué à votre côté, et je n'hésiterais pas à refaire ce que j'ai fait. Mais cela ne résout rien, au bout du compte. Comme la danse de la belette, le cycle de la violence continue sans fin.

Ses paroles me frappèrent. Elles correspondaient exactement aux obsessions qui avaient hanté mon délire.

— Pendant que vous aviez la fièvre, vous parliez de votre père et du commandement des Invisibles interdisant de tuer. En tant que guerrier, j'ai du mal à comprendre un tel commandement, mais en tant que moine, je sens qu'il faut que j'essaie de l'observer. J'ai fait le serment cette nuit-là que je ne tuerai plus jamais. En revanche, je chercherai la paix à travers la prière et la méditation. J'ai abandonné mes flûtes à Terayama au profit des armes. Je vais maintenant laisser mes armes ici et retourner à mes flûtes.

Il sourit légèrement.

— Dit ainsi, cela ressemble fort à une folie. Je ne suis qu'à la première étape d'un voyage long et difficile, mais je me dois de l'entreprendre.

Je restai muet. Je revoyais le temple de Terayama, où sire Shigeru et son frère Takeshi étaient enterrés, où j'avais trouvé un abri et des enseignements précieux, où mon mariage avec Kaede avait été célébré. Situé au centre des Trois Pays, il était le cœur physique et spirituel de mon pays et de ma vie. Désormais, je saurais que Makoto était là-bas, en train de prier pour la paix à laquelle j'aspirais, sans jamais relâcher son soutien à ma cause. Il serait un individu isolé, comme une minuscule éclaboussure de teinture dans une cuve énorme, mais je croyais voir la couleur s'étendre d'année en année, cette couleur bleu-vert qu'avait toujours évoquée pour moi le mot «paix». Sous l'influence de Makoto, le temple deviendrait un lieu de paix, conformément aux intentions de son fondateur.

— Je ne vous quitte pas, dit-il doucement. Je serai avec vous d'une manière différente.

Je ne trouvais pas les mots pour lui exprimer ma gratitude. Il avait pleinement compris le conflit qui me déchirait. En prenant cette décision, il ouvrait la voie à sa résolution future. Tout ce que je pouvais faire, c'était le remercier et le laisser partir.

Avec le soutien tacite de Chiyo, Kenji s'opposa énergiquement à mon départ et prétendit que je cherchais moi-même les ennuis en entreprenant un tel voyage avant d'être pleinement rétabli. Je me sentais pourtant mieux de jour en jour et ma main était presque guérie, même si je souffrais encore à l'emplacement de mes doigts amputés. J'étais affligé d'avoir perdu toute ma dextérité et j'essayai de m'habituer à tenir sabre et pinceau de la main gauche. Malgré tout, j'étais capable de tenir les rênes d'un cheval et je pensais être suffisamment d'aplomb pour chevaucher. J'étais surtout inquiet à l'idée de quitter Hagi au moment où l'on avait besoin de moi pour la reconstruction de la ville, mais Miyoshi Kahei et son père m'assurèrent qu'ils pourraient se débrouiller sans moi. Kahei et le reste de mon armée avaient été retardés comme Makoto par le séisme, mais ils en étaient sortis indemnes. Leur arrivée avait considérablement augmenté nos forces et accéléré la remise en route de la cité. Je dis à Kahei d'envoyer dès que possible des messages à Shuho, afin d'inviter le maître charpentier Shiro et sa famille à revenir au sein du clan.

Kenji finit par céder à mes instances. Il déclara qu'il lui faudrait évidemment m'accompagner, malgré la douleur terrible causée par ses côtes cassées, étant donné que je m'étais montré incapable de m'occuper tout seul de Kotaro. J'étais si heureux de sa décision que je lui pardonnai ses sarcasmes. Nous emmenâmes également Taku, afin de ne pas l'abandonner à ses idées noires. Comme d'habitude, Hiroshi et lui passèrent leur temps à se chamailler. Je constatai que Hiroshi était devenu plus patient, cependant, et Taku moins arrogant, si bien qu'une véritable amitié commença à les lier. J'avais aussi pris avec nous tous les hommes dont nous pouvions nous passer à Hagi, afin qu'ils forment des groupes que nous laisserions tout le long de la route pour aider à reconstruire les fermes et les villages dévastés. Le tremblement de terre avait sillonné le pays du nord au sud, et nous suivions la ligne de ses ravages. On approchait du milieu de l'hiver. Malgré les pertes et les destructions, les gens se préparaient aux fêtes du Nouvel An : la vie reprenait le dessus.

Les journées étaient glacées mais limpides. Le paysage arborait sa nudité hivernale. Des bécassines criaient dans les marais et les teintes étaient voilées dans la grisaille. Nous nous dirigions droit vers le sud. Le soir, le soleil couchant rougeoyait à l'ouest, apportant seul un peu de couleur dans ce monde terni. Les nuits étaient d'un froid intense à la lueur d'énormes étoiles, et les matins brillaient immaculés sous la gelée.

Je savais que Makoto me cachait quelque chose, mais je n'aurais su dire s'il s'agissait d'un mystère heureux ou funeste. Il semblait chaque jour plus rayonnant, comme s'il nourrissait une attente secrète. Ma propre humeur était encore changeante. J'étais content de monter Shun de nouveau, mais le froid et la fatigue du voyage conjugués à la souffrance de ma main infirme se révélaient plus éprouvants que je ne l'aurais cru. La nuit, il me semblait que je ne pourrais jamais mener à bien la tâche immense qui m'attendait, surtout si je devais l'entreprendre sans Kaede.

Le septième jour, nous arrivâmes à Shirakawa. Le ciel s'était couvert et le monde semblait uniformément gris. Le berceau de la famille de Kaede était dévasté et abandonné. La maison avait brûlé et il n'en restait que quelques poutres noircies au milieu des cendres. Ce spectacle était d'une tristesse indicible. J'imaginais que la résidence de Fujiwara devait présenter le même aspect. Je fus étreint par le pressentiment que Kaede était morte et que Makoto était en train de me conduire à sa tombe. Une pie-grièche nous apostropha, perchée sur le tronc incendié d'un arbre près de la porte. Dans les rizières, deux ibis cherchaient leur nourriture et leur plumage rose resplendissait dans ce paysage désolé. Comme nous longions les prairies inondées, Hiroshi me cria soudain :

— Sire Otori ! Sire Otori !

Deux juments brunes trottaient vers nous en hennissant à l'adresse de nos chevaux. Elles étaient flanquées de deux poulains, qui me parurent avoir trois mois. Leur robe brune de l'enfance commençait tout juste à virer au gris, et ils avaient la crinière et la queue aussi noires que des mouchetures de léopard.

— Ce sont les poulains de Raku, s'exclama Hiroshi. Amano m'avait dit que les juments de Shirakawa attendaient des petits de lui.

Je ne me lassais pas de les regarder. Ils semblaient des présents du Ciel, inexprimablement précieux, des dons de la vie chargés d'une promesse de renouveau et de renaissance.

— L'un d'eux sera à toi, déclarai-je à Hiroshi. Tu le mérites pour ta loyauté envers moi.

— Taku pourra-t-il avoir l'autre ? implora Hiroshi.

— Bien sûr !

Les deux garçons poussèrent des cris de joie. Je dis aux palefreniers de joindre les juments à notre convoi. Les poulains suivirent leurs mères en gambadant, et cette vision me réchauffa le cœur tandis que Hiroshi nous conduisait sur le chemin longeant le Shirakawa, en direction des grottes sacrées.

Je ne m'y étais jamais rendu et fut stupéfait par les dimensions de la caverne d'où sortait le fleuve. La montagne surgissait en surplomb, déjà couronnée de neige, et se reflétait dans le miroir noir et paisible des eaux hivernales. « Tout ne fait qu'un » : aucun autre lieu n'aurait pu mieux m'enseigner cette vérité, illustrée ici par la nature elle-même. La terre, l'eau et le ciel se confondaient en une harmonie que rien ne troublait. Comme en cet instant à Terayama où il m'avait été donné d'entrevoir le cœur de la réalité, je voyais à présent la nature du Ciel révélée par la Terre.

Une petite maison se dressait au bord du fleuve, juste avant les portes du sanctuaire. En entendant nos chevaux, un vieil homme sortit. Il sourit en reconnaissant Makoto et Hiroshi, et s'inclina devant nous.

— Soyez les bienvenus. Veuillez vous asseoir. Je vais vous préparer un peu de thé, puis j'appellerai ma femme.

— Sire Otori est venu chercher les coffrets que nous avons déposés ici, dit Hiroshi d'un air important en lançant un large sourire à Makoto.

— Oui, oui. Je vais les prévenir. Aucun homme n'a le droit d'entrer, mais les femmes vont venir nous trouver.

Pendant qu'il versait le thé, un autre homme sortit de la maison et nous salua. Il était entre deux âges et respirait la bonté et l'intelligence. Je n'avais aucune idée de son identité, même s'il me semblait que lui me connaissait. Il nous dit qu'il s'appelait Ishida et je crus comprendre qu'il était médecin. Il évoqua pour nous l'histoire des grottes et les propriétés curatives de l'eau, tandis que le vieillard se dirigeait d'un pas leste vers l'entrée de la caverne en sautant de rocher en rocher. Non loin de l'entrée, une cloche de bronze était suspendue à un poteau en bois. Il la heurta avec le claquoir, et son appel sourd retentit au-dessus de l'eau, se répercutant à l'infini dans les profondeurs de la montagne.

J'observai le vieil homme tout en buvant le thé fumant. Il semblait aux aguets. Au bout de quelques instants, il se retourna et cria :

— Que seul sire Otori m'accompagne.

Je posai le bol et me levai. Le soleil venait juste de disparaître derrière le versant ouest, et l'ombre de la montagne obscurcit les eaux.

Tandis que je sautais sur les rochers à la suite du vieillard, j'eus la sensation que quelque chose – ou quelqu'un – s'approchait de moi.

Je m'immobilisai à côté du vieillard, près de la cloche. Il leva les yeux sur moi et m'adressa un sourire si ouvert, si chaleureux, que des larmes montèrent à mes yeux.

– Voilà ma femme, dit-il. Elle apporte les coffrets.

Il ajouta avec un petit rire :

– Vous êtes attendu depuis longtemps.

Mes yeux s'étaient maintenant habitués aux ténèbres de la caverne. Je distinguai la vieille gardienne du sanctuaire, vêtue de blanc. J'entendis ses pas sur la roche humide et ceux des femmes qui la suivaient. Mon sang martelait mes tempes.

Quand elles apparurent dans la lumière, la vieille femme s'inclina jusqu'au sol et posa le coffret à mes pieds. Shizuka se tenait juste derrière elle, chargée d'un second coffret.

– Sire Otori, murmura-t-elle.

Je l'entendis à peine. Je ne regardai aucune des deux femmes. Mes yeux étaient fixés sur la silhouette derrière elle : Kaede.

Je savais que c'était elle, mais quelque chose avait changé en elle. Je ne la reconnaissais pas. Elle portait un voile sur la tête, et en s'avançant vers moi elle le laissa tomber sur ses épaules.

Ses cheveux avaient disparu, sa tête était tondue.

Elle plongea ses yeux dans les miens. Son visage était intact et toujours aussi beau, mais c'est à peine si je le regardai. Je me perdis dans son regard et vis combien elle avait souffert, et combien elle en sortait plus pure et plus forte. Le sommeil des Kikuta ne pourrait plus jamais l'atteindre.

Sans un mot, elle se retourna et fit glisser le voile de ses épaules. Sa nuque qui avait été si blanche, si parfaite, était couverte de cicatrices empourprées à l'endroit où ses cheveux avaient brûlé sa chair.

Je posai sur elles ma main abîmée et elles disparurent sous mes propres cicatrices.

Nous restâmes longtemps ainsi. J'entendais le cri rauque du héron regagnant son gîte à tire-d'aile, le chant sans fin de l'eau et les battements accélérés du cœur de Kaede. Nous étions abrités par la roche en saillie et je ne m'aperçus pas qu'il s'était mis à neiger.

Quand je levai les yeux sur le paysage, il blanchissait déjà sous la première neige de l'hiver qui s'abattait sur lui en tourbillonnant.

Au bord du fleuve, les poulains s'ébrouaient d'un air stupéfait sous la neige, la première qu'ils aient jamais vue. Lorsqu'elle aurait fondu et que le printemps serait venu, leur robe serait grise, comme celle de Raku.

Je priai pour que le printemps apporte aussi la guérison à nos corps dévastés, notre mariage et notre terre. Et pour qu'il voie le *houou*, l'oiseau sacré de la légende, revenir une fois encore dans les Trois Pays.

Voilà près de quinze ans que les Trois Pays jouissent de la paix et de la prospérité. Le commerce avec le continent et avec les barbares nous a enrichis. Les palais et les châteaux d'Inuyama, de Yamagata et de Hagi n'ont pas leurs pareils dans les Huit Îles. On prétend que la cour des Otori rivalise de splendeur avec celle de l'empereur.

Des menaces subsistent : certains vassaux puissants à l'intérieur de nos frontières, tel Araï Zenko, des seigneurs de la guerre au-delà des Trois Pays, les barbares qui aimeraient profiter davantage de notre opulence, voire l'empereur et sa cour, lesquels redoutent notre concurrence. Jusqu'à présent, cependant, alors que j'ai atteint la trente-deuxième année de ma vie, nous avons pu contenir ces dangers sous l'effet conjugué de la force et de la diplomatie.

Les Kikuta, sous la direction d'Akio, n'ont jamais renoncé à leur campagne contre moi, et mon corps porte aujourd'hui les marques de leurs tentatives pour me tuer. Notre combat contre eux continue. Nous ne parviendrons jamais à les éliminer complètement, mais le réseau d'espions que dirigent pour moi Kenji et Taku exerce sur eux un contrôle efficace.

Zenko et Taku sont tous deux mariés et pères de plusieurs enfants. J'ai marié le premier à ma belle-sœur, Hana, dans l'espoir, en partie déçu, de resserrer son alliance avec moi. La mort de son père nous sépare et je sais qu'il n'hésitera pas à me renverser s'il le peut.

Hiroshi a vécu dans ma maisonnée jusqu'à l'âge de vingt ans. Il est ensuite retourné à Maruyama, où il administre le domaine pour ma fille aînée, laquelle en héritera par sa mère.

Kaede et moi avons trois filles. L'aînée a maintenant treize ans et ses sœurs jumelles onze ans. Notre première fille est tout le portrait de sa mère et ne manifeste aucun des talents de la Tribu. Les jumelles sont absolument identiques, jusqu'à la ligne droite des Kikuta qui traverse leurs paumes. Les gens ont peur d'elles, et ils ont raison.

Il y a dix ans, Kenji a localisé mon fils, qui était alors dans sa sixième année. Depuis lors, nous le surveillons de loin, mais je ne permettrai à personne de lui faire du mal. Après avoir longtemps et souvent réfléchi à la prophétie, je suis arrivé à la conclusion que je ne saurais m'y soustraire si tel est mon destin et que dans le cas contraire – car les prophéties, comme les prières, s'accomplissent de façon parfois inattendue – le mieux que je puisse faire est d'intervenir le moins possible. Mes souffrances physiques s'aggravent, cependant, et je songe fréquemment que j'ai accordé à mon père adoptif, sire Shigeru, la mort rapide et honorable d'un guerrier, effaçant les insultes et les humiliations auxquelles Iida Sadamu l'avait soumis. À cette pensée, je ne puis nier que mourir par la main de mon fils m'apparaît comme une délivrance et qu'il me semble que je l'accueillerais avec joie.

Mais ma mort est un autre épisode de l'histoire du clan des Otori, et ce n'est pas moi qui pourrai le raconter.

LES CLANS

LES OTORI
Pays du Milieu ; cité fortifiée : Hagi

Otori Shigeru	héritier légitime du clan (I)
Otori Takeshi	son jeune frère, assassiné par les Tohan (d.)
Otori Takeo	(né Tomasu) son fils adoptif (I)
Otori Shigemori	père de Shigeru, tué à la bataille de Yaegahara (d.)
Otori Ichiro	un parent éloigné, professeur de Shigeru et de Takeo (I)
Chiyo } Haruka }	servantes de la maisonnée (I)
Shiro	un charpentier
Otori Shoichi	oncle de Shigeru, maintenant seigneur du clan (I)
Otori Masahiro	son jeune frère (I)
Otori Yoshitomi	fils de Masahiro (I)
Miyoshi Kahei } Miyoshi Gemba }	frères, amis de Takeo (I)
Miyoshi Satoru	leur père, capitaine des gardes au château de Hagi (III)
Endo Chikara	un serviteur âgé (III)
Terada Fumifusa	un pirate (III)
Terada Fumio	son fils, ami de Takeo (I)
Ryoma	un pêcheur, fils illégitime de Masahiro (III)

LES TOHAN

Pays de l'Est; cité fortifiée: Inuyama

Iida Sadamu	seigneur du clan (I)
Iida Nariaki	son cousin (III)
Ando ⎱ Abe ⎰	guerriers de la suite d'Iida (I)
Sire Noguchi	un allié (I)
Dame Noguchi	son épouse (I)
Junko	une servante au château de Noguchi (I)

LES SEISHUU

Alliance de plusieurs familles anciennes.
Pays de l'Ouest; principales cités fortifiées: Kumamoto et Maruyama

Araï Daiichi	un seigneur de la guerre (I)
Niwa Satoru	un serviteur (II)
Akita Tsutomu	un serviteur (II)
Sonoda Mitsuru	neveu d'Akita (II)
Maruyama Naomi	à la tête du domaine de Maruyama, amante de Shigeru (I)
Mariko	sa fille (I)
Sachie	sa servante (I)
Sugita Haruki	un serviteur (I)
Sugita Hiroshi	son neveu (III)
Sakaï Masaki	le cousin de Hiroshi (III)

Sire Shirakawa (I)	
Kaede	sa fille aînée, cousine de dame Maruyama (I)
Aï ⎱ Hana ⎰	ses filles (II)
Ayame ⎱ Manami ⎰	servantes de la maisonnée (II)
Amano Tenzo	un serviteur de Shirakawa (I)
Shoji Kiyoshi	serviteur âgé de sire Shirakawa (I)

LA TRIBU

LA FAMILLE MUTO

Muto Kenji	professeur de Takeo, le maître (I)
Muto Shizuka	nièce de Kenji, maîtresse d'Araï et dame de compagnie de Kaede (I)
Zenko } Taku }	ses fils (III)
Muto Seiko	épouse de Kenji (II)
Muto Yuki	leur fille (I)
Muto Yuzuru	un cousin (II)
Kana } Miyabi }	servantes (III)

LA FAMILLE KIKUTA

Kikuta Isamu	père de Takeo (d.)
Kikuta Kotaro	son cousin, le maître (I)
Kikuta Gosaburo	jeune frère de Kotaro (II)
Kikuta Akio	leur neveu (I)
Kikuta Hajime	un lutteur (II)
Sadako	une servante (II)

LA FAMILLE KURODA

Kuroda Shintaro	un assassin célèbre (I)
Kondo Kiichi (II)	
Imaï Kazuo (II)	
Kudo Keiko (II)	

AUTRES PERSONNAGES

Sire Fujiwara	un aristocrate, exilé de la capitale (II)
Mamoru	son protégé et son compagnon (II)
Ono Rieko	sa cousine (III)
Murita	un serviteur (III)
Matsuda Shingen	l'abbé de Terayama (II)
Kubo Makoto	un moine, l'ami le plus proche de Takeo (I)
Jin-emon	un bandit (III)
Jiro	un fils de fermier (III)
Jo-An	un paria (I)

CHEVAUX

Raku	gris à la crinière et à la queue noires. Premier cheval de Takeo, il le donne à Kaede
Kyu	noir, cheval de Shigeru, disparu à Inuyama
Aoï	noir, demi-frère de Kyu
Ki	noisette, monture d'Amano
Shun	bai, monture de Takeo. Un cheval très intelligent

en gras = principaux personnages
(I, II, III) = première apparition du personnage dans le livre I, II ou III
(d.) = personnage décédé avant le livre I

REMERCIEMENTS

Je voudrais remercier l'Asialink Foundation, qui m'a accordé en 1999 une bourse pour passer trois mois au Japon, l'Australia Council, le ministère des Affaires étrangères et du Commerce et l'ambassade d'Australie à Tokyo, ainsi que l'ArtsSA (South Australian Government Arts Department). Au Japon, j'ai reçu le soutien de l'Akiyoshidai International Arts Village (préfecture de Yamaguchi), dont l'équipe m'a été d'un secours inestimable dans mon exploration du paysage et de l'histoire du Honshu occidental. J'aimerais tout particulièrement remercier M. Kori Yoshinori, Mlle Matsunaga Yayoi et Mlle Matsubara Manami. Je suis spécialement reconnaissante envers Mme Tokorigi Masako pour m'avoir montré les peintures et les jardins de Sesshu, ainsi qu'envers son époux, Miki, pour ses informations concernant les chevaux à l'époque médiévale.

Le temps que j'ai passé dans l'archipel avec deux compagnies théâtrales a été riche d'enseignements — je remercie du fond du cœur Kazenoko à Tokyo et Kyushu, ainsi que Gekidan Urinko à Nagoya. Merci aussi à Mlle Kimura Miyo, compagne de voyage idéale, qui m'a emmenée à Kanazawa et au Nakasendo et a répondu à mes questions incessantes sur la langue et la littérature japonaises.

Je remercie M. Mogi Masaru et Mme Mogi Akiko pour l'aide qu'ils m'ont apportée dans mes recherches, pour leurs suggestions de noms et, avant tout, pour la constance de leur amitié.

En Australie, je voudrais témoigner ma gratitude à mes deux professeurs de japonais, Mme Thuy Coombes et Mme Etsuko Wilson, ainsi qu'à Simon Higgins, qui me fit plusieurs suggestions précieuses, à Jenny Darling, mon agent, à mon fils Matt, premier lecteur de chacun de ces trois volumes, et au reste de ma famille pour avoir non seulement supporté, mais partagé mes obsessions.

En 2002, j'ai à nouveau passé trois mois au Japon, à la Shuho-cho Cultural Exchange House. Les recherches que j'ai pu y faire m'ont, dans une large mesure, aidée à finaliser *La Clarté de la lune*. Merci à ceux de Shuho-cho, en particulier à Mme Santo Yuko, à Mark Brachmann et à Maxine McArthur. Et, une fois de plus, que l'ArtsSA trouve ici l'expression de ma profonde reconnaissance pour la bourse dont j'ai bénéficié.

TABLE DES MATIÈRES

Maquette : Dominique Guillaumin

Achevé d'imprimer
sur Roto-Page
par l'Imprimerie Floch à Mayenne
Dépôt légal : août 2004
Numéro d'impression : 60707
Numéro d'édition : 14580
ISBN 2-07-053805-2
Loi n° 49-956 du 16 juillet 1949
sur les publications
destinées à la jeunesse
Imprimé en France